HEYNE <

Die Chroniken des Raben

Erstes Buch:	Zauberbann
Zweites Buch:	Drachenschwur
Drittes Buch:	Schattenpfad
Viertes Buch:	Himmelsriss
Fünftes Buch:	Nachtkind
Sechstes Buch:	Elfenmagier

Die Legenden des Raben

Erstes Buch:	Schicksalswege
Zweites Buch:	Elfenjagd
Drittes Buch:	Schattenherz
Viertes Buch:	Zauberkrieg
Fünftes Buch:	Drachenlord
Sechstes Buch:	Heldensturz

JAMES BARCLAY

Schattenherz

Die Legenden des Raben

Drittes Buch

Deutsche Erstausgabe

WILHELM HEYNE VERLAG
MÜNCHEN

Titel der englischen Originalausgabe
SHADOWHEART (Part 1)
Deutsche Übersetzung von Jürgen Langowski

Verlagsgruppe Random House FSC-DEU-0100
Das für dieses Buch verwendete
FSC-zertifizierte Papier *München Super*
liefert Mochenwangen.

Deutsche Erstausgabe 11/2006
Redaktion: Rainer Michael Rahn

Printed in Germany 2006
Titelillustration: Jakob Werth
Umschlaggestaltung: Nele Schütz Design, München
Karte: Franz Vohwinkel
Satz: Christine Roithner Verlagsservice, Breitenaich
Druck und Bindung: GGP Media GmbH, Pößneck

ISBN 10: 3-453-52214-1
ISBN 13: 978-3-453-52214-5

www.heyne.de

Für meine beiden ältesten Freunde
Peter Robinson und John »George« Cross.
Mehr als drei Jahrzehnte,
und es geht weiter …

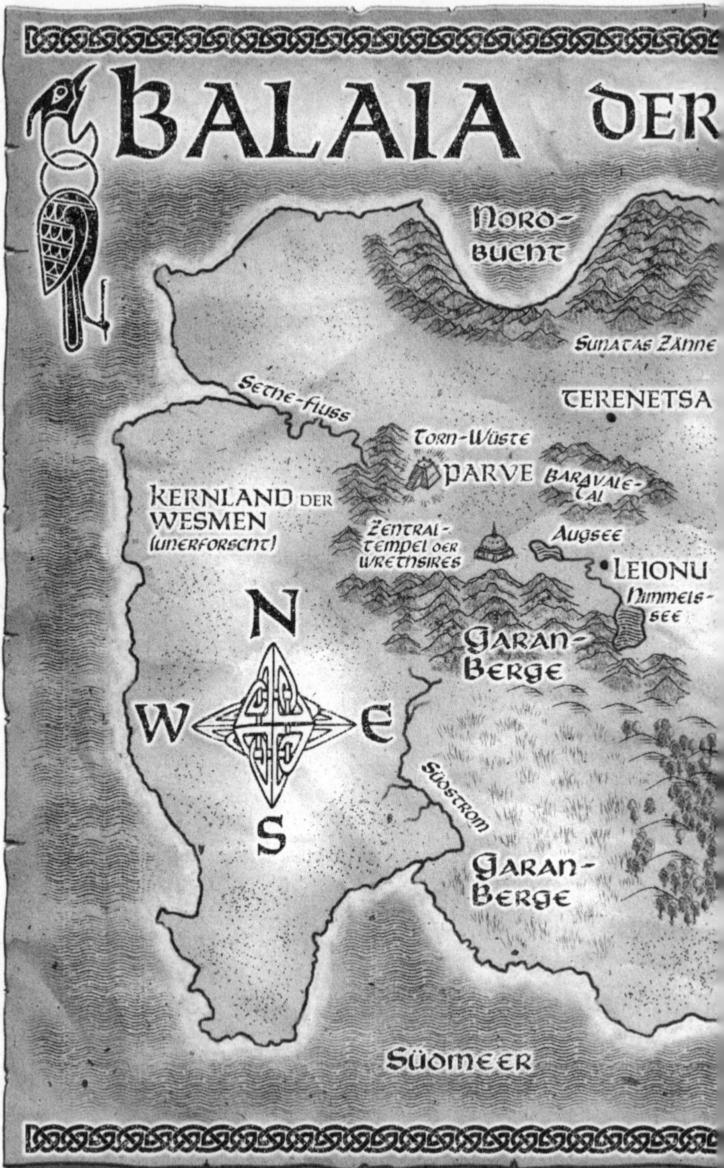
BALAIA DER
Nord-
bucht
Sunatas Zähne
Terenetsa
Sethe-fluss
Torn-Wüste
PARVE
Baravale-
Tal
Kernland der
Wesmen
(unerforscht)
Zentral-
tempel der
Wrethsires
Augsee
LEIONU
Himmels-
see
N
W
E
S
Garan-
Berge
Südstrom
Garan-
Berge
Südmeer

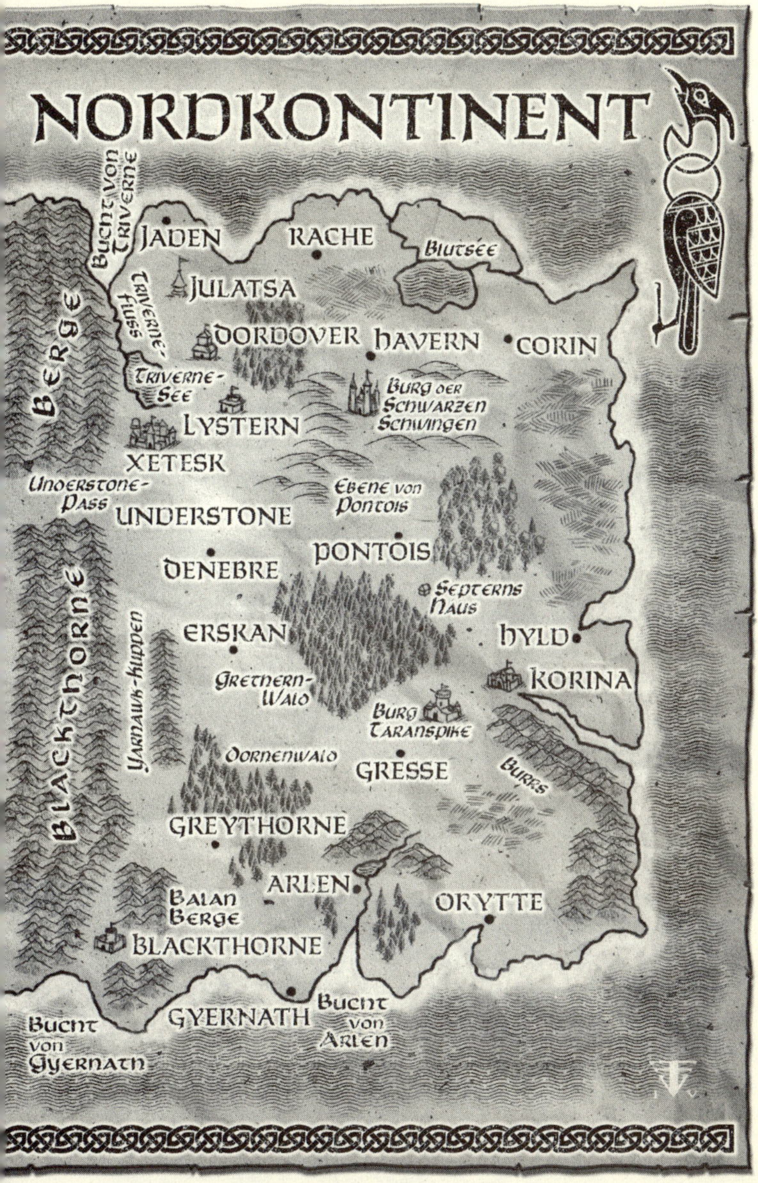
NORDKONTINENT
Bucht von Triverne
Jaden
Rache
Blutsee
Julatsa
Triverne-Fluss
Berge
Dordover
Havern
Corin
Triverne-See
Burg der Schwarzen Schwingen
Lystern
Xetesk
Understone-Pass
Understone
Ebene von Pontois
Pontois
Denebre
Septerns Haus
Blackthorne
Yarnauk-Kuppen
Erskan
Hyld
Korina
Grethern-Wald
Burg Taranspike
Dornenwald
Gresse
Burrs
Greythorne
Arlen
Orytte
Balan Berge
Blackthorne
Gyernath
Bucht von Arlen
Bucht von Gyernath

Hier sind wohl keine Überraschungen zu erwarten. Ich danke meinem unermüdlichen Redakteur und Freund Simon Spanton, der immer bereit war, zu diskutieren und mit Ratschlägen auszuhelfen, gelegentlich auch mal mit einem Bier. Die hervorragende Herausgeberin Nicola Sinclair konnte wider Erwarten bei der Presse großes Interesse wecken; und nicht zu vergessen mein Agent Robert Kirby, der nie den Mut verlor. Ich danke euch für alles, was ihr für mich getan habt.

Auch dieses Mal unterstützten mich Dick Whichelow und Dave Mutton mit produktiver Kritik. David Gemmell und Peter Hamilton steuerten wertvolle Ratschläge für die geschäftliche Seite des Schriftstellerlebens bei. Ariel leistete ausgezeichnete Arbeit an meiner Website (vor allem an *theravengazetteer.com*). Rob Bedford, Gabe Chouinard und Sammie von *sffworld.com* haben sich für mich eingesetzt. Und nicht zuletzt möchte ich auch allen danken, die sich die Zeit genommen haben, mir in Zusammenhang mit dem *Raben* eine E-Mail zu schreiben.

Personenverzeichnis

DER RABE	Hirad Coldheart, Barbarenkrieger
	Der Unbekannte Krieger/Sol
	Thraun, Gestaltwandler
	Ry Darrick, Kavallerist und Schwertkämpfer
	Denser, Magier aus Xetesk
	Erienne, Magierin aus Dordover
DIE KOLLEGIEN	Dystran, Herr vom Berge, Xetesk
	Ranyl, Meistermagier im Kreis der Sieben, Xetesk
	Myx, ein Protektor
	Suarav, Hauptmann der xeteskianischen Kollegwache
	Chandyr, Kommandant der xeteskianischen Truppen
	Nyam, xeteskianischer Seniormagier
	Vuldaroq, Erzmagier, Dordover

	Heryst, Lordältester Magier, Lystern
	Izack, Kommandant der lysternischen Kavallerie
	Pheone, Hohe Magierin, Julatsa
DIE ELFEN	Myriell, Al-Drechar
	Cleress, Al-Drechar
	Rebraal, Anführer der Al-Arynaar
	Auum, Anführer der TaiGethen
	Evunn, Kämpfer in Auums Tai-Zelle
	Duele, Kämpfer in Auums Tai-Zelle
	Dila'heth, Elfenmagierin
	Die Krallenjäger
BALAIANER, WESMEN UND EIN DRACHE	Blackthorne, Baron
	Devun, Anführer der Schwarzen Schwingen
	Diera, Frau des Unbekannten Kriegers
	Tessaya, Lord der Paleon-Stämme
	Riasu, Lordhüter am Understone-Pass
	Sha-Kaan, der Große Kaan

Erstes Kapitel

Die Kavallerieabteilung aus der Magierstadt Lystern griff nach einem Schwenk sofort wieder an und setzte den Verteidigern, die vor dem Osttor von Xetesk die Stellung zu halten suchten, schwer zu. Die Reiter zielten auf die geschwächte linke Flanke der Gegner und stürmten vor, Hufe wühlten den Schlamm auf, die Spitzen von Schwertern und Speeren blitzten im Licht der warmen Nachmittagssonne. Dreißig Pferde, unter deren Sätteln der Schweiß hervorquoll, galoppierten heran, gelenkt von erfahrenen lysternischen Reitern unter Befehl des Kommandanten Izack.

»Nun macht schon«, flüsterte Dila'heth, die von einer Anhöhe über dem blutigen Schlachtfeld aus den Angriff beobachtete.

Dort unten im Zentrum der Schlachtreihen versuchten die noch lebenden Elfen der Al-Arynaar und TaiGethen, die sturen Xeteskianer mit einem Katz-und-Maus-Spiel aus ihren Stellungen zu locken. Bisher waren ihre Bemühungen erfolglos geblieben. Die tödlichen Protektoren im Zentrum der feindlichen Reihen waren viel zu diszipliniert, um auf so ein Manöver hereinzufallen.

Ein Sperrfeuer von Sprüchen ging von den xeteskianischen Magiern aus, die sich hinter ihren Kriegern verschanzt hatten. Feuerkugeln, Heißer Regen und Todeshagel prasselten auf die angreifende Kavallerie herab. Lysternische Schilde glühten und blitzten unter dem Feuer der dunkelblauen feindlichen Sprüche, bis das dunkelgrüne Mana-Gitter hervortrat, das die Sperren stabilisierte.

Dila'heth spürte im Mana-Spektrum, unter welchem Druck die Schilde standen, und empfand Achtung vor den Kräften und Fähigkeiten der Magier, die sogar im Reiten Schutzsprüche wirken konnten.

Sofort kam die Gegenreaktion der Elfenmagier und jener aus Lystern, die sich hinter den eigenen Schlachtreihen aufgestellt hatten. Gelbe und grüne Feuerkugeln, aus denen dunkelrote und orangefarbene Flammen züngelten, flogen über die Kämpfer hinweg. Zwei Dutzend Kugeln, jede so groß wie ein Wagenrad, gingen über den xeteskianischen Verstärkungen nieder. Schilde knisterten, fahles blaues Licht zuckte über den Himmel wie bei einem Gewitter, doch die Schilde hielten. So ging es nun schon seit zwanzig Tagen. Vorstoßen, beobachten, täuschen, angreifen. Die Schlachtreihen hatten sich kaum bewegt.

»Setzt sie weiter unter Druck!«, rief Dila'heth. Läufer überbrachten ihre Anweisung dem Feldkommandanten. »Verschafft der Kavallerie etwas Zeit.«

Izacks Männer stießen vor, und sogar Dila'heth zuckte angesichts dieses heftigen Angriffs zusammen. Pferde schnaubten, Männer ließen Schwerter und Streitkolben herabdonnern und drangen tief in die Reihen der Verteidiger ein, ehe sie aufgehalten wurden. Selbst aus hundert oder mehr Schritten Entfernung konnte Dila mit ihren scharfen Augen in allen grausamen Einzelheiten beobachten, wie die Menschen litten.

Izack, den Mund zu einem Kampfschrei geöffnet, der im Tumult unterging, führte seine Männer an und schlug einem Feind die Klinge auf den Kopf. Metall schürfte kreischend über Metall. Der Fußsoldat brach bewusstlos zusammen, und die Hufe des nächsten Pferds trampelten ihn in den Schlamm. Weiter rechts durchbohrte ein einsamer xeteskianischer Pikenier die Brust eines Pferdes. Der Ruck ließ den Reiter über den Pferdekopf hinweg aus dem Sattel fliegen, und das gequälte, sterbende Tier kreischte und keilte panisch aus. Als es strauchelte, traf ein beschlagener Huf die Brust des Xeteskianers, der über dem Reiter zusammenbrach. Gleich daneben wurde ein weiterer Feind von dem stürzenden Pferd umgerissen. Er drehte sich um, taumelte und vergaß seine Verteidigung. Ein Streitkolben zermalmte sein Gesicht.

Schwerter blitzten, Pferde stiegen hoch, Männer brüllten. Inmitten des Durcheinanders schien der Kommandant der Kavallerie viel mehr Muße zu haben als alle anderen ringsum. Er lenkte sein Pferd durchs Gedränge und wehrte die auf ihn und sein Pferd gezielten Schläge scheinbar mühelos ab. Dila sah, wie sich sein Mund bewegte, als er seine Reiter zu der Stelle in den gegnerischen Reihen dirigierte, die er für die schwächste hielt.

Sein Pferd trat aus und traf den Schritt eines Mannes. Izack hielt sich nicht weiter mit diesem Gegner auf, sondern wehrte einen Streich ab, der sein Bein hatte treffen sollen, und trieb dem Angreifer mit der Rückhand das Schwert in den Rumpf. Sie würden durchbrechen, denn er und seine Leute, soweit sie noch im Sattel saßen, waren klar im Vorteil. Aus dem Zentrum der Schlachtlinie lösten sich Protektoren, die jedoch zu spät kommen würden. Hinter Izack wartete eine hundert Mann starke Reserve aus Kavalleristen, lysternischen Schwertkämpfern und Al-Arynaar. Die

Abteilung war stark genug, um eine weite Bresche in die feindlichen Reihen zu schlagen und einen Angriff auf die xeteskianischen Magier einzuleiten. Dilas einzige Sorge war jetzt das Zentrum ihrer eigenen Reihen. Dort mussten sie unbedingt die Stellung halten.

Da sie sicher war, dass sich das Schlachtenglück nun wenden würde, drehte sie sich um und wollte alle waffenfähigen Männer zum Kampf rufen.

Im ersten Moment glaubte sie, die Benommenheit und Übelkeit, die sie überkam, sei nur darauf zurückzuführen, dass sie sich zu schnell gedreht hatte. Doch dann sah sie den Gesichtsausdruck der in Julatsa ausgebildeten Al-Arynaar-Magier, die sie umringten, und erkannte, dass es etwas viel Schlimmeres war.

»Oh, nein.«

Die Kette der Elfenmagier, die harte Schilde und Spruchschilde aufgebaut hatten, zerbrach. Es war eine abrupte, heftige Erschütterung im Mana-Strom, als hätten alle aktiven Magier im gleichen Augenblick die Fähigkeit verloren, die einfache Mana-Gestalt zu halten. Es war kein Irrtum möglich, auch Dila'heth hatte es gespürt. Alle Magier, die an der gemeinsamen julatsanischen Struktur beteiligt gewesen waren, standen hilflos da, während sich die Kraft des Spruchs zerstreute und auflöste.

Dila fuhr zusammen, als die Energie von drei Dutzend versagenden Sprüchen auf sie einstürmte. Auch draußen auf dem Schlachtfeld wurden einzelne Magier von den Ausläufern des Mana-Ausbruchs getroffen, pressten sich die Hände an die Köpfe und stürzten kreischend zu Boden oder fielen lautlos und starr vor Schock einfach um. Zweihundert Schwertträger und ebenso viele Kämpfer der Reserve waren schutzlos allem ausgeliefert, was Xetesk ihnen entgegenschleudern mochte. Es waren bei weitem nicht genügend lysternische Magier im Einsatz, um alle Kämpfer zu decken.

Aus heiterem Himmel hatte es die julatsanischen Magier getroffen. Die Frage, was dieser kurze Ausbruch zu bedeuten hatte, musste warten. Jetzt war nur wichtig, dass hunderte von Elfen und menschlichen Kämpfern völlig ungeschützt waren. Dila'heth rannte den Hang zum Schlachtfeld hinunter und rief die Magier zu sich, die noch einsatzfähig waren.

»Schilde! Wir brauchen Schilde!«

Doch vor ihr fiel der Angriff bereits in sich zusammen. Nervosität griff unter den Kämpfern um sich wie Risse in dünnem Eis. Links war Izack nicht schnell genug durchgebrochen. Er stellte keine Gefahr für die feindlichen Magier dar, und die Xeteskianer hatten bereits Wind von dem Schlag bekommen, der ihre Gegner getroffen hatte. Ihre Krieger griffen mit erneuerter Kampfeswut an, die Pfeile wurden in schnellerem Takt abgeschossen, und die Magier … bei Tuals Zähnen, ihre Magier wirkten alle Sprüche, die sie nur zur Verfügung hatten.

Dila'heth formte im Rennen hektisch einen Spruchschild, doch die Mana-Gestalt entglitt ihr wieder. Das Mana wollte sich einfach nicht verdichten, der Spruch wollte seine Form nicht finden, blieb immer knapp außerhalb ihrer Reichweite wie ein Schmetterling im Wind. Stärker beunruhigt, als sie es sich selbst eingestehen mochte, bremste sie ab, blieb stehen und zog sich wieder zurück. Auch Izack brach den Angriff ab, als die ersten xeteskianischen Sprüche über sie hereinbrachen.

»Räumt das Feld, räumt das Feld!«, rief Dila'heth. Sie hatte sich umgedreht und rannte um ihr Leben.

Einige Magier hatten sich gesammelt und versuchten, Sprüche zu wirken. Andere halfen den verwirrten und bewusstlosen Opfern. Wieder andere schienen so ängstlich wie sie selbst und wussten nicht, was sie nun tun sollten. Die ersten Einschläge der xeteskianischen Sprüche nahmen ihnen die Entscheidung ab.

Mehr Feuerkugeln, als Dila zählen konnte, gingen hinter den Reihen der Verbündeten nieder, explodierten im Schlamm und verspritzten magisches Feuer über wehrlose Menschen und Elfen. Wo die Glut einen xeteskianischen Spruchschild traf, löste sie sich unter kobaltblauem Flackern wirkungslos auf. So konnten die Feinde hinter ihrer Verteidigung sicher abwarten.

Eine Feuerwand baute sich vor der Front auf, und die verbündeten Truppen gerieten in Panik. Brennend, eingekesselt und verschreckt verließen sie die Schlachtreihen und brachten sich in Sicherheit – dorthin, wo die Flammen nicht mehr ganz so heftig loderten. Hier und dort boten einzelne lysternische Schilde noch einigen Kämpfern Schutz, die das Glück gehabt hatten, sie früh genug zu erreichen, doch da sich die Angreifer vor allem auf die Konstruktion der julatsanischen Elfen verlassen hatten, fanden viel zu viele Kämpfer keine Zuflucht mehr.

Wohin sie auch schaute, überall sah Dila'heth brennende Schwertkämpfer, die davonliefen, um das Lager und die Hilfe zu erreichen, die für viele dennoch zu spät kommen würde. Verschmorte Leichen lagen auf dem Schlachtfeld, und die Luft war erfüllt von den Schreien der Sterbenden, die um Beistand und Erlösung von ihren Leiden flehten. Hier und dort riefen die Unteroffiziere ihre Männer und Elfen herbei und versuchten, die Ordnung wiederherzustellen. Dila schüttelte sich.

»Kommt, wir müssen ihnen helfen!« Sie brüllte, um das Tosen der Flammen und die Schmerzensschreie zu übertönen. Dann rannte sie zum nächsten Opfer und versuchte, den einfachsten Heilungsspruch vorzubereiten, der ihr einfallen wollte. Irgendetwas, mit dem das magische Feuer erstickt werden konnte, das seine Kleider und die nackten Arme verbrannte und das Fleisch zerfraß.

Die Mana-Gestalt formte sich quälend langsam, doch endlich gelang es ihr. Gleichzeitig aber ließen die Feinde das Höllenfeuer los. Säulen von überhitzter blauer Energie rasten aus dem mit Rauch erfüllten Himmel herab. Nur wenige Schritte entfernt wurde ein Mann im Mittelpunkt einer Gruppe von Magiern getroffen. Die Energie verzehrte auf der Stelle seinen Körper, das Feuer griff auf die anderen fünf über und erfasste auch sie. Die Detonation warf Dila von den Beinen.

Das bisschen Ordnung, das unter den Fliehenden entstanden war, löste sich sofort wieder auf. Unablässig schlugen Feuerkugeln ein. Heißer Regen fiel in faustgroßen Tropfen. Die Angreifer konnten nur noch Hals über Kopf fliehen.

Aus einer Schnittwunde auf der Stirn blutend, blieb Dila'heth dort liegen, wo sie gefallen war. Der Schwertkämpfer neben ihr war gestorben, seine Schreie waren rasch verklungen. Sie hob den Kopf und sah Todeshagel über das Schlachtfeld fegen. Es wäre ein Wunder, wenn jemand lebend entkam.

Nur Izack verlor nicht die Fassung. Er führte seine Kavallerie quer vor der xeteskianischen Front entlang und erstickte jeden Vorstoß im Keim. Die Schilde, die seine Männer schützten, flackerten dunkelgrün, während immer wieder Sprüche auf sie niedergingen. Doch die Feinde machten überhaupt keine Anstalten, einen Vorstoß zu wagen. Möge Shorth sie alle holen, es war auch nicht nötig. Sie hatten den Kampf bereits gewonnen, und vielleicht die ganze Schlacht.

Dila ließ den Kopf sinken und weinte mit brennenden Augen bittere, frustrierte Tränen. Rauchwolken wallten über dem Schlachtfeld und dämpften die Geräusche der Niederlage und des Triumphs. Irgendwie mussten sie sich neu formieren, aber zuerst mussten sie herausfinden, warum ihre Magie auf so katastrophale Weise versagt hatte.

Erschöpft und unter Schmerzen, blutend und niedergeschlagen stemmte Dila sich auf die Knie hoch und entfernte sich kriechend vom Schlachtfeld. Sie wartete darauf, dass der Todeshagel etwas nachließ, damit sie sich rennend in Sicherheit bringen konnte. Vor ihr lagen wahre Berge von Gefallenen auf dem Boden. Einige bewegten sich noch, die meisten nicht. Links von ihr kam eine weitere Kavallerieabteilung im Galopp herbei, um Izack zu unterstützen. Auf der Anhöhe vor dem Lager sah sie Männer und Elfen in einer Reihe stehen und ungläubig auf die Katastrophe starren, die über sie hereingebrochen war.

Jetzt konnte sich das Blatt nur noch wenden, wenn Yniss sehr freundlich auf sie herablächelte.

Im großen Saal, ganz oben im gedrungenen, breiten Turm des Kollegs von Lystern, war es auch an diesem warmen Tag trotz des Sonnenlichts, das durch die wundervollen Blutglasfenster auf den riesigen runden Tisch fiel, empfindlich kühl.

Heryst, der Lordälteste Magier, saß mit vier anderen Magiern zu Gericht. Sie alle waren alte Männer und bewährte Ratgeber des relativ jungen Herrschers von Kolleg und Stadt. Ihrem Halbkreis gegenüber hatte der Rabe Darrick in die Mitte genommen, der als Einziger stand, während seine Freunde saßen, um anzuhören, welche Anklagen gegen ihn vorgebracht wurden. Ansonsten war der große Saal fast leer, abgesehen von fünfzehn Wächtern des Kollegs und einer Schar von Schreibern und Protokollmagiern. Die Stimmen klangen hohl in dem riesigen Raum mit dem Kuppeldach.

Hirad Coldheart hielt die ganze Veranstaltung für einen kapitalen Fehler. Dieses Gefühl, dass etwas grundfalsch war, hatte alle seine Sinne erfasst und sich wie ein klebriges Spinnennetz über seinen Körper ausgedehnt. Schon zweimal hatten ihn die Gerichtsdiener ermahnt, und jetzt legte der Unbekannte Krieger ihm eine Hand auf die Schulter, damit er sitzen blieb. Man hatte ihm versprochen, er dürfe sich zu gegebener Zeit äußern, doch er hatte den Eindruck, dazu werde es erst kommen, wenn die Magier auf der anderen Seite des Tischs ihr Urteil längst gefällt hatten. Für Heryst mochte das nicht gelten, gewiss aber für die anderen Richter.

Darrick hatte natürlich eine untadelige Haltung an den Tag gelegt. Der ehemalige General der lysternischen Armee, der jetzt wegen Fahnenflucht, Hochverrats und Feigheit vor dem Feind angeklagt wurde, war aus eigenem Antrieb ins Kolleg zurückgekehrt, um sich zu rechtfertigen. Zwar hatten die anderen Rabenkrieger eingewandt, es sei ein ungünstiger Zeitpunkt, weil es wichtigere Dinge gebe, um die man sich kümmern müsse, doch Darrick hatte sich nicht beirren lassen.

Er war ein Mann mit unumstößlichen Prinzipien, und für ihn war die Wiederherstellung seines guten Rufs wichtiger als alles, was der Rabe sonst noch planen mochte. Diese Prinzipien waren es, die ihn zu einem so wertvollen Mitstreiter des Raben machten, doch im Moment waren sie die Ursache einer Verzögerung, die Hirad unerträglich fand. So viel war noch zu tun, und er hatte das Gefühl, sie verplemperten hier nur ihre Zeit. Die Ereignisse überschlugen sich, und sie durften nicht ins Hintertreffen geraten.

Heryst hob den Kopf, nachdem er flüsternde Zwiesprache mit den anderen Richtern gehalten hatte. Zwei runzelten die Stirn, einer schüttelte den Kopf, der vierte schien unentschlossen.

»An diesem Punkt«, erklärte der Lordälteste Magier, »lassen wir die Anklage wegen Hochverrats fallen. Es ist klar, dass es nicht Eure Absicht war, Euch gegen Lystern zu wenden. Euer Einwand, unser Bündnis mit Dordover sei zu jener Zeit womöglich ein viel schwerwiegenderer Verrat gewesen, ist nicht völlig zu entkräften. Deshalb entfällt auch der Vorwurf, Ihr hättet aufgrund eines Verrats Eure Männer in Gefahr gebracht. Allerdings werden die Vorwürfe der Fahnenflucht und der Feigheit vor dem Feind aufrechterhalten, und zu diesen müsst Ihr Euch äußern.«

Hirad öffnete den Mund, doch der Unbekannte drückte auf seine Schulter.

»Lächerlich«, murmelte der Barbar.

»Ich weiß«, sagte der Unbekannte.

»Über den Vorwurf, ich sei ein Feigling, kann ich nur lachen«, erklärte Darrick. »Aber nach den Gesetzen Lysterns habe ich mich tatsächlich der Fahnenflucht schuldig gemacht. Dies steht außer Zweifel.«

»Das ist nicht gerade eine kluge Einleitung für deine Verteidigung«, sagte Denser.

Darrick warf einen kurzen Blick nach rechts und durchbohrte den xeteskianischen Magier mit dem Blick, der schon tausend jungen Rekruten den Atem hatte stocken lassen.

»Es war Fahnenflucht«, bekräftigte Darrick, »doch die Begleitumstände relativieren die Vorwürfe und lassen meine Entscheidung sogar als die einzig ehrenhafte erscheinen.«

»Mildernde Umstände sind hier nicht zu erkennen«,

grollte einer der Richter, ein Mann mit fetten Wangen und tief in den Höhlen liegenden Augen.

»Dann müssen die mildernden Umstände durch diese Sitzung ans Licht kommen.« Darrick ließ sich nichts anmerken. »Es war keine Fahnenflucht aufgrund von Feigheit oder Angst. Es war keine Fahnenflucht, die auf irgendeine Weise das Leben der unter meinem Befehl stehenden Männer gefährdet hätte. In Friedenszeiten hätte man es als Rücktritt aus prinzipiellen Erwägungen betrachtet.«

»Doch wir waren im Krieg«, fuhr der Magier fort. »Und Ihr standet im Kampf gegen den Feind.«

»Dennoch wollen wir anhören, was Ihr zu sagen habt«, lenkte Heryst ein.

»Ihr lasst Euch von Eurer persönlichen Freundschaft blenden«, erwiderte ein anderer Richter, ein Mann mit grauen Haaren und großer Nase.

»Und durch seine bislang makellose Karriere, durch seinen Mut und sein ehrenhaftes Verhalten im Kampf«, sagte Heryst. »Wir haben es hier nicht mit irgendeinem Rekruten zu tun.« Lächelnd wandte er sich an Darrick. »Gebt Euch Mühe, Ry. Wenn es Euch nicht gelingt, Euch zu erklären, dann droht Euch eine schwere Strafe.«

»Das ist mir bewusst«, erwiderte Darrick. »Und dies ist auch der erste Punkt meiner Verteidigung – ich bin freiwillig gekommen, um mich zu den Vorwürfen zu äußern. Da an unseren Grenzen Krieg herrscht, hätte wenig Aussicht bestanden, mich festzunehmen. Ich will jedoch meinen guten Ruf wiederherstellen, damit ich meinen Teil beitragen kann, ohne mich ständig über die Schulter nach Kollegwachen umsehen zu müssen, die mit Haftbefehlen ausgerüstet sind.«

»Seid unseres Dankes gewiss, dass Ihr Euch selbst gestellt habt und uns die Notwendigkeit erspart, zusätzliche

Kräfte für Euch einzusetzen«, sagte der Magier mit der großen Nase trocken.

Hirad starrte ihn finster an und spannte unwillkürlich alle Muskeln. Die Atmosphäre gefiel ihm nicht. Die vier alten Männer waren offenbar von der Schuld des Angeklagten bereits überzeugt. Nur Heryst schien ehrlich an Argumenten dafür interessiert, dass Darrick die einzige Entscheidung getroffen hatte, die unter den damaligen Bedingungen überhaupt möglich gewesen war. Fraglich war nur, ob die anderen Richter ihm folgen würden.

»Vor drei Jahren ereignete sich im Hafen von Arlen ein Verrat, der nicht nur mich, sondern jeden Lysternier betraf. Dort warfen einige, die ermächtigt waren, die Kontrolle über das Nachtkind zu übernehmen, jegliche Moral über Bord und belegten das Kind mit der Todesstrafe – und nicht nur das Mädchen, sondern auch dessen Mutter Erienne, die links neben mir sitzt.«

»Wir sind uns durchaus …«

»Ihr werdet mich ohne Unterbrechung sprechen lassen, Lord Metsas«, sagte Darrick. Seine Stimme klang nicht einmal verärgert.

Metsas' errötete, sagte aber nichts weiter.

»Wie bereits bekannt ist, befehligte ich dort eine Kavallerieabteilung, die im Auftrag der verbündeten Kollegien Lystern und Dordover ein Schiff am Auslaufen hindern sollte. Wir mussten es gegen einen Angriff von Xetesk verteidigen, und an Bord des Schiffs befanden sich dordovanische Magier, die mit den Schwarzen Schwingen unter einer Decke steckten. Mit den Schwarzen Schwingen, meine Herren. Außerdem befand sich eine Geisel an Bord: Erienne.«

Darrick deutete auf sie, und Hirad entging nicht ihr schmerzlicher Gesichtsausdruck. Sie lehnte einen Moment den Kopf an Densers Schulter.

»Dordover hat sie benutzt, um ihre Tochter Lyanna in die Hände zu bekommen. Dann wollten die Magier sie den Schwarzen Schwingen ausliefern, die sie getötet hätten, und sie selbst hätten dem Nachtkind das Gleiche angetan. Es war ein unmenschlicher Plan, für den Dordover nichts als ewige Verachtung verdient. Und falls einer von Euch insgeheim Dordovers Pläne billigt, dann verdient er die gleiche Verachtung. Seid versichert, dass ich meine Stadt und mein Kolleg liebe. Ich liebe seine Prinzipien, seine Moral und seine Ethik. Ich konnte keine Streitmacht anführen, die dazu beitragen sollte, dass diese Werte verraten würden. Die Entscheidung brach mir das Herz, aber ich hatte keine andere Möglichkeit. Dies könnt Ihr sicherlich verstehen, da auch Ihr dafür verantwortlich seid, die Ethik und die Prinzipien unserer Stadt zu hüten.

Doch Ihr sollt auch wissen, dass ich meinen Rücktritt ordentlich vollzogen habe. Ich übergab das Kommando an Izack im Wissen, dass er fähig war, seine Pflicht genauso sorgfältig zu erfüllen wie ich. Selbstverständlich hat er meine Erwartungen nicht enttäuscht. Meine Männer wurden keinen unnötigen Gefahren ausgesetzt, und die Bürde von Lysterns Entscheidungen wurde von ihnen genommen. Ich war derjenige, der die Befehle empfangen hatte; Izack und seine Männer waren lediglich verpflichtet, die Befehle auszuführen.

Zugleich ließ ich ihnen jedoch die Wahl. Ich habe keine Massendesertion angestiftet, und wie belegt ist, kam es auch nicht dazu. Die Entscheidung blieb jedem Einzelnen und seinem Gewissen überlassen, doch was konnten die meisten dieser Männer schon tun? Sie hatten Angehörige, die von ihnen abhängig waren. Sie hatten ihr Leben noch vor sich. Und sie hatten niemanden, zu dem sie gehen konnten. Das war bei mir anders, denn ich hatte den Raben.«

Heryst rutschte auf seinem Stuhl hin und her und wich Darricks festem Blick aus. Auch Hirad beobachtete die Magier im Richteramt. Sie zeigten keinerlei Mitgefühl und Verständnis für Darricks Konflikt. Die Worte, die gesprochen wurden, bestätigten nur ihre einfältigen Vorurteile.

»In der Tat, Ihr hattet den Raben«, sagte der Magier mit der großen Nase. »Und Ihr habt auf einer Seite des Hafens gemeinsam mit Xetesk gekämpft, während auf der anderen Seite Eure Männer von Xetesk getötet wurden. Wie bringt Ihr das mit einer verantwortungsvollen Übergabe Eures Kommandos in Einklang?«

Darrick nickte bedächtig. »Lord Simmac, falls meine Pflicht darin bestanden hat, Mörder und Hexenjäger zu beschützen, dann bin ich froh, sie nicht erfüllt zu haben. Falls es aber meine Aufgabe war, die Unschuldigen zu beschützen und mit einer schrecklichen Ausnahme das Bestmögliche für Balaia und somit auch für Lystern zu tun, dann hatten ich und der Rabe Erfolg, auch wenn die nachfolgenden Ereignisse unseren Erfolg getrübt haben.«

»Was wäre diese Ausnahme?«, fragte Simmac.

»Die Tatsache, dass Lyanna starb, sodass wir niemals mehr erfahren werden, ob sie fähig gewesen wäre, ihre Kräfte zu unser aller Vorteil zu nutzen.«

»Natürlich«, sagte Simmac, als sei ihm diese Tatsache völlig entfallen.

»Dordover wollte sie töten, nachdem sie entkommen war«, warf Hirad leise ein. »Ich frage mich, was Eure Absicht war?«

Heryst wandte sich an ihn. »Hirad, bei allem Respekt, wir haben uns hier nicht versammelt, um über Lysterns schändliches Bündnis mit Dordover zu diskutieren. Wir verhandeln hier gegen Ry Darrick.« Er gestattete sich ein kleines Lächeln. »Aber da Ihr die ganze Zeit schon, seit wir begonnen haben, dringend das Wort ergreifen wollt, ist jetzt vielleicht der richtige Zeitpunkt gekommen, falls Darrick fertig ist.«

»Für den Augenblick, ja«, erklärte Darrick. »Allerdings behalte ich mir vor, noch einmal zu sprechen.«

»Das sei Euch gewährt«, stimmte Heryst zu. »Hirad, Euer Auftritt.«

Unter den kalten, abschätzenden Blicken der Richter stand der Barbar auf.

»Es ist ganz einfach«, sagte er. »Was Darrick in Gang brachte, hat das Elfenvolk vor der Ausrottung bewahrt. Er hat vielen das Leben gerettet, indem er sich uns anschloss. Leider waren es nicht genug.«

Der Unbekannte drückte seinen Unterarm. Alle Rabenkrieger empfanden wie er. Sie hatten Ilkar nicht mehr retten können, den Elfenmagier, der von Anfang an beim Raben gewesen war. Ein Elfenmagier, den sie alle geliebt hatten und der ironischerweise gefürchtet hatte, mit ansehen zu müssen, wie sie alle älter wurden und starben.

»Und wie genau würdet Ihr dies begründen?«, fragte Simmac. Es klang beinahe höhnisch.

Hirad verspürte einen überwältigenden Drang, über den Tisch zu springen und dem Mann die große Nase einzuschlagen. Er holte tief Luft.

»Hätte er nicht auf Herendeneth die Verteidigung des Hauses der Al-Drechar organisiert, und hätte er nicht mit dem Raben und Xetesk in diesem Haus gegen die Invasion der Dordovaner und der Schwarzen Schwingen gekämpft, dann hätten außer Lyanna auch alle Al-Drechar den Tod gefunden. Und mit ihnen wäre, wie wir jetzt wissen, auch jeder andere Elf gestorben. Nur sie besaßen genügend Wissen, um die Statue des Yniss wieder zu binden und der Seuche Einhalt zu gebieten.«

»Ich vermag nicht recht einzusehen, wie …«, hub Simmac an.

»Wo wären Eure Streitkräfte ohne die Elfen, hm?« Hirad hob die Stimme; es hallte laut unterm Gebälk. »Wo wärt Ihr ohne ihre Schwerter und ihre Magie, die Euch und Dordover gegen Xetesk unterstützen? Beantwortet mir das, und dann könnt Ihr weiter höhnisch lachen.« Hirad wollte sich schon setzen, dann fiel ihm noch etwas ein.

»Ry Darrick ist einer der tapfersten Männer, die ich je kennen gelernt habe. Seine Ehrenhaftigkeit und Aufrichtigkeit ist über jeden Zweifel erhaben. Was er tut, dient dem Wohl Balaias, und danach sollten wir alle streben, meint Ihr nicht auch? Wenn Ihr ihn verurteilt, dann nehmt Ihr uns eine starke Waffe, die wir im kommenden Kampf dringend brauchen. Und glaubt mir, wir stehen auf Eurer Seite. Auf der Seite, die dem Land das Gleichgewicht zurückgeben wird. Bestraft ihn, und Ihr macht Euch den Raben zum Feind. Und das werdet Ihr sicher nicht wollen.«

Hirad setzte sich. Er spürte seinen Puls am Hals pochen und war froh, dass sein Gesicht stark gebräunt war; er war sicher, dass es rot angelaufen war.

»Gut gesprochen, Hirad«, sagte der Unbekannte.

Darrick drehte sich kurz um und nickte knapp.

»Wünscht sonst noch jemand das Wort?«, fragte Heryst.

»Hirad spricht für uns alle«, erwiderte der Unbekannte. »Darrick gehört zum Raben. Er hat entscheidend dazu beigetragen, das Elfenvolk zu retten, und seine Ehre und sein Mut stehen außer Frage. Wenn Ihr ihn schuldig sprecht, dann müsst Ihr Euch selbst fragen, welcher Tat er eigentlich schuldig sein soll.«

»Fahnenflucht«, fauchte Metsas. »Er ist desertiert und hat die lysternischen Reihen verlassen.«

»Vielleicht hat er auch einfach seine Pflicht für sein Land getan.«

»Wenn Ihr das glauben wollt«, sagte Metsas.

»Oh, ich habe daran keinen Zweifel«, erwiderte der Unbekannte. »Aber Ihr seid die Richter.«

»Fürs Protokoll«, sagte Heryst, »und entschuldigt die Widersprüchlichkeit, weil ich zugleich Darricks Richter und sein vorgesetzter Offizier bin. Ich muss jedoch Darricks makelloses Verhalten, seinen Mut und seine Dienste für die Stadt und das Kolleg von Lystern zur Sprache bringen. Jede einzelne Tat zu erwähnen, würde mehr Zeit erfordern, als wir haben, und dies allein sollte uns schon genug über seinen Charakter sagen. Alles ist gut dokumentiert, doch drei Ereignisse treten als leuchtende Beispiele für seine Loyalität, seine Entschlossenheit und seine Fähigkeiten besonders hervor.

Die Vorstöße in den Understone-Pass in den Jahren, bevor der Pass schließlich fiel. Wie viel Schaden hätte die Invasion der Wesmen angerichtet, wenn wir den Pass schon früher verloren hätten?

Die Schlacht von Parve vor sechs Jahren. Darrick führte seine Kavallerie ins Herz der Wesmen-Stellungen, um dem Raben den Durchbruch zu ermöglichen. Wäre Denser ohne ihn fähig gewesen, Dawnthief zu wirken und die Herzen der Wytchlords zu durchbohren?

Schließlich die Invasion der Wesmen. Die vereinte Streitmacht der Kollegien war unter Darricks Kommando fähig, die Wesmen lange genug aufzuhalten, bis Hilfe in Gestalt der Kaan-Drachen durch den sich bereits schließenden Schattenriss eintraf.

Bei all diesen Ereignissen stellte er seinen Heldenmut und seine Bereitschaft unter Beweis, sich aufzuopfern. In seiner Zeit als lysternischer General hat Darrick ohne jede

Frage einen wichtigen Beitrag zur Rettung Balaias geleistet.«

Hirad sah den Kollegrichtern an, was sie dachten. Unverkennbar, dass ihnen nicht gefiel, was sie gehört hatten. Es waren Magier der alten Schule, in deren Augen die Treue gegenüber Lystern und die Liebe zu Balaia nicht unbedingt deckungsgleich waren. Und Darrick hatte sich für Balaia entschieden.

»Sind wir fertig?«, fragte Simmac. Darrick und Heryst nickten. »Gut.« Der ältere Magier schnippte mit den Fingern, und eine junge Frau löste sich aus der Gruppe der Gerichtsschreiber. »Den Schallschild, bitte.«

Sie nickte und wirkte den Spruch, indem sie mit den Händen eine Kuppel über die fünf beratenden Richter zeichnete. Lautlos aktivierte sie den Spruch, legte die Hände trichterförmig vor den Mund und sprach das Befehlswort, um den einfachen Zauber zu vollenden.

»Wie lange wird es dauern?«, fragte Hirad. Er konnte beobachten, wie Metsas als Erster das Wort ergriff und abfällig zum Raben deutete. Heryst runzelte die Stirn und antwortete kopfschüttelnd.

»Nicht sehr lange, fürchte ich«, sagte Darrick. »In dieser stillen Blase habe ich nur einen einzigen Verbündeten.«

»Aber er ist der oberste Magier«, wandte Hirad ein.

»Das hat nicht viel zu bedeuten, mitten in einem Krieg, den Lystern nach Ansicht der Hälfte aller Ratsmitglieder überhaupt nicht führen dürfte«, sagte Denser.

»Allerdings«, stimmte Darrick zu.

»Glaubst du, Heryst könnte dich opfern, um die Opposition zu beschwichtigen?«, fragte der Unbekannte.

»Das ist möglich«, sagte Darrick. »Er ist nicht mehr so selbstsicher, wie ich ihn in Erinnerung habe.«

»Ich verstehe das nicht«, schaltete sich Erienne ein. »Die Rettung der Elfen sollte doch ausreichen.«

»Möglicherweise reicht das, um mir das Leben zu retten. Ob es auch für einen Freispruch reicht, weiß ich nicht.«

Links von sich hörte Hirad ein Knurren. Er drehte sich zu Thraun um, der wie gebannt die Kollegrichter und Heryst beobachtete. Sein Gesicht war verkniffen und wütend, und er fletschte beinahe die Zähne.

»Blinde Männer«, sagte Thraun.

»Ich weiß, was du meinst«, stimmte Hirad zu.

Sie schwiegen und beobachteten das Gericht, das über Darricks Schicksal beriet, während im großen Saal die Spannung stieg. Hirads Hände schwitzten, und auch Darrick, der neben ihm stand, zeigte endlich einmal etwas Gefühl. Sein Gesicht unter dem blonden Lockenschopf war besorgt, und er ballte und öffnete unentwegt die Hände. Er schluckte schwer und warf einen Blick zu Hirad. Sein Lächeln war verzagt, seine Augen klein und voller Furcht.

Die Rabenkrieger mieden die Blicke ihrer Gefährten und beobachteten das stumme Schauspiel auf der anderen Seite des Tisches. Metsas und Simmac hatten bereits deutlich gemacht, wo sie standen, und auch Heryst hatte sich klar geäußert. So blieben noch die beiden, die während der Sitzung geschwiegen hatten. Was würden ihre Köpfe und Herzen ihnen sagen?

Die Stille schmerzte in Hirads Ohren, während er Heryst offenbar erzürnt antworten sah. Er klatschte die Hände auf den Tisch, und die Schwingung breitete sich lautlos aus. Der Lordälteste Magier zielte mit einem Finger auf Metsas und deutete auf die beiden noch unentschlossenen Magier. Der Kollegrichter zuckte zusammen und zog den Kopf ein, doch sein Gesichtsausdruck veränderte sich nicht. Heryst stellte ihm noch eine Frage. Metsas schüttelte den Kopf, Simmac rührte sich nicht, und die anderen beiden nickten.

»Die Entscheidung wird durch die Mehrheit getroffen.« Herysts Stimme war unnatürlich laut, nachdem der Schallschild aufgehoben worden war.

Wenn überhaupt möglich, dann richtete Darrick sich noch eine Spur weiter auf. Die Hände hielt er jetzt still.

»Das Urteil des lysternischen Gerichts nach der Verhandlung gegen den ehemaligen General Darrick wegen Fahnenflucht und Feigheit vor dem Feind lautet wie folgt.«

Heryst bemühte sich, sich nichts anmerken zu lassen, als er das Urteil verkündete, doch seine Augen verrieten sein Unbehagen. Hirad packte unwillkürlich die Stuhllehnen fester. Auf einmal war ihm sehr heiß, und er wünschte sich, er könnte ähnlich gefasst reagieren wie Darrick.

»Der Vorwurf der Feigheit vor dem Feind wird verworfen. Der Vorwurf, dass Ihr desertiert seid und die Euch unterstellten Männer zurückgelassen habt, als sie einem Feind von unbekannter Stärke gegenüberstanden, und dass Ihr das Schlachtfeld verlassen habt, um die Waffen gegen einen Verbündeten zu erheben, wird aufrechterhalten.

Die Strafe für Fahnenflucht ist gewöhnlich der Tod ohne Möglichkeit der Berufung. Doch wir befinden uns in einer außergewöhnlichen Situation, und an Euren Fähigkeiten als Schwertkämpfer, Reiter und Anführer der Truppen besteht kein Zweifel.«

Lord Metsas räusperte sich, doch ein scharfer Blick von Heryst brachte ihn zum Schweigen.

»Deshalb hat dieses Gericht entschieden, dass Ihr, Ry Darrick, erneut in die lysternische Kavallerie einberufen werdet. Ihr sollt unter Kommandant Izack im Krieg gegen Xetesk dienen. Ihr werdet zum Kavalleristen zweiter Klasse degradiert, doch ihr wisst, dass in den lysternischen

Streitkräften herausragende Leistungen stets mit rascher Beförderung, oft direkt auf dem Schlachtfeld, belohnt werden.

Ihr werdet morgen in der Dämmerung zur Front am Osttor aufbrechen. Habt Ihr sonst noch etwas zu sagen, ehe das Urteil rechtskräftig wird?«

Hirad schwirrte der Kopf. Einerseits war er froh, dass Darrick nicht hingerichtet wurde, andererseits sollte der ehemalige General vom Raben getrennt werden. Nach den letzten Verlusten mochte Hirad sich nicht damit abfinden, dass der Rabe unter einer solchen Strafe leiden sollte.

Einige Augenblicke lang schwieg Darrick, während die Anwesenden auf seine Reaktion warteten. Sie fiel nicht so aus wie erwartet.

»Ich akzeptiere die Entscheidung, aber nicht die Strafe«, sagte er.

Lord Metsas schnaubte. »Ihr redet, als hättet Ihr eine Wahl.«

»Die habe ich«, sagte Darrick. »Ich kann mich entscheiden, Euer Urteil anzunehmen oder meinen Überzeugungen treu zu bleiben.«

Hirad war sicher, dass in der darauf einsetzenden Stille alle anderen hören konnten, wie ihm das Herz bis zum Halse schlug. Heryst war völlig verwirrt, er schien entsetzt und den Tränen nahe. Erienne schüttelte den Kopf, während Thraun und der Unbekannte nickten. Hirad schloss sich ihnen an.

»Und wie sehen Eure Überzeugungen nun aus?«, erkundigte sich Lord Metsas.

»Ich bin davon überzeugt, dass ich Balaia zusammen mit dem Raben besser dienen kann als am Osttor von Xetesk. Ich bin überzeugt, dass wir das Gleichgewicht wiederherstellen können, wenn wir frei handeln können, während die Verbündeten Xetesk in Schach halten. Ich bin überzeugt, dass meine Abordnung zur lysternischen Kavallerie eine billige Retourkutsche ist. Meine Herren, Ihr müsst mich verstehen. Ich bin ein Rabenkrieger. Und das ist alles, was ich sein will, von heute an bis zum Tag meines Todes.«

Metsas und Simmac entspannten sich sichtlich. Heryst dagegen schloss einen Moment die Augen und beugte sich vor. Er massierte mit den Fingern seine Stirn.

»Dann bleibt mir nichts anderes übrig«, sagte ich. »Ich habe für Euch getan, was ich konnte. Ry Darrick, wenn Ihr Euch weigert, Euch der Kavallerie anzuschließen, dann kann dieses Gericht nur noch ein Urteil über Euch verhängen: die Todesstrafe.«

Zweites Kapitel

Niemand brach das Schweigen, das sich über das größtenteils wieder aufgebaute Kolleg von Julatsa gesenkt hatte. Niemand wagte etwas zu sagen, weil niemand die Ängste aussprechen wollte, die alle spürten.

Es hatte sie jedoch alle tief getroffen, es hatte ihnen den Atem verschlagen und die Kräfte geraubt. Schweigend hatten sie sich am Loch in der Mitte des Kollegs versammelt. Hier ruhte das Einzige, was sie nicht in Ordnung bringen konnten, weil sie nicht genug waren, und es war das Einzige, was sie jetzt wirklich brauchten, weil das Kolleg sonst nicht wieder als magisches Gebilde auferstehen konnte.

Das Herz.

Es war begraben worden, um seiner Zerstörung durch die Wesmen zuvorzukommen, und es würde unzugänglich bleiben, bis sich genügend Julatsaner versammelten, um es zu bergen und wieder zum Schlagen zu bringen, damit es das Kolleg mit neuem Leben erfüllte.

Sie hatten angenommen, das Herz würde, nachdem es begraben worden war, einfach schlafen, bis es wieder heraufgeholt wurde, doch dies traf nicht zu. Diese Furcht war es, die sie alle – so wenige sie auch waren – am zackigen Kraterrand zusammengeführt hatte. Dreihundert Fuß tief und von undurchdringlicher Schwärze bedeckt, lag dort unten das Herz.

Als die Magier es begraben hatten, war der Turm eingestürzt, den das Kolleg über ihm errichtet hatte. Dabei waren auch die tapferen Seelen verschüttet worden, die sich aufgeopfert hatten, um das Kolleg vor der endgültigen Zerstörung zu retten. Dieses Begräbnis rückgängig zu machen, war äußerst schwierig und überstieg die Kräfte der vierzig Magier, die sich am Krater versammelt hatten.

Pheone nagte an der Unterlippe und versuchte verzweifelt, sich ein paar hoffnungsvolle Worte einfallen zu lassen, um die anderen aufzumuntern, doch ihr Herz war schwer, und das Loch vor ihr war tief. Sie hatten sich an den Glauben geklammert, das Herz liege zwar im Schlaf, halte aber immer noch ihre Magie lebendig. Sie waren überzeugt gewesen, eines Tages, so lange es auch dauern mochte, ihrem Kolleg den früheren Glanz zurückgeben zu können. Diese Hoffnung war dahin.

»Es stirbt, nicht wahr?«, sagte Pheone, und ihre Stimme trug weit im stillen Hof. Niemand antwortete ihr, doch das Scharren der Füße verriet ihr, dass alle sie gehört hatten.

Was, um alles in der Welt, sollte sie nur tun? Alle hatten sich an sie gewandt, nachdem Ilkar vor drei Jahreszeiten mit dem Raben aufgebrochen war. Sie erwarteten von ihr, dass sie fortsetzte, was er begonnen hatte. Als ob das so einfach wäre.

Bei den Göttern, sie vermisste ihn. Seine Kraft, seine Berührungen, seine Küsse. Kein Tag verging, an dem sie nicht zum Tor blickte und wünschte, er möge hindurchreiten. Er wüsste, was zu tun war und wo man die Magier finden konnte, die man brauchte, um das Herz zu bergen, ehe es zu spät war. Vielleicht würde er bald kommen. Doch die Neuigkeiten trafen nur spärlich ein, da nicht viele Julatsaner mit dem Kolleg in Verbindung standen, und sie hatte seit mehr als einer Jahreszeit überhaupt nichts mehr von ihm gehört. Jeder Tag ohne Nachricht ließ ihren Glauben ein wenig brüchiger werden.

»Das ist nicht möglich«, sagte Lempaar schließlich. Er war der älteste Elfenmagier unter ihnen und von der Krankheit verschont geblieben, die ein Zehntel seines Volks und ein Fünftel der ohnehin schon kleinen Schar von Magiern dahingerafft hatte. Allmählich drangen die Nachrichten zu ihnen durch, dass die Seuche auf beiden Kontinenten zehntausende Elfen dahingerafft hatte, um ebenso plötzlich wieder abzuebben.

»Wir haben es alle gespürt, Lempaar«, sagte Pheone. »Wir wissen, was es zu bedeuten hat.«

Es hatte nicht sehr lange gedauert. In jedem Magier hatte sich ein Abgrund aufgetan und einen Ausblick auf ein Leben ohne Mana eröffnet. Es war schrecklich. Eine furchtbare, unergründliche Leere, ein unheilbarer Verlust.

Pheone ließ den Blick langsam über die Versammlung wandern. Alle bemühten sich, genau wie sie selbst, das Offensichtliche zu verdrängen. Die offiziellen Lehren waren unmissverständlich gewesen. Das Herz, so hieß es, war das Zentrum der julatsanischen Macht, stellte aber für sich genommen kein Portal zwischen den Magiern und dem Mana dar. Sein Verlust wäre ein schrecklicher Schlag, doch es wäre nicht das Ende der julatsanischen Magie; sie würde danach nur schwieriger werden.

So verkündeten es die Lehren.

»Aber sie haben sich geirrt«, flüsterte Pheone.

»Wer?«, wollte Lempaar wissen.

»Alle, die uns jemals etwas über das Wesen der julatsanischen Magie gelehrt haben.«

Alle sahen sie jetzt an und warteten darauf, dass sie entschied, was als Nächstes zu tun sei. Sie hätte es komisch gefunden, hätten sie nicht vor einer Katastrophe gestanden. Sie war nie gewählt worden, sondern hatte, genau wie Ilkar, nur deshalb eine Führungsrolle übernommen, weil sie gut organisieren konnte. Es war leicht gewesen, solange sie noch viel Arbeit gehabt hatten. Doch inzwischen waren die Bauarbeiten und Reparaturen bis auf den Turm abgeschlossen, und sie mussten sich einer Zukunft stellen, in der löchrige Dächer und wacklige Bauten unbedeutende Nebensächlichkeiten darstellten. Jetzt mussten sie sich damit abfinden, dass sie ihre Fähigkeit verloren, auf das Mana-Spektrum einzuwirken. Julatsa starb.

»Wir müssen jetzt scharf nachdenken«, sagte Pheone und versuchte, ihre Gedanken halbwegs zu ordnen. »Es gibt einige Dinge, die wir tun können, und wir dürfen es uns nicht erlauben, jetzt aufzugeben. Nicht nach allem, was wir bisher schon erreicht haben. Lempaar, könntest du so viele Leute wie möglich mitnehmen und die Texte, die wir noch haben, auf Hinweise durchgehen, die uns zu verstehen helfen, was jetzt im Herzen vor sich geht? Vielleicht können wir … ich weiß nicht, vielleicht können wir es in gewisser Weise nähren oder wieder beleben. Irgendetwas, um sein Leben zu verlängern, falls das Problem wirklich im Herzen liegt.

Buraad, Massentii, Tegereen, wir brauchen einen Plan, wie wir am besten unseren Hilferuf aussenden. Alle julatsanischen Magier müssen dies gefühlt haben. Sie alle müssen herkommen und uns helfen, das Herz zu bergen.«

»Wir brauchen so viele«, wandte jemand auf der anderen Seite des Kraters ein.

»Dann sollten wir sie lieber sofort zu uns rufen«, erwiderte Pheone.

»Warum glaubst du, dass wir dieses Mal mehr Erfolg haben als beim letzten Mal? Wir haben schon einmal um Hilfe gebeten, wie du weißt. Nur wenige sind dem Ruf gefolgt. Und jetzt tobt da draußen ein Krieg.« Es war wieder derselbe Magier, der zum Ausdruck brachte, was sie alle empfanden. Sie waren ausgelaugt und hoffnungslos.

»Ich weiß. Aber wir müssen einfach Erfolg haben. Und der Krieg hat einige Elfen von Calaius hierher verschlagen, auch wenn die Götter allein den Grund dafür wissen. Sie wurden alle in Julatsa ausgebildet, und wir müssen ihnen erklären, was auf dem Spiel steht. Welche anderen Möglichkeiten haben wir denn, außer es immer wieder zu versuchen? Die Alternativen sind unvorstellbar.

Hört zu, wir müssen jetzt stark sein und zusammenhalten. Jeder, der nicht in der Bibliothek hilft, soll das Mana-Spektrum erkunden. Wir müssen herausfinden, was passiert, wenn wir jetzt einen Spruch wirken. Könnt ihr die Sprüche so leicht wie vorher formen? Erkundet alles, aber seid vorsichtig. Wir können es uns nicht erlauben, noch jemanden durch einen Rückschlag zu verlieren. Seid ihr alle bereit?«

Schweigen.

»Also gut, dann lasst uns beginnen. Am Abend reden wir weiter.«

Tessaya, der Lord der Paleon-Stämme der Wesmen, blickte auf die Knospen hinab, die vor seinem Füßen aus dem Boden brachen, und lächelte unwillkürlich. Das ganze Dorf summte vor Leben, die Einwohner schöpften Wasser aus dem Brunnen, die Bauern wetzten ihr Werkzeug und waren für die Aussaat bereit, die Häuser waren mit sauberem

Stroh gedeckt und verstärkt. Ein frischer Geruch lag in der Luft, der Geruch von neuem Leben. Es war der Geruch der Hoffnung, und Hoffung war etwas, das sein Volk dringend brauchte.

In den sechs Jahren nach dem Krieg, in dem so viele Männer gefallen waren, hatten die Todfeinde im Osten immer neues Elend gesandt, um die Wesmen zu quälen, obwohl sie schon am Boden lagen. Tessaya war es vorgekommen, als habe es seit Menschengedenken keine solchen Unwetter mehr gegeben. Die Schamanen hatten jedoch Magie in Stürmen, Regenfällen und in den Blitzen gewittert, die den Boden versengten, und auch in der Erde selbst, die sich aufbäumte und die Menschen verschlang.

Tag um Tag wurden sie heimgesucht, und als die Stürme nachließen, wurden sie von der heißen Sonne verbrannt. Die Felder standen unter Wasser oder verdorrten, das Vieh vermehrte sich nicht, und als der Winter kam, ließ zwar das Toben der Elemente nach, doch es war klar, dass viele sterben mussten.

Tief im Kernland hatte Tessaya sich verschanzt, er hatte die noch lebenden Lords zu sich gerufen und darum gebeten, alles zusammenzuwerfen, was sie noch besaßen. Wenn dies tatsächlich das Werk der Magier im Osten war, dann verfolgten sie offensichtlich das Ziel, die Wesmen endgültig auszulöschen. Nur wenn die Wesmen zusammenhielten, konnten sie überleben und wieder erstarken.

Die Lords hatten auf ihn gehört. Tessaya war der Älteste unter ihnen, und er hatte zwei Jahrzehnte lang alle Kriege mit dem Osten und alle Stammesfehden überlebt. Er allein hatte die Stämme zu einer Streitmacht sammeln können, die stark genug gewesen war, um den Osten anzugreifen. Die Lords, viele von ihnen jung und ängstlich, glaubten, er könne es noch einmal tun.

Im Winter hatten sie darben müssen. Holz hatten sie genug gehabt, aber nichts, das sie auf den Flammen kochen konnten. Die Tiere mussten am Leben bleiben, damit sie sich fortpflanzen konnten. Männer, Frauen und Kinder magerten ab, und die Kranken und Schwachen überlebten nicht. Scheiterhaufen brannten jeden Tag an allen heiligen Stätten und mahnten sie, an welch dünnem Faden ihr Schicksal hing.

In dieser Zeit gewannen die Schamanen erneut an Einfluss. Sie beteten zu den Geistern um Gnade, und beinahe schien es selbst einem, der so skeptisch war wie Tessaya, dass die Wesmen in ihrem Ringen nicht allein standen. Vielleicht war der Winter doch nicht so schlimm, wie alle glaubten. Vielleicht fanden die Jagdtrupps mehr Wild, als sie eigentlich hätten finden können. Vielleicht gaben die winterfesten Beerensträuche und die Wurzeln aus ganz natürlichen Gründen mehr Nahrung her.

Vielleicht aber gab irgendeine Macht ihnen die Mittel an die Hand, damit sie überleben konnten.

Wenn es nach Tessaya ging, dann sollte sein Volk glauben, was es wollte. Der Pakt mit den Stammesfürsten führte jedenfalls dazu, dass es nur sehr wenig Nahrungsdiebstähle gab, und diejenigen, die es gab, wurden mit dem Tod durch Pfählen bestraft. Als die kalten Tage zu Ende gingen, sah er in den Paleon-Stämmen eine neue Entschlossenheit wachsen. Vor gar nicht so langer Zeit hatten die Menschen sich noch mit ihrer Schwäche abgefunden, aber jetzt keimte der Wunsch, zu überleben und wieder zu erstarken. Welche Übel die Magier auch gesandt hatten, die Wesmen wollten sie in Antriebskraft verwandeln.

Da nun die neue Jahreszeit begann und das Leben im Überfluss zurückkehrte, konnte er einer prächtigen Zukunft entgegensehen. Bis zur nächsten Ernte mussten sie noch in großer Not leben, aber es gab immerhin noch Paleon-Männer, die die Ernte einholen konnten. Es sollte eine Zeit der Feiern werden, wie es sie noch nicht gegeben hatte.

Tessaya trauerte um all jene, denen er nicht hatte helfen können. Um jene, die sich entschlossen hatten, jenseits des Kernlandes zu leben, und um jene, die bereits zu geschwächt gewesen waren und ihre Willenskraft verloren hatten. Doch unweigerlich richteten sich seine Gedanken nun erneut auf die Eroberung.

Die Schamanen hatten nur zur Hälfte recht, wenn die Geschichten, die er in den letzten Tagen gehört hatte, der Wahrheit entsprachen. Ja, das Wüten der Elemente war durch Magie verstärkt worden. Doch die Quelle waren nicht die Kollegien. Noch interessanter war, dass die Zerstörung im Osten womöglich sogar noch schlimmer war als im Kernland. In welcher Verfassung befanden sich ihre Feinde? Waren sie stark genug, um zu kämpfen und zu siegen?

Den Gerüchten nach hatte Julatsa vergeblich versucht, sich aus der Asche wieder zu erheben, und die anderen Kollegien lagen im Krieg und rissen sich gegenseitig in Stücke. Und noch besser: Die gewöhnlichen Menschen, die mit der Magie nichts zu tun hatten, wandten sich gegen ihre selbst ernannten Herren. Die Menschen wollten ihr Leben ohne Zaubersprüche und Anrufungen wieder aufbauen. Sehr interessant.

Tessaya brauchte Antworten und klare Beweise. Er hatte schon einmal den Fehler gemacht, den Erzählungen anderer Leute zu glauben, und deshalb waren seine Kämpfer zu tausenden gestorben. Dieses Mal wollte er die Wahrheit aus Mündern hören, denen er trauen konnte. Die Wesmen waren schwach, und sein Heer war klein. Doch wenn die Beute wirklich dort lag und nur darauf wartete, dass er sie an sich nahm, und wenn die Kollegien im Osten den größten Teil ihrer Unterstützung verloren hatten, dann konnte er hoffen. Hoffen, dass die Wesmen endlich bekamen, was ihnen von Rechts wegen zustand – die Herrschaft über ganz Balaia.

Lord Tessaya atmete tief durch. Er musste mit seinen engsten Beratern und Schamanen sprechen. Nun galt es, besonders vorsichtig vorzugehen. Er bückte sich und pflückte zwischen seinen Füßen eine Frühlingsblume, die er seiner Frau mitbringen wollte.

Der Rauch hatte sich vom Schlachtfeld verzogen, das Feuer der Sprüche und Pfeile hatte aufgehört. Die Hilferufe verhallten allmählich vor den schroffen Mauern von Xetesk, bis zwischen den feindlichen Reihen nur noch die Schmähungen der Sieger und die Schreie der Aasvögel zu hören waren.

Dila'heths Kopf pochte von der Schnittwunde, die sie sich zugezogen hatte. Neben dem sterbenden Elf, dem sie zu Hilfe gekommen war, richtete sie sich auf und blickte über das Schlachtfeld. Überall lagen Tote. Gebackener Schlamm und flache Krater verrieten ihr, wo Feuerkugeln und Höllenfeuer eingeschlagen waren. Verkohlte Tuchfetzen flatterten im leichten Wind. Hinter den Toten hatten sich die Xeteskianer zurückgezogen und nur ein paar Wachen zurückgelassen, während die anderen in Sichtweite des Schlachtfeldes ihren Sieg feierten.

Jemand kam, sie drehte sich um.

»Warum greifen sie nicht an?«, fragte sie.

»Das ist nicht nötig«, erklärte Rebraal. »Sie müssen nur dafür sorgen, dass wir den Mauern nicht zu nahe kommen und beschäftigt sind, während sie die Forschung an den Texten vollenden, die sie uns gestohlen haben.«

Der Anführer der Al-Arynaar deutete auf eine Gruppe Protektoren und Magier, die sich zum Tor zurückzogen. »Die dort werden nicht ruhen, das kann ich dir garantieren.«

»Was haben sie jetzt vor?«

»Nun, die Boten berichten, Xetesk sei im Süden auf Schwierigkeiten gestoßen, also gehen die Kämpfer vielleicht dorthin.« Rebraal zuckte mit den Achseln.

»Aber du glaubst es nicht.«

»Nein. Wenn die Rabenkrieger recht haben, dann werden sie versuchen, so bald wie möglich in Richtung Norden vorzustoßen.«

»Nach Norden?«

»Nach Julatsa.«

»Meinst du wirklich?«

Rebraal nickte. »Warum nicht? Sie wollen die Vorherrschaft erringen, und Julatsa ist der schwächste Gegner …«

»Aber …«

»Ich weiß schon, Dila«, sagte er und berührte sie kurz am Arm, um sie zu beruhigen. »Erkläre mir, wie es sich angefühlt hat und was da draußen passiert ist.«

»Wie könntest du das verstehen?« Sie hatte keine Lust, sich wieder mit der Leere zu konfrontieren, die sie gespürt hatte. »Ich weiß nicht, es war, als hätte die Magie … als hätte sie einfach versagt. Einen Moment lang war sie nicht mehr vorhanden. Ich habe mich gefühlt, wie du dich jeden Tag fühlst, und du weißt nicht, wie schrecklich das für einen Magier ist.«

»Ilkar versuchte es mir zu erklären.« Rebraal lächelte leicht. Der Tod seines Bruders hatte ihn stärker getroffen, als er selbst vermutet hatte. Dila wusste nicht viel über ihre Beziehung. »Aber was steckt nun dahinter?«

Dila schüttelte den Kopf. »Das wissen wir nicht. Wir

müssen jemanden nach Julatsa schicken und es herausfinden. Was es auch war, ich bin sicher, dass sie dort mehr wissen als wir.«

»Ilkar kam nach Calaius, um Magier anzuwerben, die ihm bei der Bergung des Herzens helfen sollten. Vielleicht war ihm längst klar, dass etwas im Argen lag. Ist das nicht möglich?«

Dila schüttelte den Kopf. »Das glaube ich nicht. Ich nehme an, er wollte wie wir alle dafür sorgen, dass Julatsa seine vorherige Stellung wieder einnehmen kann. Falls du in Bezug auf Xetesks Absichten recht hast, ist dies wichtiger denn je. Was glaubst du, wie viele Magier er gewinnen wollte?«

»Er hat sich nicht genau geäußert«, erwiderte Rebraal. »Einige hundert, denke ich.«

Dilas Herz sank. »Rebraal, wir haben hier vor Xetesk kaum mehr als zweihundert.«

»Ich weiß«, sagte er.

»Wann treffen unsere Verstärkungen ein?«

»Schwer zu sagen. Als wir mit dem Raben von Ysundeneth hierher aufbrachen, war noch nicht viel zu sehen. Die Botschaft wird gerade erst verbreitet, und der Elfenfluch hat viele dahingerafft.«

»Was sollen wir dann tun?«, fragte Dila verzweifelt. Sie hatte das Gefühl, trotz des offenen Geländes, auf dem sie gerade stand, in einer schrecklichen Falle zu stecken.

»Wie viele haben wir heute verloren?«, wollte Rebraal wissen.

»Zu viele.«

»Das ist keine Antwort.«

Dila nickte. »Aber es sind trotzdem zu viele. Hier liegen einhundertvierundsiebzig Tote. Da drüben sind noch einmal achtundsiebzig, die mindestens zehn Tage lang keine

Sprüche mehr wirken können. Weitere vierzig müssen wir wohl dort begraben, wo sie gerade liegen.«

Sie erwiderte Rebraals Blick und wartete, bis er die Zahlen zusammengezählt hatte und angesichts des Ergebnisses zusammenzuckte.

»Wir haben mehr als die Hälfte unserer Al-Arynaar und Magier in weniger Zeit verloren, als man braucht, um ein Ei zu kochen.« Dila deutete zu den Xeteskianern. »Sie könnten uns jetzt auf der Stelle auslöschen. Aber warum tun sie es nicht?«

»Wie ich schon sagte, das ist nicht nötig. Übrigens bin ich gar nicht so sicher, ob sie es wirklich könnten. Izack ist immer noch stark, und sie wissen nicht, wie groß die Probleme unserer Magier tatsächlich sind. Wie auch immer, warum sollten sie Männer im Kampf gegen einen Feind verlieren, der sie nicht bedroht?«

»Was sollen wir nur tun?« Dila suchte in Rebraals Gesicht nach den Antworten, die sie dort nicht finden konnte.

»Wir warten ab und beobachten. Boten sind nach Norden und Süden unterwegs, wir werden Verstärkung bekommen. Du musst eine Botschaft nach Julatsa schicken, sei es durch Reiter oder durch eine Kommunion. Einstweilen müssen wir die Stellungen halten, bis der Rabe eintrifft. Und bis Auum wieder da ist.«

»Wo ist er überhaupt?«

Rebraal wies in Richtung der nackten Mauern von Xetesk. »Was glaubst du denn? Die dort haben, was uns gehört, und wir wollen es zurückholen.«

»Bei Gyals Tränen, wie ist er dort hineingekommen? Ganz zu schweigen davon, dass er auch wieder herauswill?«

Rebraal lächelte. »Unterschätze Auum nicht. Duele und Evunn sind bei ihm. Sie werden schon einen Weg finden, immerhin sind sie TaiGethen.«

»Hoffentlich hast du recht.«

»Vertrau mir«, sagte Rebraal. »Und vertraue auch ihm.«

»Rebraal?«

Der Anführer der Al-Arynaar drehte sich um, als er seinen Namen hörte, und Dila folgte seinem Blick. Es war Izack, mit verbeulter und blutiger Rüstung, aber sehr lebendig.

»Kommandant, wir haben Euch viel zu verdanken. Ohne Euch wäre es heute viel schlimmer verlaufen.«

»Es ist jedenfalls schlimmer, als Ihr zu glauben scheint.« Izack drehte sich mit grimmigem Gesicht um, und sein Blick irrte über das Schlachtfeld, als könnte er nicht fassen, was er sah.

»Was ist denn geschehen?«

»Wir haben eine Kommunion aus Lystern empfangen. Es wird Euch nicht gefallen …«

Drittes Kapitel

Hirad sprang auf, als die Wächter eintraten und Darrick mit gezogenen Schwertern in die Arrestzelle des Turms abführen wollten. Quietschend rutschte sein Stuhl über den polierten Holzboden, während er die Situation einzuschätzen versuchte – die sechs Wächter, die sich Darrick von der linken und rechten Seite des Tischs näherten, die Richter, die stehend Herysts Urteilsspruch angehört hatten, und die anderen Rabenkrieger, die reflexartig ausgeschwärmt waren, um den Verurteilten zu schützen.

»Keinen Schritt weiter«, warnte Hirad sie. Er griff nach dem Schwert, aber natürlich war er, wie sie alle, unbewaffnet. »Zurück! Ihr dürft ihn nicht mitnehmen.«

»Hirad, das bringt doch nichts«, zischte Darrick.

Die Schwertkämpfer kamen näher, und der Unbekannte wandte sich an Hirad, der seinerseits den Blick auf Heryst richtete.

»Ändert Eure Entscheidung. Lasst Euch nicht von ihnen zwingen, ihn zu ermorden.«

Hirads Worte waren kaum mehr als ein Knurren, seine Augen traten hervor, und sein ganzer Körper war zum

Sprung gespannt. Die Muskeln zeichneten sich am Hals und auf den Armen ab, er atmete tief durch und war zum Kampf bereit. Denser hatte diese Warnsignale schon vorher bemerkt, und auch den anderen waren sie nicht entgangen.

»Tretet zur Seite, Hirad«, warnte Heryst ihn. »Ihr dürft die Beamten des Gerichts nicht behindern.«

»Ich werde jedem, der ihn mitzunehmen versucht, noch viel mehr antun.«

Die Wachen zögerten und sahen Heryst unsicher an.

»Hirad, bitte«, sagte Darrick. »Tu, was er sagt.«

»Du gehörst zum Raben, Darrick. Ich werde das nicht zulassen.«

Auf ein Nicken von Heryst setzten sich die Wachen wieder in Bewegung. Hirad explodierte und stürzte mit einer Geschwindigkeit los, die Denser ihm nicht mehr zugetraut hätte. Doch der Unbekannte hatte es kommen sehen und war sogar noch schneller. Der riesige Krieger mit dem rasierten Kopf baute sich vor dem Barbaren auf, schlang die Arme um ihn und gab ihm einen kräftigen Stoß.

»Aus dem Weg!« Hirad wehrte sich und wollte die Arme des Unbekannten wegdrücken.

»Bei den Göttern, Hirad, so beruhige dich doch!«, schrie ihn der Unbekannte an. »Thraun, hilf mir.«

Erienne konnte nur starren. Denser machte eine Bewegung, hielt wieder inne. Die Wächter kamen, und Darrick wich Hirad aus, ging ihnen entgegen.

»Nein!« Hirad hatte einen Arm des Unbekannten zur Seite geschoben. »Lass mich los! Sie bringen ihn um!«

Er wand sich und wollte Darrick folgen, und beinahe hätte er sich befreit, weil ihm die Wut eine Kraft verlieh, die der des großen Mannes nahezu ebenbürtig war. Doch als er sich umdrehte, packte Thraun seinen freien Arm, und die beiden Rabenkrieger zogen ihn zurück. Er spuckte und fauchte und wütete und wehrte sich gegen ihren Griff.

»Nein, Unbekannter, du Bastard. Lass das nicht zu. Lass mich sofort los.«

»Damit wirst du ihm kaum helfen, Hirad. So beruhige dich doch.«

Das Gesicht des Unbekannten war vor Anstrengung gerötet. Seine Schultermuskeln spannten sich unter dem Hemd, und alle Sehnen an seinem Hals traten hervor. Hirads Füße rutschten über den Boden, er suchte verzweifelt einen Halt. Doch gegen die vereinten Kräfte des Unbekannten und des stillen, entschlossenen Thraun konnte er nichts ausrichten.

»Verdammt sollt Ihr sein, Heryst!«, rief Hirad, als er, beinahe von den Freunden getragen, durch eine Tür nach draußen verfrachtet wurde. »Ihr seid ein Mörder, hört Ihr? Ein verdammter Mörder. Ihr solltet sterben, Ihr und nicht Darrick. Er versucht, Balaia zu retten. Was tut Ihr da nur? Ihr seid ein Mörder!«

»Hirad! Genug!«

»Zur Hölle mit dir, Unbekannter! Zur Hölle mit euch Bastarden, die ihr es einfach geschehen lasst.«

Die Stimmen verklangen allmählich, als die drei sich entfernten. Eine eigenartige Stille senkte sich über den Saal. Darrick hatte sich den Wachen ergeben, die ihn umringten, ohne ihn zu fesseln. Denser hörte Eriennes aufgeregte Atemzüge und nahm sie in den Arm. Auf der anderen Seite des Tischs standen Heryst und die Richter. Metsas und Simmac lächelten leicht, während ihre Schreiber sich bleich und ängstlich um sie scharten.

Heryst umrundete den Tisch und blieb vor Darrick stehen. Der Rabenkrieger erwiderte gelassen seinen Blick.

»Es tut mir leid, Ry«, sagte der Lordälteste Magier. »Aber Ihr habt mir keine Wahl gelassen.«

»Ich hatte Euch für einen starken, weit blickenden Mann gehalten. Für einen Mann, dem ich vertrauen und dem zu dienen ich stolz sein konnte«, erwiderte Darrick. »Ich sah es in Dordover und jetzt wieder hier. Ihr seid schwach. Ihr würdet alles und jeden verraten, solange es Euch nur hilft, an der Macht zu bleiben. Was für eine Enttäuschung. Ihr seid nicht mehr der Heryst, dem ich die Treue schwor. Ich habe Euch nichts mehr zu sagen.«

Er wandte den Blick ab.

»Führt ihn ab«, sagte Heryst. »Gebt ihm alles, was er verlangt.«

»Ja, Mylord.«

Darrick verließ den großen Saal vor seinen Wächtern.

»Ihr begeht den schlimmsten Fehler Eures Lebens«, sagte Denser.

Heryst sah sich über die Schulter um, die anderen Richter beobachteten ihn.

»Wisst Ihr, ich habe den Raben immer geachtet«, sagte er und ging zu Denser und Erienne hinüber. »Ihr kämpft gut, Ihr seid ehrenhaft, und Ihr habt Balaia in finsterster Zeit geholfen. Aber manchmal vergesst Ihr anscheinend, wer Ihr seid und woher Ihr kommt. Im Grunde seid Ihr nur Söldner. Ihr habt ein Jahrzehnt lang für Geld und Ruhm gekämpft. Zugegeben, ihr seid die Besten, aber damit steht Ihr noch lange nicht über meinen Gesetzen. Ihr steht über niemandes Gesetzen. Es wäre gut, wenn Hirad das nicht vergisst.«

»Er will nur seinen Freund retten«, erwiderte Erienne. »Sein einziger Fehler war die Annahme, das wolltet Ihr auch.«

Heryst seufzte. »Ry Darrick hat meine Hilfe ausgeschlagen, und jetzt kann ihm niemand mehr helfen. Ich kann für niemanden die Regeln brechen, und die Götter wissen, dass ich sie schon stark genug strapaziert habe. Was würde dann aus meiner Autorität? Ich wäre dann korrupt, ich würde den einen begünstigen und einen anderen verurteilen. Das ist nicht Lysterns Art.«

»Darrick gehört zum Raben, das wird Hirad nicht vergessen«, warnte Denser ihn.

»Hirad ist ein Barbar, und ein hitzköpfiger dazu«, sagte Heryst. »Das Beste, was Ihr jetzt für ihn tun könnt, ist, ihn zu beruhigen, ihn auf sein Pferd zu setzen und aus meinem Kolleg zu schaffen. Er ist ein Ärgernis, das ich nicht brauchen kann.«

Denser schüttelte den Kopf. »Von Euch allen hat allein Styliann den Raben jemals richtig verstanden.«

»Und seht, was ihm das eingebracht hat. Er ist tot und in einer anderen Dimension. Dystran regiert nun in Xetesk.«

»So ist es«, erwiderte Denser, »und es ist eine Schande, dass Styliann nicht hier ist und Euch erklären kann, was Ihr eigentlich längst wissen solltet. Vielleicht würdet Ihr dann verstehen, wie schwer wiegend Eure Entscheidung war.«

»Wie ich schon sagte, manchmal vergesst Ihr, wer Ihr seid.« Heryst wandte sich ab. »Verlasst die Stadt bis Sonnenuntergang.«

Heller Aufruhr herrschte in den Gemächern der Rabenkrieger. Denser konnte es schon von weitem hören, als er und Erienne die Haupttreppe vor dem großen Saal hinabliefen und nach links abbogen, um sich zu den Quartieren der Seniormagier und den Gästezimmern zu begeben. Der Rabe hatte eine Suite mit drei Schlafzimmern bekommen, zu der auch ein Esszimmer mit hoher Decke gehörte.

Denser und Erienne wechselten mit hochgezogenen Augenbrauen einen Blick, ehe sie eintraten. Hirad und der Unbekannte standen sich Auge in Auge gegenüber, Ersterer so aufgebracht, dass er heftig schwitzte, obwohl es im Zimmer recht kühl war. Seine Zöpfe flogen hin und her, während er heftig den Kopf schüttelte.

»Hirad, du hörst mir nicht zu. Du kannst nicht …«

»Warum sollte ich dir zuhören? Wir hatten eine Chance, ihn zu retten, und du hast mich im Stich gelassen.« Hirad setzte dem Unbekannten den Zeigefinger auf die Brust, worauf der große Mann die Hände zu Fäusten ballte.

»Hast du was an den Augen, Hirad? Oder ist es das übliche Gehirnversagen? Ich habe neun Magier und fünfzehn bewaffnete Wachen gezählt. Wir hatten nicht einmal einen Dolch. Sie hätten dich getötet. Sie hätten uns alle getötet.«

»Vielleicht habe ich nicht das Hirn, aber ich habe wenigstens ein Herz«, fauchte Hirad. »Ich würde lieber sterben als zuschauen wie ein gescholtenes Kind. Was ist mit dir, hm?«

Die Hand des Unbekannten schnellte hoch und packte Hirads Zeigefinger, der gerade wieder zustoßen wollte.

»Lass das bleiben, oder ich breche ihn dir. Behandle mich nicht wie einen dummen Jungen, den du nach Belieben herumschubsen kannst.«

»Irgendjemand muss doch was unternehmen, sonst ist Darrick tot.«

Der Unbekannte drückte Hirads Hand herunter und sah ihm in die Augen.

»Niemand wird sterben«, sagte der Unbekannte.

»Nein? Hast du auch Darrick dazu befragt?«

»Du warst schon mal besser.«

»Ich weiß nur, dass ein Rabenkrieger hingerichtet werden soll. Was weißt du schon? Die Sonne hat dir die Glatze verbrannt, Unbekannter.«

Blitzschnell bewegten sich die Arme des Unbekannten. Er packte den Barbaren an den Oberarmen, hob Hirad einfach hoch, machte zwei Schritte und pflanzte ihn auf einen Stuhl.

»So, und jetzt bleibst du sitzen und hörst zu.«

Denser hörte die Kälte in der Stimme des Unbekannten. Hirad entging sie.

»Dann soll ich also hier herumsitzen und warten, bis sie ihn mit einem Spruch töten, ja?«

Der Unbekannte beugte sich vor und stützte sich auf die Stuhllehnen.

»Du hast meine Geduld lange genug strapaziert. Falls du mich verprügeln willst, dann versuch's nur, wenn dir danach wohler ist. Glaubst du wirklich, du könntest mich bezwingen, Coldheart?«

»Unbekannter, ich ...«, setzte Denser an, doch der Unbekannte unterbrach ihn mit erhobener Hand.

»Wie ist das jetzt, Coldheart? Benutze deine Fäuste oder deinen Kopf. Entscheide dich.«

Hirad starrte ihn an, seine Augen traten hervor, er zischte wütend.

»Pass auf«, fuhr der Unbekannte fort, »ich werde jetzt den tiefsten Denker unter uns bitten, dir zu sagen, was dir von Anfang an hätte klar sein müssen. Thraun?«

Der Gestaltwandler, der den Austausch aufmerksam, aber stumm verfolgt hatte, runzelte die Stirn.

»Ich ...«, begann er. Denser sah, wie verwirrt er war.

»Wenn du Darrick retten wolltest, wann würdest du es tun?«, fragte der Unbekannte.

Thraun wollte die Worte formen, aber wie so oft schon erwies sich die Blockade zwischen den Gedanken und den Worten als unüberwindlich.

»Und jetzt hörst du mir zu, Unbekannter«, sagte Hirad.

Er sprach leiser, war aber immer noch voller Zorn. »Ich habe gerade Ilkar verloren, und wir konnten nichts dagegen tun. Wenn du glaubst, ich würde tatenlos zusehen, wie …«

»Warten«, sagte Thraun, und sofort richteten alle ihre volle Aufmerksamkeit auf ihn. »Warten bis zum Ende. Bis sie glauben, wir hätten aufgegeben.«

»Was?«

»Denk nach, Hirad«, sagte der Unbekannte. Er richtete sich auf und sprach eindringlich weiter. »Denk nach wie noch nie in deinem Leben.«

»Was glaubst du denn, was ich die ganze Zeit getan habe?«

»Alles Mögliche, nur nicht denken«, meinte Denser. Er ging zum kalten Kamin, auf dessen Sims ein Krug und geschnitzte Holzbecher standen.

»Ich habe mich schon gefragt, wann du dich ins Vergnügen stürzen würdest«, knurrte Hirad.

Denser schenkte Bier ein und teilte die Becher aus.

»Das ist für uns alle kein Vergnügen«, entgegnete Denser. »Heryst will, dass wir alle, und vor allem du, bis zur Dämmerung die Stadt verlassen.«

»Er weiß doch genau, was …«

»Hirad!«, blaffte der Unbekannte. »Trink dein Bier, hol tief Luft und zähle bis zehn, und zwar langsam. Du musst dich beruhigen.«

Hirad öffnete den Mund.

»Lass es bleiben«, sagte der Unbekannte. »In diesem Moment bist du die zweitgrößte Gefahr für Darricks Leben.«

»Wie kommst du denn auf so was?«

»Dazu muss man kein Genie sein, Hirad«, sagte Erienne.

»Was?«

Denser hätte beinahe gelacht, beherrschte sich aber im

letzten Moment. Er sah Hirads Wut verfliegen, als ihm bewusst wurde, dass er keine Verbündeten hatte.

»Eines will ich dir versichern«, sagte der Unbekannte leise. »Der Rabe wird keinen Rabenkrieger im Stich lassen. Das haben wir noch nie getan, und das werden wir auch heute nicht tun.«

»Ich …«

»Halt den Mund, Hirad«, sagte der Unbekannte.

Er ging zur Tür und riss sie auf, blickte den Korridor entlang und schloss sie wieder, nachdem er sich vergewissert hatte, dass niemand lauschte. Dann wandte er sich an Denser.

»Sicher ist sicher, was?«

Denser nickte. »Kein Problem.«

Der Schallschild war ein einfacher Spruch, der in wenigen Sekunden gewirkt war. Denser nickte, als er fertig war. Immer noch schwer atmend, sah Hirad finster von einem zum anderen. Schließlich blieb sein Blick an Erienne hängen, die zu ihm kam, vor ihm niederkniete und eine Hand auf seine Wange legte.

»Oh, Hirad, du reagierst ganz richtig, aber immer im falschen Augenblick.«

»Ich muss tun, was ich fühle«, verteidigte er sich.

»Kommt Zeit, kommt Rat«, sagte der Unbekannte. »Zeige diese Leidenschaft später, und wir haben vielleicht eine Chance.«

»Später?«

»Ja, später.« Der Unbekannte ging umher, beschrieb einen kleinen Kreis. »Erienne, wie viel Zeit bleibt noch bis zur Hinrichtung?«

»Mitternacht ist in Lystern der übliche Zeitpunkt. Die Verurteilten sollen den nächsten Morgen nicht mehr erleben.«

»Mitternacht«, wiederholte der Unbekannte. »Wenn wir alle zur Ehrenwache zusammenkommen, um über Darricks Tod zu trauern. Hirad, hast du das verstanden?«

»Mehr oder weniger.«

»Bei den fallenden Göttern, ein Lebenszeichen.« Der Unbekannte leerte seinen Becher und setzte sich zum Barbaren. »Und jetzt können wir endlich planen.«

Devun war lange unterwegs gewesen, ehe er Understone erreichte. Viele Tage lang hatte er sich vor dem gefürchtet, was er dort vorfinden würde. Die verzagte balaianische Armee unter Befehl der Schwarzen Schwingen brauchte eine Aufmunterung. Selik hatte versprochen, zu ihnen zu stoßen, war aber bisher nicht eingetroffen. So hatte die Armee aus gewöhnlichen Balaianern, die sich gegen die Magie zusammengetan hatten, nur wenige Meilen vor den Mauern von Xetesk Halt gemacht. Ihr Ziel war in Sichtweite, doch die Kämpfer hatten zu große Angst, um sich dem Gegner ohne ihren Anführer zu nähern.

Am Ende war Devun mit zehn Männern zurückgeritten, um Selik zu suchen, und hatte Understone als ein offenes Grab vorgefunden. Fünfzig Schritte vor dem Palisadenzaun der Garnison stieg er ab und ließ sein Pferd am sprießenden Präriegras zupfen. Der Wind trug einen starken Verwesungsgeruch heran, während er die Schäden am Palisadenzaun betrachtete, hinter dem Selik Quartier bezogen hatte. Ein paar Schritte weiter, und er stieß auf die ersten Toten, die grotesk verzerrt herumlagen.

Devun schickte seine Männer in die Stadt und ging allein zur Palisade weiter, obwohl er schon wusste, was er dort finden würde. Ein taubes Gefühl breitete sich in ihm aus. Er band sich einen Lappen vor Nase und Mund, um den Gestank abzuhalten, der mit jedem Schritt stärker wurde. Vorsichtshalber zog er auch sein Schwert, doch die Plünderer waren längst wieder fort. Die Leichen auf der Hauptstraße waren ihrer Waffen, der Rüstungen und der Kleider beraubt. Seine Männer sahen sich unterdessen am Ostrand der Stadt in der ehemaligen Zeltstadt um. Vom Lager der Armee der Gerechten war kein einziges Stück Leinwand mehr übrig.

Devun schluckte den bitteren Geschmack herunter und stieß das Tor im Palisadenzaun auf. Unwillkürlich keuchte er. Auch hier war der Boden mit Leichen übersät, an denen sich Wolken von Fliegen labten. Aasvögel pickten und zerrten am schwärenden, verwesenden Fleisch herum. Genau wie draußen waren auch diese Leichen gefleddert worden, doch hier konnte er besser erkennen, welchen Verlauf die Schlacht genommen hatte; eher musste man es wohl ein Gemetzel nennen.

Die Kämpfe hatten sich auf zwei Stellen konzentriert – eine davon direkt am Tor, wo ein bis zur Unkenntlichkeit verwester Leichenhaufen lag, die zweite lag zu seiner Rechten. Vor den verkohlten Überresten eines zusammengebrochenen Wehrganges war ein Bereich frei geblieben, daneben lag ein weiterer Leichenhaufen. Devun war speiübel. Eilig lief er quer über das Gelände; der Gestank in der warmen Luft war fürchterlich. Gegen die Übelkeit ankämpfend, wedelte er mit der freien Hand vor dem Gesicht, um die Fliegenschwärme zu vertreiben, und suchte sich, so gut es ging, einen Weg zwischen den Toten.

Vor der Tür, die zur Schreibstube und den Mannschaftsquartieren führte, blieb er kurz stehen. Er ahnte schon, was er drinnen finden würde, wollte sich aber mit eigenen Augen überzeugen. Falls er dort nichts fand, musste er draußen jede einzelne Leiche genau untersuchen.

Devun stieß die Tür auf, und der Gestank traf ihn mit der

Wucht eines galoppierenden Pferdes. Er würgte und hustete und musste sich an den Türrahmen lehnen, bis er wieder klar sehen konnte und das Kältegefühl etwas nachgelassen hatte. Dann ging er weiter.

Vor ihm auf der rechten Seite lag die Tür der Schreibstube und die Antwort auf seine Fragen. Ein Zeichen war in die Tür geritzt – unbeholfen, aber unverkennbar. Er spuckte darauf und sah zu, wie der Speichel über das Auge und die Klaue des Rabensymbols rann, dann öffnete er die Tür. Auch die Schreibstube war geplündert worden. Papiere waren auf dem Boden verstreut, Tische und Regale zerstört.

Links neben der Tür lag ein verwester Kopf, der vom Körper abgetrennt worden war. Devun kniete davor nieder und packte die Haare, die noch auf dem Schädel saßen. Der größte Teil des Gesichts war verschwunden, von Ratten und Insekten gefressen, doch um die linke Augenhöhle waren die Knochen verformt, und über die Wange zogen sich unzählige kleine Risse. Der Eiswind hatte dies verursacht, ohne Selik töten zu können. Und nun hatte der Rabe ihn getötet.

Devun legte den Kopf sachte wieder auf den Boden, erhob sich und verließ rasch das Gebäude.

Später saß er vor seinen Männern auf dem Pferd und sah zu, wie die Flammen die Garnison von Understone verzehrten und all jenen, die dort gefallen waren, verspätet die letzte Ehre erwiesen.

»Was sollen wir nun tun?«, fragte sein soeben ernannter Leutnant. »Ohne Selik wird die Armee im Handumdrehen auseinanderfallen.«

»Wir müssen frische Kräfte und neuen Schwung in die Schlacht bringen«, erklärte Devun. »Hauptmann Selik hatte noch eine Idee in der Hinterhand. Etwas, das wir in einer verzweifelten Lage tun könnten. Ich glaube, jetzt ist dieser Augenblick gekommen. Es ist gefährlich, aber wenn wir am Ende die Kollegien besiegen, dann lohnt es sich, die Gefahr in Kauf zu nehmen. Folgt mir.«

»Wohin reiten wir?«

»Wir müssen mit den Wesmen reden.«

Devun zog sein Pferd herum und trabte zum Understone-Pass.

Viertes Kapitel

Dystran saß an Ranyls Bett, wo er jede freie Minute verbracht hatte, seit die Krebserkrankung den Meistermagier aus dem Kreis der Sieben und seinen engen Freund mit ihren tödlichen Krallen gepackt hatte. Neben dem Kopf des alten Mannes lag eine schwarze Katze, deren Gesicht eine fast menschliche Verzweiflung zeigte. Dystran war nicht überrascht. Wenn Ranyl starb, musste sein Hausgeist mit ihm sterben. Die beiden hatten sich schon vor vielen Jahren zusammengetan – lange bevor er selbst die Position des Herrn vom Berge in Xetesk übernommen hatte. Dystran seufzte. Er hatte in der letzten Zeit viel zu seufzen gehabt. Irgendwie hatte er nicht glauben können, dass Ranyl tatsächlich sterben musste. Jetzt aber musste er sich mit dem Gedanken anfreunden, in Zukunft ohne die Hilfe des Mannes zu herrschen, der ihn auf seinen Posten gehievt hatte. Das würde sich anfühlen, als hätte er einen Arm oder ein Bein verloren.

»Hört auf, mir die Stirn abzuwischen, und erzählt mir, was heute passiert ist.« Ranyls Stimme war immer noch kräftig, obwohl die Worte von keuchenden Atemzügen unterbrochen wurden.

Dystran warf das Tuch in die Schale, die links neben ihm stand, und lächelte. »Entschuldigt. Ich wollte Euch nicht bemuttern, aber ich wünschte, Ihr würdet mich Eure Schmerzen ein wenig lindern lassen.«

»Ich habe eine ganze Ewigkeit vor mir, in der ich überhaupt nichts mehr spüren werde, Mylord«, erwiderte Ranyl. »Lasst mich so lange wie möglich fühlen, was immer ich fühlen kann, auch wenn es etwas ungemütlich wird.«

Es war weit mehr als nur etwas ungemütlich. Ranyls angespanntes, bleiches Gesicht, die teigige Haut und die fiebernde Stirn sprachen eine beredte Sprache. Doch der Greis hatte bestimmt, dass niemand ihm Linderung verschaffen durfte, wenn er selbst nicht mehr dazu in der Lage war. Nicht einmal der Herr vom Berge.

»Nun sagt mir, junger Spund«, fuhr Ranyl fort, und sein Gesicht wurde etwas weicher, als er so vertraulich sprach, »was beschäftigt heute den mächtigsten Mann Balaias?«

»Also, alter Knochen«, antwortete Dystran auf die gleiche vertrauliche Weise, »wir wurden heute Zeugen eines außerordentlichen Ereignisses. Irgendetwas ist mit der julatsanischen Mana-Kontrolle geschehen. Bei den Kämpfen heute Morgen haben auf einen Schlag alle julatsanischen Sprüche versagt; es kam aus heiterem Himmel und ohne Vorwarnung. Ich habe Leute abgestellt, die das Spektrum erkunden und versuchen sollen, die Lage möglichst genau einzuschätzen, neige allerdings zu der Ansicht, dass es nur eine vorübergehende Störung war.«

»Die Ihr jedoch zu Eurem Vorteil genutzt habt?«

»Ohne dabei unsere Kräfte zu sehr zu beanspruchen, in der Tat«, bestätigte Dystran.

»Und mit welchem Ergebnis?«

»Ich konnte anschließend eine große Anzahl Magier zurückrufen und für den Vorstoß nach Norden sammeln.«

»Dennoch seid Ihr unzufrieden.« Ranyl hielt den Atem an, als er einen scharfen Stich im Magen verspürte. Er schloss die Augen und wartete, bis die Schmerzen vorbei waren. »Was ist los?«

Dystran hielt dem Blick des alten Mannes nicht stand, das hatte er noch nie gekonnt. Nervös kichernd stand er auf und begann umherzulaufen. Wieder plagten ihn seine Ängste. In Augenblicken wie diesem fragte er sich, wie er überhaupt so lange als Herr vom Berge hatte überleben können. Wahre Anführer besaßen doch sicherlich eine größere Selbstsicherheit und mehr innere Stärke. Er dagegen war unsicher, es lief ihm kalt über den Rücken, es kribbelte in seinem Nacken, und er war drauf und dran, in Panik zu geraten.

»Sind meine Entscheidungen richtig? Sind unsere Pläne wirklich das Beste für Xetesk und Balaia?«

Ranyl atmete schwer. »Es ist nur natürlich, dass Ihr über den richtigen Weg grübelt«, sagte er leise. »Denn nur wenn Ihr Eure Taten hinterfragt, könnt Ihr sicher sein, die richtigen Entscheidungen zu treffen. Und das habt Ihr getan, Mylord. Xetesk muss herrschen, und Ihr müsst der Herrscher sein. Macht Euch keine Sorgen wegen Eurer Zweifel, solange Euch nur Euer Mut nicht verlässt.«

Dystran setzte sich wieder, wrang das kalte Tuch aus und wischte seinem Mentor die Stirn ab. Dem alten Mann ging es mit jedem Augenblick schlechter.

»Wer soll mich anleiten, wenn Ihr nicht mehr seid?«, flüsterte er.

»Ihr braucht keinen Führer. Ihr könnt den Weg auch selbst erkennen, das wisst Ihr.« Ranyl räusperte sich und keuchte abermals vor Schmerzen. »Das war aber jetzt genug Seelenschau für heute. Ich ermüde rasch und möchte wissen, wie die Forschungen an den Elfentexten vorankommen. Und ich würde gern die letzten Neuigkeiten aus Herendeneth hören.«

Dystran entspannte sich. »Das Aryn Hiil ist ein wahrer Schatz, ein großartiger Fund. Bisher haben wir nur einige wenige Geheimnisse entschlüsselt, doch es ist klar, dass die Verbindung der Elfen zu allen Elementen viel tiefer reicht, als es sich irgendjemand bisher vorstellen konnte. Es ist keine bloße Legende, und eines dieser Elemente ist die Magie. Wir hatten recht, und das Aryn Hiil kann uns unendlich viel schenken. Es ist die zentrale Schrift der elfischen Überlieferung, und man kann kaum in Worte fassen, wie wichtig es ist.«

In Ranyls wässrigen Augen schimmerte eine neue Energie. »Wie lange brauchen wir noch, bis wir über Sprüche verfügen, die sich diesen Fund zunutze machen?«

»Ich hoffe, sehr bald schon die ersten Schätzungen zu bekommen«, sagte Dystran. »Aber es kann noch eine Weile dauern, falls uns das Aryn Hiil nicht auch einen Weg weist, wie wir die Formen der Sprüche anpassen können, die uns bereits bekannt sind. Ihr wisst ja selbst, wie langwierig die Forschung ist, wenn man ganz von vorne anfangen muss.«

Ranyl nickte schwach. »Ich nehme doch an, Ihr verbringt viel Zeit mit der Gruppe aus Herendeneth, wenn Ihr nicht an meiner Seite wacht?«

Dystran zuckte mit den Achseln. »Die wahre Macht liegt in den Dimensionen. Was die Kaan und die Al-Drechar uns erzählt haben, eröffnet uns viele Möglichkeiten. Ich sehe die Zeit kommen, da ich Dordover niederwerfen könnte, ohne die Katakomben zu verlassen. Doch dies liegt noch weit in der Zukunft und hilft uns momentan nicht.«

»Ist überhaupt schon etwas Nützliches herausgekommen?«

»Oh, gewiss. Es ist nur eine Schande, dass das Eine mit den Al-Drechar sterben wird. Wir werden bald genug über die Ausrichtung der Dimensionen wissen. Ich werde jederzeit nach Belieben einen Weg öffnen und Sha-Kaan in seine eigene Welt zurückschicken können. Andererseits könnte ich auch alle Protektoren freigeben – oder neue erschaffen. Die Dämonen haben kein Monopol mehr auf das Verständnis der Dimensionen.«

»Das ist gut«, sagte Ranyl. »Dann kann ich zufrieden sterben.«

Der Hausgeist regte sich unruhig und machte Anstalten, seine abscheuliche Dämonengestalt anzunehmen. Dystran wusste, wie sich das Wesen fühlte. Ranyls Ende war nahe.

»Schaffen wir das?«, fragte der Unbekannte, als sich der Rabe in der Abenddämmerung versammelt hatte, um zu essen und zu reden.

Die Stunden nach dem Urteilsspruch waren schwierig und in gewisser Weise auch aufschlussreich gewesen. Alles hatte davon abgehangen, dass Heryst Hirads Entschuldigung für seinen Ausbruch annahm. Er hatte dies ohne großes Hin und Her getan und seinen vorherigen Befehl, der den Raben bis Einbruch der Dunkelheit aus der Stadt verbannt hätte, widerrufen.

»Das war eigenartig«, hatte Hirad gesagt, und der Unbekannte, der mitgekommen war, hatte zugestimmt.

»Am liebsten hätte er sich wohl bei uns entschuldigt«, hatte Hirad hinzugefügt. »Seine Hände sind gebunden. Er fühlt sich bei alledem so schlecht wie wir, aber in seiner Stadt kann jederzeit das Chaos ausbrechen, wenn er nicht den Eindruck erweckt, auch in dieser höchst schwierigen Situation unbestechlich zu urteilen.«

Der Rabe hatte die Erlaubnis bekommen, seine Totenwache vor dem Zellentrakt abzuhalten, der mit den Mannschaftsquartieren verbunden war, und anschließend Darricks Leichnam mitzunehmen. In der Zwischenzeit hatten sie nacheinander unter strenger Aufsicht Darrick besucht. Erienne und Denser hatten die Gelegenheit ergriffen, sich in der Bibliothek umzusehen, und der Unbekannte hatte erkundet, wie die Stimmung unter den Kavalleristen und Wächtern war, die sich noch im Kolleg aufhielten.

»Es ist möglich«, sagte Denser. »Allerdings hängt es davon ab, dass wir in die Zellen gelangen können, ohne einen Spruch zu wirken. Sie beobachten den Mana-Schild über dem Kolleg natürlich sehr genau.«

»Habt Ihr etwas Nützliches in der Bibliothek gefunden?«, fragte Hirad.

»Dies und jenes«, erklärte Erienne. »Du kannst dir aber sicher vorstellen, dass die Archivare sehr genau beobachtet haben, was wir lesen wollten. Das einzig Nützliche ist die Tatsache, dass die Arrestzellen ein wenig außerhalb des Mana-Brennpunkts liegen, der sich mit dem Zentrum des Turms deckt.«

»Ach, das erleichtert mich aber sehr«, erwiderte Hirad.

Denser kicherte. »Du hast nie die Magie studiert.«

»Allerdings«, entgegnete Hirad. »Ich war in meiner Jugend zu sehr damit beschäftigt, mir meinen Lebensunterhalt zu verdienen, ganz im Gegensatz zu euch verhätschelten Magiern in den warmen Kollegien.«

»Nun ist mir aber etwas eingefallen«, warf Erienne ein, »das ich fast ohne Nachdenken tun kann.«

Die anderen Rabenkrieger regten sich unbehaglich. Das Wesen der Einen Magie, die Erienne so widerwillig in sich trug, war ihnen allen nicht geheuer. Sie waren mit der Magie der Kollegien aufgewachsen und nahmen sie hin, auch wenn sie diese Kräfte nicht verstanden. Doch das Eine, dieser zur Realität gewordene Mythos, bezog seine Macht nicht nur aus dem Mana, sondern aus allen Elementen, und stellte eine Kraft dar, über die so gut wie nichts bekannt war.

Zwei alte Elfenfrauen auf der Insel Herendeneth, weit draußen im Südmeer, waren die letzten Hüterinnen dieser Magie. Für sie war Erienne die letzte Hoffnung, die ursprüngliche magische Kraft in der Dimension von Balaia am Leben zu erhalten. Erienne jedoch sah sich, wann immer sie diese Kraft berührte, schrecklichen Erinnerungen ausgesetzt. Ihre Tochter hatte sterben müssen, damit das Eine in ihr Bewusstsein übertragen werden konnte.

Jetzt saß sie in der Falle. Sie brauchte die Al-Drechar, um das Eine zu kontrollieren und zu verstehen, weil es sonst ihr unerfahrenes Bewusstsein überwältigen würde, doch sie hasste die alten Elfenfrauen auch, weil sie Lyanna hatten sterben lassen. All dies wusste der Rabe, doch niemand konnte etwas tun, um ihren Schmerz zu lindern.

»Was meinst du?«, fragte Hirad.

»Ich kann Menschen spüren. Solange der übrige Mana-Strom nicht zu stark wird, kann ich ihre Signaturen spüren, weil die Magie in ihrer Nähe anders fließt, anders als in Gebäuden oder sonst irgendwo. In uns Menschen sind die Elemente gewissermaßen konzentriert oder gebündelt. Dadurch heben wir uns von Mauern oder Bäumen und allem anderen ab. Ich kann sie hier und dort und oben und unten spüren, und wenn ich mich konzentriere, kann ich sogar erkennen, ob die jeweiligen Menschen Magier sind oder nicht.« Sie hielt inne und sah Hirad an. »Du verstehst es nicht, oder?«

»Nein, ich verstehe es nicht«, gab er zu. »Aber wenn du mir sagst, dass du durch die Wände und den Boden sehen kannst, dann soll es mir recht sein.«

»Nur wenn der Mana-Strom nicht zu stark ist. Im Turm könnte ich das nicht. Vor den Zellen ist es vermutlich möglich.«

»Vermutlich?«

»Tut mir leid, Unbekannter, aber mehr kann ich nicht versprechen. Nach den Bauplänen des Kollegs müsste sich der Strom in der Nähe der Zellen verlieren, weil sie nicht zu der zentralen geometrischen Struktur gehören. Das Problem ist nur, dass sich die ganze Mana-Landkarte geändert haben könnte, falls sie in der letzten Zeit irgendetwas umgebaut haben.«

»Warum sollten sie das tun?«, fragte der Unbekannte.

»Um den Brennpunkt zu erweitern, um neue Vortragssäle einzubeziehen. Die Studenten brauchen jede Hilfe, die sie nur bekommen können, und ein teilweise bereits ausgerichteter Mana-Strom ist ideal, wenn du eine neue Konstruktion lernst«, erklärte Denser.

»Könntest du es nicht herausfinden, indem du dich auf das Mana-Spektrum einstimmst?«

»Leider nicht. Wir sind nicht für diese Art von Überwachung ausgebildet. Ich will es mal so ausdrücken: Wenn man sich in einem Kolleg auf den Mana-Strom einstimmt, dann ist das, als stünde man in einem Gewitter und wollte feststellen, ob es fünfzig Schritte weiter nicht mehr ganz so stark regnet.« Erienne zuckte mit den Achseln.

»Ist es riskant für euch?« Hirad beugte sich vor.

Erienne zog die Augenbrauen hoch. »Wenn das Eine im Spiel ist, dann ist im Augenblick alles gefährlich. Ich glaube aber, ich habe es im Griff. Die Al-Drechar werden mir helfen.«

»Gut«, sagte der Unbekannte. »Danke, Erienne. Wir werden diese Fähigkeit nutzen, wenn wir können, aber damit bleibt nur noch Denser als Deckung. Wir brauchen einen Spruchschild, sobald wir drin sind.«

Denser nickte.

»Wie ich hörte, soll vor den Zellen und Quartieren eine

Protestkundgebung stattfinden«, sagte der Unbekannte und beugte sich verschwörerisch vor. »Das ist genau das, was wir brauchen.«

»Warum?«, fragte Denser.

»Weil wir dadurch möglicherweise hineinkommen. Esst und trinkt noch etwas, dann werden Hirad und ich euch alles erklären.«

Nyam war den alten Frauen gegenüber stets misstrauisch gewesen. Sie zeigten sich entgegenkommend, waren immer hilfsbereit und erläuterten gern in allen Einzelheiten ihr beachtliches Wissen über die Dimensionen. Doch wann immer er mit ihnen sprach, hatte er das Gefühl, dass mindestens eine von ihnen irgendwie abwesend war. Nicht körperlich, wie er den anderen mehr als einmal erklärt hatte, sondern geistig.

Anscheinend maß er dem aber zu viel Bedeutung bei. Sie waren alt, hatte man ihm erklärt, beinahe schon senil. Kein Wunder, dass sie manchmal abwesend waren. Er konnte es den anderen nicht begreiflich machen. Alt mochten sie sein, doch das Strahlen der Elfenaugen war so hell wie das Licht in den Augen seines Sohnes, den er in Xetesk zurückgelassen hatte. So hatte er beschlossen, sie zu beobachten. Früher oder später würde sich schon etwas ergeben.

Er lächelte in sich hinein, als er vor dem Haus der Al-Drechar in der warmen Sonne umherschlenderte. Hoch am Himmel kreiste der letzte Kaan-Drache, mit dem sie einen unbehaglichen Frieden geschlossen hatten. Er hatte ihnen allen den Tod angedroht, falls sie sich nicht benahmen, und keiner von ihnen bezweifelte, dass er fähig war, seine Drohung in die Tat umzusetzen. Überdeutlich hatten sie gesehen, was passieren konnte, wenn er wütend war. Deshalb wünschten sich die fünf Magier und die fünfzig Protektoren, die auf der Insel geblieben waren, sie hätten vor etwa dreißig Tagen mit dem Schiff auslaufen dürfen.

Nyam lief ein Stück weit über die schön angelegten Terrassen, auf denen viele, schon lange verstorbene Al-Drechar ihre letzte Ruhestätte gefunden hatten. Diera war mit Jonas dort, ihrem lachenden kleinen Jungen. Sie pflegte das Grab des Nachtkindes Lyanna, während der Kleine nach oben starrte und auf den kreisenden Sha-Kaan deutete.

Wieder lächelte Nyam und sah sich widerstreitenden Emotionen ausgesetzt. Er sehnte sich nach seiner Frau und seiner Familie, er verstand Dieras Einsamkeit, und er konnte nicht bestreiten, dass er sie anziehend fand. Alle Männer fanden sie anziehend, und nicht selten war sie das Thema deftiger Bemerkungen, doch niemand wagte es, sie anzurühren. Die Frau des Unbekannten Kriegers ließ man besser in Ruhe, ganz egal, wie weit er entfernt war.

Der Anteil in ihm, der Mitgefühl für ihre Hilflosigkeit empfand, da sie allein und so weit von der Heimat entfernt war, behielt die Oberhand. Manchmal stand sie verloren auf den Klippen und blickte zum Kanal hinab, durch den jedes Schiff kommen musste, oder sie wanderte stundenlang über die kleine Insel, trug Jonas auf den Armen oder half ihm, wenn er laufen lernen wollte.

Sie sonderte sich ab. Den Xeteskianern ging sie völlig aus dem Weg, nie sprach sie mit einem Protektor, und auch für die Al-Drechar schien sie sich nicht zu interessieren. Mit ihnen sprach sie eher wie mit alten Tanten und nicht, als wären sie mächtige Magierinnen. Sie aß mit den wenigen Elfen der Gilde der Drech, die sich um die sterbenden Alten kümmerten, und redete, soweit Nyam es sagen konnte, gelegentlich mit Sha-Kaan. Es schien eigenartig, doch im Grunde war es völlig vernünftig. Der Drache unterhielt eine telepathische Verbindung zum Barbaren Hirad Coldheart.

Es hatte mit dem Orden der Drachenmänner zu tun, er hatte darüber gelesen.

Nyam drehte sich um, als jemand seinen Namen rief. Jetzt war er wieder an der Reihe, sich zu den Al-Drechar zu setzen und zu sehen, ob er einige Punkte klären konnte. Wieder lächelte er. Vielleicht war dies der Tag, an dem endlich etwas geschehen würde. Er hatte lange genug gewartet.

In der Abenddämmerung versammelten sie sich. Heryst und sein engster Berater Kayvel beobachteten sie von einem Fenster hoch droben im Turm. Natürlich hatte er gewusst, dass Darrick unglaublich beliebt war, doch dies war, besonders angesichts seiner Fahnenflucht, ein beispielloser Vorgang. Männer verließen ihre Posten und verzichteten auf ihre Mahlzeiten. Da ein großer Teil der Armee im Norden und Osten von Xetesk gebunden wurde, war die Versammlung nicht sehr groß, aber nichtsdestotrotz beeindruckend.

»Niemand patrouilliert mehr in den Straßen und auf den Mauern.«

Heryst nickte. »Es ist jedoch eine respektvolle Versammlung. Sie alle kennen das Gesetz.«

»Sie lieben Darrick«, bemerkte Kayvel. »Glaubt nicht, dass sich ihre Achtung auch auf Euch erstreckt.«

»Wir müssen die Ordnung wahren«, sagte Heryst. Er sah sich um. Seine Leibwache, vier erfahrene Soldaten, wartete hinter ihm. Die vorherrschende Stimmung hatte nicht auf alle Angehörigen der Streitkräfte übergegriffen.

»Und was wollt Ihr nun dagegen tun?« Kayvel deutete auf die Menge, die inzwischen sicher mehr als hundert Köpfe zählte und weiter wuchs.

»Nichts«, erwiderte Heryst. »Es muss ihnen erlaubt sein, ihre Gefühle zum Ausdruck zu bringen. Jedenfalls solange die Proteste friedlich bleiben.«

»Dann haltet Ihr sie für gerechtfertigt?«

»Und ob«, sagte Heryst leise. Mit einem flauen Gefühl im Magen beobachtete er wieder die Kavalleristen und Soldaten vor den Quartieren. Wahrscheinlich war dies der schlimmste Tag seiner ganzen Amtszeit. »Doch was bleibt mir anderes übrig? Er ist nicht der Erste, der in diesem Krieg wegen Fahnenflucht verurteilt wird. Ihr kennt die Stimmung im Rat und draußen in der Stadt. Wir sitzen zwischen allen Stühlen, und unsere Entscheidung, uns abermals mit Dordover zu verbünden, ist auf keine große Gegenliebe gestoßen.«

»Glaubt Ihr denn, es hilft Euch, unseren berühmtesten Sohn hinzurichten?«

»Wir müssen dem Gesetz Genüge tun. Niemand darf über dem Gesetz stehen, sonst droht die Anarchie.« Heryst seufzte und bemühte sich, rasch das Thema zu wechseln. »Wo ist der Rabe?«

»Sie sind in ihren Gemächern und essen«, sagte Kayvel.

»Gut.« Heryst wandte sich vom Fenster ab. »Lasst sie genau beobachten. Ich will vermeiden, dass sie die Menge aufhetzen. Und sagt den eingesetzten Magiern, dass sie besonders wachsam sein müssen.«

»Traut Ihr ihnen nicht?«, fragte Kayvel überrascht.

»Den Rabenkriegern?« Heryst lächelte. »Oh, ich traue ihnen unbedingt. Ich traue ihnen zu, dass sie irgendetwas versuchen werden. Könnt Ihr Euch vorstellen, dass sie wirklich bescheiden anklopfen, um Darricks Leichnam abzuholen?«

»Warum habt Ihr sie dann nicht aus dem Kolleg verscheucht?«

Heryst holte tief Luft und nagte an der Unterlippe. Er sah Kayvel lange an, bis sich dessen Gesichtsausdruck veränderte, als er zu verstehen begann. Er trat sehr nahe an Heryst heran und beugte sich vor, bis sich ihre Gesichter beinahe berührten. »Ihr spielt ein sehr gefährliches Spiel, Mylord«, zischte der Ratgeber leise.

»Ganz im Gegenteil, es besteht kein Risiko«, flüsterte Heryst. »Die Rabenkrieger sind keine Mörder. Allerdings sind sie sehr geschickt.«

Kayvel schnalzte mit der Zunge, und Heryst fuhr fort.

»Ich versichere Euch, dass ich alles in meiner Macht Stehende tun werde, um sie aufzuhalten, falls sie einen Befreiungsversuch unternehmen sollten. Allerdings fürchte ich, dass ich nicht genügend Männer erübrigen kann, um sie verfolgen zu lassen.«

»Ihr müsst Befehl geben, dass die Tore geschlossen werden«, sagte Kayvel.

»Das kann ich nicht tun«, entgegnete Heryst. »Ihr kennt unsere Gesetze, und es besteht keine äußere Bedrohung für das Kolleg. So ist es nun einmal in Lystern.«

Kayvel wandte sich kopfschüttelnd ab und trat einen Schritt näher ans Fenster. Als er sich umdrehte, war ihm nicht anzusehen, was er dachte.

»Ihr begeht einen Fehler«, sagte er.

Heryst trat neben ihn und blickte in den Hof hinab zur Menge, die schweigend im Hof stand.

»Wenn es ein Fehler ist, dass ich dem Raben die Möglichkeit gebe, einen der ihren in Würde zu verabschieden, dann will ich diesen Fehler gern begehen.«

»Ihr wisst genau, was ich meine«, fauchte Kayvel.

»Ja, das weiß ich«, flüsterte Heryst. »Darrick ist mein Freund. Ich bin es ihm schuldig, ihm diese Chance zu geben.«

Kayvel lenkte ein wenig ein. »Ich hoffe nur, Ihr wisst, was Ihr tut.«

»Das hoffe ich auch, mein Freund«, sagte Heryst. »Das hoffe ich auch.«

Fünftes Kapitel

Kurz nachdem die letzte Stunde des Tages geschlagen hatte, verließen die Rabenkrieger ihre Gemächer und gesellten sich zur schweigenden Menge im Hof. Etwa zweihundert oder mehr lysternische Soldaten, viele von ihnen Darricks Männer, hatten ihre Posten im Kolleg und in der Stadt verlassen und sich versammelt.

Der Rabe teilte sich auf, wie es der Unbekannte geplant hatte, und mischte sich unter diejenigen, die ganz vorn an der Tür zum fensterlosen Zellenblock neben den Quartieren standen. Sie hatten sich geschickt postiert, um den Zugang zu den Zellen und den Ausgang des Turms im Auge behalten zu können. Bald musste Heryst dort erscheinen. Der Unbekannte sah Hirad nicht, vernahm aber dessen Stimme, als der Barbar ohne anzuhalten hinter ihm vorbeiging.

»Der Stall ist verlassen, alle sind hier draußen. Unsere Pferde sind gesattelt und bereit.«

Der Unbekannte sagte nichts. Die Stunde der Hinrichtung rückte näher, und im gleichen Maße wuchs die Unruhe unter den Menschen, die sich hier versammelt hatten, nachdem Darrick bei Einbruch der Dunkelheit in den Zellentrakt gesperrt worden war. Viele murmelten, verstummten aber, als quietschend eine Tür geöffnet wurde. Alle drehten sich zum Turm um. Sechs Männer kamen aus dem mit Kohlenpfannen erleuchteten Eingang und traten in die Schatten des Hofs hinaus. Sie schritten zuversichtlich und gemessen aus.

Heryst und sein Ratgeber Kayvel kamen in Begleitung von vier Schwertkämpfern. Ihre Waffen steckten in der Scheide, doch die Männer beobachteten unablässig die Menge. Der Unbekannte wusste natürlich, dass der Rabe streng überwacht wurde, doch das sollte keine Rolle spielen.

Die Rabenkrieger standen gleich hinter der vordersten Reihe und warteten. Heryst und seine Leibwächter näherten sich der schweigenden Menge, die sie zu verschlucken schien. Kaum zwei Schritte vom Unbekannten entfernt kamen sie vorbei, doch das war ihm nicht nahe genug.

Er stand links neben dem bewachten Eingang zu den Quartieren und blickte über Heryst und sein Gefolge hinweg, um Thraun auf der anderen Seite mit einem kleinen Nicken ein Zeichen zu geben. Der Gestaltwandler ließ sich nicht anmerken, ob er den Unbekannten überhaupt gesehen hatte, doch seine Raubtieraugen funkelten im Licht einer nahen Laterne, als er einen halben Schritt vorwärts machte.

Er versetzte den beiden Soldaten vor ihm einen Stoß und zwang sie, zum Ausgleich einen Schritt nach vorn zu machen. So kamen sie Heryst sehr nahe. Auch Denser versetzte jemandem einen Stoß, und Erienne trug ihren Teil dazu bei, dass sich die Unruhe ausbreitete.

»Schande über Euch!«

Hirad hatte in Worte gefasst, was alle dachten. »Verschont Darrick«, ließ sich sofort jemand anders vernehmen, »Verbrechen«, rief ein anderer. Die Menge drängte vor. Sofort beschleunigten die Wächter ihre Schritte. Nach einem kurzen Blick zum sichtlich besorgten Heryst rückte auch der Unbekannte vor.

Er gab zwei Männern, die vor ihm standen, einen festen Stoß, dass sie gegen Herysts Leibwächter prallten. Die Reaktion der Wächter war vorhersehbar und kam reflexartig. Die Soldaten wurden grob zurückgestoßen und taumelten nach links und rechts zur Seite. Der Unbekannte stieß sofort in die Lücke vor, die aufgeregte Menge in seinem Rücken drängte nach. Mit der Schulter rammte er den ersten Leibwächter, der das Gleichgewicht verlor, wild mit den Armen ruderte und dabei einen Mann traf, der instinktiv zurückschlug.

Das Gerangel bekam einen hässlichen Beigeschmack, und die Spannung nahm deutlich zu.

»Zurück, macht den Weg frei!«, befahl ein Leibwächter.

Der Unbekannte drehte sich um, bis er vor ihm stand, und drosch ihm die Faust in den Bauch. Der Wächter riss die Augen auf, und der Unbekannte setzte nach und knallte ihm die Stirn auf den Nasenrücken. Der Mann ging zu Boden.

Dann drehte sich der Unbekannte um und sah Hirad und Thraun von hinten aufrücken. Denser hatte sich unterdessen einen weiteren Wächter vorgenommen, von Erienne war nichts zu sehen. Der Unbekannte drängte sich bis zum Eingang der Quartiere durch, dabei traf ihn Herysts Blick. Der Lordälteste Magier wollte den Mund öffnen und etwas rufen, doch eine Hand packte seinen Hals und zog ihn zurück. Der Unbekannte drängte sich weiter nach vorn, stieß Soldaten zur Seite und hörte, wie die Unruhe der Menge sich dem Siedepunkt näherte. Die Wächter an der Tür hatten gerade erst bemerkt, dass ihr Lord inmitten des Gedränges in Gefahr zu schweben schien. Einer hatte sein

Schwert halb gezogen, als der Unbekannte ihm einen Schlag ins Gesicht versetzte. Sein Hinterkopf prallte gegen die Wand, er ging bewusstlos zu Boden.

Der zweite stellte sich mit erhobenen Fäusten zum Kampf.

»Tut mir leid«, sagte der Unbekannte und legte ihn mit einem Kinnhaken flach.

Als er die Tür fast erreicht hatte, spürte er, wie sich hinter ihm die Atmosphäre veränderte. Heryst wollte um Hilfe rufen, doch Hirad unterbrach ihn barsch.

»Du kriegst jetzt eine andere Art von Begleitung!«

Mit einem heftigen Ruck öffnete der Unbekannte die Tür; sie knallte gegen die Wand. Er rannte hinein und wusste, ohne sich umzudrehen, dass der Rabe ihm folgte. Der kleine Flur war leer. Er drehte sich um. Erienne war ihm als Erste gefolgt, Thraun und Hirad schoben hinter ihr den protestierenden Heryst über die Schwelle. Denser kam als Letzter, er wirkte bereits einen Spruch.

Die Tür des Quartiers knallte zu, ein Wachspruch zischte böse im kleinen Raum, draußen waren gedämpft die wütenden Rufe der Menge zu hören. Es klopfte einige Male an der Tür, aber weiter geschah nichts.

»Willkommen in Eurem neuen Heim«, sagte Heryst.

Hirad setzte ihm einen Dolch an die Kehle. »Versuch ja keinen Spruch zu wirken. Mein Messer ist auf jeden Fall schneller.«

Herysts Gesicht lief vor Zorn und Empörung rot an. »Ihr bekommt ihn nicht hier heraus.«

»Das werden wir gleich sehen.«

»Wie lange hält deine Sperre?«, fragte der Unbekannte.

»Schwer zu sagen. Sie brauchen dazu Magie. Gute Magie. Aber wir sind in einem Kolleg.«

»Verstanden.« Der Unbekannte drehte sich wieder um.

Vor ihnen waren in jeder Wand zwei Türen zu sehen, eine weitere in der Wand am Ende des Flurs.

»Erienne?«

Sie lehnte an einer Wand, als müsste sie sich abstützen, schloss die Augen und machte eine tastende Bewegung.

»Ist schwer zu sagen«, murmelte sie. »Unten sind Männer, Schwerter und Magie. Hier oben kann ich nichts fühlen.«

»Das Mana ist zu hoch konzentriert«, erklärte Denser. »Wir müssen nach unten zu den Zellen.«

»Was …«, wollte Heryst sagen.

»Es ist an der Zeit, den Mund zu halten«, sagte Hirad. »Jetzt zeigen wir dir, was wir können. Treppe?«

Heryst beäugte ihn kurz, bevor er nach vorn deutete. Sie liefen los, angetrieben von einer heftigen Explosion vor der Tür hinter ihnen. Der Unbekannte ging vorneweg, Thraun folgte ihm. Der Krieger riss die Tür auf.

Es war ein Wachzimmer. Der Unbekannte schätzte blitzschnell die Lage ein. An der hinteren Wand stand ein Waffenregal, zwei Posten bewachten auf der linken Scite die Wendeltreppe. Beide zogen sofort die Schwerter. Der Unbekannte hob eine Hand.

»Wir haben Heryst, und wir wollen Darrick holen. Ihr könnt es einfach oder schwierig haben. Entscheidet euch.«

Hinter ihm kamen die anderen Rabenkrieger mit Heryst herein. Die Männer ließen die Schwerter sinken.

»Mylord?«

»Idioten«, murmelte Heryst. »Bewacht den Gefangenen!«, rief er. »Wir werden angegriffen. Wir …«

Hirads Hand verschloss ihm den Mund und zog seinen Kopf abrupt zurück.

»Wir können dich auch tragen, wenn es sein muss«, sagte er.

Der Unbekannte ließ die Wachen nicht aus den Augen. »Streckt die Waffen. Bitte.«

Sie zögerten. Thraun knurrte. Es war ein Laut aus seiner Wolfszeit, der schrecklich im Gemäuer widerhallte. Der Unbekannte lächelte leicht. Die Wächter ließen die Schwerter fallen, laut klirrte das Metall auf dem Stein.

»Gute Entscheidung. Wir werden euch nichts tun, keine Sorge. Denser, Erienne.« Die beiden kamen nach vorn. »Aber ihr dürft nicht weiter mitspielen. Wie ich schon sagte, ihr könnt es einfach oder schwer haben.«

Zwei kurze Anrufungen, und die Wächter sanken bewusstlos zu Boden.

»Also gut«, sagte der Unbekannte. »Hirad, du als Erster. Heryst geht vor dir. Ich folge mit Erienne, also überlasse mir das Reden, ja? Denser und Thraun, ihr bleibt hinten. Der Rabe, los jetzt.«

Die Hand mit dem Dolch auf Herysts Schulter gelegt, schob Hirad den Lordältesten Magier vor sich her, der offenbar resigniert hatte und sich nicht mehr wehrte. »Nicht zu schnell. Ich möchte ja nicht, dass Ihr hinfallt.«

Die Wendeltreppe war breit und von Laternen beleuchtet. Kein Laut drang von unten hoch.

»Am Fuß der Treppe ist niemand«, meldete Erienne. »Weiter hinten erkenne ich noch nichts. Die Treppe endet nach zwei weiteren vollen Kreisen.«

Der Unbekannte nickte. »Hirad, halt den Burschen fest. Jetzt wird es interessant.«

Die Wendeltreppe mündete in einen langen Flur mit kahlen Wänden und schweren Holztüren. Etwa sechzig Schritte vor ihnen versperrte eine mit Eisen verstärkte Tür den Weg. Der Unbekannte sprach laut, damit etwa verborgene Wachen ihn hörten.

»Lord Heryst ist vor uns. Ihr wollt so wenig wie wir, dass

ihm etwas geschieht, also würde ich vorschlagen, dass ihr bleibt, wo ihr seid. Hier muss niemand den Helden spielen. Wir stehen alle auf derselben Seite. Wir wollen nur Darrick holen, und hier kommt niemand heraus, solange wir ihn nicht haben.«

Schweigen.

Der Unbekannte lächelte. Wenigstens hatten sie noch etwas Disziplin. Hinter Heryst als lebendem Schutzschild ging der Rabe langsam durch den Flur. Die Schritte hallten laut von den dunklen Steinwänden und der niedrigen Decke wider. Der Zellentrakt roch feucht und etwas muffig, als hätte sich der Dreck von Jahrhunderten im Stein festgesetzt, bis niemand ihn mehr abwischen konnte.

»Ein beschauliches Plätzchen.«

»Halt die Klappe, Hirad«, zischte der Unbekannte.

Sie kamen an den ersten Türen vorbei, doch die Zellen waren dunkel und still. Nach der Anzahl und dem Abstand der Türen zu urteilen, waren die Zellen sehr klein.

»Halt«, sagte Erienne auf einmal. »Links und rechts, die zweite Zelle. Schwertkämpfer. Zwei auf jeder Seite.«

Heryst holte tief Luft.

»Kein Wort«, flüsterte Hirad.

Der Unbekannte dachte kurz nach. Dann winkte er Thraun und Denser zur linken Tür und deckte selbst die rechte.

»Lasst uns weitergehen«, sagte er laut.

Heryst wollte die Soldaten warnen, doch Hirads Dolch piekste in seinen Hals und überzeugte ihn, den Mund zu halten.

»Ich kann jederzeit fester zustechen«, sagte der Barbar leise. »Ich will es nicht, aber wenn ich muss, dann werde ich es tun.« Er stieß Heryst weiter zum Ende des Zellentrakts.

Der Unbekannte wartete und beobachtete Erienne genau. Es gefiel ihm nicht, dass sie sich aufteilen mussten, aber das Risiko mussten sie eingehen. Sie ging langsam hinter Hirad, mit angespanntem Körper und konzentriertem Geist, um die durch sie brandenden Kräfte zu bändigen. An zwei weiteren Türen gingen sie vorbei, dann gab Thraun ihnen mit einer Geste zu verstehen, dass er etwas gehört hatte. Gleichzeitig blieb Erienne stehen und sah abrupt nach links. Schlagartig gingen überall Türen auf.

»Verdammt!«, fauchte der Unbekannte, der schon den Flur hinunterlief. »Hirad, halte Heryst in Bewegung.«

Hinter sich hörte er die Schritte von Schuhen, die mit Metall verstärkt waren. Vor ihm kamen zwei Gegner aus der linken und einer aus der rechten Zelle.

»Erienne!«

Im Einen verloren, reagierte Erienne nur zögernd. Ein Soldat, der eine Lederrüstung trug, rannte zu ihr, senkte das Schwert, versetzte ihr mit der Schulter einen Stoß und schleuderte sie gegen die Wand. Überrascht schrie sie auf. Hirad drehte sich um und wollte zu ihr, sah aber den Weg von dem zweiten Soldaten blockiert.

»Hirad! Hinter dir!«, rief der Unbekannte. Heryst hatte sich jedoch schon abgesetzt und lief zum Ende des Flurs. Im Laufen malte er kleine Kreise in die Luft. »Das gibt Ärger.«

Der große Krieger rannte ebenfalls den Flur hinunter, und er lief schnell, obwohl ihm die Hüfte, die beim Kampf im Hafen von Arlen verletzt worden war, immer noch zu schaffen machte. Jedenfalls war er schnell genug, um die einsame Gestalt zu überrumpeln, die rechts vor der offenen Zellentür stand. Ohne innezuhalten, drosch der Unbekannte dem Mann die Faust auf die Wange und aufs Kinn. Der Mann drehte sich um sich selbst und prallte gegen die Wand, dann stürzte er bewusstlos um. Der Unbekannte rannte an ihm und Erienne vorbei, um Heryst zu erreichen, bevor dieser einen Spruch wirken konnte.

Hirad fluchte unterdessen aus Leibeskräften und versuchte, sich zu Erienne durchzukämpfen, wurde aber von einem weiteren Soldaten aufgehalten. Ehe der Mann ihn angreifen konnte, machte Hirad jedoch einen raschen Schritt auf ihn zu, blockte den Schwertarm mit der linken Hand ab und knallte ihm das Heft seines Dolchs auf die Stirn. Der Mann sackte unter dem Hieb in sich zusammen, und Hirad half mit einem beidhändigen Schlag in den Nacken nach.

Der Unbekannte überwand rasch die Distanz; hinter sich hörte er die Rufe und Geräusche eines Kampfes, von dem er sich nicht ablenken lassen durfte. Heryst wurde langsamer, drehte sich um und riss die Augen auf, als er den riesigen Unbekannten so dicht hinter sich sah. Er breitete die Arme aus und zielte. Der Unbekannte ließ sich fallen und rutschte mit den Füßen voran über den Boden, die Schnallen seiner Stiefel schlugen Funken auf dem Boden. Der Mund des Magiers bewegte sich, doch in diesem Augenblick erreichte ihn der Rabenkrieger und trat ihm die Füße unter dem Leib weg.

Heryst verlor seinen Spruch und prallte schwer auf den Boden. Halb fiel er über den Unbekannten, der ihn sofort zur Seite stieß. Er legte dem zappelnden Heryst eine Hand in den Nacken.

»Es reicht, Heryst.«

Ein Stück den Flur hinunter steckte Erienne in ernsthaften Schwierigkeiten. Der Angreifer hatte sie überwältigt, in den Schwitzkasten genommen und drückte ihr das Kurzschwert in die Magengrube.

»Zurück!«, rief der Soldat. »Oder ich töte sie.«

Hirad machte noch einen Schritt. Außer Sicht des Soldaten näherten sich auch Denser und Thraun, hinter denen vier reglose Gestalten lagen. Der Unbekannte sah die Blutspritzer in Densers Gesicht und auf Thrauns Knöcheln, doch auf dem Boden war nicht der glitschige Belag zu sehen, der von tödlichen Verletzungen zeugte.

»Wir haben euren Lord«, sagte der Unbekannte, während er sich wieder aufrichtete und Heryst mitschleppte. »Niemand wird hier irgendjemanden töten. Und am wenigsten ihr.«

»Ihr wollt doch nicht, dass sie stirbt.« Dem Soldaten war seine Angst deutlich anzumerken.

Er zog sich bis an eine Wand zurück. Der Unbekannte sah, wie er schwer schluckte, während der Rabe sich ihm näherte. Vor allem aber galt sein Augenmerk der Tür am Ende des Ganges. Dort war Darrick, so viel war sicher – aber wie viele andere außer ihm? Sicher wachten dort Magier, jederzeit bereit, einen Spruch zu wirken. Und eine Ehrenwache, zwischen zwei und sechs Mann stark. Schlechte Aussichten also, und sie hatten nicht mehr viel Zeit, bis die Tür über ihnen aufgebrochen wurde und sie in der Falle saßen.

Erienne war ruhig und hatte sich offenbar in ihr Schicksal ergeben. Vor dem Soldaten standen Hirad und Thraun und versperrten ihm den Blick auf Denser. Der Soldat war naiv, und das war in einem magischen Kolleg unverzeihlich.

»Idiot«, zischte Heryst. Seine Stimme klang erstickt im kräftigen Griff des Unbekannten.

»Eine Schande«, murmelte der Unbekannte.

»Sobald ihr bereit seid«, sagte Denser.

Thraun und Hirad zogen sich in unterschiedliche Richtungen zurück, Denser wirkte den Spruch. Seine Magie war sehr präzise, der eng gebündelte Spruch traf das Gesicht des Soldaten. Blut spritzte aus seiner gebrochenen Nase, er ließ überrascht die Waffe fallen und presste beide Hände aufs Gesicht. Hirad drang auf ihn ein und rang ihn nieder.

»Gut gemacht«, sagte Hirad. »Das war ein Kraftkegel, richtig?«

»Du lernst«, lobte Denser ihn. »Alles klar, Liebste?«

»Es ging mir niemals besser.« Doch Erienne war bleich und wirkte verstört. »Ich habe allerdings leichte Kopfschmerzen. Hier drin ist zu viel konzentriertes Mana, um das zu tun, was ich versucht habe.«

»Der Rabe, los jetzt!«, befahl der Unbekannte. »Denser, wir brauchen einen Spruchschild. Hirad, du übernimmst wieder deinen Gefangenen. Thraun, du bleibst bei mir. Erienne, halte dich zurück, wir nehmen uns jetzt die anderen vor.«

Der Raum hinter der Tür war gegen Schall gesichert. Damit sollten die Menschen im Raum geschützt und die anderen in den Zellen, die noch auf ihr Schicksal warteten, geschont werden. Nicht, dass ein Verurteilter von Darricks Kaliber um Gnade winseln würde. Aber selbst er wollte vielleicht seine letzten Minuten in einer gewissen Abgeschiedenheit verbringen. Der Rabe hatte allerdings erhebliche Einwände dagegen, dass nun Darricks letztes Stündlein schlagen sollte.

Der Unbekannte zog sein Schwert.

»Wer da drinnen ist, der ist bereit, das Urteil an Darrick zu vollstrecken. Tötet sie, wenn ihr müsst.«

»Unbekannter, der Kodex.« Hirad hatte ebenfalls sein Schwert gezogen, fühlte sich aber nicht wohl in seiner Haut.

Der Kodex besagte, dass sie Feinde töten, aber nicht ermorden durften. Er hatte mehr als zehn Jahre lang die Taten des Raben geleitet. Durch diesen Kodex hatten sie sich von bloßen Söldnern abgehoben, dadurch hatten sie sich einen Ruf erworben, dem sie stets gerecht geworden waren. Dadurch waren sie zur Legende geworden.

»Sie wollen einen Unschuldigen ermorden«, erklärte der Unbekannte. »Einen Rabenkrieger. Sie haben nach dem Kodex ihr Leben verwirkt. Aber vergiss nicht – töte nur, wenn du musst. Die Götter wissen, dass wir in diesem Kampf gegen Xetesk jeden einzelnen Mann brauchen.«

»Ich verstehe das nicht«, klagte Heryst.

»Nein«, entgegnete Hirad. »Das verstehst du nicht.« Er drehte sich zur Tür um. »Der Rabe, es wird Zeit, dass wir unseren Mann herausholen.«

Es war keine normale Zellentür. Thraun und der Unbekannte rammten sie gleichzeitig mit den Schultern, und die Balken brachen unter dem mächtigen Aufprall. Denser folgte ihnen und schirmte sie mit einem Spruchschild ab, als sie in den Raum stolperten. Holzstücke flogen herum, schwere Vorhänge wurden zur Seite gerissen, und dann kamen auch Hirad und Heryst herein. Der Lordälteste Magier wirkte inzwischen sichtlich gebeugt und gebeutelt.

Thraun rollte sich ab, landete wendig auf den Füßen und sprang aus der Hocke die beiden Soldaten an, die neben der Tür standen. Keiner der beiden hatte eine Waffe gezogen. Auch der Unbekannte kam rasch wieder hoch. Links von ihm saßen zwei Magierrichter an einem Tisch, rechts hockte Darrick auf einem schlichten Stuhl mit harter Lehne und schrieb in einem Buch. Zwei Wächter standen bei ihm, die sofort ihre Schwerter zogen und sich dem Unbekannten näherten. Auf der anderen Seite des Raumes drosch Thraun bereits einem Soldaten die Faust ins Gesicht, sprang hoch und stieß mit einem wilden Knurren den anderen Mann den anrückenden Wächtern entgegen.

Der Unbekannte hielt einem der Magierrichter, die noch saßen, die Schwertspitze an den Hals.

»Es reicht«, sagte er an Thraun gewandt.

Die stehenden Wachen ließen die Schwerter sinken und blickten auf den Raben, Heryst und ihre bewusstlosen Kameraden.

Darrick beendete seinen Satz, überflog noch einmal, was er geschrieben hatte, und schaute schließlich auf. Er lächelte leicht, als er das Buch schloss.

»Ich hatte mich schon gefragt, wann ihr endlich hier aufkreuzt«, sagte er, stand auf und strich sein Hemd glatt.

»Nicht einmal du kannst so gelassen sein«, erwiderte Hirad.

Darrick grinste. »Ich muss zugeben, dass es knapp geworden ist.«

»Dabei sind wir noch nicht einmal draußen«, erklärte der Unbekannte. Er betrachtete den Raum, die schwarzen Kerzen auf den hohen Eisenständern, die dunklen Vorhänge an allen Wänden. Auch die Kälte war einem Raum angemessen, in dem Menschen hingerichtet wurden. Endlich fiel sein Blick auf die Magierrichter. »Wir wollen diese Männer in die Zellen sperren. Die Waffen bleiben hier.« Er drückte dem Magier die Klinge etwas fester gegen den Hals. »Lord Simmac, wenn Ihr so freundlich wärt.«

»Dafür werdet ihr alle sterben«, stotterte der Magier.

Der Unbekannte seufzte. »Das glaube ich nicht, Simmac. Wir werden vielmehr den Kampf gegen Xetesk wieder aufnehmen. Wir haben schon zwei Tage verloren. Es wird Zeit, dass Ihr das Gesamtbild erkennt, kleiner Mann.«

Thraun hob die bewusstlosen Soldaten am Kragen der Rüstung hoch, jeweils einen mit einer kräftigen Faust, und schleppte sie aus der Hinrichtungskammer. Er bewegte sich fast im Dauerlauf, die Stiefel der Männer klapperten laut auf den Steinplatten. Denser beorderte die zwei verbliebenen Wächter mit einer Bewegung seiner Klinge ebenfalls den

Flur hinunter, und der Unbekannte bugsierte auch die Magierrichter nach draußen.

Der Rabe beeilte sich und verteilte die Soldaten und Magier auf die Zellen. Darrick half Thraun, die übrigen Soldaten, die im Flur noch teils still lagen und sich teils schon wieder regten, ebenfalls einzusperren. Mit einem Schlüsselbund, den sie einem Wächter abgenommen hatte, verriegelten sie nacheinander die Zellen. Bevor sie Simmac in die letzte Zelle beförderten, hielt der Unbekannte inne.

»Mir ist klar, dass Ihr die Tür im Handumdrehen aufbrechen könnt. Deshalb wird Heryst uns begleiten. Ein Laut von hier unten, und er stirbt. Habt Ihr mich verstanden?«

Der Rabe zog sich im Dauerlauf zurück, eilte die Treppe hinauf und fand oben die beiden Wächter vor, die nach Eriennes und Densers Sprüchen immer noch in tiefer Bewusstlosigkeit lagen. Vom Haupteingang her waren hektische Betriebsamkeit und schwere Schläge zu hören, doch die Tür hielt noch.

»Lange geht das nicht mehr gut«, warnte Denser.

Der Unbekannte sah Heryst leicht den Kopf schütteln, als er sich an ihn wandte.

»Nun, mächtiger Rabe«, höhnte der Lordälteste Magier, »darauf habe ich die ganze Zeit gewartet. Es dürfte schwierig werden, durch diese Meute treuer Lysterner hindurch zu fliehen.«

»So ist es«, stimmte Denser zu.

»Ich kann es gar nicht erwarten zu sehen, wie Ihr davonzukommen gedenkt. Ich kann euch doch kaum allen als Schild dienen.«

»Ach, Heryst«, entgegnete Denser, »Ihr seid schon viel zu lange aus dem Geschäft.«

»Wie bitte?«

Denser deutete auf die Wand gegenüber der Tür. »Dort sind die Ställe. Wir haben nicht die Absicht, die Tür zu benutzen.«

»Ich ...«

»Passt auf und lernt«, sagte Darrick mit kalter Stimme. »Genau wie ich gelernt habe.«

»Zurück«, sagte Denser.

»Nein«, wandte Erienne ein, »lass mich das machen.«

»Kannst du denn?«, fragte er.

Sie nickte. »Ich denke schon. Und auf meine Art ist es weniger geräuschvoll.«

Heryst hatte ebenso verwirrt wie misstrauisch die Augen zusammengekniffen. Der Unbekannte achtete nicht weiter auf ihn.

»Übernimm dich nicht.«

Doch Erienne konzentrierte sich schon, sie stand völlig reglos vor der Wand und ließ die Arme locker herabhängen. Der Unbekannte beobachtete ihr Profil, wie gebannt von den Bewegungen ihrer Lippen, den schmalen Augen und den schnellen Bewegungen der Pupillen. Ein Wind wehte durch die Wachstube, ließ Papiere flattern und zerrte an der Kleidung. Eine Hitze, als bräche die Sommersonne durch eine Wolke, breitete sich aus. Rauch stieg von der Wand auf, die knisternd nachgab. Eine glühende rote Linie, die in etwa wie eine Tür geformt war, fraß sich in die Steine. Unter der Linie zerfiel der Stein zu Staub und rann mit einem Geräusch wie rieselndes Korn auf den Boden herab. Im Nu war ein Ausgang nach draußen in die Nacht geöffnet.

Der Unbekannte keuchte, denn auch er spürte die Macht, die durch die Elemente ringsum wirkte. Er blickte zu Heryst. Der Lordälteste Magier hatte mit gespanntem Gesicht und großen Augen zugeschaut. Erienne schwankte und sank erschöpft in Densers Arme.

Er blickte auf seine Frau hinab, dann wieder zu der Öffnung, die sie geschaffen hatte.

»Teufel auch«, keuchte er.

»Du hast wohl so was schon lange nicht mehr gesehen?«, fragte Hirad.

»Hirad«, erwiderte Denser, »diese Art Magie hat man auf Balaia seit Jahrhunderten nicht mehr gesehen.«

Hirad schauderte und warf einen Blick zu Thraun und Darrick, die sich vorsichtig zu der Öffnung bewegten. Draußen waren die Ställe und Koppeln zu sehen, und die Umgebung war menschenleer und still. Von der anderen Seite drang der Lärm der Menge herüber.

»Wir sollten uns auf den Weg machen«, sagte Darrick. »Und zwar schnell.«

»Los jetzt, Heryst«, sagte Hirad. »Wir brauchen Euch, damit uns die Tore geöffnet werden.«

Heryst rührte sich nicht. »Wir verschließen niemals die Tore«, sagte er abwesend.

Dann schüttelte er den Kopf und versuchte, seine Gedanken zu ordnen. Sein Blick wanderte zwischen Erienne und dem Unbekannten hin und her.

»Sie besitzt es«, sagte er. »Alle werden sie und das haben wollen, was sie in sich trägt.«

»Nicht, wenn sie es nicht wissen«, erwiderte der Unbekannte.

Heryst deutete hinter sich. Das Donnern der Sprüche, die Densers Sperre durchbrechen sollten, hatte nachgelassen.

»Ich habe es gespürt, ebenso Denser und jeder andere Magier im Kolleg. Die Götter mögen wissen, wie weit sich die Wellen im Spektrum ausbreiten. Jeder hat begriffen, was es bedeutet. Es war kein Spruch, der mit irgendeinem Kolleg zusammenhing, weil viel mehr beteiligt war als nur das Mana. So viel hat uns schon das Nachtkind verraten.«

»Allerdings muss ihre Identität nicht bekannt werden«, sagte der Unbekannte.

»Es ist leicht, die Verbindung herzustellen.« Heryst zuckte mit den Achseln. »Hier wäre sie sicher. Das gilt für Euch alle.«

»Für alle außer Darrick«, sagte Erienne schwach.

Sie hielt sich noch an Denser fest, war bleich und erschöpft und zitterte.

»Ihr wisst, dass wir nicht hierbleiben können. Wir haben es Ilkar versprochen. Julatsas Herz muss geborgen werden, und wir müssen Xetesk aufhalten. Das wird aber nicht geschehen, wenn wir hier unter Eurem fragwürdigen Schutz herumsitzen«, sagte der Unbekannte. »Die Frage ist doch, wie schwer Ihr es uns jetzt machen wollt davonzureiten.«

Wieder schlug ein Spruch gegen den Haupteingang, dass die Balken bebten. Die zornigen Stimmen wurden lauter.

»Darrick ist verurteilt, daran kann ich nichts ändern«, erwiderte Heryst. »Aber Erienne muss hierbleiben. Sie darf Xetesk nicht in die Hände fallen.«

»Sie gehört zum Raben«, wehrte Hirad ab. »Und weder Xetesk noch Dordover oder Ihr werdet sie jemals in die Hände bekommen. Lasst uns gehen.«

Allen war klar, dass Heryst ihnen nur zur Last fallen würde.

»Er bleibt hier«, entschied der Unbekannte. »Denser?«

Denser nickte, überließ Erienne dem Unbekannten und wandte sich an den Lordältesten Magier. Hirads Schwertspitze zielte genau auf sein Herz.

»Es tut nicht weh«, sagte Denser.

»Mit Schmerzen kann ich umgehen. Der Makel, der meinen Ruf beschädigt, lässt sich nicht so leicht beheben.«

»Ihr habt Euch uns widersetzt, und jetzt zahlt Ihr den Preis dafür«, erklärte Hirad.

»Da draußen werdet Ihr gehetzt«, sagte Heryst. »Ich kann Euch wenigstens garantieren, dass Ihr überlebt.«

»Überleben?«, entgegnete Hirad. »Hast du das gehört, Darrick?«

»Ich hab's gehört.«

Denser sprach eine kurze Anrufung, Heryst sackte in sich zusammen. Hirad fing seinen Kopf ab. Im gleichen Augenblick barst die Eingangstür.

»Lauft«, sagte er.

Der Unbekannte hob Erienne einfach hoch und folgte Thraun und Darrick zu den Ställen. Der Gestaltwandler sprang über den Zaun der Koppel und rannte durch die breiten, offenen Türen in den Stall. Darrick zog eine Seitentür auf und verschwand ebenfalls im Gebäude.

Der Unbekannte stürmte gleich hinter Darrick mit Denser und Hirad hinein. Ein Mann lag stöhnend am Boden und hatte die Hände auf Nase und Schritt gepresst. »Ich dachte, hier wäre niemand.«

Hirad zuckte nur mit den Achseln und rannte weiter, durch die Rüstkammer und an den Sattelstangen vorbei bis in den Stall, wo der stechende Geruch von Mist und feuchtem Stroh die Luft erfüllte. Das Wiehern und Schnauben der aufgeregten Pferde übertönte beinahe die kampfeslustigen Rufe der Männer draußen. Thraun zeichnete sich als Silhouette vor dem Nachthimmel ab, während er sich eilig durch den Stall bewegte, Gatter öffnete und Pferde nach draußen führte. Seine Augen konnten die Dunkelheit mühelos durchdringen.

»Hirad, ich trage Erienne, du nimmst das freie Pferd. Sie kann nicht reiten. Los jetzt, los doch!« Im Laufen sah sich der Unbekannte um.

Lysternische Soldaten näherten sich der Rüstkammer. Vor ihm war Darrick schon in den Sattel gesprungen, wie es nur ein Kavallerist konnte, und hatte sich eine Harke geschnappt. Hirad stieg gerade aufs Pferd, Thraun hatte inzwischen die letzte Stalltür geöffnet.

Der Unbekannte legte sich Erienne über die linke Schulter, setzte einen Fuß in den Steigbügel und schwang sich auf sein Pferd, wobei ein stechender Schmerz durch seine Hüfte fuhr. Dann setzte er Erienne vor sich auf den Sattel. Neben seinem Kopf schlug ein Pfeil in einen Balken.

»Der Rabe, reitet!«

Er riss fest an den Zügeln, zog sein Pferd zum Eingang herum und ließ es die Hacken spüren. Das Tier schoss los. Darrick ritt ein Stück zurück und schwang die Harke. Pfeifend kreiste sie und traf mit einem dumpfen Schlag eine Lederrüstung.

Der Rabe stürmte auf die Koppel hinaus. Gleich neben dem Unbekannten bereitete Denser einen Spruch vor. Hinter ihm ritt Hirad geduckt und hatte mit der linken Hand die Zügel von Eriennes Pferd gepackt. Thraun hielt sich rechts vom Unbekannten, Darrick trieb sein Pferd mit einem Ruf an.

Vor ihnen war der Zaun der Koppel, dahinter ragte die Mauer des Kollegs auf, zu beiden Seiten standen Häuser. Zwischen diesen Häusern tauchten bereits Soldaten und Magier auf und versuchten, ihnen den Weg abzuschneiden.

»Festhalten, Erienne«, sagte der Unbekannte.

»Ich habe sowieso gerade nichts Besseres zu tun«, antwortete sie.

Denser hatte einen Spruchschild gewirkt, der unter dem Angriff der lysternischen Magier dunkelblau flackerte. Der Unbekannte hatte keine Entladung gesehen, also hatten sie es mit einem Kraftkegel oder einem Angriff auf den Geist versucht. Einerseits war er erleichtert, dass es kein tödlicher Angriff gewesen war, andererseits gab es nur eine Möglichkeit, das einsetzende magische Trommelfeuer zu stören, das Denser allein und im Reiten nicht lange abhalten konnte.

»Wir reiten sie über den Haufen!«, brüllte der Unbekannte.

Wieder trat er seinem Pferd die Hacken in die Seite, hielt Erienne fest und überwand mit einem Sprung den Zaun. Draußen bog er sofort nach links ab und hielt auf die Soldaten zu, die sich vor dem Stadttor in einer Reihe aufgestellt hatten. Denser und Hirad folgten ihm, Thraun und Darrick sicherten die Flanken. Der ehemalige lysternische Kavalleriegeneral hielt sich weit links und schlug mit der Harke in der linken Hand zu. Die Soldaten brachten sich eilig in Sicherheit, zumal sie ohnehin keine große Lust hatten, gegen ihren früheren Vorgesetzten zu kämpfen.

Die Abteilung vor ihnen, zu der glücklicherweise keine Bogenschützen zählten, setzte sich in Bewegung. Der Rabe hielt jedoch nicht an, und die Pferde waren ohnehin im Kampf gegen Fußtruppen ausgebildet. Sie würden den Gegnern ausweichen und einen direkten Kontakt vermeiden, aber sie würden nicht stehen bleiben.

»Aus dem Weg!«, rief der Unbekannte. »Macht Platz!«

Dann waren sie mitten im Getümmel. Ohne Befehle gab es keine Ordnung, und die Soldaten waren sowieso nicht geneigt, sich einem galoppierenden Pferd in den Weg zu stellen. Pfeile und Sprüche kamen jetzt auch nicht mehr infrage.

Der Rabe stürmte zum Tor, das offen, aber mit Wagen versperrt war, die zu hoch waren, dass die Pferde hätten darüberspringen können.

»Lass uns nicht im Stich, Denser«, sagte der Unbekannte leise.

Der Magier richtete sich im Sattel auf, ließ die Zügel fallen und stieß die Arme nach vorn, wobei er die Handflächen nach oben und außen drehte. Der Kraftkegel raste los und traf einen Wagen, dessen Räder kreischend über den Boden rutschten. Das Holz der Seitenwände brach, die Plane riss. Der Wagen überschlug sich, und die Soldaten brachten sich mit einem Sprung in Sicherheit.

»Los!«, rief Denser triumphierend.

Der Unbekannte lachte, und der Rabe donnerte in die Straßen von Lystern hinaus.

Sechstes Kapitel

Auum wich ein Stück in den Schatten zurück, als drei Wächter vorbeikamen. Sie entfernten sich nicht weit von den Mauern des Kollegs von Xetesk, die von Fackeln, Laternen und Sprüchen hell beleuchtet wurden. Ihre Augen blieben stets auf das Zwielicht am Rand des Lichtscheins gerichtet. Zwar wussten sie, dass eine Gefahr drohte, doch sie konnten sie nicht sehen und würden nichts bemerken, bis es zu spät war.

Es lag bei Auum, den richtigen Zeitpunkt zu bestimmen. Er musste zugeben, dass es schwierig werden würde, ungesehen ins Kolleg einzudringen. Er und vier andere Tai-Gethen-Zellen beobachteten das Kolleg bereits seit fünf Tagen. Die Elitekrieger und Jäger der Elfen waren die ganze Zeit über unbemerkt geblieben und hatten nach Lücken und Zugängen und – ebenso wichtig – nach möglichen Fluchtwegen Ausschau gehalten.

Xetesk war jedoch äußerst wachsam. Seit das Bruchstück der Statue des Yniss von einem ihrer eigenen Leute gestohlen worden war, gingen die Wächter des Kollegs unermüdlich auf Streife. Tore und Türen waren verstärkt worden, die Patrouillen waren verdoppelt und verdreifacht worden, und die Mauern waren gut ausgeleuchtet. Magier verstärkten die Bogenschützen auf den Wällen, und an den vier Torhäusern wurden alle überprüft, die sich der Stadt näherten. Die Tore öffneten sich jeweils nur für kurze Zeit, um einige wenige Menschen einzulassen.

Auum beobachtete die Wächter. Es waren junge Männer, ängstlich und unerfahren. Seine Tai hätten sie töten können, ehe sie überhaupt bemerkten, dass sie angegriffen wurden, doch das war nicht nötig und hätte nur unerwünschte Aufmerksamkeit auf sie gezogen. Trotz des Diebstahls lag ihm nichts daran, möglichst viele Xeteskianer zu töten. Die meisten Männer, die er beobachtet hatte, waren wie diese drei. Rekruten, die sich keine Vorstellung von den Verbrechen machten, die ihre Vorgesetzten begangen hatten.

Im Innern des Kollegs sah es sicher nicht anders aus. Er als Anführer der TaiGethen wollte im Grunde nur die heiligen Texte zurückholen, die ihnen entwendet worden waren. Er wollte sie nach Aryndeneth zurückbringen, zum Tempel von Yniss, tief im Regenwald von Calaius. Er wollte verhindern, dass die Magier von Xetesk diese Texte benutzten. Zweifellos hatten sie schon mit den Forschungen begonnen, um sich die Elfen gefügig zu machen. Die Rache an denen, die dieses Verbrechen begangen hatten, konnte warten.

Er wandte sich an seine Tai, an die Elfen, denen er jeden Tag sein Leben anvertraute und die auf gleiche Weise auch ihm vertrauten. Duele und Evunn hatten die dunkelgrüne und braune Tarnbemalung aufgelegt, die ihnen im Wald so gute Dienste leistete. Auch hier, in den stinkenden Gassen und den stillen, engen Nebenstraßen von Xetesk hatte sie sich bewährt. Es war für Auum eine fremde Landschaft, auch wenn er sich deren Gegebenheiten zunutze zu machen wusste. Sie hatten zu Yniss, dem Gott der Harmonie, gebetet, und zu Tual, der Herrin aller Bewohner des Regenwaldes. Mehr als einmal hatte Auum sich gefragt, was die Götter der Elfen denken mochten, wenn sie nun auf ihr Volk hinabschauten.

Die Stadt war ein übler Platz, er schauderte vor Ekel. Sie schien ihn zu bedrängen und beleidigte alle seine Sinne. Die TaiGethen waren weit von ihrer Heimat entfernt, von der Umarmung des Waldes und den Rufen der Vögel, von den Gerüchen der Pflanzen und Tiere und dem Regen.

»Diese Stadt setzt mir zu«, sagte Auum. »Wir müssen uns draußen vor den Mauern versammeln und austauschen, was wir in Erfahrung gebracht haben.«

»Wir werden alle Tai brauchen, um hineinzukommen, und dazu alle Magier der Al-Arynaar, um uns zu decken.«

»Es sieht nicht gut aus«, fügte Evunn hinzu.

»Wir sind die TaiGethen«, erwiderte Auum. »Wir werden siegen. Wir verrichten Yniss' Werk, und er wird uns nicht im Stich lassen.«

Die Tai verstummten und warteten reglos, als hinter ihnen ein Geräusch ertönte. Die enge Gasse, in der sie sich fünfzig Schritte vor der Mauer des Kollegs versteckt hatten, führte zwischen armseligen Wohn- und Lagerhäusern hindurch zum zentralen Tuchmarkt. Es war keine Durchgangsstraße, und außer Dieben trieb sich hier kaum jemand herum. Zwei, die kurz zuvor den Fehler begangen hatten, den Tai über den Weg zu laufen, lagen zwanzig Schritte weiter im Gebüsch.

Auum forderte Duele auf, seinen Bogen von der Schulter zu nehmen. Er und Evunn zogen die Kurzschwerter und öffneten die Beutel mit den Jaqrui. Wieder trug der leichte Wind das Geräusch durch die Gasse zu ihnen. Auum sah sich um, konnte aber nichts erkennen. Dunkel standen die Häuser, stumm und düster. Die Luft war drückend und kalt, außer dem Gestank der Stadt konnte er nichts riechen. Doch irgendjemand kam näher und machte keine Anstalten, sein Kommen zu verbergen.

Er sang sogar.

Es war ein stockender Gesang, weil die Erinnerung versagte, und die Worte waren ein Gemurmel, mit dem auch ein Einheimischer nicht viel hätte anfangen können. Auum, der die im Osten Balaias gesprochene Sprache sowieso nicht sehr gut beherrschte, verstand kein Wort.

Der Betrunkene stolperte etwa dreißig Schritte entfernt aus einem Seitenweg heraus, stützte sich an einer Mauer ab, orientierte sich kurz und torkelte in ihre Richtung. Die Tai hielten den Atem an und kauerten sich in den tiefen Schatten. Duele drückte Auums Schulter, doch der Anführer der Tai schüttelte den Kopf. Yniss bestrafte den Mord an Unschuldigen streng.

Quälend langsam kam der Betrunkene, unmelodisch singend, durch die Gasse. Manchmal war nur ein leises Brabbeln zu hören, manchmal ein heiseres Brüllen. Auum betrachtete die Mauer des Kollegs. Bisher hatten sie keinerlei Aufmerksamkeit erregt, doch von links näherte sich eine weitere Patrouille. Auum fluchte lautlos.

Der Betrunkene stolperte und war auf einmal direkt vor ihnen. Genau in diesem Augenblick entschloss er sich, sein Letztes zu geben, und setzte zu einem schmetternden Höhepunkt an. Dann sah er Auums Augen im Schatten, und die trunkene Euphorie blieb ihm im Halse stecken. Er hustete. Auum wartete ab, während der Mann ihn von oben bis unten musterte und sich dann, als spürte er die anderen, ungeschickt umdrehte, um Duele und Evunn auf die gleiche Weise anzustarren.

Er deutete auf Auum. »Du …«, begann er.

»Geh weg«, zischte Auum. »Verschwinde.«

Jeder Gedanke an Wein und Gesang war verflogen. Der Mann eilte zurück, prallte gegen die Hausecke und wandte sich nach links zu den Wachen. Bei jedem zweiten Schritt sah er sich um, weil er offenbar Angst hatte, hinterrücks vom Tod eingeholt zu werden.

Auf halbem Wege überlegte er es sich anders und kehrte wieder um, doch die Streife holte ihn rasch ein. Einer packte ihn am Arm, ein anderer stellte eine Frage, worauf der Betrunkene hinter sich in die Gasse deutete.

»Zurückziehen«, sagte Auum. »Macht euch bereit.«

Die Tai zogen sich tief in die dunkle Gasse bis knapp hinter die Leichen der Diebe zurück. Ein Licht erschien in der Mündung der Gasse, und die Wächter lugten herein. Duele spannte den Bogen.

»Lass sie kommen, wenn sie wollen«, flüsterte Auum.

Und sie kamen. Vorsichtig, mit weit vorgehaltener Laterne und den Schwertern in der nervösen Hand. Zwei gingen vor dem dritten – eine Formation, die ihnen nichts nützen würde.

Auum und Evunn kauerten vor Duele. Sie beteten zu Shorth, dem Gott der Toten, er möge diese Männer geschwind und lautlos zu sich nehmen.

Die Laterne leuchtete ungefähr zehn Schritt weit. Es war eine schwache, rauchende Flamme hinter rußigem Glas. Die Wächter waren in ein gespenstisches gelbes Licht getaucht, ihre ängstlichen, unsicheren Gesichter wirkten maskenhaft starr. Auum übte sich in Geduld. Es war, als wäre er auf der Jagd und wartete auf den richtigen Augenblick, bis er das Tier erlegen konnte. Keine Bewegung entging ihm, während er auf ein Anzeichen lauerte, das ihm verriet, ob er entdeckt worden war.

Als die Wächter weit genug in die Gasse eingedrungen waren, um von draußen nicht mehr gesehen zu werden, schlugen die Tai zu. Dueles Bogen summte, der Pfeil flog zwischen den beiden vorderen Männern hindurch und bohrte sich dem dritten ins Auge. Sofort danach sprangen Auum und Evunn auf und überwanden die kurze Distanz mit beängstigender Geschwindigkeit.

Durch den Sturz ihres Gefährten abgelenkt, waren die beiden anderen stehen geblieben und hatten sich halb umgedreht. Auum stieß sich mit dem linken Fuß ab, trat mit gestrecktem rechtem Bein zu und traf die Kehle des Gegners, bevor dieser ausweichen konnte. Mit zerstörter Luftröhre würgte er, stürzte zu Boden und presste hilflos die Hände an den Hals. Auum kam federnd hoch und versetzte ihm mit dem Kurzschwert den Todesstoß.

Links hatte auch Evunn seinen Mann bezwungen. Blut spritzte aus einer Schnittwunde im Hals, und das Leben wich aus seinen Augen. Kein Schrei kam über seine Lippen, weil Evunn ihm sofort die Hand auf den Mund presste. Abgesehen vom splitternden Glas der Laterne, die zu Boden gefallen war, hatte kaum ein Geräusch die Stille gestört.

Auum nickte und richtete einen kurzen Dank an Shorth, der ihre Gebete erhört hatte. Dann stand er wieder auf.

»Man wird sie vermissen und finden«, sagte Duele.

»Ja«, erwiderte Auum. »Zusammen mit denen hier.«

Er bückte sich und zerrte einen toten Dieb aus dem Gebüsch.

»Überwältigt von Feinden aus ihrem eigenen Volk«, sagte er. »Wir legen für denjenigen, der entkommen ist, eine blutige Spur.«

Sie arbeiteten leise und verschwanden wie ein Flüstern im Wind.

Langsam wurde Heryst sich wieder seiner Umgebung bewusst. Er befand sich in den Gemächern neben dem Großen Saal. Gut versorgte Laternen spendeten ein weiches Licht, der Geruch von Heilkräutern tat seiner Nase gut und half ihm, seine Gedanken zu klären wie Wasser, das losen Schmutz fortspült. Er streckte sich auf den Kissen aus und öffnete die Augen. Am Fußende des Betts wartete Kayvel.

»Wie lange?«, fragte er.

»Genau eine Stunde«, antwortete Kayvel. »Es war ein bemerkenswert präziser Spruch. Ich nehme an, es war Denser? Es war jedenfalls xeteskianisch.«

»Wer denn sonst?«, fragte Heryst.

»Seid Ihr verletzt?«, fragte Kayvel, während er ums Bett herumkam.

»Wollt Ihr darauf wirklich eine Antwort haben?« Heryst lächelte beinahe. »Da müsst Ihr Euch aber mehr Mühe geben.«

»Meint Ihr, so viel Mühe, wie der Rabe sich gegeben hat, Mylord?«

»Sarkasmus ist ein schlechter Ersatz für Humor. Besonders zu dieser nachtschlafenden Zeit.« Heryst drehte sich herum und stellte die Füße auf den kalten Steinboden. Er genoss das Gefühl. »Macht Euch nützlich und holt mir ein Glas Wasser.«

Kayvel wandte sich zum Krug und dem Kristallglas um, die neben dem Bett auf einem Tablett bereitstanden. »Das ging zu leicht.«

»Oh, nein«, sagte Heryst. »Sie haben es sich leicht gemacht.«

»Ihr habt sie nicht sofort aus der Stadt gejagt, Mylord. Ihr habt sie im Kolleg Waffen tragen lassen.«

»Die sie außer zu Drohungen nicht benutzt haben. Es waren wirkungsvolle Drohungen, aber mehr war es nicht.

Dennoch, diesen Trick im Hof habe ich nicht vorhergesehen. Ich dachte, ich hätte alles im Griff, aber das war klug. Sobald sie drinnen waren, hatten sie leichtes Spiel. Allerdings hätte ich es für unmöglich gehalten, dass sie herauskommen …« Er unterbrach sich und ging die Ereignisse im Geiste noch einmal durch. Mit einem Zug leerte das Glas, das Kayvel ihm gereicht hatte, und wischte sich mit dem Handrücken den Mund ab.

»Ich habe es gesehen«, sagte er. »Und gefühlt. Sagt mir nicht, es wäre Euch entgangen.«

Kayvels Gesicht sprach Bände. »Es war, als hätte mir jemand einen Haken ins Rückgrat gesetzt.«

»Sie müssen verfolgt werden«, sagte Heryst, »und gebt unserer Delegation in Dordover und den wichtigsten Gefechtsmagiern Bescheid. Ich will wissen, wie weit die Energie zu spüren war. Ihr könntet auch mit unseren Gästen aus Dordover sprechen. Zweifellos befinden sie sich bereits in der Kommunion.«

»Vieles von dem, was Ihr sagt, liegt auf der Hand. Eine Verfolgung würde sich jedoch schwierig gestalten. Wir haben sie bereits verloren, wissen aber mit einiger Sicherheit, wohin sie wollen. Wir können abwarten.«

»Erienne ist die wichtigste Waffe in diesem Krieg«, sagte Heryst. »Ich will sie nicht an Xetesk verlieren. Auch nicht an Dordover. Also gut. Seht zu, dass unsere Kräfte vor dem Raben gewarnt werden, und nennt Darrick als Grund, warum sie festgenommen werden müssen.«

»Was ist mit Izack?«

Heryst zog die Augenbrauen hoch. »Ich will es mal so sagen: Ich glaube nicht, dass in diesem Fall auf die Kavallerie Verlass ist.«

»Aber wenn er einen klaren Befehl bekommt …«

»Oh, er wird sich nicht weigern und unsere Bemühungen

auch nicht hintertreiben. Aber wir sind weit vom Schlachtfeld entfernt. Ihr müsst jederzeit damit rechnen, dass er anderweitig stark beschäftigt ist.«

Darrick ließ den Raben in einer stillen Seitenstraße zwischen Lagerhäusern anhalten. Er sprang aus dem Sattel und marschierte zu Hirad, zog ihn an sich und umarmte ihn.

»Danke«, sagte er. Erleichterung durchflutete ihn, als er sich wieder von Hirad löste.

Der Barbar zuckte mit den Achseln. »Du gehörst zum Raben. Es kam doch nicht infrage, dich im Stich zu lassen.«

»Das haben wir gut gemacht«, bemerkte Denser und ging zu Erienne, die der Unbekannte vom Pferd gehoben hatte. »Wir haben dich von einem geachteten General und einem Volkshelden in einen Deserteur verwandelt, und jetzt bist du sogar ein Gesetzloser. Das ist eine schöne Karriere.« Erienne schmiegte sich an ihn. »Alles klar, Liebste?«

»Nein, natürlich nicht. Ich bin bloß gerade herumgereicht und herumgeworfen worden wie eine Lumpenpuppe, nachdem ich einen Spruch gewirkt habe, an dem ich mich wohl besser nicht hätte versuchen sollen.«

»Warum denn nicht? Die Al-Drechar waren doch bei dir, oder nicht?«

»Gewissermaßen.«

»Erienne?«

»Nun ja, sie meinten, ich sei noch nicht dafür bereit. Mein Spruch sei nicht präzise genug und würde mich zu sehr beanspruchen. Sie hatten recht.«

»Was genau hast du eigentlich getan?«

»Ich habe die die bindenden Elemente entfernt. Was blieb, war, einfach gesagt, nichts als trockener Staub. Du kannst dir vorstellen, dass es schwierig ist, die Grundbausteine der Physik zu zerlegen.«

»Jedenfalls war es beeindruckend«, sagte Darrick. »Und ob Rabe oder nicht, ich werde für immer in deiner Schuld stehen. Kannst du jetzt reiten, Erienne?«

»Wenn es nicht zu weit ist. Ich bin erschöpft.«

»Wir müssen aus der Stadt heraus und uns vor der Morgendämmerung ein gutes Stück von ihr entfernt haben. Ich kenne ein paar Meilen östlich einen Ort, an dem wir rasten können. Ich nehme an, wir wollen zu den Al-Arynaar?«

»Lasst uns aufbrechen, wir können unterwegs reden«, sagte der Unbekannte. »Wir gehen es ruhig an, bis wir offenes Gelände erreicht haben, damit Erienne sich noch etwas erholen kann. Ist jemand verletzt? Nein? Dann lasst uns aufbrechen.«

Sie stiegen wieder auf, der Unbekannte und Hirad ritten mit Darrick vorneweg, ein wenig schneller als im Schritttempo, durch die frühmorgendlichen, stillen Straßen. Von Verfolgern war nichts zu hören.

»Die Mühe werden sie sich wohl sparen«, überlegte Darrick. »Sie können sich denken, wohin wir wollen. Andere Möglichkeiten haben wir kaum.«

»Das macht die Sache kompliziert«, sagte Hirad.

»Von jetzt an müssen wir jeden Nicht-Elfen als potenziellen Feind betrachten – abgesehen vielleicht von Izack, aber auch der wird seine Befehle bekommen.«

»Glaubst du, sie werden uns ernsthaft zu schnappen versuchen?« Hirad sah Darrick fragend an.

»Du hast gehört, was Heryst gesagt hat«, erklärte der ehemalige General. »Er will Erienne in seine Gewalt bekommen, und noch wichtiger, er will nicht, dass sie Xetesk oder Dordover in die Hände fällt.«

»Hm.« Der Unbekannte nagte an der Unterlippe. »Und wenn der Energieausbruch auch anderswo zu spüren war, dann werden uns alle jagen, sobald sie sich zusammengereimt haben, was er zu bedeuten hatte.«

»Das verstehe ich nicht«, wandte Hirad ein. »Es ist doch eine ganz andere Art von Magie.«

»Sie zehrt aber dennoch vor allem vom Mana«, erklärte Erienne. »Und die wirkliche Macht des Einen beruht auf der Bandbreite ihrer Anwendungsmöglichkeiten.«

»Das glaube ich dir«, sagte Hirad. »Pass nur gut auf dich auf.«

»Mach dir bitte meinetwegen keine Sorgen«, beruhigte Erienne ihn, doch Darrick hörte, wie leidvoll ihre Stimme klang.

Hirad drehte sich im Sattel um.

»Das ist meine Aufgabe«, erwiderte er.

Der Rabe verließ Lystern.

»Erklärt mir, was es bedeutet«, verlangte Dystran.

Er stand in einem Archivraum unmittelbar über den Katakomben, in denen die Laboratorien und Forschungskammern untergebracht waren. Wie jeder andere Magier im Kolleg war er von der Erschütterung im Mana unsanft geweckt worden und mit einer Art Déjà-vu-Gefühl hochgefahren. Rasch hatte er einen Mantel übergestreift und war barfuß ins Archiv gelaufen, wo seine Magier Tag und Nacht das Spektrum überwachten. Er war müde, aber erregt und wollte jetzt, eine Stunde nach dem Ereignis, endlich Antworten hören. Oder eher *die* Antwort.

»Man kann es nicht sicher sagen. Der Effekt war im Spektrum kaum sichtbar, auch wenn er stark genug war, um uns alle zu wecken«, erklärte ein Magier in mittleren Jahren, den Dystran noch nie gesehen hatte.

»Aber es kam aus Lystern«, sagte Dystran.

»Zweifellos, Mylord.«

»Seid so freundlich«, fuhr Dystran fort, »und sagt mir, was Ihr vermutet. Ich weiß, wie wichtig es Euch ist, möglichst genaue Angaben zu machen, aber ich muss planen, denn schließlich trage ich die Verantwortung. Was hat Eurer Ansicht nach diese Erschütterung oder diese Polarisation verursacht, oder welchen Begriff Ihr auch verwenden möchtet?«

»Es hat sich vertraut angefühlt, Mylord«, sagte der Analytiker. »Es war mir auf eine unangenehme Weise bekannt. Wenn Ihr mich jetzt drängt, obschon ich es gern gründlicher überprüfen möchte, dann würde ich sagen, dass wir die Anwendung der Einen Magie erlebt haben. Alle Anzeichen, die wir durch das Zerstörungswerk des Nachtkindes kennen gelernt haben, waren vorhanden, doch dies war ein geordneter Ausbruch. Kontrolliert.«

»Ja!« Dystran klatschte in die Hände. »Das war die richtige Antwort. Überprüft es trotzdem. Schlaft nicht, solange Ihr nicht die Beweise habt, die Ihr braucht, und habt keine Angst vor einer Fehleinschätzung. Die Wahrheit ist mir wichtiger als Lügen, die sich als gute Nachrichten verkleiden.«

Dystran rief seine Ratgeber zu sich und verließ den Raum.

»Nehmt Verbindung mit dem Verantwortlichen auf Herendeneth auf. Ich muss wissen, warum die Al-Drechar uns nicht verraten haben, dass es noch jemanden gibt, der die Eine Magie anwenden kann. Und holt mir Chandyr und Myx von der Front zurück. Möglicherweise müssen wir den Marsch auf Julatsa verschieben.

Ach ja, und berichtet mir über unsere Fortschritte bei den Dimensionsexperimenten, die nach den Informationen der beiden alten Frauen angesetzt wurden. Bei den Göttern, es gibt so viel zu tun.«

Er bog um eine Ecke und eilte, zwei Stufen auf einmal nehmend, eine Wendeltreppe hinauf.

»Ranyl«, sagte er zu sich selbst, »Ihr dürft noch nicht sterben. Ich brauche Euch dringender, als die Dunkelheit Euch braucht.«

Auch in Dordover wurde die Nachtruhe aller Magier, die fähig waren, die Zeichen im Spektrum zu deuten, nachhaltig gestört. Vuldaroq hatte kurz nach Mitternacht eine starke, dringende Kommunion aus Lystern empfangen. Die Nachricht hatte ihn aus dem Bett springen lassen, und dann war er, übergewichtig, schwitzend und mit einem Tuch sein aufgedunsenes, rotes Gesicht abwischend, durchs Kolleg gerannt.

Schon im Traum hatte er den unangenehmen Einfluss im Mana-Spektrum gespürt, und als er die Berichte seiner Delegation und seiner Experten gehört hatte, sah er seine Ahnungen bestätigt.

»Verschafft Euch Gewissheit«, wies er seine Forscher an. »Aber beeilt Euch. Ich will wissen, wie dies möglich ist. Im ersten Morgengrauen will ich die lysternische Delegation sprechen. In der Zwischenzeit soll jeder verfügbare Mann den Raben jagen. Ich glaube, wir können, wie unsere Delegation annimmt, davon ausgehen, dass Erienne das Eine in sich trägt, und dass wir es abermals mit dieser Kraft zu tun bekommen. Ich will sie hierhaben, weil sie hierher gehört, denn sie ist ein Kind dieses Kollegs.«

Er setzte sich. »Bei den stürzenden Göttern, der Rabe. Ich werde den Tag preisen, an dem sie aufhören, mir das Leben so verdammt schwer zu machen.« Seufzend sah er sich um. »Kommt jetzt, wir haben viel zu tun.«

Siebtes Kapitel

Trotz des schönen Morgens herrschte im Empfangszimmer der Al-Drechar auf Herendeneth eine eher kühle Stimmung. Myriell gesellte sich wie üblich zu Cleress, die schon ihren Lieblingsplatz in der Küche eingenommen hatte, von den Elfen bei jedem unsicheren, von der Gicht gepeinigtem Schritt gestützt. Niemand hatte es gewagt, ihren Schlaf zu stören, doch ein Trio müder xeteskianischer Magier erwartete sie bereits, als sie erwachten. Sie kannte sie alle: Nyam, Leryn und Krystaj.

»Was verschafft uns dieses Vergnügen?«, fragte Myriell, nachdem sie recht viel Zeit damit verbracht hatte, ihre Kissen und Decken von Nerane, einer Helferin der Gilde, nach ihren Wünschen herrichten zu lassen.

Sie spürte die Gereiztheit der Besucher, ging jedoch darüber hinweg und achtete auch nicht auf Cleress, die immer öfter aufgeregt mit der Zunge schnalzte. Andererseits hatte Cleress unlängst viel Zeit damit verbracht, Eriennes Bewusstsein zu verteidigen, und auch als Erienne überstürzt eine Kraft eingesetzt hatte, die sie noch nicht beherrschte, war Cleress zur Stelle gewesen. Kein Wunder, dass sie müde war.

Myriell dagegen hatte so gut geschlafen wie schon lange nicht mehr und fühlte sich stark genug, um sich mit kleinen Bosheiten zu vergnügen.

»Ihr wart nicht aufrichtig«, sagte Leryn. Er war ihr Anführer und ein Dummkopf, voll falscher Freundlichkeit und Hinterlist.

»Ihr solltet eigentlich wissen, dass wir alle Eure Fragen nach bestem Wissen und Gewissen beantwortet haben«, erwiderte Myriell gleichmütig.

»Ihr habt uns nicht gesagt, dass es noch jemanden gibt, der das Eine anwenden kann.«

»Ihr habt nicht gefragt.«

»Also gibt es noch jemanden.« Das war Krystaj, ein gelangweilter und erfolgloser Student und ein schlechter Magier.

»Das ist nun wieder Eure eigene Annahme«, warf Cleress ein, die endlich bemerkte, worauf Myriell eigentlich hinauswollte.

»Und wir kämen niemals auf die Idee, einer Annahme von Xetesk zu widersprechen.« Myriell sah Leryn scharf an.

»Dann verratet uns doch«, schaltete sich Nyam ein, der einzige Gescheite unter ihnen, »ob es noch jemand anders gibt.«

Myriell lächelte. »Unser Orden war einst sehr groß. Es ist durchaus möglich, dass noch andere überlebt haben, genau wie wir.«

»Das entspricht sicher nicht der Wahrheit«, erwiderte Nyam. »Ihr seid mehr als vierhundert Jahre alt und habt nur überlebt, weil Ihr hier Tag für Tag versorgt wurdet. Wir haben die Eine Magie auf Balaia gespürt. Wir vermuten, dass es dort einen Schüler gibt, und Ihr seid die einzigen Lehrer.«

Myriell und Cleress schwiegen.

»Nun sagt uns«, fuhr Nyam fort, »gibt es einen Schüler, mit dem Ihr Kontakt habt?«

Wir dürfen es ihnen nicht verraten, sendete Cleress.

Sie wissen es bereits, wir können sie nur noch in die Irre führen.

Sie werden es erraten.

Es war unvermeidlich, dass dies eines Tages geschehen würde.

»Ich möchte Euch daran erinnern, dass wir nicht unter Eurer Kontrolle stehen, sondern lediglich unter Eurem Schutz«, sagte Myriell. »Wir helfen Euch gern bei Euren Forschungen. Die Angelegenheiten unseres Ordens sind und bleiben ausschließlich unsere eigene Angelegenheit.«

»Eure Ausflüchte bestätigen unser Misstrauen«, sagte Leryn.

»Wir wünschen Euch natürlich, dass Eure Mutmaßungen Euch weiterhelfen.« Cleress lächelte ausgesprochen hochmütig.

»Ihr werdet uns den Namen des Magiers verraten«, sagte Leryn.

»Ah«, erwiderte Myriell und hob mahnend einen Zeigefinger. Allmählich begann sie es wirklich zu genießen. »Das ist nun ganz sicher eine unzutreffende Annahme. Nein, wir werden Euch nichts verraten. Immer vorausgesetzt, wir wissen überhaupt etwas.«

Leryn packte ihren Hemdkragen unter der Decke und riss sie hoch.

»Stellt meine Geduld nicht auf die Probe, Myriell. Sagt uns, was wir wissen wollen, oder wir wenden Gewalt an.«

Myriell hatte keine Angst und reagierte völlig gelassen. »Faszinierend. Findest du nicht auch, Cleress?«

»Faszinierend«, stimmte sie zu.

»Wir fragen uns gerade, wie Ihr das schaffen wollt«, sagte Myriell.

»Schmerz löst jede Zunge«, drohte Leryn.

Myriell nickte. »Wie einfallsreich.«

Sie packte Leryns Handgelenk mit der rechten Hand, ihre Meditation war kurz und präzise. Eriennes Konstruktion war bewundernswert. Kurz, gebündelt und sehr, sehr heiß.

Leryn schrie vor Schmerzen auf, sprang zurück und ließ Myriell los, die ihrerseits sein Handgelenk freigab und sich zurücksinken ließ. Leryn betrachtete den geschwärzten Arm und roch die verkohlte Haut, von der noch dünne Rauchwolken aufstiegen.

»Glaubt ja nicht, Ihr könntet uns drohen, Xeteskianer«, sagte Myriell. Jeder Humor war aus ihrer Stimme und ihrem Gesicht gewichen. »Wir besitzen Kräfte, von denen Ihr nichts ahnt, und das Eine stärkt uns und leitet uns bis zum letzten Atemzug, auch wenn unsere Körper gebrechlich sind. Hier bestimmen wir, und Ihr werdet nichts von uns fordern. Die Audienz ist vorbei. Cleress und ich wünschen uns jetzt zu unterhalten. Lasst uns allein.«

Myriell winkte Nerane, ihre Decken wieder zu richten. Nyam wollte etwas sagen, doch Cleress kam ihm zuvor.

»Wir werden uns nicht wiederholen«, sagte sie.

Nyam warf einen Blick zu Leryn, der nickte. Er stand unter Schock, sein Gesicht war vor Schmerzen verzerrt, und er war gedemütigt. Schweigend verließen die drei Magier den Raum.

Es ist gefährlich, ihren Zorn anzustacheln, sagte Cleress, die es weiterhin vorzog, nur mental zu kommunizieren.

Es war an der Zeit, sie in die Schranken zu weisen, erwiderte Myriell. *Als wir die arme Lyanna beschützten, hatten wir nicht genug Kraft, um uns auch selbst zu schützen. Das ist jetzt anders, und sie wissen nicht, dass der Unter-*

schied im Grunde nicht groß ist. Wir sind die Al-Drechar. Sie sollen uns nicht für hilflos halten.

Nun, das ist dir sicherlich gelungen.

Myriell entspannte sich. Sie war ein wenig müde, und ihre Gicht bereitete ihr Schmerzen. *Sie werden es bald erraten, und dann wird Verzweiflung ihr Handeln diktieren. Wir dürfen nicht vergessen, dass Freunde des Raben unsere Gäste sind. Ich glaube, wir sollten vertraulich mit Diera sprechen.*

Devun besaß nicht Seliks Mut und Entschlossenheit. Diese Einsicht bedrückte ihn sehr, als er durch den feuchten, kalten Understone-Pass ritt. Er hatte drei Männer zur Armee der Gerechten zurückgeschickt, um die Leute zur Geduld zu ermahnen und zu erklären, warum sie die Hilfe der Wesmen suchten. Dann hatte er sich in Begleitung der restlichen sechs Männer auf die Reise zum Erzfeind von Ost-Balaia begeben.

Keiner von ihnen war schon einmal durch den Pass geritten. Keiner hatte schon einmal diese düstere Höhle gesehen, die tiefe Dunkelheit und die beeindruckende Pracht. Kaum vorstellbar, dass dies zum Teil Menschenwerk war. Viele hatten für dieses Bauwerk gekämpft, viele waren gestorben, und dann war ein Konflikt ausgebrochen, der schon seit Jahrhunderten tobte und gelegentlich in blutigen, tödlichen Kämpfen seinen Ausdruck fand.

Es war ein unglaubliches Bauwerk, das dem Betrachter Ehrfurcht einflößte. Doch dies war nicht der Grund dafür, dass Devun und seine Männer so lange brauchten, um eine Distanz zu überwinden, die ein Reiter im Galopp in wenig mehr als vier Stunden zurückgelegt hätte. Sie ritten zögernd, weil sie Angst hatten. Devun wusste nicht, wie er auf die Wesmen zugehen sollte, denen sie am westlichen Ausgang des

Passes begegnen würden. Deshalb bewegten er und seine Männer sich mit übertriebener Vorsicht und hielten immer öfter und länger an, je näher sie dem Ausgang kamen. Ihre Laternen warfen tiefe Schlagschatten, ihre nervösen Pferde wollten kaum noch laufen und blieben mehr als bereitwillig stehen, sobald die Zügel angezogen wurden. Unklar war nur, wer aufgeregter war, die Reiter oder die Tiere.

Devun vergaß die Zeit, doch nach der Erschöpfung, die sie schließlich alle spürten, mussten sie die ganze Nacht über geritten sein. So hatte er wenigstens Zeit gehabt, sich eine Art Plan zurechtzulegen, auch wenn er das Gefühl nicht abschütteln konnte, dass Selik weitaus besser als er selbst imstande gewesen wäre, mit den Wesmen zu verhandeln.

Jetzt konnte Devun nur noch möglichst viel Zuversicht ausstrahlen, wie es auch Selik getan hätte, und hoffen, dass niemand, der ihnen begegnete, den ängstlichen Mann hinter der Maske erkannte. Dies natürlich nur, falls sie nicht sowieso auf der Stelle getötet wurden.

Sie sollten bald ihre Antworten bekommen. Schon seit einer ganzen Weile glaubten sie, dem Ausgang des Passes nahe zu sein. Die Luft regte sich ein wenig, es war nicht mehr ganz so klamm, und hin und wieder konnten sie sogar den schwachen Geruch eines Holzfeuers wahrnehmen. Inzwischen ritten sie zu siebt nebeneinander, langsamer denn je, und starrten angestrengt in die Dunkelheit. Dann plötzlich hielt ein Ruf sie auf.

Schlagartig wurden vor ihnen Dutzende von Fackeln angezündet, die den Pass vom Boden bis zum natürlichen Kuppeldach erhellten. Sie beleuchteten auch eine hölzerne Barrikade mit einem Tor, das mit Eisenbändern verstärkt und mit Schießscharten versehen war, hinter denen vermutlich Bogenschützen auf sie zielten.

Sofort ließ er die Zügel fallen und hob die Hände, um

seine friedlichen Absichten kundzutun. Seinen Männern bedeutete er, seinem Beispiel zu folgen.

»Keine plötzlichen Bewegungen«, sagte er. Dann atmete er tief durch. Das Herz schlug ihm bis zum Hals. Als er die Absperrung betrachtete, wurde ihm bewusst, in welch dumme Lage er sich und seine Begleiter gebracht hatte. Sieben Männer, die mühelos ausgelöscht werden konnten. Wer würde sie schon vermissen? Kaum jemand außer denen, die versuchten, vor den Mauern von Xetesk die Armee zusammenzuhalten. Wie, um alles in der Welt sollte er die Wesmen zu einem Bündnis bewegen?

»Durchhalten«, sagte einer seiner Männer, als hätte er seine Gedanken gehört. »Handelt, wie Selik gehandelt hätte, und wir kehren als Helden zurück.«

Genau das, was er selbst gedacht hatte. Aber es nicht nur zu denken, sondern auch zu tun, das war ein ganz anderes Kapitel.

Das Tor wurde einen Spaltbreit geöffnet, und das Tageslicht und der süße Geruch des Frühlings drangen herein. Devun schirmte seine Augen ab. Drei Männer standen als Silhouetten im grellen Licht. Sie setzten sich in Bewegung, als das Tor ganz geöffnet war, und hinter ihnen kamen viele weitere. Sie traten äußerst selbstsicher auf, einer ein Stück vor den anderen. Sie trugen Schwerter ohne Scheiden. Devun bewegte sich so langsam wie möglich und stieg vom Pferd, um sie zu begrüßen.

Der Anführer war ein kleiner, vierschrötiger Mann, der einen Bart hatte und leichte Pelze trug. Seine Augen blickten finster, und seine Stimme klang unfreundlich.

»Wer seid Ihr?«, fragte er mit schwerem Akzent.

»Ich bin Devun, der Anführer der Schwarzen Schwingen. Ich würde auch gern deinen Namen erfahren.«

»Lord Riasu. Ihr seid weit von Eurer Heimat entfernt.«

Der Anführer der Wesmen hatte Mühe, die richtigen Worte zu finden.

»Ich brauche Eure Hilfe«, sagte Devun einfach. Er bemühte sich, Worte zu wählen, die Riasu verstehen konnte. »Ich will den Wesmen ein Angebot machen.«

Riasu zog die Augenbrauen hoch. »Ein Angebot? Wir brauchen Euch nicht.«

»Was ich anbieten kann, wollt Ihr bestimmt. Ich muss jedoch mit Lord Tessaya sprechen. Er ist doch noch Euer Anführer?«

Riasu zuckte mit den Achseln. »Ja. Aber ich kann ihm übermitteln, was Ihr mir sagt.«

Devun schüttelte den Kopf. »Ich muss ihn sehen, ich muss selbst mit ihm sprechen. Fragt ihn. Ich warte auf Eure Antwort.«

»Ich denke darüber nach.«

»Danke«, sagte Devun.

Wieder ein Achselzucken, dann wandte Riasu sich zum Gehen.

»Lord Riasu«, sagte Devun und wartete, bis der Lord der Wesmen sich wieder umdrehte. »Wir sind hungrig und durstig. Könntet Ihr Wasser und Essen entbehren?«

Riasu lachte bellend. »Eigentlich solltet Ihr tot sein. Dies hier ist unser Land. Seid froh, dass Ihr noch atmet.« Er hielt inne. »Ich werde darüber nachdenken.«

Devun sah ihm nach und wartete, bis sich das Tor hinter ihm geschlossen hatte, ehe er die Wangen aufblies und sich an seine Männer wandte.

»Nun, was meint ihr?«

»Ich denke, wir leben noch, und mehr konnten wir erst einmal nicht erwarten«, sagte einer. »Was nun?«

Devun kratzte sich am Kopf. »Uns bleibt nichts anderes übrig. Wir warten.«

Als Pheone aufwachte, fiel schon helles Sonnenlicht ins Zimmer. Der Raum befand sich in einem neu errichteten Gebäude im Süden des Kollegs von Julatsa und war noch nicht mit Fensterläden ausgestattet. Hätte sie hinausgeschaut, dann hätte sie einen großen Teil des Kollegs vor sich liegen sehen, doch trotz des schönes Tages war ihr keineswegs danach, die Aussicht zu genießen.

Ihr war übel. Sie hatte einen schweren Kopf, und ihr Magen polterte, als hätte sie am vergangenen Abend etwas Verdorbenes gegessen. Sie wusste jedoch, dass es nicht am Essen lag, und lächelte wehmütig. Sie wünschte, das Essen wäre der Grund gewesen, denn dann hätte sie ausschließen können, dass es etwas viel Schlimmeres war.

Pheone versuchte sich zu entspannen und zu konzentrieren und stimmte sich aufs Mana-Spektrum ein. Dort lag die Quelle der Übelkeit, sie war ganz sicher. Einen schrecklichen Augenblick lang tastete sie blind umher, doch dann sah sie es vor dem inneren Auge: die sanfte Strömung des gebündelten Mana, die Signatur des Spektrums im Zentrum eines Kollegs.

Allerdings fühlte es sich nicht richtig an. Der Strom war zu schwach, das konnte sie ganz deutlich erkennen. Außerdem schien die Mana-Konzentration nachzulassen – ein Hinweis darauf, dass das Herz starb. Sie runzelte die Stirn. Diesen leichten Rückgang beobachteten sie nun schon eine ganze Weile, und sie war sicher, dass sie sich nicht allein deshalb so unwohl fühlte. Es musste noch etwas anderes sein. Sie verfolgte den Strom bis tief ins Herz hinein, bis zum Zentrum aus konzentriertem Mana, dem pulsierenden Bezugspunkt des ganzen Kollegs, dem Zentrum seiner Macht – dem menschlichen Auge verborgen, nur im Mana-Spektrum sichtbar.

Es ruhte so, wie es vor einigen Jahren begraben worden

war. Jahre, die ihr wie eine Ewigkeit vorgekommen waren. Die Versenkung des Herzens hatte alle Aktivitäten des Kollegs erlahmen lassen. Die Julatsaner wurden nicht mehr zum Kolleg gerufen, weil der Puls nicht laut genug schlug. Diejenigen, die noch dort waren, hatten am Glauben festgehalten, das Herz schlage weiter so stark wie früher. Sie hatten sich geirrt.

Pheone forschte weiter, erkundete den Kern und nahm den Mana-Strom in sich auf, als stünde sie draußen inmitten einer warmen Frühlingsbrise. Einen Moment lang fühlte sie sich geborgen, doch es war ein trügerisches Gefühl.

Wie von einem kalten Guss getroffen, zuckte sie zusammen und riss die Augen auf. Das Herz verlor seine Farbe. Normalerweise war das julatsanische Mana prächtig und strahlend gelb, oder sogar golden, wenn man romantisch veranlagt war. Die Farbe der strahlenden, kraftvollen Magie ihres Kollegs war ein Symbol für das Leben selbst.

So hätte es sein sollen.

Was Pheone mit ihren erfahrenen, geschulten Sinnen wahrnahm, war trüb. Befleckt. Nicht sehr stark, aber unübersehbar. Ähnlich einem Schatten, der über das Land zieht und die schönen Farben verdeckt. So war es um das Herz von Julatsa bestellt. Ein Schatten lag darüber, dämpfte seine Schönheit und raubte ihm die Kraft. Gestern war er noch nicht da gewesen, doch jetzt konnte sie ihn erkennen, auch wenn er noch nicht groß war.

Er würde wachsen und an ihren Kräften zehren, bis sie alle in diesem undurchdringlichem Schatten untergingen. Das wäre der sichere, endgültige Tod des Kollegs. Das konnte sie nicht zulassen, sie musste dagegen ankämpfen, solange sie noch atmen konnte. Verdammt, wenn doch nur Ilkar hier wäre. Jetzt hätte sie seine Unterstützung dringend brauchen können. Wenigstens würde ihre Botschaft bald die Kampflinien vor Xetesk erreichen. Die Al-Arynaar mussten helfen. Dazu waren sie sicherlich bereit, denn auch ihre Magier hatten viel zu verlieren.

Ihr Bewusstsein kehrte in die alltägliche Umgebung zurück. Die Übelkeit ließ nach, da sie nun die Ursache erkannt hatte. Sie richtete sich auf, kleidete sich an und fragte sich dabei, ob die anderen das Gleiche gesehen und gefühlt hatten wie sie. Noch bevor sie die Zimmertür erreicht hatte, drangen die ersten entsetzten Rufe herein.

Achtes Kapitel

Hirad entspannte sich und ließ Sha-Kaans überwältigenden Geist in seinen eigenen eindringen. Er spürte die Resignation in den Gedanken des mächtigen alten Drachen. Vielleicht auch Ergebenheit angesichts des unausweichlichen Schicksals. Ganz sicher Müdigkeit.

»Ich bin einsam, Hirad Coldheart«, grollte er. »Einsam, alt und müde.«

»Ich tue, was ich kann«, sagte Hirad, und sein Herz setzte einen Moment aus, als er Sha-Kaans melancholische Stimmung auffing.

»Ich brauche die Nähe meines Volks. Den heilenden Wind des interdimensionalen Raumes. Ich brauche mein Heim.«

Er klang so alt, seine Willenskraft ließ nach. Fast sechs Jahre befand er sich schon im Exil, seit die Dimensionen nach dem Schließen des Schattenrisses gewaltsam neu ausgerichtet worden waren. Sechs Jahre, die an seiner Lebenskraft gezehrt hatten, Tag um Tag.

»Was ist geschehen, Sha-Kaan?« Es musste einen Grund für diese Wende zum Schlechteren geben.

»Jetzt ist die Geburtszeit der Kaan. Unsere größte Freude, aber auch die Zeit größter Gefahr. Früher konnten sie sich darauf verlassen, dass ich sie beschütze.« Sha-Kaan stieß ein tiefes Grollen aus. »Dieses Mal werde ich nicht bei ihnen sein. Und wäre ich dort, dann wüsste ich nicht, ob ich die Kraft hätte, ihnen wirklich zu helfen.«

»Dein Verlust bekümmert mich«, sagte Hirad. »Aber verliere bitte nicht den Glauben an uns. Ich habe dir ein Versprechen gegeben, und ich werde es halten.«

Wärme durchströmte Hirads Bewusstsein. »Du bist mein Freund, Hirad, und ich vertraue dir. Es gibt nicht viele Menschen wie dich, wie mir scheint. Die meisten von deiner Art kennen keine Ehre und haben keine Seele.«

»Nur gut, dass wir auf der gleichen Seite stehen«, antwortete Hirad, zugleich bewegt und beschämt durch dieses unerwartete Kompliment.

»Hör zu, Hirad. Hier droht Gefahr. Erienne hat die Eine Magie angewandt, nicht wahr?«

»Ja.«

»Xetesk hat es gespürt. Sie haben ihr Wissen über die Protektoren weitergegeben, und ihre Magier setzen die Al-Drechar unter Druck, um Antworten zu bekommen. Bislang ist Eriennes Identität noch nicht enthüllt worden, doch diese Männer sind stark, und ich kann sie nicht alle aufhalten, falls sie sich entschließen sollten, Gewalt anzuwenden.«

»Was ist mit Diera?«

»Sie ist bisher nicht in Gefahr. Sie ist Sols Frau, und die Protektoren werden ihr und ihrem Sohn nichts tun. Ich mache mir eher Sorgen wegen der Magier. Beeile dich, Hirad. Xetesk muss geschwächt werden und seine Aufmerksamkeit auf andere Dinge richten. Ich muss nach Hause, und von dort kann ich Hilfe holen. Das Eine muss überleben, damit wir eine stärkere Welt aufbauen können, doch ich fürchte das Blutvergießen.«

Abrupt zog Sha-Kaan sich aus Hirads Geist zurück und ließ den Barbaren verwirrt zurück. Er richtete sich langsam auf und sah sich in der verfallenen Scheune um, in die Darrick sie geführt hatte. Das Dach, falls man es überhaupt so nennen durfte, hing an abgeknickten Balken, und eine Wand bestand beinahe nur noch aus Löchern. Immerhin bot ihnen das Gebäude Schutz und ein wenig Bequemlichkeit.

Der Rabe hatte sich an einem kleinen Feuer niedergelassen. Erienne ruhte in Densers Arm, zweifellos war sie in Kontakt mit den Al-Drechar. Auch Darrick schlief; bei ihm war es allerdings eher emotionale Erschöpfung. Der Unbekannte starrte gedankenverloren in die Flammen, Thraun war draußen unterwegs. Er würde sie bewachen, während er auf den überwucherten Feldern herumstreunte und die Witterung der Gegend aufnahm. In ihm steckte immer noch ein Wolf, er hatte so viel verloren. Hirad glaubte nicht mehr, dass der Thraun, den er früher gekannt hatte, ganz und gar wieder zum Vorschein kommen würde.

»Wie geht es meiner Familie?«, fragte der Unbekannte, als Hirad die Augen aufschlug.

»Unversehrt«, berichtete Hirad ruhig. »Aber was ich gehört habe, wird dir nicht gefallen.«

»Er nennt das einen gut gemeinten Rat«, erklärte Hirad Darrick.

Eine Stunde vor der Morgendämmerung hatte der Unbekannte sie aufgescheucht. Sein Gesicht war ernst, seit er Hirads Bericht über die Entwicklung auf Herendeneth gehört hatte. Er hatte sich einsilbig gezeigt, als er sie angetrieben hatte, damit sie das Lager abbrachen, die Pferde sattelten und sich in Marsch setzten, doch es bestand kein

Zweifel, dass es in ihm brannte. Er wollte so schnell wie nur irgend möglich nach Xetesk.

Die Stadt war im günstigsten Fall zwei Tagesreisen entfernt, und ihre Lage war alles andre als ideal. Überall auf den Hauptstraßen waren Nachschubeinheiten von Lystern und Dordover unterwegs, gesichert von berittenen Truppen und Söldnern, die trotz des höheren Lohns nicht bereit waren, für Xetesk zu kämpfen.

Vor gar nicht so langer Zeit hätten sich auch die Rabenkrieger von Lystern oder Dordover unter Vertrag nehmen lassen. Ihr Bedürfnis, das Gleichgewicht der Kollegien zu wahren, hätte sie davon abgehalten, sich Densers altem Kolleg anzuschließen. Dazu war Ilkars Entschlossenheit gekommen, niemals für Xetesk zu arbeiten. Heute sah das ganz anders aus. Der einst gefeierte Rabe war geächtet und wurde von allen Kollegien außer Julatsa gesucht. Dennoch waren sie nach wie vor Balaias größte Hoffnung, einen dauerhaften Frieden zu sichern – falls sie nur lange genug lebten, um ihr Versprechen einzulösen.

»Das ist eine interessante Formulierung«, sagte Darrick.

»Kaum zu glauben, aber das erste Mal hat er sie benutzt, um Styliann zu drohen. Seltsam, wie er immer wieder Xeteskianer auf diese Weise mit Ratschlägen bedenkt.«

»Was glaubst du, wer dieses Mal in den Genuss seiner Weisheit kommen soll?«

Hirad zuckte mit den Achseln. »Es könnte Dystran sein, aber ich glaube nicht, dass uns der derzeitige Herr vom Berge überhaupt Gehör schenken wird. Um es mal so auszudrücken: In der Schusslinie steht jeder, der Dieras und Jonas' Sicherheit gefährden könnte.«

»Zuerst muss er mal hineinkommen«, sagte Darrick.

»Die TaiGethen werden uns helfen«, erklärte Hirad. »Das wird lustig.«

Darrick warf ihm einen eigenartigen Blick zu, und Hirad wurde erneut bewusst, wie sehr er Ilkar vermisste. Der julatsanische Elf hätte keinen Moment gezögert, einige passende Worte darüber zu verlieren, dass Hirad es »lustig« fand, in das Dunkle Kolleg einzudringen. Daraufhin hätte er gelacht und nur noch fester daran geglaubt, dass sie Erfolg haben würden.

Niemand konnte diese Rolle übernehmen. Denser hatte es versucht, musste aber noch viel lernen. Ilkar war unersetzlich. Immerhin war Darrick aber durchaus fähig zu verstehen, was gerade in Hirad vorging.

»Deshalb tun wir das alles«, sagte er. »Damit Ilkars Opfer nicht umsonst war.«

»Yeah«, sagte Hirad grantig. »Können wir jetzt über was anderes reden?«

Die Absprache, täglich Kommunion zu halten, war ein geringer Preis und sogar eine vernünftige Maßnahme, die dem jüngsten Militärbündnis zwischen Lystern und Dordover im Krieg gegen Xetesk nur nützen konnte. Allerdings gab es Augenblicke, in denen Heryst diese Absprache bereute, und heute war einer dieser Tage. Seit Darricks tollkühner Befreiung durch den Raben hatte er nicht geschlafen, und ihm war bewusst, dass Vuldaroq, der Hohe Erzmagier von Dordover, Fragen und womöglich sogar Anschuldigungen vorzubringen hatte. Es half auch nicht, dass er selbst, Heryst, an der Reihe war, die Kommunion einzuleiten und damit seine Mana-Reserven durch einen Kontakt zu erschöpfen, den zu knüpfen er nicht die geringste Lust hatte.

»Wenigstens erweist Ihr mir die Ehre, zur verabredeten Zeit mit mir Verbindung aufzunehmen«, sagte Vuldaroq kalt und verriet damit zugleich, wie gut er bereits informiert war.

»Es gibt keinen Grund, den Kontakt nicht herzustellen«,

erwiderte Heryst vorsichtig. Er musste an frühere Unterhaltungen zwischen ihnen denken.

»Wirklich? Ich hatte angenommen, Ihr wärt vollauf mit der Suche nach einem gemeinsamen Feind beschäftigt.«

»Ich habe vertrauenswürdige Mitarbeiter, denen ich die notwendigen Ermittlungen übertragen kann.«

»Sind sie so gut wie Eure Gefängniswärter?«

»Vuldaroq, Ihr werdet mir keine Ereignisse vorhalten, die ausschließlich der Gerichtsbarkeit meines Kollegs unterstehen«, erwiderte Heryst. »Wir haben dringendere Angelegenheiten zu besprechen. Beispielsweise die Lage am Osttor von Xetesk.«

Es war ein Ablenkungsmanöver, von dem sich nicht einmal Heryst selbst viel versprach, aber versuchen musste er es trotzdem.

»Die Lage ist zwar ungünstig, aber stabil, und im Augenblick sind unsere Truppen nicht durch ein weiteres Versagen julatsanischer Magie gefährdet. Eine viel größere Gefahr ist dagegen für uns die Tatsache, dass gestern Abend in Eurem Kolleg die Eine Magie angewandt wurde, und dass die Verantwortlichen entkommen konnten. Anscheinend habt Ihr gegen diese Flucht auch nicht viel unternommen.«

»Und diese Sichtweise habt Ihr der Beobachtungsgabe von Männern zu verdanken, die – wie weit waren sie eigentlich entfernt? Einhundert Schritte? Vielleicht etwas weniger, wenn ich großzügig bin.« Heryst war kampfbereit. Dordover hatte es verdient.

»Wollt Ihr etwa bestreiten, dass der Rabe gestern um Mitternacht aus Eurem Kolleg geflohen ist?«, fragte Vuldaroq.

»Nein.«

»Und Erienne war dabei.«

»Als ich mich das letzte Mal vergewissert habe, gehörte sie noch zum Raben«, erwiderte Heryst.

»Spielt nicht den Neunmalklugen, Heryst. Das steht Euch nicht zu, wenn Ihr in der Defensive seid.« Vuldaroqs Stimme in seinem Kopf war voll selbstgerechter Empörung. »Ich weiß, dass um die Zeit, als der Rabe floh, in Eurem Kolleg die Eine Magie gewirkt wurde. Meine Analytiker konnten die Gegend genau bestimmen. Bei den brennenden Göttern, Mann, es war nicht besonders schwer. Ich weiß auch, dass sich der Rabe in Eurem Kolleg aufgehalten hat, und dass Erienne die einzige Verdächtige ist, die einen solchen Spruch hätte wirken können.«

»Und wie seid Ihr darauf gekommen, Vuldaroq?« Heryst verkniff sich eine gereizte Antwort. »Wir wissen inzwischen, dass Erienne und Denser das Kind gezeugt haben, weil Erienne nicht imstande war, diese Magie zu wirken, aber ein Kind in die Welt setzen wollte, das es konnte. Vielleicht könntet Ihr mir nun erklären, warum Ihr es auf einmal besser wisst. Sollte es etwa wichtige Gesichtspunkte geben, die Ihr mir mitzuteilen vergessen habt?«

Schweigen herrschte in Dordover, während Vuldaroq über seine Antwort nachdachte. Hätte Heryst nicht Eriennes Spruch mit eigenen Augen gesehen, dann hätte er es nicht für möglich gehalten, dass sie das Wissen um das Eine in sich barg. Doch so war es. Die Frage war nur, wie Vuldaroq, der Erienne bereits im Verdacht hatte, seine Mutmaßungen stützen konnte. Was genau wusste Dordover, und wie viel würde Vuldaroq preisgeben?

»Es ist die einzige logische Erklärung«, meinte Vuldaroq schließlich vorsichtig. »Ich war auf Herendeneth, als das Nachtkind starb. Erienne und die Al-Drechar waren bei der Kleinen. Irgendetwas muss auf Erienne übergegangen sein, oder sie ist auf irgendeine Weise fähig, das Wissen und die Lehren der Al-Drechar einzusetzen. Heryst, ich bin kein Experte. Niemand ist es. Wir müssen zusammenarbeiten.«

»Wir arbeiten bereits zusammen«, sagte Heryst.

»Verdammt, das tun wir nicht!«, fauchte Vuldaroq. »Ihr wisst etwas, das Ihr mir nicht sagt. »Was habt Ihr gesehen?«

»Ich war vor allem damit beschäftigt, am Leben zu bleiben. Hirad Coldheart hatte mir ein Messer an die Kehle gesetzt.«

»Dass sie auch direkt vor Eurer Nase zusammen mit Darrick fliehen konnten.« Kichernd nahm Vuldaroq die Sticheleien wieder auf.

»Tja, Ihr habt ja reichlich Erfahrung, was Niederlagen durch den Raben angeht«, schoss Heryst zurück. »Wie viele Männer habt Ihr doch gleich beim Angriff auf Herendeneth verloren?«

»Das ist doch etwas ganz anderes, als im eigenen Kolleg übertölpelt zu werden.«

»Verloren habt Ihr trotzdem. Auf eines können wir uns sicherlich einigen – so etwas tut weh.«

»Dann helft mir doch, Heryst, verdammt. Hat Erienne einen Spruch gewirkt, der mit dem Einen zu tun hatte?«

»Das weiß ich nicht«, antwortete Heryst. »Das Eine wurde angewandt, aber von wem und warum und zu welchem Zweck, diese Fragen untersuchen wir noch. Der Rabe steht einstweilen unter Beobachtung. Wir wissen, wohin sie wollen, und sie sind nur zu sechst. Sie können uns nicht ewig entwischen, falls wir sie wirklich schnappen wollen.«

»Ich hätte doch angenommen, dies sei Euer wichtigstes Ziel. Schließlich ist Darrick bei ihnen.«

»Das ist eine interne Angelegenheit, um die ich mich auf anderer Ebene kümmere«, erwiderte Heryst kühl. »Ihr werdet sie jedenfalls nicht aufhalten. Ihr versteht es nicht.«

»Oh, ich verstehe es durchaus, Lord Heryst. Ich verstehe, dass Ihr genau wisst, dass Erienne den fraglichen Spruch gewirkt hat. Ich verstehe, dass Ihr nicht stark genug wart, um sie an der Flucht zu hindern, und ich verstehe, dass alle meine Kräfte angewiesen werden, den Raben auf der Stelle festzunehmen.«

»Vuldaroq, Ihr …«

»Und bevor Ihr protestiert, will ich Euch sagen, dass ich auch noch etwas anderes verstehe. Wenn ich Xetesk wäre und ebenfalls das Wirken des Einen gespürt und den Ursprung bestimmt hätte, dann würde ich auf dem Weg nach Norden, bevor ich dafür sorge, dass Julatsa sich nie wieder erhebt, einen kleinen Abstecher machen. Könnt Ihr Euch denken, wohin ich mich wenden würde, wenn ich konkrete Anhaltspunkte hätte, wo die ultimative Waffe eingesetzt worden ist?«

Darauf wusste Heryst keine Antwort. Es gab keine, die er hätte aussprechen konnte, ohne den letzten Rest von Glaubwürdigkeit zu verlieren.

»Ein Glück nur, mein lieber Heryst, dass wir Freunde und Verbündete sind, nicht wahr? Solange ich an Eurer Seite stehe, könnt Ihr sie vielleicht sogar daran hindern, Euer Kolleg zu zerstören. Findet Ihr nicht auch, dass es an der Zeit ist, völlig aufrichtig mit mir zu sein?«

Thraun deutete nach links zum Höhenzug, auf dem sie am Morgen die Nachschubwagen beobachtet hatten. Der schwer gesicherte Zug war nach Xetesk unterwegs gewesen und in einer Staubwolke, mit quietschenden Achsen und schwer arbeitenden Pferden, vorbeigefahren. Da der Rabe den Zug schon aus mehr als einer Meile Entfernung bemerkt hatte, war er einfach ausgewichen, hatte die Pferde ausruhen und den Zug vorbeifahren lassen.

Doch jetzt näherten sich Reiter in scharfem Galopp aus der Richtung des Dunklen Kollegs. Der Unbekannte zog sein Pferd nach rechts herum, ließ es galoppieren und trieb es mit den Hacken an. Der Rabe folgte ihm und entfernte sich vom

Höhenzug und den Wagen, um sich im Hügelland zu verstecken. Hier hatten Lyannas unkontrollierte Elementarkräfte gewütet und einen furchtbaren Schaden angerichtet. Kaum ein Busch oder Baum, der noch gerade stand. Zahllose Bäume waren umgestürzt und verrotteten. Ein Zickzackmuster, das den Narben von Peitschenschlägen ähnelte, durchzog das Land, die oberste Krume war abgetragen, und im neuen Frühlingsgras waren dunkle Narben zu sehen.

Hirad ritt hinter dem Unbekannten und Thraun und vergewisserte sich mit einem Blick über die Schulter, dass die anderen ihm folgten. Dumpfe Hufschläge auf der weichen Erde drangen ihm an die Ohren, hier und dort warfen die Hufe Schlammbrocken hoch.

Der Rabe ritt einen flachen Hang hinunter und hielt auf einen Einschnitt zwischen zwei Hügeln zu. Von dort aus konnten sie außer Sicht der anderen Reiter zum Höhenzug zurückkehren. Doch sie waren nicht schnell genug. Der Staub auf dem Weg verriet ihnen, dass die Reiter schon viel zu nahe waren. Dann sah Hirad die Köpfe der Anführer kaum hundert Schritte entfernt auf dem Hügel auftauchen.

Einen kleinen Moment lang gab Hirad sich der vergeblichen Hoffnung hin, die Reiter würden den Raben nicht bemerken. Doch dann ertönte ein Ruf, Pferde wurden scharf gezügelt und wieherten protestierend, die Abteilung wechselte die Richtung, und Hirads Hoffnung war dahin. Wer sie auch waren, sie teilten sich in zwei Gruppen von jeweils mindestens sechs Reitern auf. Eine kam den Hügel herunter direkt auf sie zu, die zweite machte kehrt und galoppierte zurück, um ihnen den Fluchtweg abzuschneiden.

»Los!«, rief der Unbekannte. »Auf offenem Gelände können wir ihnen entkommen.«

Er duckte sich tief auf den Sattel. Hirad folgte seinem Beispiel, bis ihm der starke Geruch von Pferdeschweiß in die Nase wehte. Darrick war auf einmal neben ihm, er ritt so mühelos, als wäre es eine lockere Übung. Er lenkte sein Pferd zum Unbekannten, holte rasch auf, beugte sich vor und berührte die Schulter des großen Mannes.

Der Unbekannte drehte sich um, und Darrick zog einen Finger quer über seine Kehle, deutete rasch nach vorn und nach hinten, lenkte sein Pferd nach rechts und entfernte sich vom Weg. Er hielt direkt auf einen Graben mit steilen Wänden zu. Der Unbekannte folgte ihm. Hirad schloss sich ihnen stirnrunzelnd an, weil er es nicht begriff. Der Grund sollte aber bald deutlich werden.

Zehn Schritte vor dem Graben hielt Darrick sein Pferd in einer Staubwolke an, dass die losen Steine nur so flogen. Die anderen Rabenkrieger sammelten sich um ihn, hinter ihnen wurden die Hufschläge der Verfolger lauter. Wie ein Mann schwenkten sie ab. Von links und rechts kamen nun Reiter auf die Rabenkrieger zu, eine Gruppe noch mehr als hundert Schritte entfernt, die zweite etwa doppelt so weit.

»Hört zu«, sagte Darrick. »Wir durften auf keinen Fall im Galopp von ihnen in die Zange genommen werden. Sie wussten, dass sie uns erwischen konnten, sie kennen das Gelände.«

»Was du auch vorhast, beeil dich«, sagte Hirad.

Darrick wirbelte mit der rechten Hand den Stiel der Harke herum, die inzwischen den Kopf verloren hatte. Hirad wurde schmerzlich bewusst, wie verletzlich der ehemalige General in seiner Ausgehuniform war.

»Hättest du dir nicht ein Schwert schnappen können?«, sagte er.

Darrick zuckte mit den Achseln. »Ohne Rüstung halte ich sie lieber auf Distanz. Also, wir nehmen uns die Gruppe vor, die näher ist. Ich übernehme die Führung. Lasst euch nicht erschrecken. Denser, Kraftkegel auf die hintere Gruppe, sobald sie aufschließen. Egal was, solange es sie aufhält, ehe sie uns zu nahe kommen. Die anderen ziehen ihre Schwerter, Erienne bleibt im Zentrum und schützt uns mit einem Spruchschild. Wolltet ihr nicht schon immer zur Kavallerie?«

Die Klingen fuhren zischend aus den Scheiden, mit den freien Händen hielten sie die Zügel. Ihre Pferde hatten aufmerksam die Köpfe gehoben und spitzten die Ohren, sie waren bereit und scharrten mit den Hufen. Die vordere Gruppe kam geschlossen näher, die Reiter waren nicht ausgeschwärmt. Darrick wartete ab, und Hirad sah erst jetzt, was Darrick vermutlich auf den ersten Blick bemerkt hatte. Es waren keine Kavalleristen, dazu saßen sie nicht lässig genug im Sattel.

»Wartet«, ermahnte Darrick sie. »Wartet, bis sie sich Gedanken machen.«

»Söldner«, sagte Hirad. »Eigentlich sollten die es doch besser wissen.«

»Schild steht«, meldete Erienne.

»Kraftkegel bereit«, murmelte Denser.

Ilkars Meldung blieb aus, und Hirad spürte einen Stich im Herz.

Als die vordere Gruppe weniger als dreißig Schritte entfernt und der zweiten noch etwa neunzig Schritte voraus war, trieb Darrick sein Pferd an.

»Achtet auf ihre Klingen. Sie werden von oben nach unten schlagen, glaubt mir. Ihr wisst, was ihr zu tun habt. Los jetzt, enge Formation! Der Rabe, reitet!«

Sein Pferd sprang los, er hatte den Stiel der Harke über dem Kopf des Pferdes angelegt wie eine Lanze. Der Unbekannte kam direkt hinter ihm, Thraun war auf der rechten Seite, Denser und Erienne blieben geschützt im Zentrum, Hirad übernahm die Rückendeckung. Der Puls des Barbaren raste, und auf einmal musste er grinsen, als ihm der

Wind ins Gesicht schlug. Er brüllte, um sich auf die Schlacht einzustimmen, und Thraun nahm den Ruf auf. Der Rabe ritt los.

Darrick hatte anscheinend völlig vergessen, dass sein Körper ungeschützt und verletzlich war, und hielt direkt aufs Zentrum der Söldnertruppe zu. Dunkelgrüne Blitze knisterten auf Eriennes Schild, als der magische Angriff eines Reiters mühelos abgewehrt wurde.

Darrick hatte den Griff gewechselt, er hielt den Stiel der Harke jetzt quer vor sich und trieb sein Pferd noch einmal an. Er flog den Gegnern förmlich entgegen, täuschte unten an und zog den Stock in Kopfhöhe herum. Sein Gegner hatte sich bereits darauf eingestellt, den Angriff von unten abzublocken, und konnte die schwere Waffe nicht schnell genug wieder heben. Darricks Harke traf seinen Kopf und schlug ihn bewusstlos. Die Klinge fiel aus seinen schlaffen Fingern, und er sackte in sich zusammen. Darrick hielt keine Sekunde inne, sondern duckte sich, als ein Gegner zu seiner Linken zuschlug und ihn knapp verfehlte.

Einen Schritt hinter ihm griffen auch Thraun und der Unbekannte an. Das Schwert des großen Kriegers zischte durch die Luft, sauste nach links und rechts und traf die ungeschützte Hüfte des Angreifers auf Darricks linker Seite. Gegenüber wechselte Thraun harte Schläge mit einem geschickten Schwertkämpfer, zog die eigene Klinge rasch herum und ritt unverletzt weiter. Sein Gegner hatte weniger Glück, denn Hirad folgte mit gerade ausgestreckter Klinge, die er mit starker Hand hielt. Der Mann war tot, ehe er auf den Boden prallte.

Der Rabe stieß mitten durch die feindlichen Reiter bis aufs freie Gelände vor. Darrick wehrte noch einige Hiebe ab, bis der Stiel der Harke in seinen Händen splitterte. Der Unbekannte verpasste dem gegnerischen Magier einen

Schnitt am Oberschenkel, Thraun verletzte im Vorbeistürmen einen weiteren, doch sie waren noch nicht besiegt. Denser drehte sich im Sattel um und wirkte den Kraftkegel mit einem einzigen Wort. Ohne Spruchschild waren die noch lebenden feindlichen Reiter der Magie schutzlos ausgeliefert. Der Kraftkegel traf sie von hinten, warf sie aus den Sätteln und ließ die Knochen von Männern und Pferden splittern.

»Nein!«, rief Darrick. »Zu früh.«

Er zügelte sein Pferd und drehte sich um.

»Falsch«, erwiderte Hirad, der sah, wie die zweite Gruppe zögerte. »Das waren die Gegner, wir sind der Rabe. Wir töten, aber wir morden nicht.«

»Formiert euch!«, schrie der Unbekannte. »Darrick, an meine linke Seite.«

Immer noch unter Eriennes Schutzschild trabten sie nebeneinander. Reiterlose Pferde liefen ziellos umher, Verletzte humpelten oder waren gestürzt, ihre Schreie hallten klagend zwischen den Hügeln. Tote und verletzte Söldner lagen im Umkreis von zwanzig Schritten verstreut auf dem Boden. Denser passte auf, ob jemand den Helden spielen wollte. Vor ihnen hob jemand in der zweiten Gruppe eine Hand, und seine fünf Gefährten hielten an.

»Den Raben sollte man nicht angreifen, Tolmek«, rief der Unbekannte laut, um die zwanzig Schritte zwischen ihnen zu überbrücken. »Du kannst das Gleiche erleben wie sie, aber wir würden gern darauf verzichten.«

»Auf eure Köpfe ist eine hohe Belohnung ausgesetzt, Unbekannter«, erwiderte Tolmek. »Und du hast meine Männer dort getötet und verwundet.«

Der Anführer der Söldnertruppe eiferte anscheinend dem Raben nach. Er war ein erfahrener, kampferprobter Mann mit scharfen blauen Augen, die unter einem geriffelten Helm und fettigen, platt gedrückten schwarzen Haaren hervorschauten. Falls der Rabe seine Konkurrenz hätte bewerten sollen, dann hätte dieser Mann einen hohen Rang eingenommen. Im Moment war er jedoch ein potenzieller Feind, und das verstand er.

»Wir haben das Recht, uns zu verteidigen.«

»Ich habe das Recht, meine Aufträge zu erfüllen«, erwiderte Tolmek.«

»Das glaube ich gern«, sagte der Unbekannte. »Allerdings kämpfen wir auf der gleichen Seite. Wenn du willst, dass Balaia gerettet wird, dann solltest du umkehren und davonreiten.«

»Vor allem will ich genug Geld verdienen, damit ich mich zur Ruhe setzen kann, ehe ich zu schwach bin, um das Schwert zu halten.«

»Dann kämpfe für Xetesk, die zahlen besser«, schlug Hirad vor.

»Du solltest mich doch besser kennen, Coldheart.«

Er trieb sein Pferd ein wenig an, bis er den Unbekannten erreicht hatte und ihre Pferde sich begrüßten. Dann sprach er leise weiter.

»Alle suchen euch«, sagte er. »Ich verstehe Lysterns Wut, aber ich weiß, es steckt noch mehr dahinter. Auch Dordover ist viel zu scharf darauf, euch zu erwischen. Und zwar lebend, nicht etwa tot. Was ist da los?«

»Es wird Zeit, dass du aufbrichst«, sagte der Unbekannte. »Du willst uns hoffentlich nicht zwingen, gegen dich zu kämpfen.«

Tolmek lächelte leicht. »So verlockend es scheint, es zu versuchen und die Belohnung zu kassieren … nein. Vielleicht ein andermal.«

»Wir werden nicht als Erste die Hand erheben«, sagte der Unbekannte. »Aber wenn du uns zwingst, werden wir nicht zögern.« Er deutete aufs Schlachtfeld. »Kümmere dich um die Verletzten, und dann verschwinde.«

Tolmek nickte. »Viel Glück, Rabenkrieger. Ich …« Er hielt inne und runzelte die Stirn. »Wo ist Ilkar?«

Wieder versetzte es Hirad einen Stich, als er den Namen hörte. »Er ist tot, Tolmek. Der Elfenfluch hat ihn geholt. Xetesk trägt die Schuld daran.«

Tolmek zog die Augenbrauen hoch und nahm sein Pferd herum. »Es tut mir leid, das zu hören. Vielleicht kann ich sogar dazu beitragen, dass es Xetesk leid tun wird.«

»Lass uns einfach in Ruhe und folge uns nicht«, sagte der Unbekannte. »Sage es den anderen. Versucht nicht, uns aufzuhalten. Das ist es nicht wert.«

Der Rabe machte Platz, damit Tolmek und seine noch lebenden Männer sich um ihre Toten kümmern konnten.

»Ich frage mich, wie hoch die Belohnung ist«, überlegte Hirad, als der Rabe sich sammelte.

»Riesig, hoffe ich«, sagte der Unbekannte.

»Eine zu geringe Belohnung fände ich auch beleidigend«, stimmte Hirad zu.

»Warum fragst du nicht?« Darrick war wie alle anderen vom Pferd gestiegen.

»Besser, ich weiß es nicht«, sagte Hirad. »Denn wie groß sie auch ist, sie könnte immer noch größer sein.« Er legte dem General einen Arm um die Schultern. »Während Tolmek das Schlamassel aufräumt, das du organisiert hast, könntest du dich umsehen, ob du hier etwas Brauchbares findest. Das ist schließlich dein Recht, und deine Harke hat schon bessere Tage gesehen. Außerdem macht sich das Blut nicht so gut auf deiner schicken Uniform.«

Neuntes Kapitel

»Also gut, was haben wir bis jetzt herausgefunden?«, fragte Dystran, als er mit seinen Archivaren und den Dimensionsforschern am Esstisch saß. Ranyl war sicher schon unterwegs, doch da er seit einiger Zeit starke Schmerzen hatte, würde er noch eine Weile brauchen.

Ein alter Dimensionsmagier, der links neben Dystran saß, wollte das Wort ergreifen, doch der Herr vom Berge hob die Hand und gebot ihm Schweigen.

»Meine letzte Frage könnte den Eindruck erwecken, ich sei lediglich an den neuesten Meldungen über den Stand unserer Forschungen interessiert. Nichts läge mir ferner.

Falls es Eurer Aufmerksamkeit entgangen sein sollte, wir führen einen Krieg. Tausende Angreifer vor unseren Mauern brennen darauf, mich ans Tor meines Turms zu nageln, am besten gleich kopfüber. Unlängst konnten wir einen Sieg erringen, doch wir haben immer noch einen schweren Stand. Unser Volk fürchtet eine Invasion, jeden Tag wollen hunderte fliehen.

In diesem Krieg muss Xetesk triumphieren, weil wir sonst zu einem bloßen Schatten unser selbst verkommen und nie wieder die uns gebührende Stellung einnehmen können. Damit Ersteres und nicht Letzteres eintritt – und ich will Euch versichern, wenn es Letzteres ist, dann wird Euch Euer Schicksal lange vor mir ereilen –, müssen wir gewisse Dinge tun, und wir dürfen dabei keinen Fehler machen. Dazu brauche ich eure unbedingte Aufmerksamkeit und Eure Unterstützung.«

Er hielt inne und sah von einem zum anderen. Acht Männer zwischen dreißig und achtzig saßen am Tisch und hatten jedes Interesse an der Gemüsesuppe und dem Brot verloren. Wein und Wasser wurden in den Gläsern schal.

»Wir wollen mit dem Einfachsten beginnen. Wurde gestern in Lystern die Eine Magie gewirkt?«

»Ja.« Richtig, sein Name war Kestys – Dystran hatte einfach kein gutes Namensgedächtnis, auch wenn er die Gesichter nicht vergaß. Diesen unauffälligen Mann mit dem geröteten Gesicht kannte er jedenfalls recht gut.

»Und wer hat sie gewirkt?«

»Das konnten wir noch nicht bestimmen.« Kestys sah sich Hilfe suchend um, doch niemand sprang ihm bei.

»Ich verstehe.« Dystran atmete langsam und tief durch. »Unterbrecht mich, falls ich mich irre: Unsere Protektoren sind auf Herendeneth stationiert, und das bedeutet, dass wir dort Macht haben und Informationen austauschen können, richtig? Gut. Wahrscheinlich habt Ihr bereits verfügt, dass die Al-Drechar zur Identität des geheimnisvollen Trägers der Einen Magie befragt werden?«

»Selbstverständlich, Mylord.« Kestys rutschte auf dem Stuhl hin und her, auf seiner Stirn glänzte der Schweiß. »Allerdings ist dabei nichts herausgekommen.«

Dystran hob die Hände. »Auf dieser Insel haben unsere Leute es mit einem Drachen ohne Feuer, einer Frau und einem Kind, einem halben Dutzend Elfendienern und zwei alten Magierinnen zu tun. Wie ist es möglich, dass dort nichts herauskommt?«

»Die Al-Drechar besitzen immer noch eine beachtliche Macht.«

Dystran lächelte humorlos. »In der Tat. Außerdem sind sie sehr, sehr alt, sie liegen im Sterben. Sie haben sich verausgabt, als sie das Nachtkind vor seiner eigenen Macht beschützten, und davon haben sie sich nicht wieder erholt. Zwei von ihnen sind sogar gestorben. Setzt sie weiter unter Druck. Wenn sie sich weigern, bedroht jemand anders. Beispielsweise das Kind ... oder gibt es dort etwa unbekannte Gefahren, die fünf xeteskianische Magier in Angst und Schrecken versetzen könnten?«

»Mylord.«

Hinter ihm wurde eine Tür geöffnet. Dystran drehte sich um und sah Ranyl hereinschlurfen. Der vom Krebs gezeichnete Greis stützte sich schwer auf zwei Stöcke, schlug aber immer noch die Hilfe der Magier aus, die ihn stützen wollten. Alle im Raum richteten die Aufmerksamkeit auf ihn, während er sich zum Stuhl neben Dystran schleppte und sich schwer darauf fallen ließ. Die Gehstöcke lehnte er an den Tisch. Man sah ihm an, dass er Schmerzen hatte, doch seine Augen verrieten auch seine ungebrochene Entschlossenheit.

Der Herr vom Berge schenkte ihm einen Becher kühles Wasser ein. Ranyl trank einen großen Schluck.

»Danke, Mylord.«

»Keine Ursache«, erwiderte Dystran. »Wenn Ihr bereit seid, wollen wir fortfahren.«

Ranyl lächelte. »Ich brauche keine bevorzugte Behandlung, Mylord. Ich bin da, und ich kann Euch folgen.«

Einige anwesende Magier kicherten; Ranyl genoss bei allen Magiern in Xetesk nach wie vor großes Ansehen, doch jetzt kam noch ein Faktor hinzu. Jeder Seniormagier im Kolleg wusste genau, dass Dystran Ranyls Wunsch, was seine Nachfolge im Kreis der Sieben anging, entsprechen würde.

»Dann wollen wir uns nicht länger aufhalten als unbedingt nötig und uns zunächst mit unseren Fortschritten bei der Untersuchung der Elfenschriften befassen. Trifft es zu, dass es einen Durchbruch gab?«

»Klein, aber sehr bedeutsam«, erwiderte Gylac, der leitende Archivar und der einzige Mann, der wirklich fähig war, die alten Elfenschriften zu entziffern. Wieder jemand, von dem Dystran fürchtete, er werde sterben, bevor die Arbeit vollendet war. »Ich habe in allen Textfragmenten, die wir aus Calaius bekommen haben, einen roten Faden entdeckt. Immer geht es darum, das gesamte Elfenvolk in einen Mantel der Magie zu hüllen, der sie bei den Werken schützt, die sie im Auftrag ihrer Götter zu vollbringen haben.«

»Ist das der Schlüssel zu ihrer Langlebigkeit?«

»Jedenfalls ist es eng damit verknüpft, Mylord«, erklärte Gylac. »Interessant finde ich die Tatsache, dass die Ausdrucksweise bei allen, zugegebenermaßen vagen Hinweisen auf den Elfenfluch stets sehr ähnlich war.«

»Ach, wirklich?«

Gylac wandte sich an Ranyl. »Lord Ranyl hat sich mit der Theorie dieses Themas viel ausführlicher befasst als ich. Ich konzentriere mich auf die Übersetzung.«

»Gylac ist zu bescheiden«, erwiderte Ranyl und neigte höflich den Kopf. »Es ist ein nicht zu unterschätzender Durchbruch. Wenn wir richtig liegen und die Wechselwirkung zwischen den Elfen und dem Mana aufdecken, dann sollten wir fähig sein, einen Spruch zu wirken, der den schützenden Mantel zerreißt. Ein künstlicher Elfenfluch, könnte man sagen. Die Mana-Konstruktion ist bereits zur Hälfte entwickelt, doch es gibt momentan noch zu viele Unbekannte, um sie zu vollenden.«

Dystrans Herz schlug schneller. Das war mehr, als er in diesem Augenblick erhofft hatte. »Wie lange noch?«

»Das kann ich nicht sagen«, erklärte Ranyl. »Gylacs Gruppe arbeitet unermüdlich, doch einige Wendungen dieser Sprache sind derart fremdartig, dass sie sich einfach nicht übersetzen lassen. Ich schlage vor, wir verstärken unsere Bemühungen, ein oder zwei Elfen zu fangen, die uns helfen können.«

Dystran nickte. »Ich treffe mich bald mit unseren militärischen Kommandanten und werde dies mit ihnen besprechen. Vielen Dank. Ich danke Euch allen. Das sind gute Neuigkeiten, aber es ist noch nicht genug. Wir brauchen neue Waffen, weil wir sonst früher oder später diesen Krieg verlieren werden.« Er hielt inne. »Nun zu unseren Dimensionsexperimenten.«

»Sie sind abgeschlossen«, berichtete Ranyl. »Wir haben den vollen Kontakt zur Dämonendimension hergestellt. Die Informationen der Al-Drechar haben es uns erlaubt, die Karte des interdimensionalen Raumes neu zu zeichnen und die Annäherungspunkte der Dimensionen neu zu berechnen. Wenn es so weit ist, werden wir unsere Dimensionsmagie in vollem Umfang einsetzen können, solange der Kontakt anhält. Wir sind bereit, wir haben wieder die Kontrolle.«

Abermals lächelte Dystran. »Die Informationen über die Annäherung sollen an die Armee gegeben werden, damit wir dies in unsere Angriffspläne einbeziehen können. Wann wird der erste hilfreiche Zeitpunkt kommen?«

»In drei Tagen«, sagte Ranyl.

»Dann bestimmt dies unseren Zeitplan.« Dystran zielte mit dem Zeigefinger auf Kestys. »Ihr müsst Euch stärker ins

Zeug legen. Deckt binnen drei Tagen die Identität des Magiers auf, der die Eine Magie gewirkt hat. Da wir wieder mit dem Rest des Dimensionsraumes in Verbindung stehen, können wir den verdammten Drachen nach Hause schicken. Vielleicht sollten wir ihm eine Abmachung vorschlagen. Eigentlich ist es mir aber auch egal. Wenn ich Euch beim Schlafen erwische, bevor diese Aufgabe erledigt ist, verfüttere ich Euch an die Dämonen.

Und nun beendet Eure Mahlzeit. Die Sitzung ist geschlossen.«

Riasu hatte tatsächlich sofort, nachdem er Devun eingelassen hatte, einen berittenen Boten ins Kernland der Wesmen geschickt. Zu Devuns Empörung hatte er dies dem neuen Anführer der Schwarzen Schwingen jedoch volle zwei Tage verschwiegen. Im Laufe dieser beiden Tage hatte Devun abwechselnd um sein Leben gefürchtet und das Potenzial zu erfassen gesucht, das Seliks Plan barg.

Riasu war kein besonders schwieriger Mensch, aber er war misstrauisch, und er beherrschte die im Osten Balaias gesprochene Sprache nur sehr unzureichend, wenngleich immer noch erheblich besser, als Devun sich in der Sprache der Wesmen-Stämme verständlich machen konnte. Sein Misstrauen war gut begründet und erklärte seine anfängliche Feindseligkeit.

Die Teufel aus dem Osten hatten ihn schon einmal hereingelegt, und das durfte kein zweites Mal passieren. Vor sechs Jahren hatten ein Magier und seine Armee aus wandelnden Toten mit ihren leeren Gesichtern den Wesmen ihre Hilfe dabei angeboten, alle Kollegien außer dem xeteskianischen zu zerstören. Er war, wie alle Männer aus dem Osten, ein Lügner gewesen. Viele tapfere Wesmen-Krieger waren seinetwegen zu den Geistern gegangen.

Nach vielen umständlichen Fragen hatte Devun herausgefunden, dass es sich bei diesem Magier um Styliann gehandelt hatte, den ehemaligen Herrn vom Berge in Xetesk, der von einem Drachen aus einer fremden Dimension getötet worden war.

Dennoch schöpfte Devun ein wenig Hoffnung. Riasu hatte mit großer Freude vernommen, dass Styliann schon lange tot war. Dennoch hatte Devun zwei volle Tage lang seine ganze Überredungskunst aufbieten müssen, bis Riasu bereit war, ihn erstens nicht zu töten und ihn zweitens zu Tessaya zu bringen.

Nun kam endlich Bewegung in die Sache. Devun und seine paar Männer ritten unbewaffnet und von der zehnfachen Zahl Wesmen-Krieger begleitet. Außer Riasu besaß keiner ihrer Gastgeber ein Pferd, doch es schien ihnen nichts auszumachen, sich stundenlang im Dauerlauf zu bewegen, was Devun wider Willen beeindruckte.

Ein seltsames Funkeln war in Riasus Augen getreten, als er durchblicken ließ, dass Tessaya bereits unterrichtet war und einen Treffpunkt festgesetzt hatte. Devun hatte kräftig mit den Zähnen geknirscht und alle Erinnerungen an Furcht und Unsicherheit in den hintersten Winkel seines Bewusstseins verbannt. Jetzt kam es nur noch darauf an, dass sie rasche Fortschritte machten. Sollte Riasu sich doch an seinem kleinen Sieg weiden. Allerdings war Devun völlig bewusst, dass Riasu nur ein kleines Hindernis darstellte. Tessaya war aus einem ganz anderen Holz geschnitzt.

Sie reisten durch eine beeindruckende, wenngleich öde Landschaft. Mächtige Abhänge voller Schieferplatten und Felsen zogen sich nach Norden, während vor ihnen eine Reihe mit Buschwerk bedeckter Hügel für Mann und Reiter schwieriges Fortkommen verhießen.

»Sagt mir, Riasu, hat auch Euer Volk unter den schlimmen Stürmen gelitten?«, fragte Devun. Er sprach bewusst einfach und ließ das Nachtkind und dessen Zerstörungen unerwähnt.

Riasu, der neben ihm ritt, wandte sich mit hartem Gesicht an ihn. Das dunkle, störrische Haar, das sein grobes, faltiges Gesicht einrahmte, war grau durchsetzt. Seine Lippen waren schmal, und seine große Nase sah aus, als hätte er sie in den letzten Jahren zu oft in den Weinkelch gesteckt. Die Augen lagen unter buschigen Brauen tief in den Höhlen.

»Die Krieger sind kampflos gestorben«, sagte er. »Kinderbäuche sind angeschwollen, obwohl kein Essen darin war. Alte ermatteten vor der Zeit und gingen zu den Geistern. Wir leiden heute noch unter den Folgen, doch nichts kann die Wesmen brechen.«

»Ich zeige den Wesmen, wo ihr Feind steht«, versprach Devun.

Er hielt inne und widerstand dem Drang, schnell zu sprechen. Die Unterhaltungen verliefen meist quälend langsam.

»Das sagtet Ihr schon.« Riasu zuckte mit den Achseln.

»Glaubt Ihr mir nicht?«

»Ich glaube Euch, dass Ihr die Magie hasst«, erwiderte Riasu. »Aber könnt Ihr uns die Feinde ausliefern? Sie werden sich hinter ihren Mauern verstecken und ihre bösen Sprüche wirken. Sind sie wirklich am Ende, oder lügt Ihr wie alle von Eurem Volk? Lord Tessaya wird entscheiden.«

Riasu hatte es immer noch nicht richtig verstanden. Fast schien es, als erwartete Riasu, die Schwarzen Schwingen würden die Magier in Ketten aus Xetesk abführen. Devun hatte nicht einmal versucht, den komplizierten Krieg, in den die Kollegien verwickelt waren, in allen Einzelheiten zu beschreiben, und er hatte auch die Unterstützung durch die balaianische Bevölkerung nicht erwähnt. Es wäre sinnlos gewesen. Glücklicherweise war der Mann, zu dem er gebracht wurde, weitaus klüger.

Lord Tessaya war seit drei Jahrhunderten der erste Anführer der Wesmen, dem es gelungen war, die Stämme zu einen. Zuerst war es unter dem Banner der Wytchlords geschehen, und Furcht ebenso wie Achtung hatte die Wesmen bewogen, sich einem gemeinsamen Ziel zu verschreiben. Beinahe hätten sie sogar Erfolg gehabt, und ihr Scheitern war allein dem gemeinsamen Bemühen aller Kollegien, ihrer Magie und dem außerordentlichen Einschreiten des Raben zu verdanken.

Tessayas wahrer Einfluss hatte sich aber erst gezeigt, als er es geschafft hatte, auch nach der Niederlage die Einheit der Stämme zu erhalten. Er war immer noch der Anführer und verkörperte nach wie vor ihre größte Hoffnung auf einen Sieg. Und er war der einzige Mann im ganzen Volk der Wesmen, mit dem zu reden sich lohnte. Man durfte ihn nicht unterschätzen, und deshalb hatte Selik auch geplant, sich mit ihm zu verbünden.

Sie waren den ganzen Tag bis in den Abend gereist und hatten im öden, leeren Land eine recht große Strecke zurückgelegt. Endlos ging es hügelauf und hügelab, doch Devun war immer noch nicht zufrieden. Eine rasche überschlägige Schätzung der Entfernung zwischen dem Kernland der Wesmen und dem Understone-Pass ergab, dass sie mindestens noch drei Tage reiten mussten, ehe sie Tessaya treffen würden.

Mit einiger Überraschung sahen sie am späten Abend einen roten Schein hinter einem Hügel, der sich aus der Nähe als Lager entpuppte, das dem Geruch nach von einem Ring aus Dungfeuern umgeben und zusätzlich mit Kohlenpfannen beleuchtet war. Im Zentrum war ein Prunkzelt aufgeschlagen, ringsum stand an Lagerfeuern ein Dutzend kleinere Rundzelte in Gruppen von jeweils zweien oder dreien. Auf allen Zelten wehten Banner.

Als sie näher kamen, konnte Devun erkennen, dass die Banner identisch waren. Sie zeigten den Bärenkopf und die Krallen der Paleon-Stämme. Fünfzig Schritte vor dem beleuchteten Bereich hielt Riasu im Schatten an.

»Steigt ab«, sagte er. »Niemand darf sich Lord Tessaya auf einem erhöhten Sitz nähern.«

»Was?«, platzte Devun heraus. Riasu sah ihn schräg an und verlangte wortlos eine Erklärung. »Tessaya ist hier?« ergänzte Devun.

Irgendein Militärlager, das konnte er noch verstehen, aber dass der Anführer der Wesmen in der Zwischenzeit bereits hierher gereist war, das war undenkbar. Riasu nickte nur. Devun befahl seinen Männern abzusteigen, während seine Gedanken rasten. Er ging um sein Pferd herum.

»Warum ist er hier? Lebt er denn hier?«

»Nein«, antwortete Riasu, und wieder trat das Funkeln in seine Augen. »Er lebt im Kernland.«

»Aber er ist hier und will mit mir sprechen?«

Wieder ein Nicken. »Ja.«

»Aber wie kann er schon hier sein?« Devun deutete zum Lager. »Ich meine, wie schnell war Euer Reiter?«

»Der Reiter gab Befehl, das Lager zu bauen« sagte Riasu.

»Aber ... ist Tessaya geflogen, oder wie hat er das sonst geschafft?«

»Pferd«, erklärte Riasu. Er lachte. »Ihr haltet uns für Wilde. Aber die unter uns, die vom Geist berührt wurden, sind den Göttern näher, als Ihr es je sein werdet.«

»Das verstehe ich nicht«, sagte Devun.

»Nein«, stimmte Riasu zu. »Ihr seid kein Wesmen-Krieger.«

Devun hätte zu gern gewusst, wie diese Kommunikation vor sich gegangen war. Ob ein Vogel schnell genug fliegen konnte? Vermutlich. Ihm war bekannt, dass die Wesmen Vögel einsetzten, doch die Entfernung war groß, und die Methode unzuverlässig. Im Übrigen war völlig klar, dass Riasu sich darin gefiel, das Rätsel vorerst noch nicht aufzulösen.

»Was geschieht jetzt?«, fragte er.

Riasu lächelte über seinen neuerlichen kleinen Triumph. »Eure Männer werden hier bei meinen Kriegern bleiben. Sie dürfen nicht tiefer in unser Land vordringen. Ihr kommt mit mir.«

»Sir?«, fragte Devuns Stellvertreter, der den Wortwechsel verfolgt hatte.

»Wir werden genau das tun, was er sagt. Bleibt ruhig und haltet euch zurück, dann wird euch nichts passieren. Lasst euch nicht provozieren.« Devun deutete auf die leeren Schwertgürtel; ihre Waffen hatten sie am Pass zurückgelassen. »Vergesst nicht, in welcher Lage ihr seid.«

»Ja, Sir.«

Devun wandte sich wieder an Riasu und zog den Mantel eng um sich. Auf einmal kam ihm der Abend empfindlich kalt vor.

»Dann führt mich zu ihm«, sagte er.

»Viel Glück«, wünschte ihm sein Stellvertreter.

»Wenn ich mich auf mein Glück verlassen muss, dann sitzen wir in der Patsche«, sagte Devun mit einem ironischen Lächeln. »Trotzdem danke für die Wünsche.«

Riasu führte ihn zum Lager. An jedem Feuer standen vier Krieger, an jedem Stammeszelt und jedem Feuer waren Männer und Frauen mit Kochen, Essen und dem Überprüfen der Waffen beschäftigt. Vor dem Prunkzelt waren einige Wachen postiert; Tessaya ging offenbar kein Risiko ein.

Gleich hinter dem Ring der Feuer hielt Riasu ihn noch einmal auf.

»Wartet, ich muss um Erlaubnis bitten, ehe Ihr eintreten dürft.«

Devun sah ihm nach, wie er stolz und groß zum Zelt marschierte und den Wachen knapp zunickte, die ihm Platz machten und sich gleich wieder umdrehten, um Devun mit unverhohlener Verachtung anzustarren. Er starrte zurück, war sich aber seiner Verletzlichkeit sehr bewusst. Falls etwas schief ging, wäre er blitzschnell tot.

Während er wartete, umwehten ihn die Gerüche des Lagers. Holzrauch und bratendes Fleisch, würzige Kräuter und sogar ein Hauch von Wachs von den Zeltleinwänden. Es war ein sehr gut geordnetes Lager, doch er hatte es nicht anders erwartet. Lord Tessaya war ein beeindruckender Mann, und dies machte sich schon bemerkbar, ehe Devun ihm überhaupt begegnet war. Er war verunsichert wie damals, als er Selik vorgestellt worden war.

Riasu ließ nicht lange auf sich warten. Er kehrte rasch zur Grenze des Lagers zurück und winkte ihn herein.

»Kommt mit«, sagte er.

Devun schritt an den Wächtern vorbei, einer von ihnen murmelte etwas. Die Worte konnte er nicht verstehen, aber der Tonfall und die Bedeutung waren völlig klar. Er blieb stehen und sah dem Wesmen-Krieger, der einen Kopf kleiner war als er, in die Augen.

»Du kannst sagen, was du willst«, sagte er, obwohl es sinnlos war, »aber wir werden Verbündete sein. Eines Tages wirst du mich achten.«

»Devun!«, fauchte Riasu. Dann stieß er einen wütenden Wortschwall in der Sprache der Wesmen aus, und der Wächter zog sich einen Schritt zurück und nahm die Hand vom Schwertgriff. »Keine Spiele.«

Devun ging zu Riasu hinüber, und dann marschierten sie an der sechs Mann starken Wache vorbei zu Tessayas Zelt. Zwischen Zeltleinwänden ging es eine kurze Gasse hinunter, bis ein weiterer Wächter einen dunkelgrünen Vorhang mit Quasten und Goldborte zur Seite zog.

»Begegnet dem Lord Tessaya mit Respekt«, warnte Riasu ihn.

Devun lächelte, und seine Ängste nahmen wieder zu. »Ich würde nicht im Traum daran denken, diesen Rat zu missachten.«

Er betrat den großen Innenraum des Prunkzelts und betrachtete das Himmelbett an der hinteren Wand, den schönen, geschnitzten Tisch, die sechs Stühle zu seiner Rechten und die einfachen Webteppiche, die den Boden vollständig bedeckten. Und er betrachtete die drei niedrigen, dunkelroten Plüschsofas, die rings um einen rechteckigen Tisch arrangiert waren, auf dem ein Krug, zwei Metallbecher und ein Brett mit Fleisch und Brot standen.

Vor dem Tisch erwartete ihn Tessaya, ein breitschultriger Mann, der sein schulterlanges Haar zu einem lockeren Pferdeschwanz gebunden hatte. Das verwitterte Gesicht trug die Narben unzähliger Schlachten, doch die Augen strahlten vor Kraft. Er trug locker fallende graue Gewänder, die an der Hüfte von einem dreifarbigen geflochtenen Band gehalten wurden. Mit freundlichem und keineswegs feindseligem Gesicht kam er dem Besucher entgegen, ohne ihm jedoch die Hand zu schütteln.

»Hauptmann Devun von den berüchtigten Schwarzen Schwingen«, sagte er in der Sprache des Ostens, die er hervorragend beherrschte. »Eine Schande, dass weder Selik noch sein Vorgänger Travers so klug waren, sich an mich zu wenden. Ich beglückwünsche Euch zu Eurer Entscheidung. Kommt und esst mit mir, wir haben viel zu besprechen.«

Zehntes Kapitel

Der Rabe brauchte fast drei Tage, um bis zum Rand der Kampfzone vorzustoßen. Drei Tage, in denen die zunehmende Sorge des Unbekannten um seine Angehörigen nur durch die Entschlossenheit in Schach gehalten wurde, den Raben wohlbehalten zum Ziel zu bringen, damit sie ihre Aufgabe erfüllen konnten. Das war der Unterschied zwischen ihnen, dachte Hirad. Er selbst wäre über die Straße geeilt und jedes Risiko eingegangen, weil für ihn das Marschtempo das einzig Entscheidende war. Der Unbekannte dagegen wusste, dass sie nichts erreichen konnten, wenn sie unterwegs geschnappt wurden.

Das hatte es natürlich nicht leichter gemacht, damit umzugehen. Wann immer sie, versteckt in einer Schlucht, einem Flusstal oder einer der wenigen noch stehenden Baumgruppen rasteten, kamen die Emotionen zum Vorschein, die er sonst zum Wohle des Raben unterdrückte. Er lief unruhig hin und her und kaute an seinen Nägeln, er ging Hirad mit dem Wunsch auf die Nerven, immer wieder den Kontakt zu Sha-Kaan zu suchen, und er fauchte Darrick an, der einen kürzeren Weg vorgeschlagen hatte.

Jetzt waren sie eine Meile oder mehr von der Nachschubroute entfernt und reisten mitten in der Nacht durch schwieriges Gelände, um hoffentlich bald auf ein Lager der Al-Arynaar zu stoßen, ohne von den Streifen der Verbündeten erwischt zu werden. Hirad hielt es für angebracht, mit Darrick zu reden.

»So sind wir«, erklärte er. »Das Gleichgewicht, das wir zwischen Gefühlen und praktischen Erwägungen finden, macht uns zu dem, was wir sind. Das sagt jedenfalls Erienne. Sie nennt mich den Herzschlag und den Unbekannten das Hirn.«

»Und was bin ich dann?«, fragte Darrick.

»Ein Freund, der noch viel über uns lernen muss.«

»Aber ich hätte helfen und eine bessere Route auswählen können.«

»Der Unbekannte war nicht deiner Meinung, und wir halten das, was er sagt, für richtig«, erwiderte Hirad. »In diesem Fall geht es aber auch um persönliche Belange. Wenn der Unbekannte will, dass wir vorsichtig sind, dann sind wir vorsichtig. Er hat nur deshalb aufgebracht reagiert, weil du das nicht verstanden hast. Wir tun die Dinge auf unsere Weise, und du bist jetzt einer von uns, aber wir haben alle unterschiedliche Stärken und Schwächen. Du kennst dich mit Taktik und der Reiterei aus. Der Unbekannte sorgt dafür, dass wir die Dinge auf die richtige Weise anpacken. Stelle das infrage, und du stellst seine Fähigkeiten infrage.«

»Das würde ich niemals tun«, protestierte Darrick. »Allein der Gedanke ist schon lächerlich. Ich wollte nur helfen.«

»Du wirst es schon noch lernen. Glaube mir, Ry, er hält sehr viel von dir. Aber jetzt helfen wir ihm bei seiner Aufgabe, und wir müssen sie ihn auf seine Weise erledigen lassen. Wenn er Hilfe braucht, wird er es uns schon sagen.«§§§

Darrick blies die Wangen auf und hob hilflos die Hände. Mit dem Schwert eines Söldners an der Seite und einem übergroßen Lederwams über der Uniformjacke sah er wenigstens wieder halbwegs wie ein Mitglied des Raben aus. Doch das jugendliche Gesicht war nicht vernarbt genug für einen altgedienten Söldner. Er sah einfach zu gut aus. Genau wie Sirendor Larn. Hirad lächelte in sich hinein, als er sich an seinen alten Freund erinnerte. Auch er hatte einst zum Raben gehört. Schon lange tot, aber nie vergessen.

Vor ihnen blockierten auf einmal einige Gestalten den Weg. Sie waren aus der Schwärze der Nacht aufgetaucht und offenbar bereit, sie anzugreifen. Bogen waren gespannt, und die gebückte, drohende Haltung der Kämpfer zeigte, worauf sie aus waren.

Der Unbekannte hob eine Hand, die Rabenkrieger hielten an, da sie hoffnungslos in der Unterzahl waren, und achteten darauf, ihre Hände von den Waffen fernzuhalten. Hirad unterdrückte seinen ersten Impuls und folgte seinem Beispiel. Einen Moment später hörte er vor sich ein Lachen, und dann kamen zwei Gestalten durch die Reihe der Bogenschützen nach vorn.

»Ich dachte es mir doch«, sagte jemand in etwas unbeholfenem Balaianisch mit starkem Akzent. »Ihr seid wirklich sehr berechenbar.«

Hirad stieg vom Pferd und lief nach vorn, um Rebraals Bruder bei den Schultern zu fassen. »Nur Ilkars Bruder ist fähig, unsere Route vorherzusehen.« Erleichterung erfüllte sein Herz.

»Ich kann das Lob nicht allein in Anspruch nehmen.« Rebraal deutete auf Auum, der neben ihm stand. Seinem grün und schwarz bemalten Gesicht war nicht anzumerken, was in ihm vorging. »Er hat einen viel besseren Blick für das Land als unsere, äh, Verbündeten, falls man sie wirklich so nennen kann.«

»Oh, wir können sie ganz gewiss so nennen.« Auch der Unbekannte stieg ab und gesellte sich zu Hirad. Die anderen Rabenkrieger folgten nach und nach seinem Beispiel. »Wir kämpfen immer noch mehr oder weniger für die gleichen Ziele, Rebraal. Aber was brachte euch auf die Idee, wir müssten gerade hier entlangkommen?«

Auum rümpfte die Nase, doch Hirad war nicht sicher, wie viel er wirklich verstanden hatte. Hinter ihm knurrte und grollte Thraun. Ein Panter der Krallenjäger kam aus dem Schatten und stupste ihn mit der Schnauze. Sein Elfenpartner folgte mit unbewegtem, zur Hälfte schwarz bemaltem Gesicht.

»Wir sind hier in Gefahr«, sagte Rebraal. »In der Nähe unseres Lagers haben wir einen sicheren Bereich geschaffen, wo ihr euch verstecken könnt. Wir müssen aber leise sein.«

Die Rabenkrieger führten ihre Pferde am Zügel und folgten schweigend den Al-Arynaar und den TaiGethen. Sie mussten mehr als zwei Meilen laufen und kamen dicht an den lysternischen und dordovanischen Lagern vorbei, doch Hirad fühlte sich nicht sonderlich bedroht. Voraus und an den Flanken waren Späher der TaiGethen unterwegs, und auch die Krallenjägerpaare pirschten im tiefen Schatten. Ein allzu neugieriger Verbündeter würde fortgeschickt. Ein Feind würde die Begegnung nicht überleben. Was die Elfen taten, wenn man vom Kampf vor den Toren von Xetesk absah, ging niemanden etwas an.

Im Hauptlager der Elfen war es in den frühen Stunden des Tages still. Nur zum Kochen hatten sie in der Nähe der lysternischen Streitkräfte in einem kleinen Bereich einige Feuer angezündet. Dahinter, tiefer im Gebüsch und zwischen den Bäumen, wo die Elfen sich lieber aufhielten als in den offenen Lagern der Verbündeten, führten sie den Raben in einen Bereich, der von Al-Arynaar abgeschirmt wurde. Die Pferde wurden abgesattelt und zu einem zentralen Standplatz gebracht.

Im Herzen dieses Nebenlagers brannte ein weiteres kleines Feuer, über dem zwei Kochtöpfe hingen. Ringsherum waren Baumstämme als Sitzgelegenheiten herbeigeschafft worden.

»Habt ihr uns erwartet?«, fragte Hirad.

»Wir beobachten euch schon seit mehr als einem Tag«, räumte Rebraal ein.

Eine einsame Gestalt saß am Feuer und stocherte in der Glut herum. Er stand rasch auf, strich seine Kleidung glatt und kam ihnen entgegen. Hirad konnte sein Gesicht nicht erkennen, doch Darrick wusste längst, wen er vor sich hatte.

»Seid Ihr heute auf dem Schlachtfeld irgendwo falsch abgebogen?«

»Nein, General. Ich hatte nur gehört, dass Ihr hier auftauchen könntet.«

Darrick und Izack umarmten einander und klopften sich auf den Rücken. Izack lud Darrick ein, sich zu setzen, und winkte auch die anderen herbei.

»Keine Sorge«, sagte er. »Ich bin allein hier.«

Hirad zuckte mit den Achseln und trat ans Feuer, der Unbekannte folgte ihm.

»Vertrauen wir ihm?«, fragte der Barbar leise.

»Wenn Darrick ihm vertraut, dann vertraue ich ihm auch«, erwiderte der Unbekannte. »Lasst uns essen und reden.«

Er setzte sich Izack gegenüber, Hirad ließ sich neben ihm nieder, und Denser und Erienne fanden auf der anderen Seite des Feuers zwei Plätze. Er machte sich Sorgen um sie. Erienne war still, seit sie den Spruch des Einen gewirkt hatte, und ihr Schweigen hatte auch auf Denser übergegriffen. Es steckte mehr dahinter als nur die Gefühle eines besorgten Ehemannes. Hirad mochte nicht glauben, dass sie dem Raben etwas verheimlichten. In dieser Hinsicht hatte Denser doch wirklich genügend Warnungen bekommen.

Thraun näherte sich dem Feuer als Letzter. Er runzelte die Stirn, schüttelte den Kopf und schien äußerst beunruhigt. Falls überhaupt möglich, so vertiefte sich das Stirnrunzeln noch, als er Izack sah. Geschmeidig umrundete er das Feuer und hockte sich mit wehenden Haaren vor dem lysternischen Kavalleriekommandanten auf den Boden. Er betrachtete Izacks Gesicht, wie ein Raubtier die Beute beobachtet, bevor es zuschlägt.

»Thraun, es ist gut«, sagte Darrick. »Wir können ihm vertrauen.«

»Gefahr«, sagte Thraun und sah Darrick kurz an.

»Ich werde Euch nicht verraten«, sagte Izack. »Hört Euch an, was ich zu sagen habe.«

»Herysts Mann«, sagte Thraun.

Er richtete sich auf und deutete, bevor er sich abwandte, noch einmal auf Izack und auf sein rechtes Auge.

»Was ist nur in dich gefahren, Thraun?«, fragte Hirad.

»Später«, sagte Thraun. Seine Stimme war so tief, dass kaum mehr als ein Grollen zu hören war.

Nicht mehr ganz so selbstsicher wie bei der Begrüßung schenkte Izack ihnen allen Kräutertee ein und deutete auf die Suppe, die Schalen und das Brot.

»Berichtet«, sagte Darrick. »Bitte«, führte er hinzu, als

ihm bewusst wurde, dass er nicht mehr Izacks Vorgesetzter war.

Izack kicherte.

»Selbstverständlich, General, auch wenn Ihr es nicht gern hören werdet. Die Belagerung geht weiter, aber wir sind sicher, dass dennoch Vorräte nach Xetesk hineinkommen. Wir vermuten, dass es unterirdische Gänge gibt, konnten bisher aber nichts finden, und um ehrlich zu sein, ich kann nicht sehr viele Leute abstellen, um danach zu suchen. An der östlichen Front haben wir schwere Verluste erlitten, als das julatsanische Mana versagte. Danach waren wir ...«

»Halt mal, Moment«, unterbrach Denser und hob eine Hand. »Was hat versagt?«

Er und Erienne starrten Izack an, als hätte er ihnen gerade vom bevorstehenden Weltuntergang erzählt.

»Wisst Ihr das denn nicht?«

»Falls es Eurer Aufmerksamkeit entgangen ist, unser Julatsaner ist tot«, sagte Hirad grob. »Und Euer ruhmreicher Lordältester hat uns nichts über die Ereignisse an anderen Orten erzählt.«

»Das tut mir leid«, sagte Izack. »Das war dumm von mir. Also, ich weiß keine Einzelheiten. Danach müsst ihr die Magier der Al-Arynaar fragen. Jedenfalls brach der Schild, der über unseren Reihen errichtet worden war, plötzlich zusammen. Die Xeteskianer konnten unsere Schwäche ausnutzen, und wir haben hunderte von Leuten verloren.

Im Augenblick greifen wir an dieser Front nicht mehr an. Die Xeteskianer halten mühelos das Nordtor, weil sie die Besatzung verstärken konnten. Im Süden und Osten ist die Lage unverändert, aber wir haben ihre Reserven so weit beansprucht, dass Xetesk dort nicht mehr durchbrechen kann.

Allerdings wollen sie das auch nicht. Es genügt ihnen anscheinend, uns zu beschäftigen.«

»Erienne, Denser?« Der Unbekannte starrte sie übers Feuer hinweg an. »Wie konnte die Magie versagen?«

Die Magier schüttelten den Kopf. »Das ist einfach unglaublich«, sagte Denser.

»Ich kann das beantworten«, warf Izack ein. »Heute Morgen sind Julatsaner am Osttor eingetroffen, um mit den Al-Arynaar zu sprechen. Sie sagten, das Herz von Julatsa liege im Sterben.«

Eine Weile war nichts als das Knacken des Feuers und der Wind in den Blättern über ihnen zu hören.

»Wie kann das sein?«, fragte der Unbekannte schließlich.

»Es kann nicht sein«, sagte Erienne. »Jedenfalls nicht nach allem, was wir gelernt haben.«

»Aber mal angenommen, es stimmt – was würde dann passieren?«, fragte Hirad.

Erienne zuckte mit den Achseln und gab eine Erklärung ab, an die sie selbst nicht recht glauben mochte. »Die julatsanische Magie stirbt, und dann wird sich das Gleichgewicht der Magie auf Balaia unwiderruflich verändern.«

»Dazu darf es nicht kommen«, sagte Hirad. »Auf keinen Fall.«

»Schon gut, Hirad, bleib ruhig«, warnte der Unbekannte. »Izack, die Julatsaner sind doch vermutlich gekommen, um die Al-Arynaar um Hilfe zu bitten, weil deren Magier in Julatsa ausgebildet wurden.«

Izack nickte. »So ist es. Sie sagen, nur die Al-Arynaar könnten ihnen helfen, das Herz zu bergen, weil nur sie das nötige Wissen über die julatsanische Magie besäßen. Und das Herz zu bergen, sei der einzige Weg, um zu verhindern, dass die Magie dauerhaft versagt. Könnt Ihr damit etwas anfangen?«

Denser blies die Wangen auf. »In gewisser Weise schon. Auch Ilkar wollte die Al-Arynaar nach Julatsa holen, um das Herz zu bergen. Deshalb sind wir ja überhaupt nach Calaius gefahren, bevor der Elfenfluch zugeschlagen hat. Was das Versagen der julatsanischen Magie angeht – ich weiß nicht. Wie Erienne schon sagte, dies widerspricht allem, was wir gelernt haben. Das Herz zu begraben, hemmt die Weiterentwicklung der Magie, weil die Kraft aus dem Kern nicht mehr fließen kann, und deshalb begräbt man es nur, wenn man fürchten muss, dass es sonst zerstört werden könnte.«

»Damit musste Julatsa ja während der Invasion der Wesmen rechnen.«

»Genau, Hirad. Aber das Herz sollte weiterschlagen, seine Kraft dürfte nie versagen. Es gibt keinen Grund dafür – und das ist es, was wir nicht verstehen.«

»Dann müssen wir die Magier der Al-Arynaar nach Julatsa bringen. Worauf warten wir noch?« Hirad spreizte die Finger beider Hände.

»Hirad, bitte«, sagte der Unbekannte. »Ich weiß, dass du es eilig hast, aber wir müssen es richtig anpacken. Wo ist Rebraal?«

»Ich bin hier.« Ilkars Bruder, der Anführer der Al-Arynaar, kam aus dem Schatten, wo er an einem Baum gelehnt hatte, herüber.

»Wir müssen mit euren Magiern sprechen. Erienne und Denser werden das übernehmen. Wir müssen wissen, wie hier der Zeitrahmen aussieht.«

Rebraal nickte. »Natürlich. Dila'heth ist unsere leitende Magierin. Ich hole sie her.«

»Danke. Und jetzt, Izack, was habt Ihr über uns gehört?«

»Die offizielle Version besagt, dass Ihr Geächtete seid. General Darrick sei verurteilt und habe sich der Hinrichtung entzogen. Allerdings passt einiges nicht zusammen. Wir haben Befehl, Euch nichts zu tun, sondern Euch alle gesund und munter nach Lystern zu bringen. Die Dordovaner haben den gleichen Befehl bekommen.« Izack lächelte. »Heryst und Vuldaroq können sich nicht ausstehen, aber wir kämpfen Seite an Seite. Wir sind mehr oder weniger Freunde, und wir reden miteinander.« Das Lächeln verschwand. »Jeder hier weiß, dass mehr dahintersteckt. Die Elfen haben gejubelt, Lysternier und Dordovaner waren beunruhigt. Alle wissen, dass der Spruch des Einen mit Eurer Flucht aus Lystern zusammenfiel. Das konnte kein Zufall sein.« Izack sah Erienne scharf an. »Einige Leute haben gewisse Schlussfolgerungen gezogen, deshalb müsst Ihr vorsichtig sein.«

»Und was ist mit Euch?« Erienne erwiderte seinen Blick.

»Der General glaubt an Euch, deshalb glaube ich auch an Euch.«

Erienne sagte nichts, sondern hob ihre Augenbraue um eine Winzigkeit. Denser legte ihr eine Hand aufs Knie, und sie starrte wieder ins Feuer.

»Haben die TaiGethen ihre Erkundungsgänge abgeschlossen?«, fragte der Unbekannte.

»Ja«, erklärte Izack. »Ich glaube aber, sie wissen immer noch nicht, wie sie ins Kolleg eindringen können.«

»An dieser Stelle kommen wir ins Spiel«, sagte Denser. »Oder vielmehr ich.«

»Wollt Ihr denn zusammen mit ihnen hinein?«

»Glaubt Ihr, wir sind hier draußen unter unseren Verbündeten sicherer, Izack?«, fragte Hirad.

»Aber in den Lagern der Elfen …«, begann er.

»Wir müssen uns um einige Angelegenheiten kümmern«, sagte der Unbekannte, »und wir werden nicht hier herumsitzen, den Kopf einziehen und den Dingen ihren Lauf lassen.«

»Das verstehe ich«, sagte Izack.

»Noch eins, Kommandant«, fuhr der Unbekannte fort. »Wie soll diese Front halten, wenn die Elfen nicht mehr da sind?«

»Ganz einfach. Sie hält nicht.« Izack zuckte mit den Achseln.

»Die Elfen werden nicht bleiben, sobald wir in Xetesk fertig sind«, erklärte der Unbekannte.

»Ich kenne ihre Gründe, sich in den Kampf einzuschalten«, sagte Izack knapp.

»Dann müsst Ihr darauf gefasst sein, dass sie abmarschieren – und zwar größtenteils nach Norden, um bei der Bergung des Herzens von Julatsa zu helfen.«

»Damit wird die Belagerung von Xetesk zusammenbrechen. Sie können uns jederzeit vom Osttor vertreiben, und danach werden auch die anderen Fronten nicht mehr zu halten sein.« Izack seufzte schwer. »Die Elfen wissen, warum wir diesen Krieg führen. Sie werden von unserem Sieg profitieren. Ich habe so hart gekämpft, um den gegenwärtigen Stand zu erreichen, und wir haben so viele dabei verloren. Lasst uns nicht ohne Verteidigung zurück. Sonst überlasst ihr Xetesk den Sieg.«

»Wollt ihr wissen, was ich denke?«

»Wenn es um den Krieg geht, Darrick, dann will ich alles wissen«, sagte der Unbekannte.

In diesem Moment kehrte Rebraal mit einer erschöpften Elfin ins Lager zurück. Der Unbekannte deutete auf Denser und Erienne, und nach einer kurzen Vorstellung waren die vier bald in eine lebhafte Unterhaltung vertieft.

»Sobald wir die Elfenschriften geholt haben, was wir unbedingt tun müssen, ist es für sie nicht mehr wichtig, uns hinzuhalten. Die Xeteskianer tun im Augenblick nichts weiter, als uns von den Mauern fernzuhalten, um in Ruhe alles zu erforschen, was sie dank der Al-Drechar und der Elfenschriften herausfinden können«, sagte Darrick.

»Nun, ich denke, unsere Kräfte hindern sie daran, nach Norden zu ziehen und Julatsa zu zerstören, was vermutlich ihr erstes Ziel wäre«, sagte Izack.

»Ich will Euch etwas fragen, Izack«, sagte Darrick, jetzt wieder ganz der General seiner Armee. Das war die Rolle, in der er glänzen konnte wie kein Zweiter. »Was ist beim Kampf gegen die Xeteskianer im Augenblick Euer Ziel?«

»Wir suchen eine schwache Stelle. Wir versuchen, durchzubrechen und die Schlacht zu unseren Gunsten zu wenden.«

»Falsch. Das entspricht der Sichtweise der dordovanischen Kommandanten, die über Euch gebieten – aber glaubt Ihr das auch selbst?«

Izack starrte den Boden an. »Wir müssen sie besiegen«, sagte er. »Die Zeit wird knapp. Mir war immer klar, dass die Elfen eines Tages abziehen würden.«

»Ihr glaubt, mit einer Belagerung macht Ihr sie mürbe«, sagte Darrick. »Ihr glaubt, dass die Xeteskianer unter dem Druck schließlich zerbrechen werden, wenn sie lange genug in dem Gefängnis sitzen, das Ihr um sie aufgebaut habt.

Nun habt Ihr vor einigen Tagen eine schlimme Niederlage erlitten. Dies erlaubt es Xetesk, etwas Ruhe zu finden, weil Ihr an dieser Front nicht mehr kämpfen könnt. Wenn er klug ist, wird Dystran dafür sorgen, dass jetzt an allen Fronten die Truppen reihum abgelöst und damit geschont werden. Er hat frische Männer eingesetzt, nicht wahr?«

Izack nickte stumm und nagte an der Oberlippe.

»Ihr werdet sie nicht brechen«, sagte Darrick. »Auf diese Weise ist Xetesk nicht zu schlagen. Was auch immer Vuldaroq und Heryst glauben, wir können hier nicht siegen.«

»Was, zum Teufel, soll ich dann noch hier?« Izack beruhigte sich wieder. »General?«

»Ihr zeigt ihnen, dass auch wir nicht zu besiegen sind, und Ihr habt uns und den Elfen kostbare Zeit erkauft. Ihr habt sie geschwächt, daran besteht kein Zweifel. Und wenn wir mit den Schriften Xetesk verlassen, nachdem wir ihre Forschungen so sehr gestört haben, wie es nur möglich ist, werden sie uns verfolgen. Und zwar nicht nur wegen ein paar alter Texte.«

»Weshalb denn sonst?«, wollte Hirad wissen.

»Sie wollen mehr. Sie wollen die Macht des Einen, die ihnen unzugänglich bleibt, solange sie die Belagerung nicht aufheben können. Wenn die Al-Arynaar Erfolg haben und das Herz von Julatsa bergen, und wenn wir es schützen können, bis es wieder stark ist, werden sie kurz davor stehen, den Krieg zu verlieren.« Darrick zog die Augenbrauen hoch.

»Aber was macht dich so sicher, dass sie die Belagerung durchbrechen können?«, fragte der Unbekannte.

»Ich spüre, dass sie starke Reserven haben«, erklärte Darrick. »Sie haben bislang keinen Ausbruchsversuch unternommen, weil es nicht nötig war. Noch nicht. Aber denkt an meine Worte: Sie werden ihre Truppen bald für einen Marsch nach Norden mobilisieren. Wenn sie gleichzeitig an allen vier Toren angreifen, werdet Ihr wissen, dass der Zeitpunkt gekommen ist. Sie werden versuchen, möglichst alle Feinde auf einmal zu beschäftigen. Wenn wir aber nach Xetesk eindringen und wieder herauskommen, dann können wir sie unter Zugzwang setzen. Glaubt mir, wir sollten keinesfalls abwarten, bis sie bereit sind.«

»Was sollen wir dann tun?«, fragte Izack. »Wie sollen wir sie aufhalten?«

»Jetzt ist der Zeitpunkt gekommen, an allen Toren härter

zu kämpfen denn je. Jeder, der auf ihrer Seite stirbt oder gezwungen ist, bis zur Erschöpfung zu kämpfen, ist ein Sieg. Ich weiß, auch wir werden Verluste erleiden, aber wir haben einen psychologischen Vorteil. Und wenn sie versuchen, durchs Nordtor auszubrechen, dann müssen wir genügend Männer und Magier in Reserve haben, um sie zu hetzen. Vergesst nicht, wir dürfen die Belagerung nicht aufgeben, sonst lassen wir zu, dass nur noch mehr xeteskianische Krieger nach Julatsa ziehen. Sie dürfen auch nicht bemerken, dass wir die Kräfte am Nordtor verstärken. Wir müssen sie zwingen, ihre Stadt zu verteidigen.«

»Aber das ist ja gerade das Problem«, sagte Izack müde. »Wie teilen wir unsere Leute ein, um eine schlagkräftige Reserve abzuzweigen? Wie können wir den Großteil unserer Leute im Osten, Süden und Westen abziehen und trotzdem Druck auf Xetesk auszuüben?«

Darrick lächelte. »Genau deshalb bin ich hier und rede mit Euch.«

»Gut«, warf der Unbekannte ein. »Dann schlage ich vor, dass ihr zwei das unter euch klärt. Wir gehen morgen Abend hinein, also stellt eure Planung darauf ein. Auum wird mir zustimmen, dass wir nicht länger warten sollten. Unterdessen …« Er stand auf und wandte sich an Thraun, der völlig still geblieben war und in die Schatten jenseits des Feuers gestarrt hatte. »Thraun, komm mit und rede mit mir. Ich will wissen, was los ist.«

Der Gestaltwandler sah ihn mürrisch an.

»Jetzt gleich.« Der Tonfall des Unbekannten duldete keinen Widerspruch.

Er legte einen Arm um Thrauns angespannte Schultern und führte ihn sanft, aber energisch vom Feuer fort. Hirad stand auf, um sich etwas Suppe zu holen. Unterwegs fing er Densers besorgten Blick auf.

»Wie schlimm sieht es denn aus?« Er rührte die dicke Suppe um. »Willst du was?«

Denser schüttelte den Kopf. »Sehr schlecht. Sehr, sehr schlecht.«

»Wie viel Zeit bleibt uns noch?«

Denser zuckte mit den Achseln und wandte sich an Rebraal, der für Dila'heth übersetzte.

»Das ist das Problem«, sagte er. »Wir wissen es nicht genau. Einmal ist der Mana-Strom schon abgebrochen, und die Kraft des Herzens lässt stetig nach. Sie sagen, es sei wie ein Schatten, der dem julatsanischen Mana-Spektrum die Farbe nimmt. Eines Tages, vermutlich sehr bald schon, wird der Schatten so dunkel sein, dass das Herz zu schlagen aufhört. Die Finsternis breitet sich aus und schwächt jeden Spruch, den sie wirken wollen. Anders ausgedrückt: Je länger wir warten, desto schwieriger ist der Prozess umzukehren. Es ist schrecklich.«

»Wirklich?«

»Ja, Hirad, das ist es. Für einen Magier ist der Verlust des Zugangs zum Mana-Spektrum das Schlimmste, was ihm überhaupt passieren kann. Es wäre wie ein lebendiger Tod. Als müsste man den Rest des Lebens in einem Kaltraum verbringen. Wie kann ich es dir nur begreiflich machen? Ich weiß nicht … für dich wäre es vielleicht so, als würdest du die Kraft deines Schwertarms verlieren, seine Muskeln wären schlaff, und er völlig gefühllos. Er hängt noch dran, und du weißt, dass er mal brauchbar war, aber du kannst nichts mehr damit anfangen. Das würde dich doch verrückt machen, oder?«

Hirad nickte. »Tja, dann sollten wir sehen, dass wir nicht zu viel Zeit in Xetesk vertrödeln, was?«

»Da bin ich ganz deiner Meinung.«

Der Unbekannte Krieger entfernte sich nicht weit mit Thraun. Einige Schritte außerhalb des Feuerscheins blieben sie unter den Bäumen stehen. Thraun hatte verstört gewirkt; vielleicht konnte ihn der Wald beruhigen.

»Thraun?« Der Unbekannte drehte den Gestaltwandler zu sich herum. »Was bedrückt dich? Selbst für deine Begriffe bist du ungewöhnlich still und in dich gekehrt. Wir brauchen dich, wenn wir nach Xetesk hineingehen. Das wird schwierig.«

»Wir können unsere Feinde berühren«, sagte Thraun. Der Unbekannte verstand kein Wort.

»Nein, Thraun«, antwortete er. »Sie sind nicht unsere Feinde. Sie wollen das Gleiche wie wir, aber in Bezug auf uns irren sie sich.«

»Er wird uns verraten«, sagte Thraun und nickte zum Lager hin.

»Izack? Nein, das verstehst du falsch. Er ist Darrick gegenüber so loyal, wie wir es untereinander sind. Er ist …«

Thraun packte den Unbekannten fest am Arm.

»Er will es nicht«, sagte er, und der Unbekannte sah ihn mit den Worten ringen, die ihm nicht über die Lippen kommen wollten. Seine grün und gelb schimmernden Augen waren feucht, und in dem durch die Äste dringenden Licht konnte der Unbekannte sein verkniffenes, ärgerliches Gesicht sehen.

Thraun schluckte. »Er will es nicht, aber er ist nicht Darrick.«

»Was? Bitte, Thraun. Versuch doch zu erklären, was du meinst.«

Doch der Gestaltwandler blickte in Richtung Xetesk und schnüffelte wie ein Tier, das eine Witterung aufnimmt.

»Ich sehe, was der Wolf sieht«, sagte er.

Der Unbekannte erschrak. Es war seit langer Zeit das

erste Mal, dass Thraun direkt auf sein anderes Selbst Bezug nahm. Irgendwo in seinem Innern war wieder eine Schranke gefallen.

»Ich verstehe es nicht«, gab er zu.

»Die Luft hier ist nicht gut«, fuhr Thraun fort. Er drehte sich wieder zum Unbekannten herum. »Ich werde mit euch kämpfen. Ich gehöre zum Raben. Aber Wölfe jagen nicht, wo sie keine Beute, sondern nur verfaultes Fleisch finden. Siehst du hier noch andere Wölfe?«

Elftes Kapitel

Dystran, der Herr vom Berge, hörte das ferne Brüllen der Männer und die Einschläge der Sprüche. Er nahm den leichten Geruch von Rauch wahr, den der Wind durch die offenen Fenster hereinwehte, und wusste, dass der Morgen gekommen war. Dieser Morgen war jedoch anders als die vergangenen. Eilig zog er sich an und ließ das Tablett mit dem Frühstück unbeachtet, das man ihm, während er noch geschlafen hatte, auf die Kommode gestellt hatte. Er eilte die Treppen seines Turms hinunter, der inmitten eines Kreises von sechs ähnlichen Türmen stand.

Mit einem Schnippen rief er seine Leibwache zu sich und wartete ungeduldig im Stall, während die Pferde geholt und gesattelt wurden. Er hätte auch seine Ratgeber konsultieren können, doch er verzichtete darauf. In diesem Krieg geschahen zu viele Dinge, die er nicht aus erster Hand sah. Die Verzögerung erlaubte es ihm immerhin, einige Befehle zu geben. Es sollten seine einzigen Worte bleiben, bis er über dem Osttor auf dem Wall stand.

»Holt mir Chandyr zum Tor, und zwar schnell. Es ist mir egal, ob er in einer Lache seines eigenen Blutes liegt, ich muss mit ihm reden. Außerdem will ich in meinem Sprechzimmer, wenn ich zurückkehre, eine Einschätzung der Stärke Julatsas hören und einen Mann vorfinden, der Bescheid weiß und mit dem ich darüber reden kann. Drittens will ich wissen, um welche Stunde wir eine Angleichung der Dimensionen erreicht haben, die es uns erlaubt, eine Dimensionsverbindung oder etwas ähnlich Zerstörerisches zu wirken. Und jetzt macht Platz, ich muss zu den Wällen. Ich habe zu tun.«

Einer seiner Leibwächter rannte zum Kreis der Türme zurück, um Dystrans Anweisungen weiterzugeben. Zwei weitere stiegen auf die Pferde und eilten im Galopp zum Osttor des Kollegs. Die übrigen drei nahmen Dystran in die Mitte, als er sein Tier mit den Hacken antrieb und in die Stadt aufbrach.

Er war lange nicht geritten. Es war leicht, sich vorzustellen, der Krieg verlaufe nach Plan, solange er sicher und abgeschirmt im Kolleg saß. Sobald die Tore geschlossen waren, konnte man mühelos die Wirklichkeit verdrängen. Doch hier draußen in den Straßen war sein Volk alles andere als gelassen. Geschäfte gingen bankrott, die Menschen begannen allmählich zu hungern, während die Rationen knapp wurden. Es war Frühling, und auf den Feldern der Bauernhöfe, die Lebensmittel nach Xetesk lieferten, hätten Korn und Früchte wachsen sollen. Doch die meisten Höfe waren verlassen und verwildert – oder, noch schlimmer, sie belieferten die Feinde.

Dystran musste seinem Volk begreiflich machen, dass sie nicht so weit gegangen waren, um jetzt noch umzukehren und sich der alten Ordnung zu unterwerfen, die Xetesk entmachten wollte. Die ihn entmachten wollte. Er musste sein Volk hinter sich wissen, und es musste an den Ruhm von Xetesk glauben. In den ersten Tagen der Belagerung war die

Unterstützung unerschütterlich geblieben. Seine Versuche, alle Bürger in die Anstrengungen einzubeziehen, damit sie das Gefühl bekamen, um ihr eigenes Überleben zu kämpfen, hatten zunächst funktioniert. Von den Sanitätern über die Wasserträger und die Köche in den Suppenküchen bis zu den Waffenschmieden hatte jeder seine Aufgabe übernomen. Ein außerordentlicher Gemeinschaftsgeist war entstanden.

Wie schnell doch diese Unterstützung schwand. Kaum vierzig Tage Kampf, und schon verloren sie ihren Glauben. Die Augen, die sie auf ihn richteten, blickten ängstlich oder wütend oder beides zugleich. Er konnte ihre Sorgen verstehen. Keiner von ihnen durfte die Kämpfe beobachten, wenn er nicht als Hilfskraft eingeteilt war, und dies bedeutete, dass die meisten nichts als Gerüchte zu hören bekamen, die Tag für Tag die Runde machten. Die meisten waren übertrieben, einige musste man beinahe als Lügen bezeichnen. Dagegen konnte Dystran nicht viel tun, denn da es keine überzeugenden Anzeichen eines Sieges gab, sahen die Menschen das Verhängnis nahen, und darüber konnte man bei einigen Gläschen vortrefflich jammern.

Es war ein so schwerer Weg gewesen. Er hatte versucht, den Glauben seines Volks zu erhalten, ohne offen sagen zu können, warum sie solche Qualen erdulden mussten. Ein Krieg, den sie nicht sehen durften, der sie aber trotzdem in den Abgrund reißen konnte, falls sich das Los gegen sie wandte.

Wie konnte Dystran ihnen erklären, dass sie nur noch ein paar Tage warten mussten? Wenn er es tat, würden es auch seine Feinde erfahren, und das durfte nicht sein.

»Haltet nur durch«, flüsterte er, als er an den Menschen vorbeikam, die sich verzweifelt an ihn wandten. »Haltet durch.«

Er ritt durch die Militärstellungen am Osttor. Die Befestigungen sahen an allen vier Eingängen der Stadt ähnlich aus. Wachtposten winkten ihn durch und wiesen ihm den Weg zum mächtigen, verschlossenen Tor. Es war siebzig Fuß hoch, mit Eisen beschlagen und saß in einem hundert Fuß hohen Steinbogen, der bis zur Spitze des großen Turms am Osttor reichte. Dort oben im Turm gab es einen Bogengang, von dem aus die Generäle die Schlacht leiten konnten, die eine halbe Meile entfernt auf offenem Gelände stattfand. Dort oben waren sie sicher und standen hoch über zahlreichen Pechnasen und verstärkten Wällen.

Zu beiden Seiten des Turms erstreckten sich, eine Meile weit oder noch länger, die Mauern der Stadt, auf denen in regelmäßigen Abständen weitere, mit Bogenschützen und Wächtern besetzte Türme standen. Im Augenblick war es dort ruhig, weil ein großer Teil der Streitkräfte auf den Schlachtfeldern zusammengezogen war. Doch auch die Mauern selbst waren schon abschreckend genug. Tief in der Erde verankert, von innen weiter verstärkt und ein wenig nach außen geneigt, ragten sie siebzig Fuß auf, ebenso hoch wie die Tore. Sie waren noch nie bezwungen worden, und Dystran dachte beruhigt daran, welche Kräfte die Feinde aufbieten müssten, um die Sicherheit der Stadt ernstlich zu gefährden.

Doch wie in allen eingefriedeten Siedlungen waren auch hier die Tore der Schwachpunkt.

Inmitten des kriegerischen Lärms stieg er ab. Hunderte Soldaten eilten umher, Offiziere bellten Befehle, Schmiedehämmer klirrten auf neuen Waffen, Hufeisen und beschädigten Rüstungen. Hier war es gut zwanzig Grad wärmer als im Kolleg. Links von ihm wehte Dampf aus einer Küche, und dahinter lagen im Lazarett Männer im Sterben, die Tag für Tag vom Schlachtfeld hergebracht wurden.

Doch noch viel mehr Männer waren bereit und warteten gut ausgebildet auf den Befehl zum Vorstoß. Der Tag war nahe, obwohl nicht einmal seine Generäle eingeweiht waren. Nur Dystran und Ranyl wussten es. Er musste die Karten, die er noch im Ärmel hatte, mit Bedacht spielen.

Immer zwei Stufen auf einmal nehmend, eilte Dystran die Wendeltreppe zum Wall hinauf. Sein Unbehagen nahm zu, er rannte fast über den Wehrgang und stürmte über die zentrale Treppe in den Turm. Oben angekommen, sah er, dass Chandyr schon dort war … und er sah zum ersten Mal mit eigenen Augen das Opfer, das im Namen von Xetesk und für den Herrn vom Berge erbracht wurde. Er stützte sich auf das unbequeme, schön geschnitzte Geländer und starrte auf die Schlacht hinaus, so weit er sie überblicken konnte.

Die jüngste Trockenheit hatte die Erde ausgedörrt, sodass eine Staubwolke über den kämpfenden Parteien hing, die vom Rauch der Feuer und den brennenden Sprüchen noch verstärkt wurde. Dystran konnte im Dunst gerade eben die Kampfreihen ausmachen. Die Xeteskianer waren in einer fünfhundert Schritt breiten Linie diszipliniert aufgestellt, an zehn Punkten von Protektoren verstärkt.

Die riesigen maskierten Krieger führten die Verteidiger an und sorgten im ganzen Kampfgebiet für einen gedankenschnellen Informationsaustausch. Außerdem flößten sie seinen Männern Selbstvertrauen ein. Dystran stellte sich den Seelenverband tief in den Katakomben des Kollegs vor, der vor Aktivität förmlich brodelte. Obwohl sie individuell kämpften, waren die Protektoren durch ein Gruppenbewusstsein miteinander verbunden und konnten sich im Kampf gegenseitig auf Gefahren und Gelegenheiten aufmerksam machen. So wurden sie zu einer schrecklichen Streitmacht – schwer zu besiegen und vernichtend für die Moral der Feinde.

Hinter der Frontlinie stand die Reserve bereit. Die Kämpfer stießen aufmunternde Rufe aus, schleppten die Verletzten vom Schlachtfeld und füllten die Lücken in den eigenen Reihen.

Noch weiter hinten saßen oder standen Magier unter dem Schutz von Wächtern in Gruppen beisammen. Einige feuerten offensive Sprüche auf die feindlichen Kräfte ab, andere hielten gemeinsame Schilde aufrecht, an denen feindliche Sprüche und Geschosse abprallten.

Seine Bogenschützen und die Kavallerie vervollständigten das Bild. Beide waren ständig in Bewegung, beide besaßen eine eigene magische Verteidigung.

Je nach den taktischen Gegebenheiten wurden sie an verschiedenen Stellen eingesetzt. Die Bogenschützen beschäftigten die feindlichen Magier und zwangen sie, ständig Schutzschilde zu halten, während die Kavallerie in Dreiergruppen links und rechts und im Zentrum aufgestellt war, um Vorstöße der gegnerischen Schwertkämpfer oder Reiter abzuwehren oder etwaige Schwächen in den feindlichen Linien auszunutzen.

Während Dystran zuschaute, geriet das Zentrum der feindlichen Reihen unter Druck, und immer mehr Männer wurden in ein Handgemenge verwickelt. Stahl funkelte im Rauch und im Staub. Das Brüllen der Kämpfer wurde lauter, und hinter den feindlichen Kriegern flogen Sprüche in hohem Bogen durch die Luft. Feuerkugeln, grün oder gelb gefärbt, stiegen mit dampfendem Schweif auf und stürzten weiter hinten auf die Reihen der Magier und Bogenschützen. Dunkelblaue Schilde blitzten über den geschützten Truppen und wehrten die sonnenheißen Mana-Kugeln ab. Die Kraft der feindlichen Sprüche wurde in den Boden abgelenkt und warf Erdbrocken hoch.

Gleich nach dem magischen Feuer kamen Pfeile geflogen, dann setzte die Kavallerie mit blitzenden Waffen und donnernden Hufen nach. Energisch stießen sie auf der linken Flanke vor. Es war ein mitreißender Anblick. Dystran zuckte zusammen, als die xeteskianische Kavallerie losritt, um die Gegner zwischen den Fronten abzufangen.

Die feindlichen Kräfte trafen aufeinander und lösten sich in kleinere Gruppen auf, bis in der Masse von Männern und Pferden viele einzelne Kämpfe entbrannt waren. Dann aber schlug der lysternische Kommandant einen Bogen, nutzte mit atemberaubender Geschwindigkeit eine Schwäche aus und schoss durch eine Lücke, die Dystran aus dieser Entfernung nicht sehen konnte, um einen xeteskianischen Kavalleristen niederzumachen.

Es hätte Darrick sein können. Eigentlich sah der ganze Angriff danach aus, als wäre er vom ehemaligen General entworfen worden, so perfekt wurde er durchgeführt.

Die xeteskianischen Magier und Bogenschützen reagierten, Pfeilsalven wurden abgefeuert. Todeshagel prasselte auf Metall, Bogen und Schilde. Heißer Regen ging zischend nieder, jeder Tropfen zog eine Rauchfahne hinter sich her. Höllenfeuer raste aus dem klaren Himmel herab und übertönte mit seinem Brüllen vorübergehend alle anderen Geräusche. Die lysternischen Schilde blitzten grün und hielten die Einschläge ab, frischer Rauch stieg in die Luft. Am Rand brach ein Spruchschild zusammen, nachdem das Höllenfeuer ihn mit übermächtiger Wucht getroffen und durchschlagen hatte. Mit einem lauten Knall brach der xeteskianische Spruch durch. Die Bogenschützen darunter hatten keine Chance.

Dystran wartete noch einige Augenblicke und freute sich darüber, dass auch dieser jüngste Angriff der Gegner zurückgeschlagen worden war. Doch genau wie zuvor, als er aufgewacht war, konnte er das unbestimmte Gefühl nicht abstreifen, dass sich irgendetwas Wesentliches verändert hatte. Er hatte die Schlacht noch nicht lange genug beobachtet, um es genau bestimmen zu können, aber glücklicherweise stand er neben einem Mann, der Bescheid wusste.

»Sagt mir, Kommandant, Chandyr, was ist heute anders?«

Chandyr lächelte und wandte sich kurz zu seinem Lord um. Er war ein erfahrener Soldat, dessen wettergegerbtes Gesicht die Narben der unzähligen Scharmützel trug, die nun einmal zum Leben eines Berufssoldaten gehörten.

»Euch hätte ich gut in der Armee brauchen können, Mylord«, sagte er. »Den meisten meiner Ratgeber ist nichts aufgefallen.«

»Im Gegensatz zu Euch selbst.«

»Es gibt mehrere Veränderungen, und ich sollte Euch gleich sagen, dass dies an allen Fronten gleichzeitig geschieht. Ich war schon am Morgen gezwungen, weitere Reserven einzuteilen. Zuerst einmal greifen sie verbissener an als jemals in den vergangenen zehn Tagen. Meiner Ansicht nach glauben sie, wir würden bald mit einer Offensive beginnen. Zweitens sind nur noch wenige Elfenmagier im Einsatz, und das sagt mir, dass sie entweder ausruhen oder sich ihrer Fähigkeit, Sprüche zu wirken, nicht mehr sicher sind, oder beides zugleich. Drittens kann ich im Augenblick kaum noch Elfenkrieger entdecken. Das ist das Seltsamste, denn vor kurzem haben in der vordersten Reihe noch sehr viele von ihnen gekämpft.«

»Haben sie Verstärkung bekommen?«

»Das ist denkbar, aber woher?«, lautete Chandyrs Gegenfrage. »Und wenn man davon ausgeht, dass sie unsere Abwehr durchbrechen wollen, warum ziehen sie dann Kräfte zurück, statt sie nach vorn zu werfen?«

Dystran kicherte. »Mein lieber Chandyr, Ihr seid der Militärexperte. Ich glaube, diese Frage sollte ich Euch stellen, nicht umgekehrt.«

»Verzeihung, Mylord. Ich habe nur laut nachgedacht.« Chandyr räusperte sich. »Ich muss davon ausgehen, dass sie einige frische Söldner gefunden haben oder einen der Barone überzeugen konnten, sie zu unterstützen. Wie auch immer, so bekommen die Elfen eine Verschnaufpause und können sich neu formieren, und ich glaube, das ist ein wichtiger Punkt. Sie rechnen damit, dass wir etwas unternehmen, und sie sind bereit.«

»Was schlagt Ihr vor?«, fragte Dystran.

»Wir haben nicht sehr viele Möglichkeiten, Mylord. Wie Eure Planungen auch aussehen mögen, ich würde vorschlagen, dass Ihr sie nicht umstoßt. Wir sollten auch nicht unseren Plan aufgeben, durch das Nordtor anzugreifen, denn alle anderen Möglichkeiten würden dazu führen, dass wir uns zu lange in offenem Feld bewegen müssen und das Überraschungsmoment verlieren. Ich glaube nicht, dass die Elfen einen großen Angriff planen, denn damit würden sie scheitern. Wir müssen aber damit rechnen, dass sie uns auf die eine oder andere Weise unter Zugzwang setzen.«

»Danke, Kommandant«, sagte Dystran.

»Mylord?«

Dystran wandte sich zu dem ängstlichen jungen Burschen um, der das Armband eines Boten trug.

»Sprich«, forderte der Herr vom Berge ihn auf.

»Ich habe Befehl, Euch vom Hauptmann Eurer Kollegwache auszurichten, dass er etwas gefunden hat, das Ihr Euch dringend ansehen müsst.« Er lächelte unsicher.

Dystran nickte. »Sehr gut. Geh und hole dir aus der Küche etwas zu essen, und dann kehrst du auf deinen Posten zurück. Gut gemacht.«

Der Bote verneigte sich und rannte auf dem Weg zurück, auf dem er gekommen war. Dystran gab Chandyr die Hand.

»Haltet mich auf dem Laufenden. Unterrichtet mich sofort, wenn etwas Unvorhergesehenes geschieht. Unsere Zeit wird bald kommen, seid bereit.«

»Jederzeit, Mylord.«

Nach einem raschen Galopp zurück zum Kolleg wurde Dystran schon am Tor von Hauptmann Suarav abgefangen, einem vernarbten und zynischen Offizier, der über vierzig Jahre alt, pflichtbewusst und seinem Vorgesetzten treu ergeben war. Ein Mann, dem Dystran instinktiv blind vertraute. Er lächelte in sich hinein. Ranyl hätte ihn vermutlich daran erinnert, dass er auch Yron vertraut hatte, dem Helden, der zum Verräter geworden war. Er fragte sich, was aus Yron geworden war. Tot, nahm er an, und wahrscheinlich gestorben durch die Hände eines Elfenkriegers; also ein durchaus angemessenes Ende.

»Mylord, normalerweise würde ich Euch damit nicht behelligen, aber ich dachte, Ihr solltet es selbst sehen, bevor aufgeräumt wird.«

Dystran sprang vom Pferd und gab einem wartenden Stallburschen die Zügel.

»Was denn?«

»Hier entlang, Mylord.«

Suarav deutete zur Mauer des Kollegs und übernahm die Führung. Rasch liefen sie über die freie Fläche zwischen den Häusern der Stadt und dem Kolleg und näherten sich einer Ansammlung von schmucklosen Wohn- und Lagerhäusern mit kahlen Mauern. Der Hauptmann der Wache ging eine stinkende, schmale Gasse hinunter, bis er im Dämmerlicht stand, das dem strahlenden Morgen trotzte. Ein Summen, das sie vor sich hörten, entpuppte sich als

Fliegenschwarm, der um drei hilflos mit den Händen wedelnde Wächter kreiste.

»Dies ist nicht der richtige Augenblick für eine Führung durch die Elendsviertel von Xetesk«, sagte Dystran, der sich beim besten Willen nicht vorstellen konnte, warum er hierher geführt wurde.

»Ich kann Euch versichern, dass mir nichts ferner liegt«, erwiderte Suarav. Sein Tonfall klang nicht eben fröhlich.

Schweigend gingen sie weiter durch die Gasse. Nach etwa dreißig Schritten stand Dystran vor fünf Toten. Die Ratten hatten die Leichen bereits angefressen. Zwei von ihnen trugen einfache Kleidung, und sie waren Dystran herzlich gleichgültig. Die anderen drei aber gehörten zur Stadtwache.

»Wie lange sind sie schon tot?«, fragte er.

»Einen Tag, vielleicht etwas länger«, erklärte Suarav. »Sie wurden vermisst, aber mit so etwas haben wir nicht gerechnet. Wie Ihr wisst, gab es auch einige Fälle von Fahnenflucht.«

Ohne auf den Leichengestank und die Fliegenschwärme über den Toten zu achten, knieten Dystran und Suarav nieder, um sich einen genaueren Eindruck zu verschaffen.

»Zuerst dachten wir, es habe eine Auseinandersetzung zwischen Dieben uns unseren Männern gegeben, aber diese Möglichkeit müssen wir ausschließen.«

»Warum?«, fragte Dystran, der genau dies bereits vermutet hatte. Er drehte den Kopf zur Seite, um etwas frische Luft zu schnappen.

»Seht Euch nur die Wunden an«, sagte Suarav. »Diese armen Kerle hier haben keine sichtbaren Verletzungen, aber ihre Hälse sind gebrochen. Ich fürchte, alle wurden von denselben Feinden getötet. Wir haben so etwas schon einmal in diesen Gassen gesehen.«

»Elfen«, knirschte Dystran. »In meiner Stadt. *Schon wieder.*«

Die Elfen hatten mit Yrons Hilfe das alte Bruchstück des Daumens direkt unter der Nase der Xeteskianer zurückgeholt. Damit hatte die Elfenseuche schlagartig aufgehört, und Xetesk war ins Hintertreffen geraten. So etwas durfte keinesfalls noch einmal geschehen. Dystran richtete sich rasch auf und verließ die Gasse, Suarav folgte ihm auf dem Fuß.

»Verdoppelt die Streifen, verdreifacht die Wachen vor den Archiven und setzt alle verfügbaren Männer ein, um die Zugänge zu den Katakomben zu überwachen. Heute Nacht wird in diesem Kolleg niemand schlafen, der ein Schwert führen oder einen Spruch wirken kann. Habt Ihr verstanden?«

»Mylord?«

»Heute haben nicht viele Elfen an der Schlacht teilgenommen. Chandyr ist der Ansicht, sie bereiten sich auf einen Ausbruch von uns vor, aber das trifft nicht zu, nicht wahr?« Dystran schüttelte den Kopf. »Einige dieser Bastarde wollen heute Nacht hier eindringen. Vielleicht sogar alle.«

Das Problem war nur, überlegte er auf dem Rückweg zum Turm, dass praktisch alle verbliebenen Protektoren aus dem Kolleg verbannt worden waren, weil ihre Loyalität infrage stand. Dystran vermutete, auch wenn er es nicht beweisen konnte, dass sie beim Diebstahl des Daumens eine Rolle gespielt hatten. Ohne die Protektoren hatte er jedoch nicht genug Männer, um das Kolleg gegen die Elfen zu sichern. Ein normaler Angriff wäre kein Problem gewesen, aber diese Gegner waren viel zu klug und viel zu verbissen. Er musste unbedingt Wachen auf den Stadtmauern postieren.

Es gab viel zu tun.

Am ersten Abend hatten Tessaya und Devun nicht viel besprochen. Der Wesmen-Lord hatte gesehen, wie müde die Schwarzen Schwingen waren, und sich für ihre Behandlung entschuldigt. Er hatte darauf bestanden, dass Devun und seine Männer in einem neu aufgeschlagenen Zelt außerhalb des Lagers untergebracht wurden.

Erst am Mittag des folgenden Tages war Devun wieder zu Tessaya gerufen worden. Er und seine Männer hatten sich inzwischen ausruhen, erfrischen und satt essen können, waren aber angesichts ihrer Lage immer noch nervös. Von einem mürrischen Wesmen-Krieger in äußerst stockendem Balaianisch zu Tessayas Zelt gerufen, entspannte Devun sich merklich, als er die Blüten in dampfenden Schalen und die Duftkerzen roch.

Tessaya war mehr oder weniger wie am Vorabend gekleidet und lud Devun ein, sich auf ein Sofa zu setzen und sich mit Brot, Früchten und Fleisch zu bedienen, die auf dem Tisch bereitstanden. Dann setzte er sich auch selbst.

»Wo waren wir gestern Abend stehen geblieben?«, fragte er. »Ihr habt mir erzählt, die Kollegien zeigten sich kriegslüstern, Julatsa habe nach unserer erfolgreichen Eroberung nach wie vor große Schwierigkeiten, und Xetesk werde gerade von den vereinigten Truppen von Lystern und Dordover belagert, nicht wahr?«

»Ja, Mylord«, bestätigte Devun.

»Bitte.« Tessaya hob eine Hand. »Ich bin nicht Euer Lord. Für Euch bin ich Tessaya, und Ihr seid für mich Devun.«

»Danke«, sagte Devun, der sich ganz wider Willen vom Charme dieses Mannes entwaffnet sah, von dem er bisher nichts anderes gehört hatte, als dass er ein Wilder sei. »Dabei genießen sie die Unterstützung der Elfen, die vom Südkontinent Calaius gekommen sind.«

»Ja, das ist faszinierend«, sagte Tessaya. »Und sie sollen sehr gute Kämpfer sein, sagtet Ihr.«

»Außerordentlich gute Kämpfer«, erwiderte Devun. »Ich wurde selbst Zeuge eines Angriffs. Drei Elfen töteten fünfzehn meiner Männer. Wie ich hörte, sind sie den Protektoren ebenbürtig.«

Tessaya zog die Augenbrauen hoch. »Das wäre wirklich sehenswert. Aber kommen wir zur Sache. Ihr wendet Euch an mich, weil Ihr Hilfe braucht. Mir ist allerdings nicht ganz klar, wie ich Euch helfen kann. Ich kann mich kaum einer Belagerung anschließen, die von meinen Erzfeinden durchgeführt wird, und ich sehe auch keinen Sinn darin, sie anzugreifen und damit Xetesk, dem weitaus schlimmsten unter den Kollegien, aus der Klemme zu helfen.«

Er lehnte sich zurück, nahm einen Apfel vom Teller und biss hinein, dann spülte er mit einem Schluck aus dem Weinkelch nach. Devun sah sich von Tessayas eindringlichem Blick durchbohrt, seine Augen funkelten unter den dicken Augenbrauen.

»Ich stimme Eurer Einschätzung zu, und ich will Euch auch nicht bitten, Euch der Belagerung der Kollegien anzuschließen. Bevor Selik vom Raben ermordet wurde, baute er eine Armee der Gerechten auf. Gewöhnliche Balaianer, die genau wie Ihr und ich dem Übel, das Magie genannt wird, ein Ende setzen wollen.

Er wollte gegen Xetesk eine neue Front eröffnen, die Mauern niederreißen und es damit Lystern und Dordover erlauben, die Türme des Kollegs zu zerstören. Unsere Armee verzagte jedoch angesichts der Wälle und braucht frische Energie. Die Wesmen könnten uns als Freunde und Verbündete diesen Ansporn geben.«

Devun hoffte, sein Anliegen so geschickt vorgebracht zu haben, wie Selik es getan hätte. Mit leicht zitternder Hand schenkte er sich ein Glas schweren Rotwein ein und bemühte sich, seine angespannten Schultern zu lockern.

»Die Wesmen sind nicht daran gewöhnt, als bloße Ablenkung aufzutreten«, erwiderte Tessaya. »Es bleibt unser erklärtes Ziel, eines Tages im Zentrum von Xetesk zu stehen und die Türme selbst niederzureißen. Nun sagt mir, glaubt Ihr, dass Xetesk sich in dieser Belagerung gut hält?«

»Bisher halten sie sich sehr gut, wie es scheint. Sie haben keine Anstalten gemacht, die Belagerung zu durchbrechen, doch nach allen Berichten, die ich bekommen habe, sind ihre Kräfte vor den Toren noch nicht einmal ernsthaft auf die Probe gestellt worden. Allerdings muss ich zugeben, dass meine Informationen alles andere als erschöpfend sind.«

Tessaya leerte sein Glas und schenkte sich nach, während er antwortete. »Ihr seid kein geborener Militärtaktiker, Devun. Das soll keine Respektlosigkeit sein. Ich dagegen habe die Kriegführung im Osten studiert, wie sie sich über die Jahrhunderte entwickelt hat, seit unsere Schreiber solche Dinge aufzeichnen. Auch die Geister können uns viel verraten, wenn man weiß, welche Fragen man zu stellen hat.

Nach Euren Ausführungen und nach dem, was ich aus anderen Quellen weiß, halte ich zweierlei für denkbar. Zuerst einmal die Möglichkeit, dass die Belagerer Xetesk nicht niederwerfen, sondern zur Aufgabe bewegen wollen. Lystern hat meines Wissens kein Interesse, Xetesk sterben zu lassen, strebt aber offenbar einen Wechsel der Führung an. Über Dordover weiß ich wenig, sie scheinen aber kämpferischer zu sein. Zweitens besteht die Möglichkeit, dass Xetesk auf eine günstige Gelegenheit wartet. Verwechselt nicht das Ausbleiben von Taten mit der Unfähigkeit zu handeln.«

»Warum sollten sie darauf verzichten, die Belagerung bei

der erstbesten Gelegenheit zu durchbrechen?« Devun war gleichermaßen verwirrt und verlegen.

»Wer kann schon sagen, was im Kopf eines Magiers vor sich geht, Devun?«, erwiderte Tessaya lächelnd, und Devun fühlte sich, als habe ihn sein Vater milde zurechtgewiesen. »Vielleicht irre ich mich auch. Jedenfalls müssen wir sehr scharf nachdenken. Ich sehe beispielsweise die folgende Schwierigkeit: Falls ich als Anführer einer Armee in Erscheinung träte und ins Land der Kollegien einmarschierte, würden sich die Kollegien sofort gegen den neuen, gemeinsamen Feind verbünden.

Es ist seltsam, dass Ihr und Selik diese Möglichkeit nicht bedacht habt, und ein misstrauischer Mann könnte sich durchaus Gedanken machen, was Eure wahren Motive dafür sind, hierher zu kommen und mich aufzufordern, in den Krieg zu ziehen.«

Er hielt inne, und Devun wurde kreidebleich. Eigentlich wollte er protestieren, doch falls Tessaya ihn wirklich für einen Agenten hielt, der irgendwie im Auftrag der Kollegien tätig war, dann war er sowieso schon so gut wie tot. So beschränkte er sich darauf, einen großen Schluck zu trinken.

Tessaya kicherte. »Gut. Ich bin froh, dass Ihr es nicht für nötig haltet, Euch zu rechtfertigen. Außerdem kenne ich die Überzeugungen der Schwarzen Schwingen, und ich teile sie. Ich glaube, Euer einziges Verbrechen ist Eure Naivität. Wenn wir davon ausgehen, dass ein Feldzug nicht infrage kommt, dann müssen wir hoffen, dass die Xeteskianer zuschlagen. Wenn wir weiter annehmen, dass sie genau wie wir die Vorherrschaft im Land der Magier gewinnen wollen – was werden sie dann tun?«

Diese Frage konnte Devun beantworten, weil Selik es ihm gesagt hatte. »Sie wollen nach Julatsa«, erklärte er. »Um zu vollenden, was Ihr begonnen habt.«

»Genau. Dadurch helfen sie auch uns, und zugleich locken sie einen großen Teil der Belagerungsarmee von ihren Mauern fort, die sie natürlich aufhalten will. Falls sich dies bewahrheiten sollte, könnte ich mich überzeugen lassen, ebenfalls zuzuschlagen.«

»Was soll ich dann tun?«

»Kehrt nach Xetesk zurück. Beobachtet sie, bis sie ihren Vorstoß unternehmen, falls sie das wirklich tun. Vergesst nicht: Wenn sie keinen Ausfall unternehmen, dann hilft uns das ebenso, wie uns ihr Marsch gegen Julatsa helfen würde. Und wenn sie sich ergeben, dann würde ich sogar vorschlagen, dass wir als Erstes gegen Julatsa ziehen.«

»Ihr seid anscheinend sehr gut informiert«, sagte Devun.

»Nein«, erwiderte Tessaya, »aber ich kann erraten, was in den Köpfen der Militärführer vorgeht. Deshalb lebe ich noch.«

»Ich habe bereits gehört, welche großen Taten Ihr vollbracht habt«, sagte Devun.

»Es waren lediglich notwendige Entscheidungen, damit mein Volk nicht ausgelöscht wurde.« Tessaya winkte beschwichtigend ab. »Wir müssen noch über eine weitere Angelegenheit sprechen, ehe Ihr wieder aufbrecht – nämlich über die Frage, was die Wesmen durch ein solches Bündnis zu gewinnen hätten. Ich gehe doch davon aus, dass Ihr die Autorität besitzt, mir zu gewähren, was ich verlange.«

»Sagt mir, was es ist, und ich will alles in meiner Macht Stehende tun, damit Ihr es bekommt«, sagte Devun.

»Ah, genau da liegt ja das Problem. Wie groß ist Eure Macht? Und bitte begeht nicht den Fehler zu glauben, wir würden uns einfach wieder hinter die Blackthorne-Berge zurückziehen, wenn die Kollegien niedergeworfen sind.«

Wieder lief es Devun kalt den Rücken herunter. Er hatte die Konsequenzen nicht bis zum bitteren Ende durchdacht, und nun war Tessaya über die Schwäche des östlichen Balaia bestens informiert. Es war zu spät, um den Geist wieder in die Flasche zurückzuschicken.

»Die Schwarzen Schwingen, die ich anführe, haben das Volk hinter sich. Wenn die Magie verschwunden ist, können der Osten und der Westen Seite an Seite leben. Wir können Balaia in eine Zukunft führen, in der wir alle im Wohlstand leben können. Das wird natürlich eine Weile dauern. Die Menschen werden misstrauisch sein, und selbst meine Worte reichen möglicherweise nicht aus, falls andere beschließen, die Lage zu ihrem Vorteil zu nutzen.«

»So ist es.« Tessaya lächelte breit. »Jetzt trinkt aus und redet mit Euren Männern. Ich muss Pläne schmieden, den Rat einberufen und die Armee mobilisieren, und das alles muss sehr schnell vor sich gehen. Ich rufe Euch heute Abend wieder zu mir. Dann werdet Ihr mir sagen, was Ihr den Wesmen anbietet, und ich werde Euch erklären, welche Garantien wir Euch geben. Enttäuscht mich nicht.«

»Davor braucht Ihr keine Angst zu haben.« Devun stand auf, sein Herz pochte heftig, und sein Magen machte Bocksprünge. Er versuchte, nicht weiter über das nachzudenken, was er gerade in Gang gesetzt hatte.

»Oh, noch eins, wenn Ihr so freundlich sein wollt«, sagte Tessaya. »Ihr habt den Raben erwähnt. Was ist eigentlich aus ihm geworden?«

Zorn verdrängte das flaue Gefühl, als Devun alles erzählte, was er wusste.

Zwölftes Kapitel

Es war früh am Abend, und am Himmel zogen Wolken auf. Glückerweise sollte es eine dunkle Nacht werden. Der Unbekannte Krieger, Izack, Darrick und Baron Blackthorne saßen am Lagerfeuer. Letzterer hatte eine widerstrebende, aber willkommene Verstärkung für die Belagerungsarmee mitgebracht. Sein ohnehin schon strenges, dunkles Gesicht wirkte nach der erzwungenen Entscheidung noch düsterer als sonst.

Ringsum summte das Elfenlager vor Aktivität. Die Al-Arynaar bereiteten sich vor, die TaiGethen beteten, und einige Krallenjägerpaare hielten Wache, während andere Gefährten bereits bis Xetesk vorstießen und mögliche Zugänge erkundeten.

Auch die Rabenkrieger machten sich bereit, schnürten die Riemen ihrer Rüstungen und steckten schweigend die Schwerter in die Scheiden. Tuchstreifen wurden um Schnallen und Gurte gelegt, Waffengriffe festgebunden, Scheiden mit Polstern umwickelt, Kettenglieder gefettet und mit dunkler Farbe eingerieben.

»Es war noch nie leicht, sich auszurechnen, was Xetesk

plant«, meinte Blackthorne, während er mit einer Hand seinen makellos getrimmten, grau durchwirkten Bart glättete.

»Das ist wahr, aber wir haben keine andere Möglichkeit als anzunehmen, dass ein erfolgreicher Überfall in dieser Nacht sie bewegen wird, schneller als geplant einen Ausbruchsversuch zu unternehmen«, sagte der Unbekannte.

»Wie weit mögen ihre Vorbereitungen gediehen sein?«, fragte Darrick.

»Unserer Ansicht nach können sie zuschlagen, wann immer sie wollen«, sagte Izack. »Die TaiGethen dringen seit zehn Tagen jede Nacht nach Xetesk ein. Sie haben gesehen, wie Soldaten und Magier einander reihum ablösen, und wie frische Einheiten in den Straßen üben. Sie haben berichtet, dass die Schmieden mit Hochdruck neue Waffen herstellen, die möglicherweise zum Angriff auf die Belagerer benutzt werden können, und Xetesk hortet Vorräte. Verdammt will ich sein, wenn ich wüsste, woher der Proviant kommt, aber irgendwie schaffen sie ihn hinein. Noch wichtiger ist, dass wir vor allem nach dem Versagen des julatsanischen Mana verstärkte Aktivitäten beobachtet haben.«

»Also nehmen wir an, dass sie die Belagerung durchbrechen werden, sobald wir mit den Schriften geflohen sind?«, fragte der Unbekannte.

»Ich bewundere Eure Zuversicht«, warf Blackthorne ein.

»Bisher haben wir uns noch nie geirrt«, erwiderte der Unbekannte.

»Ich glaube, Dystran wird sehr bald schon seine Truppen mobilisieren«, sagte Darrick. »Wir wissen, dass er zuerst Julatsa zerstören will. Dies zu verhindern, war ja der Hauptgrund, mit der Belagerung zu beginnen. Zweitens weiß er, dass die Elfen hier nicht weggehen werden, solange sie nicht ihre heiligen Schriften zurückgeholt haben. Drittens ist ihm bekannt, dass wir die Elfenmagier brauchen, um das Herz von Julatsa zu bergen. Deshalb hat er überhaupt nichts gegen eine ausgedehnte Belagerung. Wir werden ihn unter Zugzwang setzen, und er wird uns verfolgen, da bin ich ganz sicher. Sobald wir nach Julatsa eilen, wird er versuchen, uns zu schlagen, bevor wir eine Verteidigung aufgebaut haben. Das schafft er aber nicht, wenn er erst zwei Tage nach uns kommt. Falls die TaiGethen richtig liegen, haben wir aber vielleicht nur ein paar Stunden Vorsprung, wenn wir nach Norden gehen.«

»Dann bekommen die verbündeten Streitkräfte ein Problem.« Blackthorne streckte die Beine aus.

»Welches denn?«

»Wir sind unterschiedlicher Meinung, was die Positionen angeht, an denen wir Xetesks Angriff erwarten sollen.«

»Was gibt es denn da für Meinungsverschiedenheiten? Wir sind doch gut aufgestellt, oder nicht?« Darrick ließ die Schultern sinken. »Erklärt Euch.«

»Dies ist ein weiterer Grund dafür, dass sich der Baron den lysternischen Kräften angeschlossen hat«, sagte Izack. »Wir debattieren jetzt seit Tagen mit dem dordovanischen Oberkommando, ohne ein Ergebnis zu erzielen. Es hängt alles davon ab, wo Xetesk durchbrechen will.«

»Vermutlich am Nordtor«, sagte der Unbekannte.

»Genau. Es wird, genau wie das Westtor, von den Dordovanern gedeckt. Bisher ist dort übrigens wenig passiert – keine Vorstöße zur Erkundung, keine Versuche, Späher nach draußen zu bringen. Die Dordovaner glauben, ihre Kräfte am Nordtor würden schwer dezimiert oder gar aufgerieben, wenn Xetesk nach Julatsa aufbrechen will, und in diesem Punkt kann man ihnen kaum widersprechen.«

»Was schlagen sie denn vor?«, fragte Darrick müde.

»Sie wollen die Belagerung aufheben und sich nördlich

von Xetesk auf eine Schlacht vorbereiten. Dort sollen wir uns alle gemeinsam gegen sie stellen.«

Darrick schüttelte den Kopf. »Wann?«

»General?«, fragte Izack, der unwillkürlich wieder mit Darrick sprach, als sei er noch sein Vorgesetzter.

»Wann wollen sie die Lager abbrechen und ihre Kräfte auf dieses Schlachtfeld verlegen? Vielleicht würden mir sogar ein paar Stellen einfallen, an denen wir unsere möglicherweise – und ich sage ausdrücklich möglicherweise – überlegenen Kräfte vorteilhaft einsetzen können.«

Izack rutschte unbehaglich hin und her. »Sobald wir ihnen mitteilen, dass die Elfen hineingehen und mit dem Überfall beginnen.«

»Bei den brennenden Göttern, die sind noch dümmer, als ich dachte«, sagte Darrick.

»Am Nordtor könnten sie tatsächlich abgeschlachtet werden«, wandte Izack ein.

»Na und?«, fauchte Darrick. »Dies ist ein Krieg, und wenn man seine Ziele erreichen will, muss man manchmal etwas opfern. Wir dürfen nicht riskieren, dass Julatsa untergeht. Wenn wir Julatsa verlieren, ist das Gleichgewicht endgültig zerstört. Begreifen sie das denn nicht?«

»Sie sehen nur, dass sie an vorderster Front stehen«, sagte Blackthorne. »Sie sind auch nur Menschen.«

»Im Krieg ist niemand einfach nur ein Mensch«, widersprach Darrick. »Jeder kann größer sein, als er es sich je erträumte, oder er kann zum passiven Opfer des Konflikts werden.« Er legte dem Unbekannten eine Hand auf den Arm. »Du verstehst das.«

»Und ob«, erwiderte der Unbekannte. »Allerdings haben wir es hier nicht mit erfahrenen Berufssoldaten zu tun, sondern mit blutigen Anfängern.«

»Das ist mir klar.«

»Wirklich, Darrick?« Der Unbekannte zog die Augenbrauen hoch. »Ich glaube nicht, dass du es verstehst. Den meisten Männern da draußen wurden die Spaten, Harken und Besen weggenommen, und man hat ihnen dafür Schwerter in die Hand gedrückt. Sie sind keine Soldaten. Sie werden kämpfen, aber sie werden sich fürchten. Sie sind nicht wie wir. Wir sind für den Kampf geboren. Diese Männer werden morgen wieder dein Brot backen. Siehst du das nicht?«

»Ich sehe, dass sie ihre Freiheit verteidigen.«

»Ihr müsst begreifen, dass sie es mit anderen Augen betrachten als Ihr«, wandte Blackthorne ein. »Ihr könnt über sie urteilen, wie Ihr wollt, aber einer von zwei Männern, die es da draußen am Nordtor mit Höllenfeuer und Protektoren zu tun bekommen, war vor einer Jahreszeit noch kein Soldat.«

Darrick schwieg eine Weile. Unter den Strähnen und Locken legte er das Gesicht in Falten und versuchte, seine Gedanken zu ordnen. Es war klar, dass er mit sich rang.

»Das ändert nichts«, sagte er schließlich. »Sie haben eine Aufgabe zu erfüllen, und diese Aufgabe ist, Xetesk so lange wie möglich daran zu hindern, eine Armee nach Norden zu schicken. Lasst mich noch zwei Dinge erwähnen, bevor Ihr mir widersprecht. Zuerst einmal denke ich nicht, dass die dordovanischen Kommandanten ernstlich glauben, sie könnten ihre Bäckerjungen auf freiem Feld in einer Schlachtreihe von einer Meile Länge besser einsetzen als hier – ob mit oder ohne Unterstützung aus Lystern. Zweitens tun sie in dem Moment, da sie sich von den Mauern zurückziehen, Xetesk gegenüber ihre Absichten laut und deutlich kund. Sie überlassen dem Dunklen Kolleg die Initiative und verurteilen alle, die gerade drinnen sind, zum Tode – wir wollen uns da nichts vormachen. Dystran ist klug und hat gute Berater. Sobald er weiß, was wir vorhaben, ist es mit der Heimlichkeit vorbei. Vergesst auch nicht, dass der Druck an zwei Toren abnimmt, wenn die Soldaten sich zurückziehen. Das erlaubt es Xetesk, die Besatzung an den anderen Toren zu verstärken, was ihnen vermutlich im Osten und Süden den Sieg bescheren und damit unsere Kräfte weiter schwächen wird.«

»Angenommen, wir ziehen uns nicht mit ihnen zurück«, sagte Blackthorne.

Darrick stand auf und schritt unruhig hin und her, ohne ihm zu antworten.

»Was denken die sich eigentlich? Die einzige Möglichkeit ist, Dystran zu zwingen, seine Kräfte aufzusplittern. Die Folgen einer Niederlage auf offenem Feld wären erschreckend. Er hätte auf dem Weg nach Julatsa keinen Gegner mehr vor sich, und das wäre erst der Anfang.«

»Sie denken zuerst an ihr eigenes Wohl«, sagte Blackthorne leise.

»Indem sie die am leichtesten zu haltenden Stellungen aufgeben? Indem sie den Zusammenhalt der Belagerung zerstören? Sie geraten in Panik. Wenn ich in Lystern etwas zu sagen hätte, dann würde ich mich ihnen stellen, ob wir nun in der Unterzahl sind oder nicht.«

»Aber wir sind nicht Lystern«, sagte Blackthorne, »und das ist der springende Punkt.«

»Ich sollte mit ihnen reden«, sagte Darrick. »Sie müssen das doch einsehen.«

»Setz dich, Ry«, sagte der Unbekannte. »Vergiss nicht, dass ein Todesurteil gegen dich verhängt wurde.«

Darrick hielt inne. »Aber sie müssen doch …«

»Nein«, sagte der Unbekannte. »Du bist nicht der Mann, der jetzt verhandeln kann. Du gehörst zum Raben. Setz dich.«

Darrick setzte sich widerstrebend. Er war nicht daran gewöhnt, Befehle zu befolgen, wollte aber auch nicht so weit gehen, die Autorität des Unbekannten infrage zu stellen.

»Wir haben genau die gleichen Argumente vorgetragen«, erklärte Izack. »Die Dordovaner sehen jedoch nur, dass ihre Kräfte am Nordtor überrannt werden könnten, und dass Xetesk danach freie Bahn nach Norden hätte.«

»Was kann man tun?«, fragte Blackthorne. »Es ist keine rein militärische Entscheidung mehr. Es geht hier auch um Politik und die relative Stärke der noch existierenden Streitkräfte der Kollegien. Kein Kolleg will riskieren, in Zukunft vor den eigenen Toren angegriffen zu werden. So weit sollte es sowieso nicht kommen.«

»Ich weiß, ich weiß.« Darrick machte eine resignierte Geste. »Wisst Ihr noch, wie wir alle gemeinsam gegen die Wesmen gekämpft haben? Das sollte das Vorbild sein, zumal wir alle überlebt haben.«

Er dachte angestrengt nach, und die anderen sahen ihm schweigend zu. Es dauerte nicht lange, bis er seine Entscheidung getroffen hatte.

»Eigentlich können wir nur versuchen, die Dordovaner zu beruhigen. Keinesfalls darf Xetesk erfahren, dass wir mit einem Ausbruchsversuch rechnen, aber mit einer Neuformation der Truppen im Norden würden wir es ihnen verraten, und dann werden sie keinen Zweifel mehr haben. Sie werden angreifen und hoffen, es an Ort und Stelle ein für alle Mal zu erledigen. So könnten sie auf einen Streich den Krieg entscheiden. Ich schlage Folgendes vor. Es ist ein Risiko, das einzugehen sich jedoch lohnt. Wir ziehen alle Reserven im Süden und Osten ab und verlegen sie nach Norden, bis hier nur noch ein kleiner Rest von lysternischen Truppen kämpft, der von Baron Blackthornes Männern und den Al-Arynaar unterstützt wird, nachdem sie einen Tag ausruhen konnten. Das können wir leise und im Schutze der Nacht erledigen. Izack, Ihr wisst, wie man so etwas anpackt, deshalb will ich Euch keinen Vortrag halten. Baron, ich glaube, es liegt nun bei Euch, mit den dordovanischen Kommandanten zu reden und Euren Standpunkt zu vertreten. Sie respektieren Euch, und was noch wichtiger ist, wenn Ihr ihnen eine Vorstellung von den Zahlenverhältnissen geben könnt, dann könnt Ihr ihnen damit auch zeigen, dass Lystern und Dordover gemeinsam Xetesk besiegen können. Ihr müsste es ihnen so beschreiben, dass sie es glauben.«

Blackthorne lächelte. »Ich kann sehr überzeugend sein.«

»Wir alle zählen auf Euch«, sagte Darrick. »Unterdessen, je eher wir nach Xetesk hinein- und wieder herauskommen, desto besser stehen unsere Chancen. Ich schlage vor, dass wir keine Zeit verschwenden.«

»Die TaiGethen werden dir sicherlich beipflichten. Also gut, sind wir fertig und bereit?« Der Unbekannte sah sich am Feuer um, und alle nickten. »Baron, Izack, Ihr tut, was Ihr könnt. Darrick, wir brechen auf.«

Die vier erhoben sich und gaben sich die Hände, um sich gegenseitig Glück und Kraft zu wünschen. Der Unbekannte kehrte zu den übrigen Rabenkriegern zurück, die am Rand des Feuerscheins saßen. Alle hatten aufmerksam zugesehen und zugehört.

Hirad stand sofort auf und legte den Schwertgurt an. Das Reden und Ausruhen und der frustrierende Anblick der Schlacht am Tage, all das war jetzt vorbei.

»Jetzt sind wir am Zug«, sagte er.

Der Unbekannte nickte. Den ganzen Tag über hatte er sich gefühlt wie ein Tier im Käfig. Er wollte so schnell wie möglich zu den Mauern hinüber, doch er musste den richtigen Augenblick abwarten, wenn er seine Familie schützen wollte, die sich hunderte Meilen entfernt auf der anderen Seite des Südmeeres auf einer Insel befand.

»Ich hoffe, jedem ist klar, was er zu tun hat«, sagte er.

»Allerdings«, antwortete Denser. »Doch so gut unser Plan auch ist, ich kann nicht oft genug betonen, wie gefährlich es im Kolleg ist. Dystran ist kein Dummkopf. Die Protektoren mögen alle draußen sein, aber er dürfte immer noch über eine beachtliche Verteidigung verfügen.«

Die Gruppe versammelte sich, als die Abenddämmerung in die Nacht überging. Die TaiGethen hatten ausgeruht und den ganzen Tag gebetet. Vier Zellen der Elitekrieger wollten mitkommen, außerdem Rebraal und sechs Magier der Al-Arynaar, die den Überfall mit Schilden und Offensivsprüchen unterstützen sollten. Krallenjägerpaare näherten sich bereits der Stadt, um die Stärke der Besatzung auf den Wällen zu erkunden. Sie nutzten die dunklen Wolken als Deckung, die den Himmel verfinstert hatten. Sie würden die Elfenkrieger zu den Stellen leiten, an denen sie die Wände erklimmen konnten, und sie würden, wenn nötig, für Ablenkung sorgen.

»Noch etwas«, sagte Denser, »auch wenn ich bei den TaiGethen auf taube Ohren stoßen werde. Wir haben nicht die Absicht, Xetesk und seine Magier zu vernichten. Wir brauchen sie in der Zukunft, damit das Gleichgewicht weiter existiert.«

»Ich gehe da nicht rein, um ohnmächtig mit den Fäusten herumzufuchteln«, sagte Hirad.

»Davon redet auch niemand«, sagte Denser. »Ich werde niemanden verschonen, der unser Leben bedroht. Ich bitte nur darum, dass wir nicht blindlings um uns schlagen. Xetesk ist immer noch mein Kolleg.«

»Ein Kolleg, das dich im Handumdrehen umbringen würde«, sagte der unbekannte Krieger. »Sie würden uns alle auf der Stelle umbringen.« Sein Gesicht war grimmig im Feuerschein. Erwarte keine Nachsicht von mir.«

Der große Mann überprüfte noch einmal die Schneide seines großen Schwerts und seine Dolche und ging langsam zu Thraun und Erienne, während er die Waffen wieder in die Scheiden steckte. »Erienne? Du bist so still. Sag mir, was los ist.«

»Ich fürchte mich«, sagte sie, und ihre Augen bestätigten es.

»Das kann ich verstehen. Immerhin werden wir ins Dunkle Kolleg eindringen.«

»Nein, das ist es nicht … nun ja, teilweise schon, aber das ist eine Angst, mit der ich leben kann. Ich fürchte das, was in mir ist. Tag für Tag muss ich kämpfen, damit es mich nicht überwältigt, und das ermüdet mich. Es frisst mich auf. Eines Tages könnten meine Kräfte versagen.«

»Aber die Al-Drechar helfen dir doch, oder?«

»Ohne sie würde mich die Kraft überfluten«, gab Erienne zu. »Doch sie sind geschwächt. Nur immer eine kann mir helfen, diese Kraft abzublocken, während die andere ausruht. Was, wenn eine von ihnen stirbt? Oder beide?« Sie schauderte.

Der Unbekannte runzelte die Stirn. »Wird es denn nicht mit der Zeit leichter?«

»Es fällt mir immer schwerer, das zu glauben«, erwiderte Erienne. »Im Moment ist die Eine Magie eine kaum zu bändigende Kraft in einem schlecht ausgebildeten Geist und Körper. Ich muss noch so viel lernen. Dordover hat das Eine viel zu früh in meiner Tochter geweckt, und möglicherweise müssen wir alle den Preis für diese Dummheit bezahlen. Wenn die Al-Drechar mich nicht lehren können, wie ich das Eine allein im Zaum halte, bevor sie sterben, dann müssen wir die Konsequenzen fürchten.«

»Solltest du dann nicht bei ihnen sein? Bei den Al-Drechar?«

Erienne lächelte leicht. »Damit wäre ich weit entfernt von den einzigen Menschen, die meinen Glauben nähren, dass eines Tages alles überstanden sein wird. Hör zu, Unbekannter, die Al-Drechar tun alles, was sie können, bevor ich einschlafe und bevor ich aufwache, und sie sprechen im Traum zu mir. Das reicht, es muss einfach reichen. Außerdem arbeitet der Rabe immer vereint.«

»Das ist Musik in meinen Ohren«, sagte Hirad auf der anderen Seite des Feuers. »Ich bin froh, dass mal jemand auf mich hört.«

»Was bleibt uns übrig?«, sagte Denser. »Mit deiner Stimme könntest du Löcher in Felsen bohren.«

Erienne legte dem Unbekannten eine Hand auf den Arm.

»Schon gut«, sagte sie. »Ich kann das Eine unterdrücken und dordovanische Sprüche wirken. Ich verrate uns nicht.«

»Daran habe ich nicht im Traum gedacht«, beruhigte sie der Unbekannte.

»Sie beobachten«, unterbrach Thraun. »Sie wissen, dass wir kommen.«

»Mit den Elfen rechnen sie, mit dem Raben nicht«, sagte Hirad.

»Nein«, knurrte Thraun. »Vorsicht.«

Am Rand des Lagers warteten die TaiGethen auf sie. Zwei Gestalten traten in den Feuerschein.

»Seid ihr bereit?«, fragte Rebraal. »Wir müssen so bald wie möglich aufbrechen. Im Süden reißt die Wolkendecke wieder auf.«

»Müsst ihr wirklich mitkommen?« Auum hatte am Tag mehrfach betont, dass der Rabe seiner Ansicht nach nicht gebraucht werde. Trotz seiner widerwilligen Achtung für die Rabenkrieger war er nicht von seinem Standpunkt abgerückt, sie seien nur eine Last, besonders, wenn es darum ging, über die Mauern zu klettern.

»Ja«, bekräftigte der Unbekannte. »Mit uns seid ihr stärker.«

»Außerdem haben auch wir da drinnen etwas zu erledigen«, ergänzte Hirad.

Denser kicherte. »Ein paar Kleinigkeiten, mehr nicht.«

Darrick räusperte sich. »Ich finde das überhaupt nicht witzig.«

»Da wäre Ilkar anderer Ansicht gewesen«, sagte Hirad.

»Gut möglich.« Darrick lächelte etwas verlegen.

»Der Rabe, los jetzt, es wird Zeit«, mahnte der Unbekannte.

Die Rabenkrieger gesellten sich zu den Elfen, Hirad blieb unterwegs noch einmal vor Blackthorne stehen.

»Schön, dass Ihr mal vorbeigeschaut habt, Baron.«

»Dieser Konflikt bedroht uns alle, Hirad«, sagte er. Seine Augen lagen unter den Brauen in tiefem Schatten. »Neutralität führt in diesem Fall zu nichts. Jetzt nicht mehr. Wer stark genug ist, muss kämpfen, damit Xetesk nicht die Vorherrschaft erringt.«

»Vergesst nicht, dass es mehr als eine Partei gibt, die gegen Xetesk kämpft«, sagte Hirad.

»Falls Ihr auf das beachtliche Lösegeld anspielt, das auf Euren Kopf ausgesetzt ist, so werde ich standhaft bleiben und verzichten.«

Die beiden alten Freunde umarmten sich.

»Alles Gute«, sagte Hirad.

»Seid vorsichtig«, antwortete Blackthorne.

»Hirad, los jetzt«, rief der Unbekannte aus der Dunkelheit herüber.

»Die Pflicht ruft.«

Hirad verließ im Laufschritt das Lager. Vor ihm hatten sich die TaiGethen bereits in Zellen von jeweils drei Kriegern aufgeteilt. Alle bis auf Auums Zelle verschwanden geräuschlos und blitzschnell in der Nacht. Wider Willen war Hirad von ihrer Anmut und Geschwindigkeit beeindruckt. Als er sich wieder zu Auum, Duele und Evunn umdrehte, sah er ihre Augen und erkannte, warum sie so außergewöhnlich waren und selbst unter herausragenden Elfenkriegern wie Rebraal eine bevorzugte Stellung einnahmen.

Ihre schwarz und grün bemalten Gesichter drückten Überzeugung, Kraft und ein unerschütterliches Selbstvertrauen aus. Ihr Glaube an ihre Götter und ihre eigenen Fähigkeiten schlossen jeden Gedanken an ein Scheitern von vornherein aus. Heute Abend waren auch die Al-Arynaar und die Rabenkrieger auf ähnliche Weise maskiert, denn sie alle hatten helle Hautpartien mit dunkler Farbe verdeckt. Doch damit waren die Gemeinsamkeiten auch schon erschöpft.

»Sind Eure Waffen gesichert?«, fragte Auum mit starkem Akzent. Er beherrschte die Sprache Balaias nicht besonders gut.

»Nichts wird klappern«, beruhigte Hirad ihn. »Wir werden so leise sein wie ihr.«

Auum lächelte leicht. »Tut, was wir tun. Kein Wort mehr, bis wir in der Stadt sind.«

Damit drehte er sich um und entfernte sich in leichtfüßigem Laufschritt. Duele und Evunn folgten ihm wie Schatten, etwas langsamer setzte sich auch der Rabe in Bewegung.

Dreizehntes Kapitel

Zwischen niedrigen Büschen und Sträuchern versteckt, hatten sie sich den Mauern von Xetesk im Laufschritt genähert. Hirad hatte sich nicht sonderlich ins Zeug gelegt. Er war weder so durchtrainiert noch so wendig wie die TaiGethen und musste akzeptieren, dass er, genau wie die anderen Rabenkrieger, langsam, aber stetig zurückfiel.

Hin und wieder tauchte ein Elf aus Auums Zelle auf und wies ihnen den Weg oder lief ein Stück mit ihnen. Die Gesichter der Elfen verrieten nicht, was in ihnen vorging, doch Hirad konnte sich lebhaft vorstellen, was sie dachten. Er lächelte in sich hinein. Es traf zu, der Rabe war nicht daran gewöhnt, über weite Strecken zu rennen. Sie besaßen jedoch andere Qualitäten, und er hatte nicht die Absicht, damit hinter dem Berg zu halten.

Jetzt stand ihnen der erste riskante Abschnitt ihres Unternehmens bevor. Im Schutz der mächtigen Wolken, die nach dem ständigen Nieselregen gerade auch einen kräftigen Schauer abgeladen hatten, hockten sie auf dem Boden und schauten zu der vierhundert Schritt weiten freien Fläche hinüber, die die Mauern des Dunklen Kollegs umgab. Langsam und leise hatten sie sich bis zum Saum des Buschwerks vorgearbeitet, und jetzt waren sie nur noch durch hüfthohe Grasbüschel und die Nacht selbst vor den magisch verstärkten Blicken der Verteidiger verborgen.

Ein Panter der Krallenjäger tappte in ihren Kreis und stupste Thraun, dann beäugte er die restlichen Rabenkrieger mit einer gewissen Verachtung und kehrte zu seinem Partner zurück, der neben Rebraal und Auum kauerte. Tier und Elf sahen einander tief in die Augen und nahmen einen stummen Austausch vor. Hirad beobachtete sie fasziniert. Hin und wieder flackerte es in ihren Augen. Der Krallenjäger-Elf, dessen weiße Gesichtshälfte unnatürlich hell leuchtete, drehte sich erst wieder zu Rebraal und Auum um, als er ganz und gar bereit war.

Die beiden Krieger stellten ihm Fragen und unterhielten sich angeregt in ihrer unverständlichen Elfensprache. Der Krallenjäger antwortete meist nur mit einem Nicken, einem Kopfschütteln oder einer knappen Geste. Gelegentlich stieß er, ans Sprechen offenbar nicht gewöhnt, mit heiserer Stimme ein einziges Wort hervor. Schließlich stand er abrupt wieder auf und entfernte sich mit seinem Panter.

»Wie sieht es aus?«, fragte Hirad.

»Auf den Mauern patrouillieren mehr Wächter als in den vergangenen Nächten«, berichtete Rebraal. »Wir kommen nicht hinein, ohne auf Wachen zu stoßen.«

»Das ist nicht gut«, überlegte der Unbekannte. »Wir dürfen nicht auffallen, bis wir im Kolleg sind.«

»Es gibt keine andere Möglichkeit«, sagte Rebraal. »Die TaiGethen werden sich darum kümmern; auf diese Weise geschieht es wenigstens leise.«

Auum wollte etwas sagen, rang um Worte und stellte Rebraal eine Frage, die der Anführer der Al-Arynaar für ihn übersetzte.

»Denser, müssen wir dicht an den Mauern entlang, um deinen Eingang ins Kolleg zu finden?«

»Nein«, antwortete Denser. »Ich zeige euch den besten Weg, sobald wir drinnen sind, wie ich schon sagte. Wenn wir beim Eindringen sterben, wisst ihr wenigstens, wohin ihr müsst. Genau wie wir es besprochen haben.«

Rebraal hob beide Hände. »Auum wollte es nur wissen. In diesem Fall könnte es sogar vorteilhaft sein, wenn unser Eindringen in die Stadt bemerkt wird, bevor wir das Kolleg erreichen.«

»Das verstehe ich nicht«, wandte Erienne ein.

»Doch, er hat recht«, erklärte Darrick. »Wenn sie wissen, dass wir in der Stadt, aber noch nicht im Kolleg sind, müssen sie die Streifen in den Straßen und die Wachen auf den Mauern des Kollegs verstärken. Wir gehen aber nicht durch die Vordertür hinein, und alle diese Männer werden an der falschen Stelle aufpassen.«

»Jedenfalls zu Anfang«, fügte Denser hinzu.

»Mir ist alles recht, was uns einen Vorteil verschafft«, sagte Hirad. »Wie sieht nun der Plan aus?«

»Wir warten hier, bis die TaiGethen den Weg bis zum Fuß der Mauern erkundet haben«, sagte Rebraal. »Sie sorgen auch für etwas Ablenkung, und dann können wir losrennen. Wenn ihr gesehen und angegriffen werdet, liegt es bei euch.«

»Was ist mit dir, Rebraal?«, wollte Hirad wissen.

Der Elf zuckte mit den Achseln. »Ich bin Ilkars Bruder. Ich bin es ihm schuldig, dafür zu sorgen, dass euch nichts passiert.«

»Danke.«

»Glaube mir, ich hätte mir etwas anderes gewünscht. Ihr bringt euch in große Gefahr und setzt auch unser Vorhaben aufs Spiel.«

Hirad wollte widersprechen, doch der Unbekannte kam ihm zuvor.

»Wir verstehen, was ihr empfindet«, sagte er ruhig, »aber wir müssen es ebenso tun, wie ihr es tun müsst. Menschen, die wir lieben, sind in Gefahr.«

Rebraal nickte. Evunn und Duele hatten sich inzwischen zu Auum gesellt. Die Elfen neigten den Kopf zum Gebet, begrüßten Rebraal mit einem knappen Handschlag und rannten in die Dunkelheit davon, hinüber zu den Mauer von Xetesk.

Auum führte seine Tai ins dichte Präriegras und ging in die Hocke. Evunn war fünf Schritte rechts, Duele ebenso weit auf der linken Seite entfernt. Die übrigen TaiGethen hatten, mit Auum im Zentrum, in einem lockeren Halbkreis Aufstellung genommen. Alle hatten die gleichen Anweisungen bekommen: ungesehen und ungehört bis zu den Mauern vordringen. Unter den nach außen geneigten Wänden wären sie dann vorübergehend in Sicherheit. Diese Mauern machten das Klettern etwas schwieriger, aber das war nichts, was einen Elf der TaiGethen abschrecken konnte. Was gewisse Angehörige der Al-Arynaar und die Rabenkrieger anging, so war Auum nicht ganz so sicher.

Obwohl er sich normalerweise nicht auf sein Glück verließ, musste Auum zugeben, dass es bisher gut verlaufen war. Es war eine perfekte Nacht für ihren Überfall, besser hätte es kaum kommen können. Die Wolken hingen niedrig, finster und dicht am Himmel; ein feiner, stetiger Regen fiel und vertiefte die Dunkelheit. Eine leichte Brise wehte durchs Gras und half, seine Bewegungen vor den wachsamen Augen auf den Wällen zu verbergen.

Er hielt sich völlig still und lauschte, genau wie seine Tai, auf die leisen Geräusche in der Umgebung – das Rauschen des Windes, die kleinen Tiere, die sich am Boden bewegten, das Summen der nachtaktiven Insekten. Er konzentrierte sich auf das Nicken der Halme und die Wellen, die sich im Gras ausbreiteten, auf ihre Häufigkeit und Stärke.

Dann bewegte er sich mit dem Gras, ging in die Hocke, stimmte seine Bewegungen auf die Halme ab und hielt inne, wenn sie still standen. Die ganze Zeit über ließ er die Mauern, denen er sich näherte, nicht aus den Augen. Kahl und hoch reckten sie sich zum Nachthimmel empor. Er sah das Licht von Fackeln und Laternen, die an der Brustwehr befestigt waren oder von Wächtern getragen wurden. Links war einer der kleineren Wachtürme, die zu Dutzenden die Mauer verstärkten, mit Kohlenpfannen hell erleuchtet. Das Licht fiel aus den schmalen Schießscharten und durch die offene Tür und beleuchtete den fallenden Regen.

Die Krallenjäger hatten die Verstärkung der Mannschaften auf den Wällen sehr genau beschrieben. Häufiger als sonst sah er Lichter, die sich auf den Mauern bewegten. Zweifellos musste ein recht großer Bereich freigeräumt werden, damit sie genügend Zeit hatten, auf der anderen Seite wieder hinabzusteigen und die relative Sicherheit des Sammelpunktes zu erreichen – ein leeres Haus, das zwischen einer Bäckerei und einem kleinen, derzeit nicht benutzten Stall stand.

Je näher sie der Mauer kamen, desto langsamer bewegte sich Auum. Mit seinen scharfen Augen konnte er siebzig Fuß hoch bereits die Gesichtszüge der Wachen erkennen. Er hörte kurze Wortwechsel, die das Rauschen des Grases rings um seinen Kopf übertönten. Und er roch den Stein und die Stadt dahinter. Es war eine Mischung aus Alter und Rauch, von Kälte und Feuer, von Leben und Tod. Vor ihm huschten Schatten über den dunkelgrauen Stein. Die Krallenjäger. Die Panter tappten lautlos an der Mauer entlang, ihre Partner bewegten sich fast unmerklich und schnüffelten in der Luft, beobachteten das Gras und die sich nähernden TaiGethen.

Bald darauf stand Auum bei ihnen. Sie nahmen seine Gegenwart mit knappem Nicken zur Kenntnis. Zwei der drei Krallenjägerpaare waren bereits an der Mauer unterwegs, einer links und der andere rechts. Das dritte Paar blieb, wo es war, der Panter saß auf dem Hinterteil und leckte sich leise schnurrend die Pfoten. Evunn und Duele tauchten aus dem Gras auf.

»Klettert«, sagte Auum. »Ihr wisst, wo ihr einen Halt findet.«

Duele trat sofort an den Fuß der Mauer, zog die Seilrolle von der Schulter und band sich ein Ende an den Gürtel. Er hielt noch einmal kurz inne, vergewisserte sich, welchen Weg er nehmen wollte, und begann zu klettern.

Auum sah ihm nach, wie er mit sicheren Bewegungen an der scheinbar fugenlosen Wand emporkletterte. Die Witterung hatte kleine Risse in die Steinwand gefressen. Die meisten waren von Moos bedeckt, doch Duele fand sie alle, bohrte die Finger hinein und hielt sich fest. Auch mit den Füßen fand er schmale Spalten und presste die weichen Lederstiefel hinein. Ein Zeh reichte aus, um ihm genug Halt zu geben, damit er sich weiter hinaufschieben konnte.

Obwohl er schon viele solcher Kletterpartien beobachtet hatte, sah Auum ihm bewundernd nach. Tual, die Herrin der Waldbewohner, hatte ihn mit einer Geschicklichkeit gesegnet, mit der sich nur wenige messen konnten. Noch nie hatte Auum ihn zögern sehen.

Die Seilrolle wickelte sich stetig ab. Evunn ging in die Hocke und verband sein eigenes Seil mit dem von Duele. Das balaianische Seil war grob, dick und schwer. Fest genug zwar, aber unbequem. Zwei Seile von jeweils mehr als dreißig Fuß Länge reichten aus, um das Ende an den Haken zu befestigen, die sie bei früheren Besuchen dicht unter der Krone in die Mauer getrieben hatten. Wenn das Seil dort oben befestigt war, baumelte es unten kopfhoch über dem Boden. Für einen Elf war es leicht, daran hochzuklettern, doch Auum fragte sich nicht zum ersten Mal, wie es den Menschen ergehen würde.

Über ihm klebte Duele an der Wand wie eine Eidechse unter einem Ast. Er befand sich jetzt am steilsten Punkt des Überhangs, nur noch einen Klimmzug unter einem der Haken, die sie von lysternischen Waffenschmieden hatten anfertigen lassen. Er richtete ein rasches Gebet an Yniss, der Duele beschützen sollte. Seine Sorgen waren überflüssig. Duele löste mit einer Hand das Seil vom Gürtel, schwang sich geschickt zum Haken hinüber, legte die vorbereitete Schlaufe darüber und kam mühelos wieder herunter.

»Gut gemacht«, sagte Auum. »Heute Nacht benutzen wir drei Aufstiegspunkte gleichzeitig. Überprüft noch einmal eure Waffen, eine weitere Gelegenheit bekommt ihr nicht.«

Die Tai prüften die Schneiden ihrer Klingen, die Spannung ihrer Bogensehnen, die Befiederung ihrer Pfeile und die Halbmonde ihrer flüsternden Jaqrui. Mit jedem Herzschlag tauchten elegant und lautlos weitere TaiGethen aus dem Gras auf, als kämen sie aus unterirdischen Gängen.

Duele und Evunn übernahmen die Seile von vier weiteren Tai, Evunn knotete sie zusammen, und Duele befestigte die Enden am Gürtel. Rasch stieg er, mit kräftigen und fließenden Zügen, am ersten Seil Hand über Hand empor. Einen Fuß unter dem Haken hielt er inne, klemmte das Seil, an dem er hing, zwischen die Beine, nahm das freie Ende des zweiten Seils vom Gürtel und beugte sich vor. Unter ihm schwang Evunn das Seil wie ein Pendel hin und her. So näherte sich Duele mit jedem Schwung dem nächsten

Haken, legte beim vierten Pendeln die Seilschlinge darüber und wechselte das Seil, um anschließend die Prozedur noch einmal zu wiederholen. Am äußersten der drei Aufstiegspunkte blieb er schließlich hängen und wartete.

Auum wandte sich an die Tai-Zellen, die sich unter dem Überhang und außer Sicht der xeteskianischen Wächter versammelt hatten.

»Steigt in der Tai-Ordnung hinauf«, sagte er. »Wartet, bis diejenigen, die vor Euch geklettert sind, das Seil frei gemacht haben, und klettert oben erst hinüber, wenn ihr ein Zeichen bekommt. Ihr wisst, was ihr zu tun habt. Der Wehrgang wird links und rechts gesichert, bevor wir auf der anderen Seite absteigen und uns zum Sammelpunkt begeben. Heute Nacht werden wir das Aryn Hiil zurückholen. Heute Nacht werden wir uns für das rächen, was man uns angetan hat. Möge Yniss über euch wachen, möge Tual eure Hände leiten, und möge Shorth eure Feinde rasch zu sich nehmen. Tai, wir beginnen jetzt.«

Auum kletterte am mittleren Seil hinauf, Evunn nahm das linke. Von den Haken aus war es nur noch eine Armeslänge bis zur Kante des Überhangs. Die Architekten hatten es sich nicht nehmen lassen, unter den Zinnen einen schmalen Sims und einfache, schmückende Muster in den Stein zu schlagen. Diese Unebenheiten waren eine große Hilfe.

Auum übernahm die Führung, stieß sich von der Wand ab und hielt sich mit den Fingern am Sims fest. Dann ließ er mit der anderen Hand los und hing einen Augenblick siebzig Fuß hoch frei in der Luft, bis er mit der zweiten Hand am Stein einen Halt fand und sich sofort mit dem ganzen Körper hochzog. Er langte noch oben, grub die Fingerspitzen in eines der Reliefs und bekam einen Fuß auf die Kante. Der zweite Fuß folgte, und schließlich richtete er sich, eng an die Mauer geschmiegt, langsam auf und wartete, bis Duele und Evunn bei ihm waren. Ein Blick nach rechts zeigte ihm, dass Duele ihn sogar überholt hatte. Er lächelte.

Jetzt ging es los.

Keine sechs Fuß entfernt kamen xeteskianische Wärter vorbei. Sie unterhielten sich leise, ihre Schritte hallten über den Wehrgang. Die TaiGethen hatten jetzt nur noch eine letzte Schräge bis hinauf zur Brüstung vor sich, dann kam die vier Fuß breite Mauer, und dahinter konnten sie auf den Wehrgang springen.

Auum konnte nicht leugnen, dass er in Versuchung geriet. Das Überraschungsmoment hätte sicherlich völlig ausgereicht. Doch er war ein Jäger des Regenwaldes und gehorchte einer Tugend, der er mehr als allen anderen sein Leben und seinen Erfolg zu verdanken hatte. Geduld.

Als hingen sie hoch über dem Waldboden an Ranken, warteten die Tai ab. Jeder betete zu Yniss, jeder betete zu Gyal, dass der Regen fallen möge und die Wolken düster blieben. Jeder zählte die Wächter, die oben vorbeikamen. Die Häufigkeit der Schritte und die Zeitspannen zwischen ihnen, ihre Richtung.

Aus Erfahrung wussten sie, dass die Mauer in Abschnitte unterteilt war, die von verschiedenen Posten überwacht wurde. In dieser Nacht waren allerdings erheblich mehr Streifen unterwegs. Vorher hatten sie zwischen den Patrouillen genügend Zeit gehabt, die Mauern zu überwinden und auf der anderen Seite hinabzusteigen. In dieser Nacht zählte Auum allein in diesem Abschnitt drei Streifen. Es waren zwei von jeweils zwei und eine mit drei Männern. Da die Streifen kaum mehr als hundert Schritt voneinander entfernt waren, durften die Elfen bei ihrem Angriff keinen Fehler machen.

Die Tai waren bereit. Eine Streife von zwei Mann kam von links nach rechts vorbei. Auum zählte im Kopf bis dreißig und stieg zwischen zwei Zinnen auf die Mauer hinauf, Evunn war sofort neben ihm. Die Elfen kauerten nun im Schutz zweier Zinnen und konnten vom Wehrgang aus nicht gesehen werden.

Die zweite aus zwei Wächtern bestehende Streife näherte sich aus der anderen Richtung. Auum hörte sie miteinander reden. Sie blieben stehen, um auf das dunkle Land hinauszublicken, wo sich nichts verändert hatte. Gemächlich gingen sie weiter und kamen an den beiden TaiGethen vorbei.

Jetzt bewegten sich die Schatten. Auum und Evunn sprangen auf den Wehrgang, machten einen raschen Schritt und packten die Opfer. Eine Hand legten sie ihnen auf den Mund, die andere fasste den Kopf an der Seite. Ein harter Ruck und eine Drehung, dann war das Genick gebrochen. Die Wächter sanken tot in sich zusammen.

Die Elfen schleppten die Toten zur Mauer, die Stiefel scharrten auf dem Stein. Auum lauschte angestrengt. Nirgends wurde Alarm geschlagen. Noch nicht. Hinter ihnen ging die andere Zweimannpatrouille ahnungslos weiter, und vor ihnen näherte sich die aus drei Mann bestehende Streife dem Wachtposten am anderen Ende des Abschnitts. Sie hatten auf dem gut beleuchteten Weg nur noch einige Schritte vor sich. Es wurde knapp.

Duele wartete an der Schräge auf sie und packte die beiden Toten am Kragen, während Auum und Evunn neben ihm auf die Mauer sprangen. In den wenigen Augenblicken, die ihnen noch blieben, legten sie die Toten so gut wie möglich zurecht, lehnten die Oberkörper an die Mauer, richteten die Beine aus und legten die Arme oben darauf, um den Anschein zu erwecken, die beiden blickten in die Nacht hinaus. Auum und Evunn hielten die Toten fest, Duele nahm unterdessen den Bogen von der Schulter und legte einen Pfeil ein.

Die Wartezeit kam ihnen lang vor, aber so war es immer, wenn die Falle gestellt war. Die Stimmen hörten sie schon vor den Schritten. Gelegentlich konnte Auum sogar ein Wort verstehen. Zunächst klang es noch eher scherzend. Als die Toten sich nicht rührten und nicht antworteten, wurden die Rufe drängender.

Ein scharfer Befehl wurde gegeben, die Schritte beschleunigten sich, und die Wächter wechselten zornige Worte. Sie waren jetzt sehr nahe. Duele spannte den Bogen. Auum und Evunn hielten sich mit Messern in den Händen bereit.

Eine Hand berührte die Schulter des Toten, den Auum hielt. Der Anführer der TaiGethen explodierte förmlich, sprang um die Mauerzinne herum und stach dem Wächter die Klinge in die Kehle, um ihn möglichst rasch und unbemerkt auszuschalten. Auch Evunn sprang los, auf seiner Klinge fing sich kurz der Fackelschein, als sie ihr Ziel traf. Duele stand aufrecht auf dem Stein und schoss, sein Pfeil traf den dritten Wächter in den Mund. Metall klirrte, als er stürzte.

Sofort hetzten Auum und Evunn der letzten Patrouille hinterher. Diese Männer waren immer noch ahnungslos. Der Wind, der über die Mauer wehte, und ihre eigenen Stimmen übertönten alles, was hinter ihnen geschehen war. Gleich würden sie kehrtmachen und erwarten, ihre Kameraden zu sehen, die ihnen entgegenkamen. Daraus würde nun nichts mehr werden. Auum öffnete seinen Jaqrui-Beutel und zog eine flüsternde Klinge heraus. In der anderen Hand hielt er das Messer, von dem das Blut tropfte. Die Wächter blieben an der offenen Tür des Wachhäuschens stehen und warfen einen kurzen Blick hinein, ehe sie sich umdrehten.

Auums Jaqrui sauste durch die Nachtluft, fegte durch den Rauch einer Fackel, die in einer Klammer steckte, und näherte sich unheildrohend und pfeifend dem Gegner. Gleichzeitig warf Duele sein Messer.

Die fünfzehn Schritte entfernten Wächter hatten gerade noch Zeit, instinktiv die Hände zu heben. Dueles Messer traf das Ziel, durchschlug die locker gebundene Lederrüstung und bohrte sich in die Brust des Opfers. Der Mann grunzte und stolperte. Sein Gefährte neben ihm verlor drei Finger der in einem Handschuh steckenden Hand, bevor der Jaqrui in seine Wange schlug.

Einen Augenblick lang waren beide still und starrten mit aufgerissenen Augen die Angreifer an, die sich ihnen mit erschreckender Geschwindigkeit näherten. Der Mann, der die Finger verloren hatte, stieß einen gequälten, gurgelnden Schrei aus. Der Zweite wollte nach dem Schwert greifen. Duele kam ihm zuvor und versetzte ihm einen Tritt gegen die Brust, der die Messerklinge zum Rücken hinaustrieb. Auum brachte den schreienden Mann mit einem Schlag auf die Kehle zum Schweigen und legte ihm die Hand auf den Mund.

Es war wieder still. Auum wartete auf ein Zeichen, ob irgendjemand etwas gehört hätte. Auf sein Nicken hin schlich Duele zur Wachstube und spähte hinein. Dann schloss er die Tür und hielt im Schatten Wache. Für einen beiläufigen Beobachter auf der Straße war er nicht zu sehen.

Auum trottete über den Wehrgang zurück und winkte Evunn, die andere Wachstube zu übernehmen. Erst jetzt warf er einen Blick zur Stadt. Der Wehrgang war etwa fünf Fuß breit und fiel auf der Innenseite ohne Geländer tief zu den schwarzen Straßen und Häusern hin ab. In der dunklen Stadt waren nur einige Wachfeuer und ein paar Laternen vor Häusern zu sehen, doch vor dem bewölkten Himmel konnte Auum leicht die Türme des Kollegs von Xetesk ausmachen.

Der Gestank der Stadt war hier viel stärker, und es würde noch schlimmer werden, wenn sie hinunterstiegen und den Sammelpunkt aufsuchten, der in einem relativ dünn besiedelten Viertel lag. Der klebrige Geruch eng zusammenhockender Menschen mischte sich mit dem Gestank von Feuer, Abwasserkanälen und Metallschmelzen. Es war eine Beleidigung für die Sinne. Nur wenn er sich umdrehte, konnte Auum das offene Land und die fernen Bäume riechen. Ihm war unverständlich, wie die Menschen so leben konnten.

Eine Weile hockte er am Rand des Wehrganges. Nichts Ungewöhnliches war zu hören. Dann richtete er sich wieder auf und rannte zum Aufstiegspunkt an der Mauer. Evunn hatte unterdessen die zweite Wachstube erreicht. Auch dort war die Tür bereits geschlossen, und sein Tai stand davor und passte auf. Auum tippte mit dem Messer auf den Stein und wartete, bis die nächste Tai-Zelle bei ihm auf dem Wehrgang eingetroffen war. Jeder Elf hatte eine Seilrolle auf dem Rücken.

»Marack, an die Seile. Ataan, wirf die Toten über die Mauer. Uvoll, wir müssen die Fackeln dämpfen. Beeilt euch.«

Die Zelle teilte sich auf. Auum war klar, dass sie früher oder später die Aufmerksamkeit anderer Wächter erregen würden, wenn sie diesen Abschnitt der Mauer verdunkelten, doch im Augenblick wollte er nicht riskieren, von den Straßen aus bemerkt zu werden. Bald würde der Wehrgang vor Elfen wimmeln. Wieder tippte er gegen die Mauer, und die nächste Zelle kam auf den Wehrgang.

»Seile«, sagte er. »Rasch.«

Ein drittes Klopfen, und die vierte Zelle stieg über die Mauer.

»Nach unten auf die Straße, sichert den Sammelpunkt.«

Auum wandte sich wieder zum offenen Land um und klopfte abermals auf den Stein. Die zweite Stufe ihres Plans konnte beginnen.

Vierzehntes Kapitel

»Danke«, sagte Tessaya. Er hob seinen Weinkelch und leerte ihn mit einem einzigen langen Schluck. Einige Tropfen rannen ihm links und rechts aus dem Mundwinkel. Riasu lachte, schenkte ihnen beiden nach und stieß noch einmal mit Tessaya an.

Vor seinem Zelt konnte Tessaya die Flammen sehen, die hoch in den klaren Nachthimmel griffen. Der Wind trug den Geruch von Asche und verbranntem Fleisch herüber. Er hörte die erschrockenen Hilferufe und die Schmerzensschreie. Und er konnte sehen, wie brennende Männer aus ihrem Flammengrab taumelten, um von seinen Kriegern niedergemacht zu werden, bevor sie auch nur zwei Schritte getan hatten.

Er empfand kein Mitleid für die Menschen, deren Tod er angeordnet hatte. Er empfand nichts für die Männer, die er nie kennen gelernt hatte. Weder für sie noch für ihren aufgedunsenen und erstaunlich dummen Anführer Devun. Ein Mann, der frohen Herzens alles erzählt hatte, was er wusste, und sich damit selbst überflüssig gemacht hatte.

»Was für ein Schatz ist uns in die Hände gefallen«, sagte

Tessaya. »Ich danke Euch, Devun, und ich danke Euch, Lord Riasu, dass Ihr ihn zu mir gebracht habt.«

Einen Arm um Riasus Schultern gelegt, drehte er sich um und kehrte ins Zelt zurück.

»Können wir es vollbringen?«, fragte er, indem er sich auf ein weiches Polstersofa fallen ließ. »Sind wir stark genug, haben wir die nötige Willenskraft?«

Riasu blieb stehen. »Dass wir den Willen haben, ist gewiss. Das Erobern liegt uns im Blut. Morgen wird der Kriegsrat hier tagen. Dann werdet Ihr wissen, ob wir auch die Kraft besitzen.«

»Gern würde ich mehr erfahren, als tote Schwarze Schwingen oder die Geister mir sagen können«, antwortete Tessaya. »Schickt Späher nach Xetesk. Sie sollen zählen, wie viele Kämpfer dort sind, und sich den Stand der Belagerung genau einprägen. Und, Riasu – sagt ihnen, sie sollen vorsichtig sein.«

Draußen auf der mit Gras bewachsenen Ebene vor Xetesk wartete der Rabe. Trotz seiner Überzeugungen sah Denser sich von widerstreitenden Gefühlen geplagt. Er fühlte sich nicht wohl dabei, sich in seine Heimatstadt und sein Kolleg zu schleichen, das so vortrefflich seine Gabe gefördert hatte. Hirad dagegen brannte darauf, endlich loszuschlagen. Der Barbar konnte sich kaum noch beherrschen. Das war ein gutes Zeichen. Im Kolleg konnten sie einen Hirad gebrauchen, der sich durch nichts und niemanden aufhalten ließ und alle anstacheln würde, über ihre Grenzen zu gehen. Nie war der Herzschlag des Raben dringender gebraucht worden als jetzt.

Erienne lehnte sich an Denser.

»Es macht dir zu schaffen, was?«, sagte sie leise und drückte mit einer Hand sein Knie.

»Was?«

»Weißt du noch, wie wir vor ein paar Jahren in Dordover eingebrochen sind?«

Denser lächelte. Damals hatten sie einen Katalysator für Dawnthief gesucht und waren nur um Haaresbreite entkommen. Erienne hatte dabei Kopf und Kragen riskiert.

»Diese Situation hier ist anders«, sagte er.

»Eigentlich nicht. Die Gefühle sind die gleichen, ob es nun erklärte Feinde sind oder nicht, und ob wir etwas stehlen oder etwas zurückholen. So oder so, du fühlst dich wie ein Verräter, nicht wahr?«

Denser nickte. »Irgendwie schon.«

»Du solltest deshalb keine Schuldgefühle haben, mehr will ich eigentlich nicht sagen«, fuhr Erienne fort. »Auch wenn es ganz natürlich ist. Ich werde Dordover immer lieben. Es waren nur die Taten einiger weniger Menschen, die meine Loyalität zerstört haben. Meine Erinnerungen behalte ich aber, und ebenso die Hoffnung, dass in Zukunft irgendwann einmal andere Leute dort herrschen werden. Das ist bei dir nicht anders. Du bist unter Styliann, Laryon und Nyer groß geworden. Vergiss sie nicht, auch wenn sie Fehler hatten, und verschwende deine Loyalität nicht jetzt auf Leute, die sie nicht verdient haben.«

Denser sah ihr in die Augen und erkannte, welche Schlacht in ihr tobte. Er lächelte.

Dann beugte er sich vor, küsste sie auf die Wange und streichelte unter der Kapuze ihres leichten Mantels ihre Haare. »Ich liebe dich.«

»Meiner Ansicht nach solltest du bei keinem dieser Bastarde da drin auch nur eine Sekunde mit dem Gedanken spielen, du wärst ihnen etwas schuldig«, warf Hirad ein.

»Dein Feingefühl überwältigt mich.« Denser wandte sich zum Barbaren um, dessen Augen grimmig strahlten und sich deutlich von der Dunkelheit ringsum abhoben.

»Sie jedenfalls werden keines zeigen«, fuhr der Barbar fort. »Und du gehörst zum Raben. Wir sind deine Familie. Du gehörst nicht mehr zu Xetesk, und du solltest nicht gerade jetzt anfangen, darüber nachzudenken, warum das so ist.«

»Nein, darum geht es nicht«, sagte Denser.

Hirad zuckte mit den Achseln. »Der Grund ist egal, aber wenn du nur einmal zögerst, dann bist du tot, und vielleicht sind wir dann alle tot. Wenn du da drin nicht völlig überzeugt bist, das Richtige zu tun, dann kommen wir nicht mehr heraus. Ich habe keine Lust, schon wieder einen Magier zu verlieren, verstehst du?«

Denser kicherte und klopfte Hirad auf die Schulter. »Ist ja schon gut. Mach dir meinetwegen keine Sorgen.«

»Ich muss mir Sorgen machen«, erwiderte Hirad. »Wie ich schon einmal sagte, das ist meine Aufgabe.«

Auf einmal richtete sich Thraun auf und starrte zu den Mauern. Der Unbekannte und Darrick wollten ihn festhalten und wieder hinabziehen, doch er war zu schnell und trat ein paar Schritte ins Gras hinaus. Er knurrte, schnüffelte, ging in die Hocke und kehrte zurück.

»Sie reden«, sagte er.

»Wer?«, fragte der Unbekannte.

»Hört.«

Es kam aus der Richtung der Mauern, doch nach links und rechts versetzt und nicht von der Stelle, wo die TaiGethen und die Magier der Al-Arynaar versammelt waren. Es war ein Geräusch, das sie schon einmal gehört hatten – allerdings tief im Regenwald. Es wurde lauter, wechselte zwischen tiefem Knurren und schrillem Heulen und Winseln. Die Panter der Krallenjäger meldeten sich zu Wort und stimmten mitten in Balaia ein gespenstisches Konzert an.

Es schien von den Wolken widerzuhallen, es schien durch jeden Busch verstärkt zu werden und baute sich vor den Mauern der Stadt auf. Es war schön und schrecklich zugleich, ein Trauergesang über das verlorene Land und die verlorene große Zeit, voller Verehrung. Es jagte Denser einen Schauer über den Rücken, und Eriennes Hand verkrampfte sich unwillkürlich auf seinem Knie.

Auch Hirad knurrte. »Müssen die uns das jetzt antun?«, übertönte er den Lärm. »Müssen die jetzt wirklich ankündigen, dass wir kommen? Damit auch ganz sicher alle auf uns warten, wenn wir hineingehen? Damit es auch ganz bestimmt ein schöner Kampf wird? Bei den brennenden Göttern, haben die denn keine Ahnung, wie man heimlich vorgeht?«

Rebraal erschien links neben ihm, um es ihnen zu erklären. »In der Stadt dröhnt der Gesang vor jeder Tür. Ich will dich etwas fragen: Würdest du jetzt mit dem Schwert in der Hand nach draußen stürmen – oder würdest du die Riegel vorlegen und nachsehen, ob alle Schlüssel herumgedreht sind? Die Krallenjäger tun etwas für dich. Sie lenken die Blicke von den Mauern ab. Jetzt rennt und hört nicht auf zu rennen, bis ihr die Hand auf den Stein legen könnt.«

Hirad verkniff sich eine Antwort und stand auf. »Ihr habt es gehört«, sagte der. »Der Rabe! Der Rabe, los jetzt!«

Die Rabenkrieger rannten in Kampfformation, der Unbekannte an der Spitze, Hirad und Darrick rechts neben ihm, Thraun auf der linken Seite und Erienne und Denser hinter den Kriegern. Vor ihnen lief Rebraal. Der Al-Arynaar schoss durch das hüfthohe Gras, als reichte es nur bis knapp über seine Knie. Die Rabenkrieger hatten etwas mehr Mühe und trampelten die elastischen Halme nieder.

Es war anstrengend, und außerdem liefen sie im Grunde sehenden Auges in den Tod. Dennoch war Denser beschwingt. Die feuchte Luft strömte frisch und kühl in seine Lungen, die Regentropfen benetzten seine Stirn, ringsum rauschte das Gras, der Wind pfiff ihm um die Ohren, und er griff mit seinen Freunden zusammen an – das alles ließ sein Herz schneller schlagen. Er hätte vor Freude geschrien, wäre es nicht eine große Dummheit gewesen.

Keuchend und außer Atem erreichte er die relative Sicherheit der Mauern. Die letzte TaiGethen-Zelle kletterte gerade an den Seilen hoch, die oben am Überhang befestigt waren. Dann standen nur noch Rebraal, die Magier der Al-Arynaar und die Rabenkrieger unten.

»Heimlichkeit«, sagte Rebraal. »Wenn du gelernt hast, was Heimlichkeit bedeutet, Hirad Coldheart, dann darfst du unser Vorgehen infrage stellen. Den Spuren, die du im Gras hinterlassen hast, könnte ein Blinder folgen.«

Die Schreie der Krallenjäger verhallten allmählich, bis nur noch der Wind rauschte. Denser sah sich um und betrachtete die dunklen Bahnen, die sie durchs Gras gezogen hatten.

»Das spielt jetzt keine Rolle mehr«, sagte Hirad. »Eure Krallenjäger haben ihnen ja deutlich genug erklärt, dass wir kommen.«

»Er hat recht«, sagte Darrick. »Wenn ihr Kommandant auch nur ein bisschen von Taktik versteht, dann werden sie heute ihre Pläne ändern. Das können wir nicht verhindern – wir mussten sie unter Druck setzen. Die Tatsache, dass auf den Mauern mehr Wächter stehen als sonst, sollte uns eigentlich alles sagen, was wir wissen müssen.«

»Das mag ja sein, aber sie rechnen nicht mit uns. Nur mit den Elfen«, sagte Hirad.

»Das will ich doch hoffen«, entgegnete Denser.

Die Rabenkrieger blickten zu den Seilen hoch, die im tiefen Schatten unter dem Überhang verschwanden, dann begannen die Al-Arynaar mit dem Aufstieg. Ohne zu zögern, kletterten drei Elfen behände an den Seilen hinauf. Ihre geschmeidigen Körper verkrafteten die Anstrengung mühelos.

Denser runzelte die Stirn, sein Herz schlug ein wenig schneller. Erienne, die neben ihm stand, schauderte.

»Verdammt auch«, flüsterte sie.

»Oben gibt es ein kleines Hindernis«, sagte Rebraal, als ginge es nur um einen Spaziergang am Strand und einige unbequeme nasse Felsen. »Ihr müsst pendeln, um den Ziersims zu erreichen, und euch dann hochziehen. Oben sind Leute, die euch helfen, deshalb dürfte euch eigentlich nichts passieren.«

»Eigentlich«, sagte Erienne.

»Hm«, machte Denser. Er atmete tief durch. Es gelang ihm nicht, sich zu beruhigen, zumal er bereits an das nahe Liegende dachte. »Das ist ziemlich hoch.«

»Und genauso weit wieder runter«, murmelte Erienne.

»Also gut«, schaltete sich der Unbekannte ein. »Hier sind die Anweisungen. Wir warten, bis die letzten Al-Arynaar oben sind. Hirad, du steigst mit Thraun und mir hoch. Darrick, du bewachst den Fuß der Mauer, bis wir oben sind. Ihr zwei«, er wandte sich an Denser und Erienne, »ihr fliegt hinauf. Euch dürfen wir auf keinen Fall verlieren.«

»Das heißt, du traust uns diese Kletterpartie nicht zu?« Denser war pikiert und zugleich erleichtert, dass sich die Gedanken des Unbekannten in eine ähnliche Richtung bewegten wie seine eigenen.

»Ich will damit nur sagen, dass ihr euch selbst nicht sicher seid. Widersprecht mir, falls ich mich irre.«

Erienne schüttelte den Kopf. »Nein, du irrst dich nicht.«

»Denser, wenn du Erienne hochgetragen hast, holst du Darrick. Im Gegensatz zu uns müsste er erheblich leichter sein.«

»Ich kann klettern«, wandte Darrick ein.

»Darum geht es nicht«, widersprach der Unbekannte. »Wir haben nicht genug Zeit.«

»Wie du meinst.«

Denser spürte eine kräftige Hand auf seiner Schulter.

»Mach dir nichts draus, Denser«, sagte Hirad. »Es kann ja nicht jeder Muskeln und Mut im gleichen Maße haben.«

»Hau doch ab.«

Hirad kicherte.

»Wenn du abrutschst, fange ich dich nicht auf, Coldheart«, fügte Denser hinzu.

»Liegestütze helfen«, sagte Hirad. »Das kräftigt den Oberkörper und die Arme.«

»Vielleicht schneide ich auch über dir das Seil durch.«

»Lass ihn doch«, beruhigte ihn Erienne. »Lass dich nicht von ihm ärgern.«

»Das ist ihm schon gelungen. Es gelingt ihm seit Jahren.«

Denser stimmte sich auf das xeteskianische Mana-Spektrum ein und hielt inne, als er die verschiedenen Brennpunkte in der ganzen Stadt wahrnahm, die durch alle möglichen Aktivitäten, von Heilsprüchen bis zu Kommunionen, entstanden. Ein Spruch mehr oder weniger sollte nicht auffallen. Er baute die einfache Gestalt der Schattenschwingen auf. Die breite, an einer Seite gefiederte Form war im Handumdrehen bereit.

»Alles klar?«

Erienne schlang ihm die Arme um den Hals, er legte ihr zusätzlich einen Arm unter die Kniekehlen und flog hinauf. Densers Herz hämmerte bis zum Zerspringen. Wenn er hochschaute, konnte er die Elfen an den Seilen sehen, die hin und her pendelten und den schmalen Sims packten. Nicht zum ersten Mal war er froh, über ein anderes Transportmittel zu verfügen.

Er flog langsam und stieg vorsichtig über die Zinnen, hinter denen bereits die TaiGethen warteten. Erienne löste sich von ihm und wurde auf der Mauer in Empfang genommen. Auf dem Rückweg nach unten sah Denser die Rabenkrieger hochklettern.

Etwa auf halber Höhe begegnete er ihnen. Sie waren sehr starke Männer, Thraun erweckte gar den Eindruck, sein Leben lang nichts anderes getan zu haben. Hirad kletterte mit gebleckten Zähnen und Hand über Hand, während der Unbekannte wie üblich klug vorging und seine Füße als Seilbremse einsetzte, sobald seine Hände den Griff wechselten.

Denser lächelte leicht und flog neben den Barbaren.

»Alles klar, starker Mann?«

Hirad sah ihn böse an. Er war inzwischen vierzig Fuß hoch, und man sah ihm die Anstrengung an.

»Alles klar«, keuchte Hirad.

»Das hatte ich nicht anders von dir erwartet.«

»Ich weiß.« Hirad grinste. »Du kennst mich eben.«

»Allerdings«, murmelte Denser. »Die Götter mögen uns beistehen.«

Immer noch kein Alarm. Denser holte Darrick von seinem nun überflüssigen Wachtposten ab und setzte ihn neben Erienne auf die Mauer, als seine Freunde sich gerade über den Sims schwangen. Elfen halfen ihnen, als sie sich hinaufzogen.

Er landete neben den anderen Rabenkriegern auf dem Wehrgang, der inzwischen dunkel und fast verlassen war. Auum und Rebraal kletterten mit den letzten Al-Arynaar die Seile hinunter und führte sie zum Sammelpunkt. Der Anführer der TaiGethen sah sich noch einmal zu ihnen um und nickte.

»Schnell«, sagte er. »Ein Stück den Wall hinunter wurde bereits Alarm gegeben.«

Denser betrachtete noch einmal seine Stadt. Er hatte sie geliebt und liebte sie immer noch, doch jetzt musste er sie als feindliches Gebiet betrachten. Kopfschüttelnd hob er Erienne hoch, stieß sich von der Mauer ab, sank stetig nach unten und verlor dabei die Umgebung aus den Augen – den dunklen, stillen Marktplatz, den Park, auf dessen Wiesen inzwischen sicherlich Getreide wuchs oder Tiere grasten, die Eisenschmelze, von der Rauch aufstieg, die mächtigen Kornspeicher, die ein Grund dafür waren, dass Xetesk eine Hungersnot und jetzt die Belagerung überleben konnte. Und schließlich die sieben Türme des Kollegs. Das Ziel, zu dem sie in dieser Nacht wollten. Eine schwierigere Aufgabe hätten sie sich kaum stellen können.

Unten wartete Rebraal mit einem Elf der TaiGethen. Denser wurde zum Sammelpunkt gewinkt und flog leise an der kalten, verlassenen Bäckerei vorbei, auch sie ein Opfer des Krieges.

Im leeren Haus sammelten sich die Eindringlinge. Denser warf die Schattenschwingen ab und entließ Erienne aus seinen Armen. Er bewegte sich vorsichtig, während sich seine Augen umstellten und die versammelten Elfen sich langsam aus dem Dämmerlicht herausschälten. Zwölf TaiGethen-Krieger, sechs Magier der Al-Arynaar, Rebraal und der Rabe. Sie wollten das Dunkle Kolleg angreifen.

»Die guten Götter mögen uns behüten«, flüsterte er.

»Was sagst du?« Auch Eriennes Stimme war kaum zu hören.

»Entschuldige, Liebste«, sagte er. »Ich stelle mir nur vor, was uns dort drinnen begegnen könnte.«

Wenn überhaupt möglich, dann wurde die Stille im Haus noch tiefer, als Auum hereinkam. Er sprach kurz mit Rebraal, der für den Raben übersetzte.

»Folgendes haben wir in den vergangenen Nächten bei

unseren Erkundungen herausgefunden: Die Protektoren sind nicht im Kolleg. Der größte Teil der Streitkräfte des Kollegs und der Stadt ist außerhalb der Kollegmauern stationiert. Wir rechnen damit, dass die Mauern stark verteidigt werden, während dahinter kaum Schwertkämpfer, aber viele Magier im Einsatz sind. Deshalb ist es besonders wichtig, unbemerkt vorzugehen.

Meine Brüder und Schwestern, vergesst nie, dass wir es mit einem mächtigen Gegner zu tun haben. Bleibt innerhalb der Schilde der Al-Arynaar, wann immer es möglich ist. Lasst eure Sinne von Tual leiten. Wir wissen, was wir tun und was wir finden müssen. Behaltet eure Tai in eurer Nähe. Dies ist ein Dschungel wie unser eigener. Er kennt keine Gnade.«

Während Auum die Kämpfer zum Gebet versammelte, standen die Rabenkrieger dicht beisammen.

»Glaubt ihr, wir werden hier sterben?«, fragte Darrick.

»Wenn wir dem Irrtum verfallen, wir hätten es mit einem schwachen Gegner zu tun, dann könnte uns genau das blühen«, sagte Denser. »Und falls das julatsanische Mana abermals versagt, während wir drinnen sind, haben die TaiGethen keinen Schutz mehr.«

»Ich bin nicht sicher, ob man sie dann wirklich als schutzlos bezeichnen dürfte«, wandte Hirad ein.

»Du verstehst schon, wie ich es meine.«

Die Elfen hatten ihre Gebete beendet. Denser wandte sich an Auum und nickte.

»Du weißt, wohin wir müssen«, sagte er.

Die TaiGethen gingen als Erste in die xeteskianische Nacht hinaus.

Fünfzehntes Kapitel

Denser glaubte seine Stadt zu kennen wie die sprichwörtliche Westentasche. Bei den fallenden Göttern, die Mauern verhinderten schließlich schon seit Jahrhunderten, dass neue Gebäude errichtet werden konnten. Doch nun wurde er durch Gassen geführt, die er noch nie gesehen hatte, und durch Gänge, die er früher für zu schmal gehalten hätte. Auf Wegen, von deren Existenz er nichts gewusst hatte, durchquerte er die Stadt.

Unter dem Schauspielhaus gab es Tunnel. Rings um den zentralen Markt gab es ein Netzwerk von Zugängen. Hinter der Außenwand des nördlichen Kornspeichers war genug Platz, um sich hindurchzuquetschen. Die Tatsache, dass über die Stadt eine Ausgangssperre verhängt worden war, erwies sich als Segen, denn die TaiGethen bewegten sich nahezu lautlos. Die zahlreichen Patrouillen, die in der Stadt unterwegs waren, machten einen Lärm wie Signalhörner und waren schon aus weiter Entfernung zu hören.

Es war gespenstisch, dachte Denser. Irgendwie irreal. Xetesk lag im Sterben. Langsam zwar, aber es starb. Doch unter der anscheinend stillen Hinnahme des Schicksals brodelte eine mühsam unterdrückte Energie. Weder das Kolleg noch die Stadt würden kampflos untergehen. Die Frage war nur, wann diese Energie ausbrechen würde.

Die Eindringlinge bewegten sich vorsichtig und legten mehr Wert auf Verstohlenheit denn auf Geschwindigkeit. Es hatte keinen weiteren Alarm auf den Wällen gegeben, woraus sie schließen konnten, dass es nicht um ihr Eindringen gegangen war. Dies würde sich jedoch bald ändern. Nicht mehr lange, und die Wachen würden abgelöst, oder jemand würde die Tür einer Wachstube öffnen, in der es unerwartet dunkel war. Jemand würde das Blut auf dem Stein sehen oder die sieben Wächter vermissen. Mit etwas Glück würde es zu dieser Entdeckung erst kommen, wenn sie bereits im Kolleg waren.

Unterwegs betrachtete Denser die Rabenkrieger. Er sah Mitgefühl und Entschlossenheit in ihren Gesichtern und spürte bei jedem Schritt ihre beruhigende Nähe. Sie beobachteten den Boden vor sich genau und passten ihre Bewegungen so gut sie konnten den TaiGethen an. Statt auf Stein und Kies liefen sie lieber über Erde und Gras, drückten sich in den Gassen in die Schatten und hielten den Atem an, wenn sie eine größere Straße überqueren mussten. Nicht einmal die TaiGethen vermochten allen Hindernissen auszuweichen.

Fast hätten sie es unentdeckt geschafft. Auum hatte die Gruppe zu den Lagerhäusern hinter dem Künstlerviertel geführt, in dem er sich inzwischen gut auskannte. Wider Willen war er beeindruckt von der Fähigkeit des Raben, sich leise zu bewegen. Als sie die Gasse betraten, in der sie in der vergangenen Nacht die Wächter getötet hatten, sah er, dass jemand die Leichen weggeräumt hatte. Nur die toten Diebe lagen noch dort.

»Sie wissen, dass wir hier waren«, sagte er zu Duele.

»Das war unvermeidlich«, erwiderte der Gefährte.

»Dennoch ist es unglücklich. Gib es weiter.«

Er schlich zum Ende der Gasse und blickte zum Kolleg hinüber. Die Folgen der Entdeckung waren nicht zu übersehen. Auf dem Pflaster vor dem Kolleg marschierten zielstrebig Wächter hin und her. Auum beobachtete sie lange und erkannte, dass sie einander dicht genug folgten, um jeweils mindestens eine andere Streife überwachen zu können. Ähnlich sah es auf den Mauern aus. Die Wächter patrouillierten zu zweit, Späher beobachteten die Stadt, Bogenschützen standen neben ihnen.

Als er sich wieder zurückziehen wollte, wurde Alarm gegeben. Im Süden flammten Lichter auf, ein Warnfeuer wurde entfacht. Männer rannten auf der Mauer entlang, Rufe hallten vom Kolleg herüber. Das südliche Tor wurde geöffnet, eine Abteilung Soldaten kam im Dauerlauf heraus und verschwand in einer Straße. Die Streifen liefen unterdessen nicht mehr im Kreis auf dem Pflaster herum, sondern schwärmten direkt vor den Gefährten aus.

Auum wich rasch zurück, als er aus dem Kolleg Gestalten zum Himmel aufsteigen sah. Wie große Vögel flogen sie, doch ohne deren Anmut. Er verfolgte die Flugbahn. Sie hatten Flügel wie Fledermäuse und Köpfe wie kahl rasierte Affen, und ihre Rufe waren wie diabolisches Gelächter, in das sich abgehackte Sätze mischte. Schaudernd drehte er sich um und eilte zu seinen Gefährten zurück.

»Sie kommen«, meldete er, und Rebraal übersetzte für den Raben. »Wir müssen uns bewegen. Denser wird uns jetzt führen.«

Es gab nichts weiter zu besprechen. Von seinen Freunden umgeben, drehte Denser sich um und lief rasch und leise hinter dem Lagerhaus entlang. Auum gab Evunn und Duele ein Zeichen, noch zu warten und ihnen den Rücken freizuhalten. Am anderen Ende des gedrungenen, niedrigen Gebäudes blieb Denser stehen, und der Unbekannte Krieger sah sich links und rechts um, bevor sie einen schmalen Weg überquerten und auf der anderen Seite zwischen zwei weiteren Lagerhäusern in einem anderen Gang verschwanden. Links von ihnen waren ständig Alarmrufe zu hören, die sich zum Glück nur langsam näherten.

Diese beiden Lagerhäuser sahen anders aus. Sie waren aus Stein und nicht aus Holz gebaut und mit Schiefer gedeckt, hatten drei Stockwerke und gleichartige schwere, mit Eisen beschlagene Schiebetüren. Gleich hinter ihnen blieb Denser an einem niedrigen Gebäude mit flachem Dach stehen. Es berührte auf einer Seite das Lagerhaus, das direkt vor der Mauer des Kollegs stand. Dahinter begann ein anderes Stadtviertel, in dem es mehr Werkstätten mit Schornsteinen, Wohnhäuser und eingezäunte Höfe gab.

Auum schob sich zwischen den TaiGethen nach vorn, um es sich anzusehen. Denser stand bereits vor einem Vorhängeschloss, das die Tür in der sonst fugenlosen Wand sicherte.

»Da wären wir«, sagte er. Auum sah sich fragend zu Rebraal um, ob er richtig verstanden hätte. »Lasst mir etwas Platz. Wenn das losgeht, soll niemand verletzt werden.«

Eine Geste von Rebraal, und die TaiGethen und Al-Arynaar zogen sich einige Schritte zurück.

»Marack«, rief Auum die Anführerin einer Zelle zu sich. Auum schätzte sie ebenso wegen ihrer Kraft wie wegen ihrer Fähigkeiten als Kämpferin. Der Elfenfluch hatte ihr die frühere Zelle genommen, doch sie hatte den Glauben an die Götter nicht verloren, und ihre neue Zelle bewunderte sie und vertraute ihr. Sie war ein Vorbild für sie alle. »Nimm deine Zelle und sichere die nächste Kreuzung. Porrak, deine Zelle wacht hinter uns als Verstärkung für meine. Wartet auf meinen Ruf. Wenn ihr töten müsst, tötet lautlos.«

Dann richtete er seine Aufmerksamkeit auf Denser und sah dem Magier bei der Arbeit zu, der anscheinend versuchte, einige magische Fallen zu umgehen. Erienne redete mit ihm, und Auum schob sich näher an Rebraal heran, der für ihn übersetzte.

»Nein, das ist keine Falle«, erklärte Denser. »Die ganze Tür ist eine Illusion, und zwar eine sehr gute. Du kannst das Vorhängeschloss berühren, aber eigentlich ist es überhaupt nicht da. Es ist ein Stück entsprechend geformter Fels, der in eine Fläche aus massivem Metall eingelassen wurde. Auch der beste Dieb kann keinen Steinblock knacken. Die eigentlichen Schlösser sind in der Tür verborgen, es sind insgesamt drei, die alle magisch arbeiten. Ich muss herausfinden, ob sie verändert wurden, seit ich in der Konstruktion der Schlüssel unterwiesen wurde.«

»Warum setzt man nicht gleich die Illusion einer glatten Wand hierher?«, fragte Erienne.

»Hier sollte das Aussehen der anderen Werkstätten in der Nähe nachgebildet werden. Die Leute, die das hier gebaut haben, waren der Ansicht, eine geheime Tür hinter einer gewöhnlichen, sichtbaren Tür zu verstecken, sei der Gipfel der illusionistischen Kunst. Es hat jahrelang funktioniert.«

»Was passiert, wenn du die Konstruktion der Schlüssel nicht nachvollziehen kannst?«

»Dann gibt es einen lauten Knall, und ich bin tot«, erwiderte Denser. »Geht lieber ein Stück weg.«

Kein Rabenkrieger rührte sich. Auum lächelte in sich hinein.

»Beschreibe mir, was du siehst«, forderte Erienne ihn auf. »Vielleicht kann ich dir helfen.«

Denser entspannte sich und berührte verschiedene Punkte auf der Tür. Auum sah scharf hin, konnte aber die Grenze zwischen Realität und Illusion nicht erkennen.

»Die drei Schlösser wirken mit einem einzigen Wachspruch zusammen, der den ganzen Türrahmen erfasst. Er ist gut erhalten und geschickt gewirkt. Durch Zufall kann man die Fallen nicht auslösen, was ich beinahe für ungewöhnlich rücksichtsvoll halten würde, ginge es nicht vor allem darum, dass dieser Eingang ein Geheimnis ist und bleiben soll. Jedes Schloss ist auf eine andere Weise angelegt worden und steht mit einer Sprengladung und einem Alarmsignal in Verbindung. Ich muss drei Schlüssel konstruieren, die vorübergehend die Sperren und Alarmsignale blockieren, damit der Wachspruch deaktiviert wird.«

»Und diese Konstruktionen hast du gelernt, nicht wahr?«, fragte der Unbekannte hinter Denser.

»Ja. Der Aufbau der Sperren gibt mir keinen Aufschluss, es sind einfach nur flache Mana-Quadrate in der Größe meiner Hand. Jedes Quadrat besitzt ein Schlüsselloch, aber vermutlich nur aus ästhetischen Gründen, denn der Schlüssel muss das ganze Schloss einhüllen, um es zu öffnen, und soll nicht etwa eindringen. Sehr hübsch gemacht.«

»Und, kriegst du das hin?«, flüsterte Hirad unwirsch. »Unsere Elfenfreunde werden so langsam nervös, weil sich Streifen nähern, und ich werde auch nicht jünger.«

»Es dauert so lange, wie es eben dauern muss«, sagte Denser. »Ich muss davon ausgehen, dass die Schlüsselkonstruktionen nicht verändert worden sind. Und du musst das Gleiche hoffen, denn sonst wird dies der kürzeste Überfall in der Geschichte von Xetesk. Und jetzt lass mich arbeiten. Erienne, du kannst nichts tun, außer dich aus dem Explosionsbereich zurückzuziehen. Bitte.«

Auum wartete und hätte zu gern gesehen, was Denser wahrnahm. So konnte er nur die geschickten Hände und Finger des Magiers beobachten, die das Mana in die gewünschten Formen brachten, während er lautlos Befehlsworte murmelte, um die Mana-Form zu verstärken. Winzige Schweißtropfen bildeten sich vor Anstrengung auf Densers Stirn.

Auum war noch nie recht wohl bei dem Gedanken gewesen, dass es ein Element geben sollte, das auf sie alle so nachhaltig einwirkte, obwohl er es weder sehen noch fühlen konnte. Für ihn war dies eine Unterlassungssünde, die Yniss bei der Schöpfung der Welt begangen hatte. Er sah es als eine Herausforderung, der man sich stellen musste. Er wollte schneller sein, als ein Magier einen Spruch wirken konnte. Für einen TaiGethen war dies die einzige Art, es zu sehen.

Als er den Paarungsruf eines Motmot hörte, leise und aus der Ferne vom Wind herbeigetragen, drehte Auum sich um. Evunn zog seine Finger quer vor den Augen vorbei und deutete zur Gasse, die zum Kolleg führte. Dann spreizte er drei Finger ab.

»Er muss sich beeilen«, sagte Auum zu Rebraal. »Wir bekommen Gesellschaft.«

Er rannte zu seinen Tai. Die Suche erstreckte sich inzwischen auf ein weites Gebiet. Links und rechts hörte er Männer, einige trugen Laternen, einige bewegten sich ohne Licht. Er schob den Kopf um die Ecke des Lagerhauses: Zwei Soldaten, der dritte Mann war dem Aussehen nach ein Magier.

»Hier können wir kein Blut und keinen Lärm gebrauchen«, flüsterte Auum. »Warum habt ihr sie nicht schon früher gesehen?«

Die Streife war nur noch zwanzig Schritte entfernt und näherte sich mit übertriebener Vorsicht. Ein Mann hielt eine Laterne weit vor sich.

»Sie sind aus einem Seitenweg gekommen«, sagte Evunn. »Es tut mir leid.«

»Du kannst die Stadt nicht so gut kennen wie sie«, erwiderte Auum. »Porrak, deine Tai sichern nach vorne ab. Haltet die Bogen bereit. Wenn möglich, wollen wir den Magier lebend fangen.«

Porraks Zelle nahm die Bogen vom Rücken und zog sich ein paar Schritte in die Schatten zurück, um Auums Gruppe mehr Platz zu lassen. Ein Dejà-vu-Gefühl überkam ihn, als er wartete, während der Laternenschein heller wurde. Die Tai standen völlig reglos im Schatten des Lagerhauses. Auum wäre es zufrieden gewesen, wenn die Streife einfach vorbeigelaufen wäre, doch ein Blick und ein Ruf, mehr brauchte es nicht, um ganz Xetesk zu alarmieren.

Die Wächter redeten nicht. Auum hörte ihre gemessenen, vorsichtigen Bewegungen, sie marschierten im Gleichschritt. Als sie höchstens noch zehn Schritte von der Kreuzung entfernt waren, wurden sie langsamer. Auum runzelte die Stirn. Das war keine normale Streife von Rekruten. Abgesehen von der Kleidung hatte er nicht viel von ihnen gesehen, denn die Laterne hatte ihn geblendet. Dies hier waren erfahrene Berufssoldaten. Unvorstellbar, dass diese Männer an der Gasse vorbeigehen würden, ohne wenigstens so weit hineinzuspähen, wie der Schein ihrer Laterne reichte.

Auum hielt drei Finger hoch. Zuerst beugte er den Mittelfinger, dann den linken und den rechten. Duele und Evunn kannten ihre Ziele und würden nicht zögern, im richtigen Moment anzugreifen. Das Licht der Laterne fiel in die Gasse. Auum winkte Porraks Zelle, sich noch ein Stück zurückzuziehen. Er war bereit, nahm das Messer aus der Scheide und drehte es in der Hand um.

Dann stand die Patrouille fast vor ihnen. Er hörte die Männer bereits atmen. Einer schnaufte erschrocken, weil er spürte, dass etwas nicht stimmte. Sie hielten inne, einer schob sich an der Wand des Lagerhauses vorsichtig weiter, die anderen waren vermutlich direkt hinter ihm. Der Plan musste geändert werden. Auum hob einen Finger und deutete auf sich selbst. Dann deutete er auf Duele und Evunn, die ihm in einem Bogen zum Eingang der Gasse folgen sollten. Schließlich ballte er die Hand zur Faust.

Der Xeteskianer schob sich weiter an der Wand entlang. Auum wartete mit erhobenen Händen, er war bereit für den Kampf und im Gleichgewicht. Beinahe konnte er den Regenwald riechen, und er hörte alle Geräusche so deutlich wie die Zikaden am Abend. Die Lederrüstung seines Gegners kratzte leicht über den Stein. Der Mann atmete gleichmäßig, seine Stiefel streiften das störrische Unkraut.

Drei Finger, die in einem Handschuh steckten, schoben sich um die Hausecke, ein Fingerknöchel schaute durch ein Loch heraus. Auum kümmerte sich nicht darum, sondern wartete auf das Ziel, das direkt danach kam. Ein Kopf tauchte auf, Augen spähten angestrengt, die Haare waren unter einem Metallhelm und einer Lederhaube verborgen.

Auum winkte mit einem Finger. Duele und Evunn rannten los. Der Anführer der TaiGethen entfernte sich einen halben Schritt von der Mauer und packte mit der rechten Hand das Gesicht des Mannes, der sich erschrocken zurückziehen wollte, Auums Griff jedoch nicht brechen konnte. Mit der linken Hand schlug Auum dem Soldaten den Griff seines Dolchs gegen die Schläfe. Der Mann sackte in sich zusammen. Auum zog ihn zu sich heran.

Duele und Evunn wirkten wie Schatten im Laternenschein, ihre Bewegungen waren vor den kahlen Wänden kaum zu erkennen. Duele erwischte den Magier, der die Laterne trug. Der Mann war instinktiv zurückgewichen, um sich zu sammeln und einen Spruch zu wirken, doch er war bei weitem nicht schnell genug. Der Elf packte den Griff der Laterne, riss fest daran, brachte den Magier aus dem Gleichgewicht und knallte ihm die rechte Faust aufs Kinn. Evunn war weniger zurückhaltend. Er tauchte unter einem Schwinger weg, stieß dem Gegner die gestreckten Finger in die Kehle und zerquetschte seine Luftröhre.

Denser war noch mit den Schlössern beschäftigt, Erienne sah ihm zu. Er wirkte ruhig und gefasst. Hirad und der Unbekannte Krieger standen ein Stück hinter ihm, jederzeit zum Eingreifen bereit.

Die anderen Elfenkrieger hatten sich nicht gerührt. Auum hatte nichts anderes erwartet.

»Nun?«, fragte er.

»Er hat es fast geschafft«, versicherte Rebraal ihm.

»Gleich kommen sicher noch mehr. Wir müssen jetzt hinein.«

Denser hatte ihn anscheinend gehört.

»Ich hab's«, murmelte er.

Kein Geräusch war zu hören, doch der Magier entspannte sich und stieß die Tür auf.

»Hinein«, befahl Auum.

Angeführt von Denser ging der Rabe als Erster hinein. Die Al-Arynaar folgten, und hinter ihnen die TaiGethen, die die drei Xeteskianer hereinschleppten. Auum kam als Letzter und vergewisserte sich, dass seine Leute in Sicherheit waren. Er schloss die Tür hinter sich und hörte das Zischen und Knistern, als der Schutzspruch wieder aktiviert wurde. Über ihren Köpfen entstand eine Lichtkugel, die einen dreißig mal fünfzehn Fuß großen, kahlen Raum beleuchtete. In der hinteren Wand war eine Tür zu erkennen, Möbel gab es nicht.

»Erklär mir noch mal, was das hier zu bedeuten hat.« Hirad sah verdutzt in die Runde.

»Komm schon, Hirad, die herrschenden Magier waren in

Xetesk nicht immer beliebt«, sagte Denser. »Die paar Auserwählten brauchten also einen Notausgang.«

»Ja, aber du hast nie zum Kreis der Sieben gehört. Wie hast du das herausgefunden?«

»Ich war der Dawnthief-Magier«, sagte Denser. »Man hatte den Eindruck, ich sollte diese Informationen bekommen. Meine Mentoren zeigten mir den Weg und gaben mir die Konstruktionen für die Schlüssel. Ich weiß allerdings nicht, ob sie vorher den Rest des Kreises der Sieben um Erlaubnis gebeten haben.«

»Wie sollte denn von hier aus die Flucht weitergehen?«, fragte der Unbekannte.

»Fliegend«, antwortete Denser. »Falls das Kolleg umzingelt wäre und Bogenschützen auf den Dächern postiert wären, hätte der Kreis im Künstlerviertel verschwinden und von dort aus die Flucht fortsetzen können.«

»Ein feiger Fluchtweg«, sagte Hirad. »Aber ziemlich typisch für Xetesk.«

»Wen kümmert's? Wir kommen auf diesem Weg hinein, und niemand wird ahnen, dass wir hier sind, weil nicht einmal Dystran glaubt, dass der Rabe hier ist, ganz zu schweigen davon, dass ich die Kombinationen kenne.«

»Gut«, sagte der Unbekannte. »Was wird jetzt mit denen hier?«

Er ging zu den Xeteskianern, Denser folgte ihm. Die beiden Soldaten lagen seitlich auf dem Boden. Auum hatte seinem Gegner den Hals gebrochen. Der Magier kam unter den wachsamen Blicken von Duele und Evunn jedoch langsam wieder zu sich.

»Da schau her«, sagte Denser. Er kniete nieder, schüttelte den Magier und versetzte ihm einige Ohrfeigen. »Aufwachen, Arnayl. Ihr müsst uns einige Fragen beantworten.«

Arnayls Augenlider flatterten, und er hob eine Hand, um sich das Kinn zu reiben, während er den Mund öffnete und schloss. Der Mann war in mittleren Jahren, das helle Haar war grau durchsetzt, und sein kantiges Gesicht hatte tiefe Falten. Die Augen waren rot gerändert. Er blinzelte im schwachen Licht und betrachtete mit gerunzelter Stirn die Elfen und Männer, die ihn umringten. Dann wandte er sich wütend an Denser.

»Was, zum …«

»Dazu haben wir jetzt keine Zeit«, unterbrach Denser ihn. »Es gibt einige Dinge, die wir wissen müssen.«

»Wo bin ich?«

»An einem Ort, von dem Ihr nie glauben würdet, dass er existiert«, sagte Denser lächelnd. »Wie viele Magier und Wächter sind innerhalb der Kollegmauern als Schutztruppe eingesetzt?«

»Findet es doch selbst heraus«, sagte Arnayl. »Von mir werdet Ihr nichts erfahren.«

Er wollte sich auf den Ellenbogen hochdrücken, doch Denser stieß ihn zurück. Sein Kopf prallte hart auf die gestampfte Erde. Er grunzte.

»Ich will Euch verdeutlichen, in welcher Lage Ihr Euch befindet.« Densers Stimme wurde hart. »Hier drinnen sind mehr als zwanzig Leute. Alle würden liebend gern auf der Stelle Eurem Leben ein Ende setzen. Alle haben durch Xetesks Schuld etwas Wertvolles verloren, und deshalb ist Euer Leben verwirkt, genau wie das Leben jedes anderen, der sich uns in den Weg stellt. Vielleicht bin ich jedoch fähig, sie zu überzeugen, Euch am Leben zu lassen, aber dafür müsst Ihr mir helfen. Jetzt sofort.«

»Ich werde mein Kolleg nicht verraten«, sagte Arnayl. »Das könnt Ihr nicht von mir verlangen.«

»Je mehr wir wissen, desto weniger Xeteskianer werden

sterben«, sagte Denser. »Wir gehen auf jeden Fall hinein, und wir werden bekommen, was wir wollen. Ihr könnt uns helfen und einigen Eurer Kollegen das Leben retten, oder Ihr könnt in der Gewissheit sterben, dass viele andere Euch folgen werden. Antwortet mir.«

Arnayl starrte ihn nur an und schloss demonstrativ den Mund. Das Geräusch eines Schwerts, das aus der Scheide fuhr, hallte leise im kleinen Raum. Hirads Schwertspitze drückte gegen Arnayls Hals.

»Ihr habt den Elfenfluch ausgelöst. Ihr habt einen Völkermord versucht. Tausende sind gestorben, darunter mein Freund Ilkar. Euretwegen ...«

»Ich hatte nichts mit dieser Entscheidung zu tun.«

»Ihr seid Xeteskianer, Ihr habt Eurem Kolleg die Treue geschworen. Ihr tragt die Schuld.« Die Schwertspitze fügte ihm eine kleine Schnittwunde zu. »Glaubt nicht, ich würde Euch nicht auf der Stelle umbringen.«

»Bitte.« Arnayls Stimme klang erstickt, und er war leichenblass geworden. Unterwürfig hob er die Hände.

»Sagt Denser, was er wissen will. Und versucht ja keinen Spruch zu wirken. Ihr seid nicht schnell genug, um mir zuvorzukommen.«

Arnayl schluckte und schloss die Augen. »Ich kann Euch nichts sagen, das müsst Ihr doch verstehen.«

»Ich verstehe«, sagte Hirad.

Er trieb Arnayl die Klinge durch die Kehle, sein Blut spritzte umher. Der Magier erschauderte und starb. Denser fuhr hoch und brachte sich mit einem Sprung in Sicherheit.

»Bei den Göttern, Hirad, was hast du getan?«

»Er hätte uns nichts verraten«, sagte der Barbar, zog die Klinge heraus und wischte sie an Arnayls Mantel ab.

Auum nickte. »Er hat recht.«

Doch Hirads Augen zeigten, dass er nicht ganz bei sich

war. Als wäre er nicht ganz er selbst. Auch Denser und der Unbekannte hatten es bemerkt.

»Hirad, was ist los?«, fragte Denser.

Hirad zitterte. Er hatte Mühe, seine Hand so weit zu kontrollieren, dass er das Schwert in die Scheide stecken konnte, und als er sich wieder an die Freunde wandte, standen ihm die Tränen in den Augen.

»Ich hätte ihn retten können«, sagte er. »Jetzt kann ich ihn nur noch rächen.«

»Niemand hätte ihn retten können«, wandte der Unbekannte ein. »Das hat Ilkar selbst gesagt. Nachdem er sich den Elfenfluch zugezogen hatte, war ihm nicht mehr zu helfen.«

»Nein!«, rief Hirad. »All die Zeit, die wir verschwendet haben. Wir ließen Yron nach Xetesk entkommen und haben Tage verloren. *Tage.* Es kam alles wieder hoch, als ich hier stand und den Bastard reden hörte. Ich hätte ihm hinterherreiten können. Die Protektoren umgehen, ihn aufhalten und ihm den Daumen der Statue wieder abnehmen. Aber ich habe angehalten.« Er wandte sich ab. »Ich habe angehalten, und er ist gestorben.«

»So war das nicht«, widersprach Denser. »Du hast keinen Begriff von der Zeit. Selbst wenn wir Yron geschnappt hätten, wäre Ilkar erkrankt und unterwegs gestorben.«

Hirad schüttelte den Kopf. »Wir hätten es bis Calaius schaffen können«, sagte er, und seine Stimme war nur noch ein heiseres Flüstern. »Zurück in den Regenwald. Wir hätten schon einen Weg gefunden.«

Rebraal ging zu ihm, die Augen aller Elfen und der Rabenkrieger ruhten auf ihm.

»Wir müssen alle unsere Verantwortung tragen«, sagte er. »Ich hätte sie auch schon am Tempel aufhalten können, aber das ist mir nicht gelungen. Die TaiGethen und die Krallenjäger hätten ihn im Wald finden können, aber sie haben ihn nicht gefunden, oder nicht früh genug. Wir können nicht rückgängig machen, was geschehen ist, aber wir können die Zukunft gestalten und Ilkars Tod einen Sinn geben – wir können das Gleichgewicht der Magie wiederherstellen. Dazu brauchen wir das Aryn Hiil und unsere anderen Schriften. Wir brauchen diese Kraft, damit wir in der Überzeugung, dass wir es schaffen, nach Julatsa gehen können. Verliere nicht die Fassung. Wir brauchen dich hier.«

Hirad atmete tief durch und schaffte es sogar, Rebraal einen kleinen Moment anzulächeln. »Es tut mir leid.« Er sprach jetzt zu seinen Freunden. »Es tut mir leid, es ist so schwer.«

»Wir wissen, wie viel dir seine Freundschaft bedeutet hat«, sagte Erienne. »Nun verhalte dich so, wie er es erwarten würde, und bringe uns alle lebendig hier heraus.«

Der Barbar nickte, die alte Entschlossenheit war wieder da. Er sah Auum an.

»Dann lasst uns die Texte holen«, sagte er.

Sechzehntes Kapitel

Dystran hatte kaum ein Auge zugetan. Höchstens ein paar Stunden unruhigen Halbschlafs hatte er bekommen, der auch noch von diesen verdammten Elfenpantern gestört worden war. Der Lärm, den sie machten, ging unter die Haut. Irgendwie unirdisch war er, jagte einem eine Gänsehaut über den Rücken und störte die Träume. Sie waren die mächtigste psychologische Waffe, die der Feind besaß, was er allerdings nicht zu bemerken schien. Dystran hätte sie die ganze Nacht schreien lassen. Als in den frühen Morgenstunden Alarm geschlagen wurde, empfand er es beinahe als Erlösung.

Er hatte schon am vergangenen Tat den Verteidigungsplan mit Kommandant Chandyr auf den Stadtmauern und Hauptmann Suarav von der Kollegwache abgestimmt und konnte sich nun ohne Eile anziehen, bevor er die lange Wendeltreppe hinabstieg und seinen Turm verließ. Unterwegs kam er an mehreren Wachtposten vorbei und schaltete Alarmsignale und Sperren ab.

Myx erwartete ihn am Fuß des Turms. Der riesige Protektor wurde genau wie fünfzehn andere seiner Brüder eher für die Kommunikation auf dem Schlachtfeld und in der Stadt als zum Schutz eingesetzt. Dystran wusste, welche Demütigung dies für den Kämpfer war, doch er hatte keine Zeit für Gewissensbisse.

»Was gibt es Neues?«, fragte er.

Myx passte sein Tempo Dystrans Schritten an. »Es gab einen Durchbruch auf den Wällen. Feinde sind in der Stadt.«

Dystran seufzte. Ein Durchbruch, so früh schon. »Wie viele?«

»Das ist unmöglich zu sagen.«

»Ach ja, richtig«, sagte Dystran lächelnd. »Vermutlich wirst du mir gleich erzählen, dass niemand sie gesehen hat.«

»Das trifft zu, Mylord.«

Dystran blieb stehen. Das war dann schon die zweite schlechte Nachricht. »Ich habe gescherzt.«

»Ja«, stimmte Myx zu. Er wusste nicht, wie er reagieren sollte.

»Du willst mir also sagen, kein xeteskianischer Wächter und kein Magier habe die Feinde gesehen, obwohl sie in die Stadt eingedrungen sind?«

»Einige haben sie sicher gesehen, Mylord. Allerdings haben wir die Leichen noch nicht gefunden.«

»War das ein Scherz?«

»Nein, Mylord.« Ganz sicher hatte Myx unter der Maske die Stirn gerunzelt, auch wenn Dystran es nicht sehen konnte.

»Dumme Frage.« Dystran winkte ab und ging weiter.

Seine Gedanken rasten, und die bissigen Kommentare, die er hatte loslassen wollen, waren vergessen. Er schüttelte den Kopf, murmelte vor sich hin und kratzte sich am Haar, das nach der gestörten Nachtruhe störrisch zu Berge stand. Inzwischen hatte er die Kuppel, die im Zentrum der

Türme hoch über dem Herzen des Kollegs stand, zur Hälfte durchquert.

Von hier aus zweigten Gänge zu den Eingängen der Türme, zu Festsälen und Empfangszimmern, zu Gästequartieren und Schreibstuben ab. Das Gewirr, in dem sich ein Fremder leicht verlaufen konnte, war absichtlich auf diese Weise angelegt. Die Seniormagier und die Angehörigen des Kreises wollten verhindern, dass ungebetene Besucher sich in die Katakomben oder Türme vorwagten.

Dystrans Sandalen klatschten laut auf dem wundervoll gemusterten Marmorboden, als er sich der mit kostbarem Schnitzwerk verzierten Haupttür näherte. Der linke Türflügel wurde gerade geöffnet, und ein Soldat trat ein.

»Ah, Kommandant Chandyr, wie gut, dass Ihr kommt, ehe ich Euch rufe. Ich denke, Ihr brennt darauf, mir zu erklären, wie eine unbekannte Zahl höchst gefährlicher Elfenkrieger ungehindert in meinen Straßen herumrennen kann.«

Chandyrs verwirrter Gesichtsausdruck löste sich auf, als er Myx sah.

»Ihr habt es schon gehört«, sagte er.

»Offensichtlich.«

»Es tut mir leid, Mylord.«

»Würdet Ihr dann die Freundlichkeit haben, mich zu unterrichten? Meines Wissens sollten doch alle Abschnitte der Wälle jederzeit überwacht werden. Meines Wissens sollten die Patrouillen sich stets in Sichtweite zueinander befinden, wie es diejenigen tun, die vor den Mauern meines Kollegs unterwegs sind. Unter diesen beiden Voraussetzungen will mir nicht einleuchten, wie jemand eindringen konnte, ohne einen Tunnel zu graben. Was angesichts unterer Fundamente ein recht schwieriges Unterfangen wäre.«

Dystran beherrschte seine Wut. Chandyr war ein fähiger Soldat, der sich jedoch im offenen Feld auf dem Pferderücken besser machte als in einer belagerten Stadt. Die Umstände hatten sich gegen ihn verschworen, und nun musste er die Verteidigung innerhalb der Stadt befehligen.

»Nein, Mylord, sie sind über die Mauern geklettert. Ich habe keine Erklärung dafür. Ich bin gekommen, um Euch über unsere Suche zu unterrichten und mich zu entschuldigen.«

Dystran winkte ab. »Für Entschuldigungen haben wir später noch Zeit.« Er seufzte wieder, was er in der letzten Zeit auffallend oft zu tun schien. »Was wisst Ihr bis jetzt, und was geschieht im Augenblick?«

»Sieben Männer werden vermisst, sie sind vermutlich tot. Im Süden, bei der Bäckerei von Darin, haben wir außen an der Mauer drei Seile gefunden. Weitere Spuren gab es nicht. Wir konnten sie nicht aufspüren und haben eine ausgedehnte Suche in den Straßen eingeleitet. Wir haben ein Netz von der Einbruchstelle bis zu den Mauern des Kollegs gespannt, weil wir annehmen, dass sie letzten Endes hierher wollen. Wir werden sie finden.«

Dystran kicherte. »Das bezweifle ich irgendwie, aber ich glaube, darauf kommt es auch nicht an.« Er hielt inne. »Ihr habt doch keine Wachen von den Mauern des Kollegs abgezogen?«

»Nein, Mylord.«

»Gut, dann belasst es auch dabei. Sie haben nur ein Ziel, und das ist dieses Kolleg. Sie werden gewöhnliche Bürger nicht töten, sie werden nicht unser Getreide vergiften, unser Wasser verseuchen oder die Häuser anstecken. Glaubt nicht, sie hätten in den vielen Nächten, in denen sie anscheinend ungehindert in den Straßen herumgelaufen sind, nicht reichlich Gelegenheit dazu gehabt, wenn sie es gewollt hätten. Sie haben ganz andere Absichten. Sie sind ein einzigartiges Volk, so viel habe ich von Männern wie Yron und aus diesen unglaublichen Texten erfahren, die wir hüten wie unseren Augapfel. Sie haben es nur auf ein einziges Ziel abgesehen, und wenn sie haben, was sie wollen, werden sie sich zurückziehen. Wir können sie einfach kommen lassen, nachdem sie mühelos eingedrungen sind. Ungesehen können sie unsere Mauern nicht überwinden. Sie haben keine Magie, die uns bedrohen könnte. Julatsa wird mit jedem Tag schwächer.

Lasst Eure Männer ausruhen, Chandyr. Bewacht meine Mauern und meine Höfe, und wenn wir sie vor den Toren sehen, holen wir zweihundert Männer der Reserve aus den Kojen und lassen sie kämpfen, und dazu fünfzig Magier, die sie einäschern. Sie werden dieses Kolleg nicht betreten.«

»Mylord«, stimmte Chandyr zu.

Dystran wandte sich ab und kehrte zu seinem Turm zurück. Eine tiefe Ruhe hatte sich seiner bemächtigt. »Warum habe ich nicht gleich daran gedacht?«

»Weil Ihr bisher noch nicht sicher wart, dass sie wirklich nur ein einziges Ziel verfolgen.«

»Das war eine rhetorische Frage, Myx«, wies Dystran ihn zurecht.

»Ja, Mylord.«

»Du wachst heute Nacht vor meiner Tür. Wecke mich, falls die Elfen entdeckt werden. Das will ich mir nicht entgehen lassen.«

»Das werde ich tun, Lord Dystran.«

»Noch etwas«, fuhr Dystran fort, als sie den Turm betreten hatten und sich der Treppe näherten. »Ich wüsste gern den exakten Zeitpunkt, wann wir unsere neue Dimensionsmagie zum ersten Mal wirken können. Und ich wüsste gern, welcher unserer neuen Sprüche am weitesten gediehen ist und eingesetzt werden kann.« Er klopfte Myx lächelnd auf die Schulter. »Für alle Fälle.«

Hirad führte den Raben durch einen Gang aus gestampftem Lehm, der von Balken gestützt wurde. Er war allem Anschein nach sehr alt, hier und dort waren trotz der bewahrenden Sprüche Balken zerbrochen, und der Gang drohte stellenweise einzustürzen.

Hinter der Tür des leeren Lagerhauses waren sie über eine Holztreppe mehr als dreißig Fuß tief hinabgestiegen, bis der leicht gekrümmte, feuchte und stinkende Gang begonnen hatte. Sie hatten sich die ganze Zeit im Laufschritt bewegt, die Lichtkugel hatte dabei stets über Densers Schulter geschwebt und sie geführt. Erschrockene Ratten hatten sich in Sicherheit gebracht, und ihre Füße waren laut durch Pfützen geplatscht.

Die Gedanken des Barbaren waren in hellem Aufruhr. Es hatte ihn urplötzlich eingeholt. Die ganze Zeit schon hatte es gelauert und nur auf einen Moment der Schwäche gewartet, um ihn anzufallen. Er konnte es sich nicht leisten, sein Urteilsvermögen durch seine Schuldgefühle trüben zu lassen, aber ganz wegschieben konnte er sie auch nicht. Die Umgebung bedrückte ihn. Dieser schmutzige Gang, der ins Herz des Gegners führte, dem er, abgesehen von sich selbst, die Hauptschuld an Ilkars Tod gab. Niemand war unschuldig. Der Gedanke, dass sie nur etwas stehlen, aber den Schuldigen nicht der gerechten Strafe zuführen wollten, war kaum zu ertragen.

Dabei wusste er, worauf es ankam. Er sagte sich, dass sie mit ihrem Erfolg letzten Endes verwirklichen konnten, was Ilkar sich gewünscht hatte, doch in den Mauern dieses Kollegs, in das sie nun eingedrungen waren, lebten die Schuldigen, die Ilkars Leben gedankenlos ausgelöscht hatten.

Wie sehnsüchtig wünschte er sich, das ganze Kolleg möge in seinem eigenen Blut ertrinken.

Der Unbekannte war im engen Gang die ganze Zeit neben ihm gelaufen, hatte mit ihm geredet und ihn mitgezogen. Nach Ilkar war er der Einzige, auf den Hirad überhaupt noch hörte.

»Lass dich nicht davon übermannen«, sagte er. »Beherrsche es, meistere deine Gefühle. Benutze sie, um uns bei dem zu helfen, was wir tun müssen. Für Rache ist später noch Zeit.«

Doch Hirad war der Ansicht, dass sie nie eine bessere Gelegenheit bekommen würden, und irgendwie hoffte er sogar, sie würden entdeckt, damit er die Feinde stellen und seine Blutgier stillen konnte.

»Vergiss nicht, dass du zum Raben gehörst. Vergiss nicht, was das bedeutet.«

Er rannte schneller.

Dann hielt Densers Ruf sie plötzlich auf.

»Vorsicht, es geht bergauf. Leise jetzt.«

Sie liefen langsamer, und ihr Atem und der Puls beruhigten sich allmählich wieder.

»Also, dann wollen wir uns orientieren«, fuhr Denser fort. Hinten hörte man Rebraals Murmeln, der für die Elfen übersetzte. »Diese Rampe endet vor einer Tür, hinter der sich ein Lagerraum des Mana-Bades befindet. Die andere Seite der Tür ist eine einfache Illusion. Von dieser Seite aus ist sie unverschlossen, von der anderen ist sie versperrt und mit Alarmsprüchen gesichert. Sobald wir durch sind, darf niemand zurück, sonst löst er Alarm aus. Das ist sehr wichtig.

Das Mana-Bad befindet sich ein Stück nordöstlich der Türme und grenzt an einen Verwaltungstrakt. Schräg gegenüber ist die Bibliothek, die ebenfalls an einer Ecke den zentralen Gebäudekomplex berührt. Ich habe euch bereits erklärt, wie wir hineinkommen. Hier treffen wir uns wieder, wenn wir fertig sind. Ihr kennt eure Rückzugspositionen, falls wir Schwierigkeiten bekommen: die Festsäle, die südlich vom Gebäudekomplex liegen, sowie die Empfangshalle der Kuppel. Alles klar?«

Hirad blickte zu den TaiGethen. Kein Zweifel, sie waren bereit.

»Wir werden nicht hinein- und wieder herausgelangen, ohne bemerkt zu werden, also tötet eure Gegner möglichst leise. Wir haben nur diese eine Chance.«

Hirad ging zum Ende des Ganges. Eine Holztür und ein Rahmen waren in den Stein des Gebäudes eingelassen. Die Tür hatte keinen Griff.

»Wie soll ich denn …«

»Ich sagte zwar, dass sie unverschlossen ist. Ich sagte aber nicht, dass ein Nichtmagier sie öffnen kann. Tritt zur Seite, ich muss die Lichtkugel abschalten. Tut mir leid.«

Die plötzliche Dunkelheit war beunruhigend. Hirad stützte sich mit einer Hand an der Wand ab. Neben ihm murmelte Denser halblaut. Hinter ihnen tröpfelte Wasser, Ratten huschten, altersschwache Balken knackten.

Als ihm jemand eine Hand auf die Schulter legte, wäre er fast an die Decke gegangen. Er spürte den Atem an seinem Ohr und hörte eine leise, drohende Stimme, die etwas in der Elfensprache sagte. Es war Auum.

»Was hat er gesagt?« Hirads Stimme klang in der nervösen Stille unnatürlich laut. »Bist du da, Rebraal?«

»Er sagte, er wird nicht zulassen, dass du seinen Erfolg gefährdest. Er sagt, die TaiGethen verrichten heute Nacht das Werk des Yniss, und jeder, der dieses Werk gefährdet, wird getötet.«

Hirad reagierte gereizt. »Sag ihm, er soll seine wundervollen Gedankengänge noch einmal überarbeiten. Sag ihm, der Rabe macht keine Fehler. Und sag ihm, wenn er mir noch einmal droht, dann kann er eine Tracht Prügel bekommen.«

»Hirad ...«, warnte der Unbekannte, der dicht neben ihm stand.

»Er hat deine Reaktion gesehen«, sagte Rebraal. »Wie du die Fassung verloren hast. Er meint, du solltest dich nicht von Emotionen leiten lassen. Er hält das für eine Schwäche.«

»Wenn ich keine Emotionen hätte, die mich antreiben, dann könntest du im Leben nicht genug zahlen, damit ich das dunkle Kolleg überfalle. Wagt es ja nicht noch einmal, mir zu erklären, wie ich handeln oder nicht handeln sollte. Ich habe weder dir noch ihm oder irgendeinem anderen Elf außer Ilkar irgendetwas zu beweisen.«

»Das ist ...«

»Lass es bleiben, Rebraal«, warf Erienne ein, die irgendwo links stand. »Du verstehst das nicht.«

Thraun knurrte zustimmend. Hirad zuckte schon wieder zusammen. Manchmal war der Gestaltwandler so still, dass man seine Gegenwart völlig vergaß. Das war früher mal anders gewesen. »Still jetzt«, zischte Denser. »Wir sind drin.«

Von irgendwo fiel ein schwacher Lichtschein in den Gang. Wie graue, verschwommene Gespenster standen sie dort, während die Tür nach innen aufschwang. Hirad sah Auum noch einmal scharf an, ehe ihn ein Stoß des Unbekannten in die Kammer beförderte. Es war ein kleiner Raum, viel zu klein, um sie alle gleichzeitig aufzunehmen. Auf beiden Seiten standen Regale. Hirad schob sich an ordentlichen Stapeln mit glatten blauen Gewändern, einfachen Sandalen und Kordeln vorbei.

»Gewänder für das Mana-Bad«, erklärte Denser.

»Sehr schön.« Hirad zwängte sich in die schmale Lücke zwischen zwei Regalen und blickte zu den Oberlichtern hoch, durch die trübes Tageslicht hereinfiel. Er nickte in Richtung Tür auf der anderen Seite. »Was ist dahinter?«

»Ein Flur, einige Schreibstuben, weitere Lagerräume, Umkleidekabinen, eine Kammer zur Kontemplation und Entspannung und dann der Eingang zum Mana-Bad.«

»Ich danke dem Fremdenführer«, sagte Hirad. »Müssen wir da draußen mit jemandem rechnen? Es wird eng hier drin.«

»Nach Einbruch der Dunkelheit wird das Bad nicht mehr benutzt. Die Energie ist dann nicht mehr richtig gebündelt, so eigenartig das fürs Dunkle Kolleg auch klingen mag.«

»Ich habe keine Ahnung, was du damit meinst«, sagte Hirad. »Ich gehe raus. Bring den Raben mit, wir gehen zuerst.«

Hirad marschierte zur Tür und legte ein Ohr daran. Hinter ihm wurde die Botschaft zurück bis in den Gang übermittelt. Die restlichen Rabenkrieger kamen heraus, hinter ihnen Rebraal, der so viel wie möglich übersetzte.

»Achtet auf die Oberlichter«, sagte Denser zum Elf. »Die Bibliothek wird auf die gleiche Weise belüftet und hat somit ebenfalls eine natürliche Lichtquelle. Wenn ihr von oben hineinwollt, müsst ihr diese Fenster aufstemmen.«

Hirad konnte von draußen nichts hören. Er legte eine Hand auf den Türgriff und zog, die Tür ließ sich leicht öffnen. Draußen war es dunkel, nichts regte sich. Der Barbar trat hinaus und wandte sich nach rechts, der Unbekannte folgte ihm und ging nach links. Denser und Erienne kamen als Nächste und machten ebenfalls Platz, damit auch Thraun und Darrick nach draußen treten konnten.

»Hirad, den Flur hinunter. Am Ende ist eine Tür, das ist

unser Ausgang. Wir werden uns dort im Schatten des Mana-Bades befinden und können dem Gebäude folgen, bis wir die Schreibstuben vor den Türmen erreichen. Wir brechen ein, die Elfen machen dann allein weiter. Alles klar?«

»Alles klar«, sagte Hirad.

Der düstere Flur roch muffig und nach einer langen Geschichte. Hirad hatte den Eindruck, hier dürfe er kein lautes Geräusch machen, selbst wenn er es wollte. Die Atmosphäre war bedrückend und erinnerte irgendwie an den Regenwald von Calaius, auch wenn dessen hohe Luftfeuchtigkeit fehlte. Er schüttelte den Kopf und ging weiter. Der Flur hatte weder Fenster noch Oberlichter. Die einzige Lichtquelle waren die Spalten unter den Türen, an denen sie vorbeikamen.

Rechts konnte er das Mana-Bad spüren, das eine ganz eigene Kraft ausstrahlte. Dort hielten sich die angehenden Magier auf, um das Mana entweder in sich aufzunehmen oder von ihm zerstört zu werden. Eine harte, aber notwendige Prüfung. Wer wollte da nicht gern ein Magier sein?

An der Tür blieb Hirad stehen. Hinter ihm hatte sich der Gang gefüllt. Denser winkte ihm, er solle weitergehen.

»Kein Problem. Keine Alarmsignale und keine Sperren. Die bleiben dem Mana-Bad vorbehalten, das kein Außenstehender sehen darf.«

Hirad zog die Tür einen Spalt auf und spürte die feuchte Nachtluft im Gesicht. Es roch wundervoll, nachdem sie so lange durch den unterirdischen Gang marschiert waren. Im ganzen Kolleg wurden anscheinend Befehle gerufen, und man hörte eilige Schritte, aber das alles spielte sich über ihnen auf den Wällen ab. Er hob eine Hand, und jede Bewegung hinter ihm erstarrte. Rebraal kam nach vorn. Sie warteten, lauschten und beobachteten, was sie durch den Türspalt sehen konnten. Außer einem mit Steinplatten ausgelegten Weg, einer Hecke und einigen sorgfältig gestutzten kleinen Bäumen konnten sie jedoch nichts erkennen.

Hirad drehte sich zu Rebraal um, der den Kopf schüttelte.

»Es ist niemand in der Nähe«, flüsterte der Elf.

»Also, jetzt oder nie«, sagte Hirad. »Der Rabe, auf geht's.«

Wie abgesprochen öffnete Hirad die Tür gerade weit genug, um hinaus in die Nacht zu huschen. Sein Herz raste – er stand jetzt mitten im Dunklen Kolleg.

Er schloss einen Moment die Augen und empfahl seine Seele allen Göttern, die zuhören mochten. Dann krabbelte er wie ein Krebs im tiefen Schatten des Mana-Bades zu den Türmen von Xetesk.

Siebzehntes Kapitel

In allen sieben Türmen von Xetesk brannte Licht. Die Sechs im äußeren Kreis erhoben sich hundertfünfzig Fuß und wurden von der Spitze des zentralen, dominierenden Turms im Zentrum noch einmal um mindestens fünfzig Fuß überragt. Auf diesem höchsten Turm war eine Gestalt zu sehen, die von einem Balkon aus nach unten starrte, bevor sie wieder verschwand.

Auum gab den anderen ein Zeichen, dass sie weiter vorstoßen konnten. Ringsum summte das Kolleg vor Aktivität. Wächter drängten sich auf den Wällen, gingen Streife oder beobachteten die Stadt. Die beiden Torhäuser im Osten und Westen waren in helles Laternenlicht gebadet, das auch die Höfe vor und hinter den Toren erreichte. In den Wohnbezirken waren viele Fenster erhellt, was darauf hinwies, dass die Schüler auf ihren Nachtschlaf verzichteten und wach blieben, damit sie jederzeit gerufen werden konnten.

Unten auf dem Gelände bewegte sich nichts. Niemand war in der Nähe der vier langen Räume in der südöstlichen Ecke unterwegs, niemand war vor den Vortragssälen im Norden zu sehen, niemand in den Ziergärten, die an zwei Seiten an die Türme anschlossen.

Selbstgefälligkeit war ein Feind. Die Elfen hatten dies gelernt und einen hohen Preis für die Lektion bezahlt. Xetesk hatte dies offenbar noch nicht gelernt. Sie beobachteten jede Handbreit Boden vor dem Kolleg, weil sie glaubten, die Feinde müssten von dort kommen, und hatten den Raum direkt vor ihrer Nase vergessen. Sie wiegten sich im Glauben, ihre Sprüche könnten ihre zentralen Gebäude schützen.

Auum huschte durch den tiefen Schatten hinter den verriegelten, dunklen Festsälen und traf seine Entscheidung, sobald er die Bibliothek sah. Es wäre keine gute Idee gewesen, einen zufälligen Beobachter dadurch stutzig zu machen, dass auf einmal die Wachen vor dem einzigen Eingang der Bibliothek fehlten. Auum nickte Duele zu, der sofort in der Nische zwischen Festsaal und Bibliothek hochkletterte.

Die Architekten hatten die Gebäude mit Liebe fürs Detail entworfen, und die Bildhauer hatten ihrem Talent freie Bahn gelassen und ein außerordentliches Bauwerk geschaffen. Im Vergleich zum restlichen Kolleg war die Bibliothek eine riesige Anlage, die nur von den Türmen übertroffen wurde, in deren Schatten sie stand.

Geschmückte Vorsprünge verzierten die Flanken des Gebäudes und betonten die Übergänge zwischen den drei Stockwerken, die große Bogenfenster mit Buntglas besaßen. Das Flachdach war mit Oberlichtern übersät und an den Rändern geschmückt, und wie Denser gesagt hatte, gab es auch auf dem Dach selbst zahlreiche Statuen und Wasserspeier. Die Doppeltür, der einzige Zugang, befand sich am westlichen Ende des rechteckigen Gebäudes.

Jeder einzelne Stein war verziert. Wandbilder schilderten die Entwicklung und das Verfassen der Texte. Schriftgelehrte blickten erstaunt von ihrer Arbeit auf, während die Magier ihre Sprüche wirkten. Alte, weise Männer blickten aufs Kolleg herab, die riesigen Gesichter waren vom Alter zerfurcht und kündeten von Wissen und Weisheit. Denser hatte ihnen versichert, dass dieses Gemäuer bei Tageslicht einen beeindruckenden Anblick bot, doch das war Auum im Augenblick herzlich gleichgültig. Ihm war nur wichtig, dass man dank der Verzierungen leicht hinaufklettern konnte und größtenteils vor den Augen der Feinde verborgen blieb.

Duele war im Nu oben. Evunn folgte ihm ebenso schnell, zwei Magier der Al-Arynaar waren die Nächsten. Dann winkte er Marack, mit ihrer Zelle hochzuklettern. Die beiden Zellen, die von Porrack und Allyne geführt wurden, sollten den anderen als Augen und Ohren dienen und im Schatten versteckt draußen warten. Auum stieg hinter Marack hinauf und fand das Dach so, wie Denser es beschrieben hatte. Beeindruckende Dämonenfiguren, fliegende Scheusale und sogar Stapel von Büchern und Schriften waren in Stein gemeißelt.

Er ging zu Duele und Evunn hinüber und gab den anderen mit einem Nicken zu verstehen, sie sollten sich verstecken. Es war nicht nötig, sie eigens darauf hinzuweisen, dass sie wachsam bleiben mussten. Aufmerksam beobachteten sie die Gebäude und den Boden.

»Los jetzt.«

Auum und seine Tai schwärmten zu den drei nächsten Oberlichtern aus, legten sich flach aufs Dach und spähten hinein, ohne sie zu berühren. Die kleinen Fenster waren in erhöhte, abschüssige Steinkästen gesetzt. Auums Augen durchdrangen mühelos das Zwielicht unter ihm, zumal es in der Bibliothek nicht völlig dunkel war. Irgendwo im Erdgeschoss fiel Licht herein, vermutlich unter einer geschlossenen Tür hindurch.

Unmittelbar unter sich sah Auum frei stehende oder in der Wand befestigte Bücherregale und Schaukästen, die in strengen Reihen das ganze Stockwerk einnahmen. Zur Haupttür hin war ein Bereich frei geblieben, wo Schreibpulte und größere Tische, kleine Bücherregale und mehrere Stühle standen. Auf einigen Tischen lagen Bücher und Pergamente, und Auum konnte sogar Lampenhalter, Tintenfässchen, Federkiele und Briefbeschwerer erkennen.

Rechts und in östlicher Richtung verlief ein mit Teppich ausgelegter Gang bis zur großen Treppe, die in zwei Absätzen nach oben führte. Jeder Absatz war zu einem weiten Oval ausgebaut, von dem aus man die darunter liegende Etage betrachten konnte. Auch an den Außenwänden standen Regale, und wo genügend Raum blieb, waren in der Mitte weitere Schreibpulte und Tische aufgestellt. Es war eine wohl geordnete Einrichtung und zweifellos am Tage ein luftiger, heller Ort. Ein guter Platz zum Lernen, der ihm dennoch fremd war.

Er hob den Kopf und sah sich nach links und rechts um. Evunn und Duele warteten auf ihn und schüttelten die Köpfe. Auch sie hatten keinen Menschen gesehen. Ein Flüstern, kaum mehr als ein Hauch zwischen den Statuen, erreichte seine Ohren. Marack und ihre Tai hockten in der Deckung einer grässlichen Dämonenstatue. Sie zog die rechte Augenbraue hoch, und Auum folgte ihrem Blick.

Auf dem höchsten Balkon eines äußeren Turmes stand ein Mann. Die Regenschleier täuschten vielleicht, aber Auum war sicher, dass der Mann das Geländer packte, als hätte er Angst zu stürzen. Irgendetwas flatterte um seinen Kopf herum. Es war kein Vogel, sondern irgendein anderes Wesen mit Flügeln. Denser hatte diese Geschöpfe erwähnt, sie waren gefährlich und gehörten zu einer Welt, vor der Yniss die Elfen beschützte.

Er wartete ab und beobachtete. Das Dach war von dort oben einzusehen, aber er hoffte, wenn er still blieb, wäre er nicht mehr als ein Schatten auf dem Stein. Das Wesen landete auf dem Geländer und sah dem Mann in die Augen, es streckte eine Hand aus und streichelte die Wange des Greises. Auum runzelte die Stirn. Diese Geste passte überhaupt nicht zu dem Äußeren und der Herkunft dieses Wesens.

Der Alte stützte sich schwer auf den Stock und aufs Geländer, dann hielt er sich am Türrahmen fest und kehrte mühsam in den Turm zurück. Offenbar bereitete ihm jeder Schritt Schmerzen.

Irgendetwas nagte an Auum. Es war nur ein alter Mann, aber es war seltsam, dass er genau in diesem Augenblick seine Ruhe unterbrochen und trotz seiner Schmerzen beschlossen hatte, nach draußen zu treten. Vielleicht spürten einige Feinde, was den Wächtern auf den Mauern offenbar entging. Die TaiGethen hatten keine Zeit zu verlieren.

Er winkte eine Magierin der Al-Arynaar zu sich. Sie hieß Sian'erei und gehörte der gleichen weitläufigen Familie an wie die Elfen in der Gilde der Drech, die vor kurzem mit dem Raben gekämpft hatten und gefallen waren. Sian war voll grimmiger Entschlossenheit und eine begabte Magierin, zwei Eigenschaften, dank derer sie eine nahe liegende Wahl für den Überfall gewesen war. Doch sie war wie sie alle verunsichert und hatte Angst, das Mana könne ein zweites Mal versagen.

»Wir müssen sicher sein, dass dieses Fenster frei von Fallen ist. Beeile dich.«

Sian schloss die Augen. Auum sah ihre Pupillen unter den Lidern zucken, während sie lautlos den Mund bewegte. Den Regen, der in ihr schmales Gesicht peitschte und ihr kurz geschnittenes Haar durchnässte, bemerkte sie nicht mehr, als sie das Oberlicht auf Fallen absuchte.

»Nichts«, meldete sie. »Und das Spektrum ist stabil.«

»Möge Yniss dafür sorgen, dass es so bleibt«, sagte Auum. »Zurück in den Schatten.«

Sie zog sich zurück, und nun kam Duele herbeigehuscht.

»Was denkst du?«, fragte Auum.

»Der Rahmen ist schwach«, sagte Duele nach kurzem Probieren. »Wir müssen aber aufpassen, dass das Glas nicht nach innen fällt. Halte hier fest.«

Auum hielt den Rahmen fest, während sein Tai die geteerte, wasserdichte Schicht abhob, die das Fenster umgab. Darunter kamen die Klammern zum Vorschein, die das Fenster hielten. Auum nickte Duele zu, er solle fortfahren. Duele schob das Messer unter die erste Klammer. Das Holz knirschte, als die Klammer sich bog. Aus der Nähe war es ein durchdringendes Geräusch, doch es verlor sich im Wind und im Durcheinander der Befehle, die auf den Wällen gerufen wurden. Im Innern der Bibliothek war es jedoch mit Sicherheit zu hören gewesen.

Duele wandte sich an Auum, der die Augenbrauen hochzog.

»Uns bleibt nichts anderes übrig. Beeil dich.«

Duele musste grinsten. »Du hast zu viel Zeit mit dem Raben verbracht«, sagte er und machte sich an die Arbeit.

»Da sind wir völlig einer Meinung.«

Vier Klammern hielten das Fenster. Auum spürte, wie es sich leicht in seinen Händen bewegte, als die zweite Klammer entfernt war. Kurz darauf hätten sie das Fenster herausnehmen können, er ließ es jedoch noch einen Augenblick an Ort und Stelle.

»Hole ein Seil«, sagte er. »Eine Länge reicht.«

Es kam sofort, und sie banden ein Ende an einem steinernen Pferdebein fest. Auum entfernte das Fenster, sah angespannt hinab und konnte beobachten, wie der Luftzug mit den losen Papieren spielte. Er packte das freie Ende.

»Lasst mich hinunter«, befahl er und schwenkte die Beine über die Kante.

Duele und Evunn übernahmen die anstrengende Aufgabe. Er sank durch die kleine Öffnung, kam aus dem Nieselregen und dem Wind heraus und wurde von der Wärme und Stille der Bibliothek umfangen. Als er das Fenster passiert hatte, drehte er sich und ließ sich mit dem Kopf voran sinken, während er mit schräg abgespreizten Beinen balancierte. Unter ihm war kein Geräusch zu hören. Nichts war zu hören außer dem leise knarrenden Seil, das sein Gewicht trug und sich langsam drehte, während er sich gründlich umsah.

Er näherte sich dem Geländer des zweiten Stockwerks. Es war aus wundervollem Marmor geformt und so breit, wie sein Fuß lang war, grau und mit dunkleren natürlichen Einschlüssen durchsetzt. Etwa sechs Fuß über dem Teppich verharrte er, weil das Seil voll ausgerollt war. Wieder drehte er sich herum und landete leichtfüßig in der Hocke. Durchs Geländer beobachtete er das Stockwerk unter ihm.

Duele und Evunn kamen gleich darauf, schwärmten nach links und rechts aus und untersuchten die Umgebung. Nach Sian'erei und Vinuun, dem zweiten Al-Arynaar-Magier, folgten Marack und ihre Zelle. Über ihnen pfiff der Wind durch das offene Loch. Auum sah kurz hinauf, dann folgte er seinen Tai zur Treppe.

Hier irgendwo war das Aryn Hiil. Xetesk konnte die anderen Schriften behalten, wenn sie nur diejenige zurückbekamen, in der so vieles stand, was die Menschen nicht über die Elfen und ihre Herkunft erfahren durften. Wenn Xetesk das Aryn Hiil verstand, bekam das Kolleg Waffen gegen die Elfen in die Hand. Eine davon war bereits, wenngleich unbeabsichtigt, eingesetzt worden. Die anderen durften nicht offenbart werden.

Lautlos huschte er vor seinen Leuten die Treppe hinunter. Er spürte die Macht der Arbeiten, die ihn umgaben, fast körperlich, als kämpfte jedes in Leder gebundene Buch, jede schützende Pergamenthülle und jede Glasvitrine darum, ihr Wissen zu behalten. Hier war die Geschichte von Xetesk niedergeschrieben, und wenn man diese Werke zerstörte, konnte man einen unermesslichen Schaden anrichten.

Diese Entscheidung lag jedoch bei den Menschen. Sobald sie das Aryn Hiil wieder an sich genommen hatten, gab es für die Elfen in Balaia nur noch eine einzige Aufgabe zu vollbringen, ehe sie dem Kontinent für immer den Rücken kehrten.

Verstärkt durch Rebraal und zwei Al-Arynaar-Magier, eilte der Rabe rasch durch den Verwaltungstrakt neben dem Mana-Bad. Der Zugang zu diesem Gebäudeflügel lag im Osten der zentralen Kuppel zwischen den Türmen.

Rebraal hatte mit einem verriegelten Fenster kurzen Prozess gemacht, und sie waren in das Gebäude eingestiegen. Denser konnte sie rechtzeitig auf Sperren, Sicherungen und Alarmsprüche hinweisen, und so kamen sie rasch vorwärts. Bald waren sie vor einer Tür der Kuppel versammelt. Hinter ihnen lag ein kurzer Flur mit sechs Schreibstuben, in denen die Privatsekretäre des Kreises der Sieben arbeiteten. Dort hatten sie nichts Nützliches gefunden, obwohl Denser gehofft hatte, Hinweise darauf zu entdecken, wer gerade im Amt war. Da in allen Türmen Lichter brannten, mussten sie zu ihrem Leidwesen auch davon ausgehen, dass alle sechs Türme besetzt waren.

Der Unbekannte Krieger brauchte einen Augenblick, um sich zu erinnern. Er wusste genau, was hinter jener Tür lag. Das letzte Mal hatte er es mit der Maske eines Protektors vor dem Gesicht gesehen. Es war ein majestätischer Anblick. Die Fundamente der sechs äußeren Türme waren ringsherum angeordnet, in der Mitte erhob sich der zentrale Turm, der bis ins Herz hinabreichte. In Alkoven hingen die Bilder früherer Meistermagier, die Türme waren außen mit Wandbildern und Warnungen versehen, der Boden bestand aus wundervollen Marmorfliesen. Gewundene Gänge zweigten ab und führten in ein Labyrinth, durch das man die Eingänge der Türme und die Katakomben erreichen konnte.

Unwillkürlich schauderte er. Weit unten, verborgen im Irrgarten der Kammern, Gänge, Höhlen und Hallen, war der Seelenverband. Jeder Protektor wurde dort hinuntergeführt, um mit eigenen Augen zu sehen, wo seine Seele festgehalten wurde, und warum die Bindung bis zum Tod in Kraft blieb. Er zuckte zusammen, als Hirad seinen Arm berührte.

»Geht dir das unter die Haut, großer Mann?«, fragte Hirad.

Der Unbekannte nickte. »Ich kann sie spüren. Kein Protektor nähert sich gern dem Seelenverband. Vor dem Gefängnis der eigenen Seele zu stehen, löst hier drinnen einen Schmerz aus, den ich nicht beschreiben kann.« Er legte die Hand aufs Herz.

»Und heute Nacht liegt das Mittel, sie alle zu befreien, in unseren Händen. Wir wissen, dass es existieren muss«, sagte Denser.

»Ich bin nicht so zuversichtlich wie du«, wandte der Unbekannte ein. »Ich weiß auch nicht, ob wir sie wirklich freilassen sollen, selbst wenn wir entdecken, wie das zu bewerkstelligen wäre.«

»Diese Frage können wir uns für später aufheben«, sagte Denser. »Wir haben noch viel zu tun. Eins nach dem anderen, was?«

Wieder nickte der Unbekannte. Er schluckte und konnte die Bilder nicht aus seinem Kopf vertreiben. Er hatte Mühe, sich auf das zu konzentrieren, was sie tun wollten.

»Mach schon, Denser. Wir wollen es hinter uns bringen.«

Hirad grunzte. »Es wird Zeit, dass wir zurückschlagen.«

Denser hockte sich vor die Tür. Ein normales Schloss gab es nicht. Etwas, das Denser als magischen Türkeil bezeichnete, hielt unwillkommene Besucher ab. Der Keil wurde jeden Morgen vom Meister der Türme entfernt und abends wieder vorgelegt. Nach dem Kreis der Sieben zählte der Meister der Türme zu den einflussreichsten Magiern im Kolleg. Es war kein besonders schwieriger Spruch, doch wie alles in Xetesk war er möglicherweise mit einem verborgenen Auslöser verbunden, der von einem Alarm bis zu einer vernichtenden Detonation alles Mögliche in Gang setzen konnte.

»Nichts zu sehen«, sagte Denser. »Nein, wartet.« Er verstummte wieder. »Ah, das ist raffiniert. Sehr raffiniert.« Er kicherte. »Moment noch.«

Er atmete tief ein und hielt die Luft an. Der Unbekannte schaute zu und legte die Stirn immer tiefer in Falten. Densers Finger bewegten sich außerordentlich schnell. Es waren winzige Bewegungen, doch über diesen komplizierten Tanz der Fingerspitzen konnte er sich nur wundern. Der Spruch oder das Umlenken des Mana dauerte erheblich länger, als Denser für einen Atemzug brauchte. Sein angespanntes Gesicht, die fest geschlossenen Augen, die zusammengebissenen Zähne, die hervortretenden Sehnen am Hals, all dies verriet, wie tief er sich konzentrieren musste.

Endlich entspannte er sich schaudernd. »Öffnen«, murmelte er und rollte sich auf den Rücken, um mehrmals tief durchzuatmen. Die anderen drängten sich um ihn und sahen zu, wie er sich erholte.

»Was war das, zur Hölle?«, fragte Hirad. »Ihr Magier macht es euch immer so schwer. Schlüssel. Das wäre doch mal was Vernünftiges.«

»Die Gefahr bestand, dass der Meister der Türme alarmiert würde, falls jemand einbricht«, schnaufte Denser.

»Die Einbrecher würden sicher genau wie wir durch die Fenster kommen, was?« Hirad streckte eine Hand aus und half Denser auf die Beine.

»Danke. Du weißt nicht, was wir ausgelöst haben, als wir durchs Fenster eingestiegen sind und die Bürotüren geöffnet haben. Es ist ein raffiniertes System. Ich erkläre es dir ein andermal.«

»Was hast du denn jetzt gemacht?«, fragte der Unbekannte, der für die Ablenkung dankbar war.

»Der Meister der Türme hatte einen einzigen Mana-Faden mit dem Sperrspruch an der Tür verbunden. Wenn jemand den Spruch auflöst, wird er darauf aufmerksam, als würde in seinem Zimmer eine Glocke anschlagen. Ich musste eine Stützkonstruktion einbauen, die das Mana am richtigen Brennpunkt hält – du kannst auch sagen, unter der richtigen Spannung, Hirad. Dazu musste ich das von ihm aufgewendete Mana neu berechnen. Das ist nicht einfach, aber es ist auch kein unüberwindliches Hindernis.«

»Meinst du denn, du hast es richtig gemacht?«, wollte Hirad wissen.

»Nein, ich habe mir nur die Zeit vertrieben, bis der Meister der Türme hier auftaucht.« Denser schüttelte den Kopf.

Hirad hätte beinahe schallend gelacht. »Nicht schlecht, Denser. Nicht schlecht.« Fast sofort wurde er wieder ernst. »Aber nicht wie Ilkar. Noch nicht.«

»Der Rabe, formiert euch«, sagte der Unbekannte, der das Stichwort aufgenommen hatte. »Hirad, zu mir. Rebraal, du stellst dich mit deinem Bogen hinter uns. Die Magier ins Zentrum. Thraun und Darrick, ihr übernehmt die Rückendeckung. Und keine Debatten. Wenn wir jemanden sehen, töten wir ihn. Ohne Ausnahme. Haben das alle verstanden? Denser, wir könnten einen Spruchschild gebrauchen. Erienne, du und die anderen, ihr vergesst nicht, dass ihr erst Sprüche wirkt, wenn wir entdeckt wurden. Wir wollen uns nicht durch das Mana-Spektrum verraten.«

Der Unbekannte winkte Hirad, die Tür zu öffnen. Er trat zur Seite, als der Barbar sie langsam aufzog. In der Kuppelhalle war es kalt. Laternen und Kohlenpfannen hingen in Wandhaltern, in den Bogen der Durchgänge zu den Türmen und vor der zentralen Säule, die Dystrans Machtsitz darstellte.

Es war ein riesiger Kuppelsaal, dessen Decke in dreißig Fuß Höhe mit den Türmen verbunden war. Direkt vor ihnen, durch Dystrans Turm jedoch weitgehend verborgen, befanden sich die mächtigen, mit goldenen Einlegearbeiten verzierten Türen, durch die sie wieder nach draußen gelangen konnten. Der Schein der Laternen spiegelte sich im Gold. Weit zur Linken führte eine etwas bescheidenere Tür, die von roten Vorhängen umrahmt war, zum Festsaal, während zur Rechten ähnlich geschmückte, verlassene Empfangszimmer zu sehen waren.

Doch es waren die nicht beleuchteten Öffnungen, die das Herz des Unbekannten schneller schlagen ließen. Es waren die sieben anderen. Die Gänge, die dort begannen, liefen gewunden nach unten, führten in Sackgassen und zu Schutzsprüchen, lösten Alarmzauber aus. Wenn der Magier oder Wächter, der die Gänge aufsuchte, das Vertrauen seiner Vorgesetzten genoss, gelangte er auf diesem

Weg schließlich zum Eingang der Katakomben. Sieben Gänge führten nach oben zu den Türmen, sieben weitere nach unten, wo seit jeher Xetesks wichtigste Studien durchgeführt wurden.

»Geradeaus«, flüsterte Denser. »Links an Dystrans Turm vorbei. Wir müssen zu dem mit Vorhängen abgeschirmten Durchgang links neben der Eingangstür der Kuppel.«

Der Unbekannte übernahm die Führung, seine Schritte wurden von den Tüchern gedämpft, die er sich um die Stiefel gewickelt hatte. Sie waren inzwischen zerrissen und ausgefranst, und wenn er sie verlor, würden ihn seine Schritte auf dem Marmor verraten. Ebenso das Knarren seiner Rüstung, seine Körperwärme oder der Ruf seiner Seele. Bei den Göttern, er konnte durch alles und jedes verraten werden. Wenn auch nur ein Protektor nahe genug war, würden sie alle seinetwegen entdeckt werden.

Er hatte ein Messer in die Hand genommen und bedeutete Hirad, sich auf der rechten Seite umzusehen, während er die linke Flanke überwachte. Die Gefährten, die ihm folgten, hielten es genauso. Der Weg, dem sie durch das Zentrum der Macht von Xetesk folgten, wollte kein Ende nehmen. Jeder Schritt konnte das Verhängnis über sie bringen. Jeder Schritt konnte den Angriff derjenigen auslösen, die sie sicherlich bereits erwarteten.

Langsam schlich der Rabe um Dystrans Turm herum. Schritt für Schritt näherten sie sich ihrem Ziel, und mit jeder Handbreit verstärkte sich seine Hoffnung, dass sie es vielleicht doch noch ohne Zwischenfall erreichen konnten.

Schritte. Hallende Schritte. Die Richtung war schwer zu bestimmen, doch sie wurden lauter. Der Unbekannte ballte die Hände zu Fäusten. Der Rabe hielt an, die Al-Arynaar gleich danach. Rebraal spannte seinen Bogen. Hirad deutete nach links zur anderen Seite des Turms. Der Unbekannte nickte, deutete auf beide Seiten des Turms und zuckte mit den Achseln. Hirad schüttelte den Kopf. Denser deutete nach links und zog die Augenbrauen hoch. »Vertraut mir«, hauchte er und wich auf dem gleichen Weg zurück, auf dem sie kommen waren. Im Augenblick waren sie von der Tür der Kuppel her zu sehen. Egal auf welchem Weg die Gegner um den Turm herumkamen, dies war ein schlechter Standort.

Die Schritte stammten von mehreren Menschen. Sie gingen rasch, die Geräusche kamen jetzt eindeutig aus dem Eingang des Turms. Der Unbekannte sah Rebraal an, der mit einem Nicken andeutete, dass er bereit sei. Jetzt konnten sie nur noch warten.

Männer betraten die Kuppel, und die Geräusche wurden deutlicher, als ein Vorhang zur Seite gezogen wurde. Die Schritte hallten laut auf dem Marmor, es waren an den Spitzen und Hacken mit Stahlbeschlägen verstärkte Stiefel, die allerdings nicht im Gleichschritt marschierten. Soldaten also. Immerhin.

Es waren zwei. Sie trugen ihre Waffenröcke und hatten die Helme unter den Arm geklemmt. Während sie zielstrebig zur Tür gingen, redeten sie miteinander. Offenbar hatten sie Meinungsverschiedenheiten. Der Unbekannte konnte sich an den Älteren erinnern; den Jüngeren, der aufgebracht redete, kannte er nicht. Er hob eine Hand und hielt Rebraals Pfeil fest. Der Rabe sah den Männern nach, als diese durch die Türen traten, die sich für sie geöffnet hatten. Die draußen postierten Wärter, schauten nicht herein, während sie die gut geölten und mit Gegengewichten versehenen Türen wieder schlossen.

»Soso«, flüsterte der Unbekannte. »Er lebt also noch.«

»Wer denn?«, fragte Hirad ebenso leise.

»Suarav«, erklärte der Unbekannte. »Er hat mich ausgebildet und muss inzwischen wohl der älteste Soldat der ganzen Truppe sein.«

»Der andere war Chandyr«, ergänzte Denser. »Die beiden haben zweifellos Dystran Bericht erstattet. Nun, werte Rabenkrieger, damit habt ihr die Verantwortlichen für die Verteidigung von Stadt und Kolleg kennen gelernt.«

»Ich hätte sie erwischt«, sagte Rebraal, der seine Bogensehne wieder entspannt hatte.

»Nicht beide auf einmal, und es wäre gefährlich gewesen«, sagte der Unbekannte. »Wir wollen hier nicht unnötig töten. Kommt jetzt, wir haben viel zu tun.«

Ranyl fand keine Ruhe. Direkt unter den Rippen und über seinem Magen war ein neuer Schmerz ausgebrochen, der ihn fürchten ließ, er könne wohl sehr bald schon nicht einmal mehr die dünnen Suppen zu sich nehmen, von denen er sich zurzeit ernährte.

Sein Hausgeist bat ihn, zur Magie zu greifen, um die Schmerzen zu lindern. Er hatte den Widerhall der Schmerzen in den Augen des Wesens gesehen, war aber immer noch entschlossen, sich nicht mit Sprüchen helfen zu lassen, die er nicht mehr selbst wirken konnte.

Da er sowieso nicht mehr schlafen konnte, hatte Ranyl sich auf dem bequemsten Stuhl niedergelassen, der ihn am besten stützen konnte. Sein Hausgeist hatte Holz aufs Feuer gelegt und sich wie eine Katze auf dem Bett zum Schlafen zusammengerollt. Er verkroch sich unter die Decke, um es warm zu haben. Auch seine Vitalität verfiel, während es mit seinem Meister langsam zu Ende ging.

Ranyl war klar, dass er nicht mehr viele Morgendämmerungen erleben würde, und darüber war er betrübt. Von seinem höchsten Balkon aus hatte er zur richtigen Jahreszeit spektakuläre, feuerrote Sonnenaufgänge beobachten können. Doch der Herbst war unerreichbar fern.

Noch schlimmer, er würde vielleicht nicht einmal mehr den Ausgang des Krieges erleben und nie erfahren, welche Früchte die Erforschung der Elfentexte oder der Dimensionen getragen hatte. Er gestattete sich ein Lächeln. Es war gut, dass Dystran ihn so stark einbezogen hatte. Falls überhaupt nötig, so konnte dies als weiteres Zeichen dafür gedeutet werden, dass Dystran ein würdiger und schlauer Herr vom Berge geworden war. Schließlich hatte er Ranyl erst einen so großen Einfluss in Xetesk zugestanden, als er entdeckt hatte, dass dessen Krebserkrankung tödlich verlaufen würde.

Er hatte dies sogar vor Ranyl selbst herausgefunden.

Aber wenigstens würde er noch erleben, wie die anpassungsfähigen Dimensionsmagier das Wissen, das sie von den alten Al-Drechar und dem Drachen Sha-Kaan gewonnen hatten, anzuwenden begannen.

Noch etwas bedauerte er. Wie gern hätte er sie kennen gelernt, die Elfen und das Tier. Aber auch in diesem Fall gelangte er zu der Überzeugung, dass er eigentlich dankbar sein musste. Schließlich hatte er in diesen wichtigen Angelegenheiten einen entscheidenden Wendepunkt miterleben dürfen.

Er war anscheinend einen Augenblick eingenickt, denn auf einmal spürte er einen kühlen Luftzug im Gesicht, obwohl er nicht bemerkt hatte, wie die Tür seiner Kammer sich geöffnet und geschlossen hatte, als der Besucher, wer es auch sein mochte, eingetreten war. Seufzend öffnete er die Augen, und wie immer konnte er im ersten Augenblick nicht klar sehen. Schon wieder ein Bote? Oder vielleicht auch Dystran. Das wäre erfreulich, denn er wollte unbedingt wissen, was vorging und wie die Suche nach dem Überfallkommando der Elfen verlief.

Es war jetzt dunkler im Zimmer, was vor allem daran lag, dass zwei Gestalten vor dem Feuer standen. Er konnte noch andere im Raum spüren, konzentrierte sich aber auf die vorderen. Seltsam, dass so viele auf einmal gekommen waren. Auf einmal fühlte er sich bedroht und wurde unsicher.

»Wir entschuldigen uns für die Störung, Meister Ranyl«, sagte einer. Es war der kleinere der beiden. Inzwischen konnte er einen Bart erkennen, auch wenn das Gesicht größtenteils verschwommen blieb. Die Stimme hatte er zwar erkannt, er konnte sie aber nicht zuordnen. Wenigstens war es eine menschliche und keine Elfenstimme. Er entspannte sich etwas und blinzelte, um seinen Blick zu klären.

»Wir haben jedoch Botschaften für Euch und den Kreis der Sieben, und wir müssen einige Dinge in Erfahrung bringen. Ihr könnt uns sagen, was wir wissen wollen.« Das war der andere Mann. Er war riesig, hatte einen kahl rasierten Kopf und eine tiefe Stimme.

Ranyls Ruhe war schlagartig dahin. Er kannte diese Truppe, und ein Blick verriet ihm, dass sie fast alle in seinem Zimmer standen. In seinem Schlafzimmer. Sein Herz raste, und die Schmerzen zuckten wild durch seinen Bauch.

»Bei den brennenden Göttern, wie seid Ihr hier hereingekommen?«

Achtzehntes Kapitel

Die TaiGethen schwärmten am Fuß der Treppe aus und verteilten sich im weitläufigen Erdgeschoss. Zwei Zellen, sechs Elitekrieger und Jäger, die mit Kurzschwertern, Jaqrui und Bogen bewaffnet waren. Lautlos liefen sie zwischen den Regalen und Schaukästen entlang, geräuschlos huschten sie über Stein, Holz und Teppich, nichts entging ihren Augen.

Die Al-Arynaar-Magier folgten ihnen, staunten über das ringsum versammelte xeteskianische Wissen und waren sicher, dass ihnen nichts passieren konnte, solange die TaiGethen vor ihnen wachten.

Auum lief an der Spitze, Duele und Evunn tauchten links von ihm ab und zu zwischen den Regalen auf, während Marack mit ihrer Zelle rechts auf ähnliche Weise vorging. Wie in den oberen Stockwerken rechneten sie auch hier nicht damit, auf jemanden zu treffen. Sie kamen an den Schreibpulten und Tischen vorbei und erreichten die von außen bewachte Eingangstür.

Dort blieb Auum stehen und betrachtete die Tür, während die TaiGethen sich um ihn scharten. Die Bibliothek war eine willkommene Abwechslung nach dem schmutzigen, klebrigen Gestank der Stadt. Hier roch es nach altem Papier, behandeltem Holz und uraltem Staub, gemischt mit Spuren von Lampenöl. Er atmete tief durch, bevor er leise seine Anweisungen gab.

»Ihr habt auf der linken Seite die fünf Türen gesehen, an denen wir vorbeigekommen sind. Das sind die Archivräume, die Denser erwähnte. Wenn das Aryn Hiil sich hier befindet, dann ist es in einem dieser Räume. Ihr habt auch unter zwei Türen das Licht hindurchscheinen sehen. Teilt euch auf, ein Magier begleitet jede Zelle. Vergesst nicht Densers Warnungen, und mögen Tuals Hände die euren leiten. Los jetzt.«

Auum führte seine Tai in die Bibliothek zurück, vorbei am Tisch und um Bücherregale herum, bis zu den fünf Türen, die zu den gesicherten Archivräumen führten. Er machte Platz, damit die Magierin vor die Tür treten konnte. Sie hielt inne und stimmte sich auf das Mana-Spektrum ein. Duele hielt seinen Bogen bereit, und Evunn war mit zwei Kurzschwertern bewaffnet.

Zwei Türen weiter war auch Marack bereit. Auum nickte. Die Magier machten sich an die Arbeit.

Nyams Neugierde war unvermindert, und er zweifelte nicht daran, dass die Al-Drechar trotz ihrer abweisenden Antworten einen Magier des Einen deckten. Noch nie hatten die Xeteskianer die Privatgemächer des alten Hauses betreten dürfen. Die wenigen noch lebenden Elfen der Gilde der Drech beharrten nachdrücklich darauf, dass ihre Herrinnen viel Ruhe und Abgeschiedenheit brauchten, was für Xetesk die Möglichkeiten zur Befragung und, noch wichtiger, zur Beobachtung stark einschränkte.

Außerdem war klar, dass sie auf gutem Fuße mit Diera

standen, die sich ihrerseits oft mit Sha-Kaan austauschte. Der Drache wiederum, obwohl geschwächt und ohne Feuer, hatte deutlich gemacht, dass das Dach und die Wände des Hauses kein Hindernis darstellen würden, falls er jemanden töten wollte, der aus der Reihe tanzte.

Irgendwann kam jedoch der Moment, in dem ein Magier sich beweisen musste, damit der Kreis der Sieben seine Initiative, seine Fähigkeiten, seinen Mut und seine Loyalität bemerkte. Bei den ertrinkenden Göttern, auf diesem kleinen Fels im Südmeer war das beileibe nicht leicht, aber Nyam hatte gelernt, Gelegenheiten zu ergreifen, wenn sie sich boten, und jetzt erkannte er eine.

Sollten doch die anderen ihre Wunden lecken und sich vor zwei alten Frauen und einem sterbenden Drachen fürchten. Er hatte die Botschaften verfolgt, die über die Protektoren mit dem Seelenverband ausgetauscht worden waren. Er kannte die Sorgen angesichts der Tatsache, dass das Eine außerhalb von Herendeneth erstarkte und nicht unter Xetesks Kontrolle stand. Er hatte die Gerüchte gehört, wer angeblich diese Magie in sich trug, und es passte alles sehr gut zusammen, auch wenn die Forschungen nicht klären konnten, wie die Rabenmagierin Erienne nach dem Tod ihrer Tochter diese Gabe entwickelt hatte. Die Vermutungen gingen dahin, dass es ein Zufall war, aber es blieb die Tatsache, dass auf dieser Insel zwei alte Elfenfrauen lebten, die die Wahrheit kannten. Keine dreißig Schritte von Nyam entfernt schlummerte die Aussicht auf eine rasche Beförderung. Er wollte nicht, dass seine Kollegen diese Gelegenheit vor ihm ergriffen. Er musste darauf bauen, dass die Gerüchte der Wahrheit entsprachen, und sofort handeln.

Es war eine feuchte und wie üblich sehr ruhige Nacht. Sterne sprenkelten den Nachthimmel, ohne Licht zu spenden, und im Haus brannten nur wenige Laternen. Nyam lief durch modrig riechende Flure zu dem Flügel, in dem die Al-Drechar, Diera und Jonas schliefen. Zwei Elfen der Gilde wachten am Eingang und versperrten ihm den Weg.

»Ich entschuldige mich für die Störung zu später Stunde, aber ich habe Neuigkeiten über den Unbekannten Krieger, die Diera hören muss.«

»Sie schläft«, sagte einer der Elfen mit starkem Akzent.

»Ich weiß, und normalerweise würde ich bis zum Morgen warten, aber es geht um etwas, das sie sofort erfahren muss. Er schwebt in großer Gefahr.«

»Wollt Ihr sie wirklich mit Dingen belasten, auf die sie keinen Einfluss hat?«

»Sie hat immer gesagt, sie wolle alles wissen«, antwortete Nyam. »Bitte. Begleitet mich doch zu ihr und fragt sie selbst, bevor ich mit ihr spreche. Lasst sie doch selbst entscheiden, was sie will.«

Ihnen blieb nichts anderes übrig, und er wusste, dass er unschuldig und aufrichtig wirkte. Einer zuckte mit den Achseln, der zweite nickte, und ihm wurde die Tür geöffnet. Der Elf, der mit ihm gesprochen hatte, begleitete ihn den kurzen Flur hinunter bis zu Dieras Tür, wo er warten musste. Ein Stück weiter hinunter wachten weitere Elfen der Gilde vor den Privatgemächern der Al-Drechar. Kurz darauf erschien der Elf wieder und winkte ihn hinein. Als Nyam eintreten wollte, hielt ihn der Elf noch einmal am Arm fest.

»Weckt nicht das Kind auf. Enttäuscht nicht unser Vertrauen«, sagte er. »Ihr seid hier, obwohl wir Euch nicht hierhaben wollen. Vergesst das nicht.«

Nyam nickte und ging hinein. Diera saß auf der Bettkante, sie hatte sich einen leichten Schal über die Schultern gelegt und den oberen Teil ihres Nachthemds bedeckt. Mit einer Hand streichelte sie den Kopf ihres schlafenden Sohnes. Eine Lampe mit niedrig gedrehtem Docht reichte aus, um ihr besorgtes Gesicht und das straff gebundene Haar zu zeigen. Bei den Göttern, sie war anziehend. Eine gerade erwachte Frau. Wie schön es wäre, wenn sie ihn zu sich winken würde.

Natürlich tat sie es nicht. Sie starrte ihn mit einer Mischung aus ängstlicher Erwartung und Verachtung an. »Erzählt mir von meinem Mann«, verlangte sie. »Und macht schnell. Möglicherweise muss ich mit Sha-Kaan sprechen.«

»Natürlich«, sagte Nyam. »Es tut mir wirklich leid, dass ich auf diese Weise eindringe.« Sie tat seine Entschuldigung mit einer Handbewegung ab. »Und es tut mir leid, dass ich Euch unnötige Sorgen bereitet habe, denn es ist nicht Euer Gatte, der in Gefahr schwebt. Es ist Erienne.«

Mit angehaltenem Atem wartete er auf ihre Reaktion. Außer der Kälte, die ihr Gesicht ausstrahlte, war nichts zu sehen.

»Wenn mein Mann nicht in Gefahr schwebt, dann schwebt auch Erienne nicht in Gefahr. Ich würde vorschlagen, dass Ihr einen überzeugenden Grund für diesen unwillkommenen Besuch nennt.«

Jonas regte sich neben ihr. Sie warf Nyam einen vielsagenden Blick zu.

»Die Kraft der Al-Drechar hilft ihr, das Eine zu bändigen«, sagte er, während er ihr Gesicht nicht aus den Augen ließ. »Sie sind jedoch nicht mehr stark genug. Wir können ihr helfen. Xetesk will, dass das Eine wächst.«

»Ich weiß nicht, was Ihr damit meint«, sagte sie, doch ihre Stimme klang nicht gereizt, und ein Flackern ihrer Augen verriet sie.

»Doch, Ihr wisst es«, antwortete Nyam leise. »Ich sehe es.«

»Geht«, erwiderte Diera. »Ich kann Euch nicht helfen.« Sie zog den Schal enger um sich.

Nyam beugte sich vor und packte sie grob bei den Oberarmen. »Verdammt sollt Ihr sein, Frau, Ihr werdet mir helfen«, fauchte er. Einen Moment lang war ihr anzusehen, wie erschrocken sie war und wie sehr sie sich fürchtete. »Wir können es uns nicht erlauben, sie ohne unseren Schutz herumlaufen zu lassen. Wenn die Al-Drechar versagen, wird Balaia abermals zerstört. Ich habe Berichte erhalten, dass es bereits begonnen habe. Was glaubt Ihr denn, warum ich Euch jetzt wecke? Was die Al-Drechar im Augenblick auch tun, es ist nicht genug. Ich muss mit ihnen sprechen und sie beobachten, damit wir sie unterstützen können.«

»Warum redet Ihr nicht mit den Elfen der Gilde oder mit den Al-Drechar selbst, wenn Ihr es ehrlich meint?«

»Wenn Ihr mich nicht darin unterstützt, werden sie mir nicht glauben. Sie werden alles abstreiten, weil sie fürchten, was wir tun werden. Vor allem wollen wir aber dafür sorgen, dass Erienne am Leben bleibt.«

»Lasst meine Arme los.«

Er gehorchte. »Es tut mir leid. Bitte, Diera, es nützt uns allen, wenn Ihr mir helft.«

»Ihr müsst mich für sehr dumm oder taub oder beides zugleich halten.« Sie erwiderte seinen Blick. »Glaubt Ihr denn, ich rede mit niemandem? Glaubt Ihr, ich wüsste nicht, was Xetesk will? Ich bin nicht die beschränkte Frau und Mutter, für die Ihr mich anscheinend haltet. Ich bin die Frau des Unbekannten Kriegers, und Ihr steckt in größeren Schwierigkeiten, als Ihr es Euch überhaupt vorstellen könnt.«

Das wusste Nyam bereits. Eine seltsame Ruhe kam über ihn. Er zuckte mit den Achseln.

»Die Zeit für solche Ängste liegt hinter uns. Xetesk muss

den Krieg gewinnen. Die Kontrolle über Erienne wird uns diesen Sieg bescheren.«

»Sie ist doch nur eine dordovanische Magierin.«

Nyam lächelte. »Diera, ich achte Euch und Eure Tapferkeit. Sol hätte keine bessere Frau wählen können. Aber achtet auch mich. Erienne ist sehr viel mehr als nur eine Dordovanerin. Ihr könnt es leugnen, aber wir werden es beweisen. Wollen wir jetzt zusammen die Al-Drechar aufsuchen?«

»Warum sollte ich mich bewegen? Ich muss nur laut rufen.«

»Diera.« Nyam presste die Lippen zusammen, weil seine Geduld nahezu erschöpft war. »Ich bin nicht sicher, aber meine Handlungen könnten mir den Tod bringen. Eines weiß ich aber genau. Wenn Ihr mir jetzt nicht helft, werden sie ganz sicher Euch den Tod bringen.« Drohend näherte sich seine Hand dem schlafenden Kind. »So ein hübscher Junge. Er braucht seine Mutter, meint Ihr nicht auch?«

Der Durchbruch stand unmittelbar bevor, und dieser Erfolg konnte Gylac nach Ranyls Tod einen Platz im Kreis der Sieben einbringen. Diese Aussicht versetzte ihn in stärkere Aufregung, als es angemessen war, doch dagegen konnte er nichts tun. Schon vor zwei Tagen hatte er die ersten Bindeglieder in den Elfentexten bemerkt. Zwischen den teilweise übersetzten Passagen und den bisher noch nicht entzifferten Schriften schälte sich ein Muster heraus.

Dieses Aryn Hiil war viel mehr als nur eine Beschreibung der Geschichte und der Religion in der alten Elfensprache. Inzwischen war er sicher, dass Dystran und Ranyl dies von Anfang an vermutet hatten.

Seine anfänglichen Theorien waren durch unabhängige Forschungen eines Mitglieds seiner Arbeitsgruppe bestätigt worden. Sie gingen von der jahrhundertealten Annahme aus, dass die Elfen auf natürliche Weise mit der Magie verbunden und von ihr abhängig waren, und zwar alle Elfen. Der Elfenfluch hatte dies bestätigt, doch er war aufgehoben worden, bevor er in Form eines Spruchs nachempfunden werden konnte.

Jetzt sah es ganz danach aus, als müsste man sich über diese verpasste Gelegenheit nicht mehr so grämen, denn wenn er recht hatte, und die magische Theorie sprach sehr dafür, dann gab es eine Möglichkeit, einen Elfen aus dem Mana-Strom herauszulösen und damit verwundbar zu machen. Die Elfen würden die neuen Marionetten von Xetesk werden. Vergesst die Protektoren, denn dies würde eine viel mächtigere Waffe werden. Und sie wäre letzten Endes erheblich ungefährlicher als ein Pakt mit den Dämonen.

Er wollte nicht ruhen, bis er die Antwort gefunden hatte. Schließlich würde Ranyl nicht mehr lange leben.

Gylac hörte, wie hinter ihm die Tür geöffnet wurde. Er legte den Federkiel auf sein Notizbuch und wollte sich umdrehen.

»Nun, habt Ihr …«

Was er sah, als er an der hohen Stuhllehne vorbeischaute, war unmöglich. Beinahe lächerlich. Er war nicht sicher, ob er lachen sollte oder nicht. Dann spürte er einen heißen, einen unglaublich heißen, stechenden Schmerz in der Kehle. Er wurde zurückgeworfen und prallte gegen die Tischkante. Er wollte nach der Ursache der Schmerzen greifen, und versuchte nach unten zu blicken. Ein Pfeil steckte in seinem Hals, das warme Blut spritzte auf seine Hände. In seinen Ohren rauschte es laut.

Lautlos wie Geister umringten sie ihn. Er wurde zur Seite gestoßen und hörte einen kurzen Ruf. Sie hatten das Aryn

Hiil. Seinen kostbarsten Besitz. Die Garantie für seinen Aufstieg zur Macht. Er packte einen von ihnen am Arm.

»Das könnt ihr nicht …«, gurgelte er.

Ein Gesicht starrte auf ihn herab, kalt und unbarmherzig. In den Augen lag ein Hass, der ihn schaudern ließ. Er hörte einige Worte.

»Shorth erwartet dich.«

Sein Griff erschlaffte.

Ranyl fehlte die Kraft, um sich ernstlich zu fürchten. Die Schmerzen im Magen waren stärker geworden, bis er kaum noch atmen konnte. Doch nicht einmal er konnte umhin, die Zähigkeit dieses schlimmsten Dorns im Fleische von Xetesk zu bewundern.

»Ihr seid hartnäckig, das muss ich Euch lassen«, sagte er. »Wir hatten angenommen, Ihr versteckt Euch irgendwo vor Lystern.«

»Es ist nicht unsere Art, uns zu verstecken«, erwiderte der Unbekannte Krieger. Ranyl nickte und drehte sich um. »Kommt doch alle herum, damit ich Euch sehen kann. Man hat ja wirklich nicht oft die gesamte Rabentruppe vor sich stehen.«

»Dies ist nicht die gesamte Rabentruppe. Ilkar ist Euretwegen gestorben.« Ranyl spürte kalten Stahl am Hals. »Versucht es gar nicht erst. Ihr seid nicht schnell genug.«

Ranyl kicherte. »Oh, Hirad, ich bin lange darüber hinaus, Sprüche zu wirken. Ich kann nicht einmal mehr die Konzentration aufbringen, meine Schmerzen zu betäuben.«

»Bei den Göttern, Hirad, nimm das Messer weg«, sagte Denser.

»Nein«, antwortete Hirad. »Ich gehe kein Risiko ein. Nicht hier.«

»Lord Ranyl, wir wollen Euch nichts antun …«

»Und ob wir das wollen …«

»Hirad!«, knurrte Denser.

»Er gehört zum Kreis der Sieben. Er trägt die Schuld an Ilkars Tod. Verschone ihn, wenn dir danach ist. Ich sehe das anders.«

»Wir hätten Euch in unsere Überlegungen einbeziehen sollen«, sagte Ranyl. »Den Raben darf man nicht übersehen, was?«

»Wie wahr.«

»Denser, ja, es tut mir leid. Was wollt Ihr?« Er tastete nach der Bindung zu seinem Hausgeist, doch sie war schwach. Der Dämon lag in tiefem Schlaf. Mit einem Impuls versuchte er, ihn zu wecken, und verfluchte seine schwindenden Fähigkeiten.

»Eure Dimensionsforschung – sagt uns, wo sie stattfindet«, verlangte Denser. »Wir müssen es wissen.«

»Warum?«

»Das ist unsere Sache.«

»Hirad, bitte«, sagte Denser. »Wir wollen einen Freund nach Hause schicken.«

»Ah, natürlich«, warf Ranyl ein. »Der große Sha-Kaan. Er wird nach Hause zurückkehren, sobald wir dazu fähig sind.«

Die Klinge drückte fester gegen seinen Hals. »Falsch«, sagte Hirad. »Er stirbt mit jedem Tag ein wenig mehr. Wenn Ihr es tun könnt, dann werdet Ihr uns sofort helfen.«

Ranyl winkte ab. »Das ist ein recht simpler Spruch. Wir haben aber einfach nicht genug Zeit dazu. Wenn Ihr Eure Freunde überzeugen könntet, die Belagerung aufzuheben, dann könnten wir Euch auch helfen.« Wieder sendete er einen Impuls. Der Hausgeist reagierte nicht.

»Wo finden die Forschungen statt? Und wer ist für sie verantwortlich?«, fragte Denser. »Ich kenne Euch, alles wird genau dokumentiert. In welcher Katakombe sitzen sie?«

Ranyl zuckte mit den Achseln. »Ich war schon eine Weile nicht mehr unten, Denser. Es könnte überall und nirgends sein.«

»Er spielt auf Zeit«, warf jemand anders ein. Eine Frauenstimme.

»Erienne«, sagte er. Die Beute war in sein Schlafzimmer spaziert. »Ich bedaure Euren Verlust.«

»Lügner.«

»Aber Ihr wärt ein noch größerer Verlust für die Welt«, fuhr Ranyl fort. »Ihr besitzt ein so großes Potenzial. Bleibt bei uns.«

»Ich habe genug davon.« Der Unbekannte Krieger trat näher, nahm Ranyls Kinn in eine riesige Hand und drückte. »Keine Spielchen mehr. Keine Verzögerungen mehr. Ich will eines klarstellen: Wir können jederzeit unentdeckt hier eindringen, und deshalb würde ich vorschlagen, dass Ihr meine Worte sehr ernst nehmt.«

Das Gesicht des Unbekannten war dicht vor Ranyls Gesicht, damit der Alte dem ehemaligen Protektor in die Augen sehen und erkennen konnte, dass er die Wahrheit sprach. Es ging um mehr als nur darum, die Forschungsergebnisse zu stehlen. Der Krieger fuhr fort.

»Das Aryn Hiil wurde inzwischen von seinen rechtmäßigen Besitzern geborgen, aber das ist nicht das einzige Eurer Verbrechen, dem wir in dieser Nacht ein Ende setzen wollen. Ihr werdet uns sagen, wo die Dimensionsforschung stattfindet, damit wir Sha-Kaans Gefangenschaft beenden können, auch wenn Ihr das für eine nebensächliche Angelegenheit haltet, die Eurer Aufmerksamkeit nicht bedarf.« Der Unbekannte packte Ranyls Kinn noch etwas fester, und sein Gesicht lief dunkel an.

»Noch etwas. Ihr und die anderen im Kreis der Sieben werdet dafür sorgen, dass meiner Frau und meinem Sohn auf Herendeneth nichts zustößt. Sie sind dort, damit sie vor den Zerstörungen dieses Landes sicher sind. Sie sind nicht Eure Marionetten. Ihr werdet nicht zulassen, dass sie bedroht werden, dass sie als Geiseln benutzt werden oder dass auch nur ein Xeteskianer sie anrührt. Glaubt nicht, ich würde es nicht herausfinden. Ihr wisst, dass wir in Verbindung stehen. Falls meinen Angehörigen durch eines Eurer Machtspiele etwas zustößt, egal was es ist, dann werdet Ihr wünschen, Eure Krankheit hätte Euch schon viel früher dahingerafft. Und der Kreis der Sieben wird inbrünstig wünschen, er hätte auf Euch gehört, als Ihr ihm meine Worte übermittelt habt. Habt Ihr das verstanden?«

Ranyl schwieg. So hatte noch nie jemand mit ihm gesprochen. Sein erster Impuls war, ebenfalls eine Drohung auszustoßen, was in seiner derzeitigen Situation jedoch wenig überzeugend geklungen hätte.

»Ich …« Er bekam kaum etwas heraus, weil die Hand des Unbekannten seinen Mund zusammenquetschte.

»Habt Ihr das verstanden?«

Der große Krieger lockerte seinen Griff.

»Ich habe es gehört.«

»Gut.«

»Aber was für eine Schande«, sagte Ranyl.

»Wie bitte?«, fragte Denser.

»Aus Euch hätte so viel werden können.«

»Aus wem?«

»Aus Euch, Denser. Der Kreis der Sieben braucht Euch. Und auch Euch, Sol. Ihr hättet der Anführer der Protektoren werden können.«

»Das bin ich bereits.« Er richtete sich auf. »Also sprecht. Wo sind die Forscher?«

Ranyl atmete tief durch. Sie hatten ihm die Kontrolle überlassen, auch wenn sie es anscheinend nicht erkannten. Er musste sie unbedingt noch etwas aufhalten.

»Wir überprüfen unsere Theorien Tag und Nacht in den Katakomben unter meinem Turm. Ich bin im Kreis der Sieben für die Dimensionsmagie zuständig, mein leitender Mitarbeiter ist Kestys.« Er zuckte mit den Achseln. »Ihr kennt den Weg, Denser. Nehmt es Euch, wenn Ihr glaubt, Ihr könnt es.«

»Brauchen wir sonst noch etwas?«, fragte Hirad.

Denser schüttelte den Kopf. »Nein. Er sagt die Wahrheit.«

»Warum sollte ich auch lügen?«, gab Ranyl zurück. »Ich hätte so oder so nichts zu gewinnen.«

»Lasst uns gehen«, sagte der Unbekannte. »Denser, Ranyl sieht müde aus.«

»Kein Problem.«

Denser begann, seinen Spruch zu wirken. Ranyl hatte es kommen sehen und wusste, dass es sinnlos gewesen wäre, Einwände zu erheben. Im Grunde freute er sich sogar auf ein paar Stunden seligen, schmerzfreien Schlafs. Dann spürte er einen Ruck in seinem Geist und lächelte.

Der Rabe machte Anstalten, wieder zu gehen. Der große, blonde und schweigsame Krieger legte, offensichtlich besorgt, ein Ohr an die Tür und schüttelte den Kopf. Lysterns größter Verlust, Ry Darrick, trat neben ihn, und die anderen folgten.

»Bereit?«, fragte Denser. Seine Stimme klang ein wenig abwesend, weil er sich bemühte, den Spruch, so einfach er auch war, nicht wieder zu verlieren.

»Bereit«, sagte Ranyl.

Doch der Spruch wurde nie gewirkt. Ranyls Bett explodierte förmlich in einer Wolke aus zerfetztem Tuch und Federn. Sein Hausgeist kreischte wütend und flog mit ledrigen Schwingen auf, schnappte blindlings in alle Richtungen und beäugte mit hasserfüllten Augen die Eindringlinge.

Deren Reaktion ließ nicht lange auf sich warten. Denser wandte sich um, ließ den Schlafspruch fallen und bereitete einen anderen vor. Der Unbekannte hatte bereits das Schwert gezogen und zielte damit auf den Hausgeist, während er mit der freien Hand Erienne hinter sich schob.

»Fliege!«, rief Ranyl. »Achte nicht auf sie, fliege!«

»Versperrt das Fenster!« Hirad rannte schon zum offenen Fenster und zur Balkontür. »Thraun, wir müssen das Biest aufhalten!«

Der blonde Krieger knurrte, griff gar nicht erst nach seinen Waffen, sondern lief in die Mitte des Raumes und baute sich zwischen dem Hausgeist und dem Fenster auf. Auch die Elfenmagier bereiteten jetzt Sprüche vor. Darrick konzentrierte sich weiter auf die Tür, ein anderer Elf hatte den Bogen gespannt und den Pfeil eingelegt und wartete auf ein freies Schussfeld.

Der Hausgeist sauste über ihren Köpfen herum und kreiste um den kleinen Leuchter. Er flog Thraun an, zog ihm eine Klaue durchs Gesicht und lachte, als er das Blut fließen sah.

»Denser, wir brauchen dich!«, übertönte Hirad das Gelächter.

Thraun sprang rasch und kraftvoll hoch, überraschte den Hausgeist und bekam sein Bein zu fassen. Das Biest kreischte, Thraun kam wieder herunter und zerrte das Wesen herab.

»Halt fest, halt fest!«, rief der Unbekannte. »Denser!«

»Moment noch«, keuchte Denser.

Ranyl trat zu und traf Densers Bein. Der Magier zuckte zusammen, und das reichte aus.

»Verdammt!«, knirschte er. »Rebraal, halt den Mann ruhig.«

Thraun kämpfte mit dem Hausgeist. Das Wesen war so groß wie ein Affe, aber erheblich stärker, als man vermutet hätte. Das Biest wand sich und biss und schlug die Klauen in Thrauns Handgelenke. Der Krieger schrie auf und ließ unwillkürlich los.

»Nein!«, brüllte Hirad.

Der Dämon flog wieder hoch, kreischte noch einmal und raste zum Balkonfenster. Hirad sprang hinterher, doch der Hausgeist drosch dem Barbaren die Faust ins Gesicht, dass dessen Kopf zurückflog. Hirad erreichte ihn dennoch, aber der Dämon war zu stark und entzog sich ihm, flog in die Nacht hinaus und schnatterte und kreischte und rief das Kolleg zu den Waffen.

Hirad richtete sich auf und betastete mit einer Hand sein Gesicht unter dem rechten Ohr. Er starrte hinter dem Hausgeist her und drehte sich dann zum Unbekannten Krieger um.

»Oh, verdammt.«

Draußen wurde bereits Alarm gegeben.

Neunzehntes Kapitel

Auum rannte aus dem Archivraum in die Bibliothek zurück, das Aryn Hiil unter dem Hemd geborgen. Wie ein warmes Glühen breitete sich die Gewissheit, das Ziel erreicht zu haben, in ihm aus. Er fühlte sich belebt und beflügelt. Alle Elfen würden davon profitieren. Sie hatten das wertvolle Objekt zurückgeholt und konnten heimkehren, um über die Dinge zu reden, die als Nächstes kommen sollten.

Doch so rasch, wie sein Hochgefühl sich eingestellt hatte, verflog es auch wieder. Vor der Bibliothek wurde Alarm gegeben. Selbst durch die dicken Mauern hörten sie in der drückenden Stille der Bibliothek die Rufe der Männer und die furchtbaren Schreie der Dämonen am Himmel. Das Kolleg war erwacht, und die Hüter wussten, dass die Elfen eingedrungen waren. Die TaiGethen waren draußen auf offenem Grund in großer Gefahr. Vielleicht war seine eigene Gruppe entdeckt worden, doch er bezweifelte es.

Er hatte nicht genug Zeit, um zum Dach zurückzukehren und seine Leute zu den Türen zu führen.

»Antworten«, sagte er, während er losrannte. »Fenster?«

»Nicht möglich. Fest eingelassen, groß und mit Sprüchen gesichert«, sagte Sian'erei hinter ihm.

»Dann überprüft die Tür. Beeil dich.« Sian und Vinuun eilten nach vorne. »Marack, verteidige unsere rechte Flanke. Behaltet den Himmel im Auge. Ihr könnt die Dämonen nicht töten, aber ihr könnt sie abhalten. Duele, Evunn, nehmt die Bogen. Möge Yniss uns retten.«

»Schwierigkeiten«, meldete Sian. »Die Tür ist mit Metall verstärkt, verriegelt und mit Sprüchen gesichert. Die Männer, die wir getötet haben, sollten über Nacht hier bleiben. Es ist ein Wachspruch, der sich in der Dämmerung automatisch auflöst. Wir können ihn nicht aufheben.«

Auum blickte nach oben und betrachtete den Bereich über den Türen. Fünf kreisrunde Buntglasfenster umgaben den Eingang. Die Figuren auf dem Glas erzählten vermutlich irgendeine Geschichte, und die Öffnungen stellten eindeutig einen Schwachpunkt dar.

Er schnippte mit den Fingern, Duele folgte seinem Blick.

»Dort können wir hinaufklettern«, sagte er. »Tai, es geht los.«

Dystran rannte hin und her und suchte etwas, auf das er einschlagen konnte. Da er nicht sicher war, was mit seiner Faust passieren würde, wenn er Myx einen Kinnhaken versetzte, beschränkte er sich schließlich darauf, sein Glas ins sterbende Feuer zu werfen.

»Wie? Bei allen ertrinkenden Göttern, wie?«

»Das wissen wir nicht«, berichtete Myx. »Wir werden es herausfinden. Die Magier haben mit den Nachforschungen begonnen.«

»Das nützt mir jetzt auch nichts mehr.« Dystran schnappte seinen Mantel und warf ihn sich über die Schultern. »Komm mit und gib die Anweisungen weiter, während wir unterwegs sind.«

»Mylord.«

»Ich nehme an, Ranyl ist ansprechbar?«

»Das weiß ich nicht«, erwiderte Myx.

»Nein, natürlich nicht.« Dystran eilte aus seinem Büro im Turm und rannte die Treppe hinunter. Unterwegs knotete er seinen Mantel zu. »Die Reserve soll hereinkommen und das Gelände absuchen. Alle verfügbaren Protektoren werden von den Mauern abgezogen. Ruf den Kreis der Sieben in Ranyls Turm zusammen; sie sollen schneller rennen, als sie jemals im Leben gerannt sind. Zieht alle Wachen von den verdammten Mauern ab. So blind sie auch sind, sie können bei der Suche helfen, und wenn sie den Boden mit den Händen abtasten. Diese verdammten Elfen!«

Dystran konnte es immer noch nicht fassen. Was hatte er nur übersehen? Wie lange waren die Elfen schon im Kolleg? Ranyls Hausgeist hatte vor Wut getobt und keine klaren Antworten geben können, abgesehen davon, dass er um das Leben seines Meisters fürchtete. Dystran hatte ihn entlassen, bevor er alles Glas im Zimmer zerschlagen hatte. Er musste unbedingt wissen, wie die Eindringlinge in Ranyls Turm gelangt waren. Wenn sie das geschafft hatten, dann konnten sie überall einbrechen.

»Noch etwas. Verdoppelt die Wachen vor der Bibliothek. Sofort. Oh, und bring mir Suarav her. Er muss mir einiges erklären.«

»Los!«, rief der Unbekannte. »Sofort raus hier. Wir können es immer noch schaffen.«

»Was ist mit dem da?«, Hirad deutete auf Ranyl.

Der Unbekannte packte ihn am Arm. »Das spielt doch

jetzt keine große Rolle mehr, oder?« Er sah den sterbenden Magier aus dem Kreis der Sieben an. »Was sagte ich noch über meine Familie? Merkt es Euch und glaubt es.«

»Ihr kommt hier nicht wieder raus«, erwiderte Ranyl.

»Nein?« Der Unbekannte drehte sich um und breitete die Arme aus. »Der Rabe! Der Rabe zu mir!«

Er führte die Truppe an und stürmte Ranyls Turm hinunter. Das Langschwert in der rechten Hand, nahm er immer zwei Stufen auf einmal, ohne auf die Schmerzen in der Hüfte zu achten, und stützte sich an der Außenwand ab. Unter ihm erstreckte sich die Wendeltreppe.

»Was ist mit den Alarmsprüchen?«, rief er über die Schulter zurück.

»Einfach durch.« Denser schnaufte vor Anstrengung. »Auf ein paar Alarmsignale mehr oder weniger kommt es jetzt nicht an.«

»Stimmt auch wieder.« Der Unbekannte eilte weiter und sprang über die Leichen von Ranyls Leibwache, die auf dem ersten und zweiten Absatz lagen. »Hirad, bist du da?«

»Direkt hinter dir.«

»Hau alles weg, was dir in die Quere kommt. Ich glaube, in der Kuppel wird es spannend.«

»Wird gemacht.«

Sie waren nur noch ein paar Stufen von der untersten Ebene des Turms entfernt. Die Alarmsignale würden auslösen, sobald sie den gekrümmten Gang betraten, der zum Zentrum des Gebäudekomplexes führte.

»Der Rabe, macht euch bereit«, warnte der Unbekannte. »Rebraal, deine Magier müssen Schilde aufbauen. Erienne, was dir gerade einfällt. Denser – ein Kraftkegel vielleicht?«

Er hörte die Antworten und richtete die Aufmerksamkeit wieder nach vorn. Seine Stiefel, immer noch mit Stoff umwickelt, dämpften seine Schritte auf den Steinen. Er rannte um das Ende der Wendeltreppe herum, eine kurze Rampe hinauf, dann ging es scharf nach links und dann in einer engen Kurve weiter aufwärts. Am Ende der Gangkrümmung lag der Zugang zu den Katakomben, in die sie jetzt nicht mehr vorstoßen konnten. Die Flucht hatte Vorrang. Der Unbekannte würdigte sie keines Blickes, sondern rannte vorbei und löste dabei einen Alarm aus, der schrill in seinen Ohren kreischte.

Dann stürmte er durch die Vorhänge nach draußen und löste einen zweiten Alarm aus, einen einzelnen Ton, der sich regelmäßig wiederholte. Der Rabe folgte ihm, bis alle in der Kuppel standen. Hirad bezog seinen Posten rechts neben ihm, Darrick und Thraun auf der linken Seite, die Al-Arynaar folgten in einer lockeren Gruppe hinter Denser und Erienne.

»Runter!«, rief Denser.

Hirad und der Unbekannte duckten sich. Ein Kraftkegel fegte über ihre Köpfe hinweg und warf zwei xeteskianische Schwertkämpfer um. Als die Gefahr beseitigt war, rannte der Rabe zur Tür der Kuppel. Ein Al-Arynaar wollte zu den Schreibstuben, durch die sie hereingekommen waren.

»Nein«, rief Denser. »Dort können wir nicht zurück. Halt!«

»Rebraal, rufe ihn zurück«, befahl der Unbekannte, ohne die Augen von der Tür zu nehmen, die sich gerade öffnete. »Haben wir einen Spruchschild?«

»Haben wir«, bestätigte Rebraal, bevor er in der Elfensprache etwas rief.

»Der Rabe, dicht zusammenbleiben.«

Der Unbekannte tippte mit der Spitze seiner Klinge auf den Boden, während er vorrückte. Der erste xeteskianische Wächter stürmte herein, sieben weitere schwärmten hinter ihm aus und rechneten damit, gegen Elfen kämpfen zu müssen. Was sie sahen, war für diejenigen, die den Raben erkannten, erheblich schlimmer.

»Einen Schritt und ducken«, sagte Erienne.

Die eingespielten Krieger gehorchten wie ein Mann und zögerten kaum im Schritt, während der Eiswind über ihre Köpfe hinwegfegte und die anrückenden Soldaten traf. Ein Schild flackerte dunkelblau und leitete die Energie des dordovanischen Spruchs harmlos in den Boden ab. Dennoch zauderten die Soldaten. Rebraals Bogen summte, ein Pfeil fand sein Ziel, und der erste Wächter starb.

»Eng zusammen, der Rabe, und los!«, rief der Unbekannte.

Die Rabenkrieger schlugen einen Bogen um die zentrale Säule, wichen zur Außenwand aus und stießen weiter vor. Darrick achtete unterdessen darauf, dass ihnen die Gegner nicht in die Flanke fallen konnten. Denser war bei ihm und hatte inzwischen einen weiteren Kraftkegel vorbereitet.

»Schnell jetzt!« Hirads Stimme hallte laut unter dem Kuppeldach.

Der Unbekannte hob die Klinge und parierte den wuchtigen Schlag eines riesigen Wächters, dessen Augen unter einem Metallhelm hervorlugten. Er hatte sein Schwert mit beiden Händen gepackt. Neben ihm stieß Hirad nach vorn und etwas nach links, ahnte die Abwehr des Gegners voraus und blieb im Gleichgewicht.

Auf der linken Seite der Rabenkrieger erlitten die Angreifer die größten Verluste. Darrick war viel zu schnell für seinen Gegner, er täuschte links an und schlug rechts zu, durchbohrte den Brustharnisch und durchstach Rippen und Herz. Thraun legte keinen Wert auf Eleganz. Mit einem Schrei, der tief aus seiner Wolfsseele kam, machte er seiner Wut Luft und holte weit über dem Kopf aus, um dem ersten Angreifer den Schädel zu zerschmettern. Ein rascher Schritt, und er drosch dem Nächsten die linke Faust ins Gesicht, brach ihm die Nase und warf ihn auf seine Kameraden zurück.

»Kommt!«, brüllte Hirad, als er das Blutbad auf der linken Seite sah. Er zog die Klinge quer vor dem Körper herum. Der Gegner parierte, stand aber ohne Deckung da, und so konnte der Barbar nachsetzen und den Mann mit einem Stoß vor die Brust aus dem Gleichgewicht bringen. Ein zweiter Schlag traf sein linkes Bein und brachte ihm eine tiefe Wunde bis auf den Knochen bei. Kreischend ging er zu Boden.

»Harter Schild steht«, meldete Erienne.

»Rebraal, wie viele kannst du sehen?« Der Unbekannte war froh, dass er den großen Mann unter Kontrolle bringen konnte, während er den nächsten Schritt plante. Er ließ von links nach rechts einen niedrigen Schlag los, der jedoch ungeschickt pariert wurde. Der Mann war stark, aber langsam. »Jederzeit«, flüsterte er.

»Fünf vorne«, erwiderte Rebraal. »Fünf hinten.« Wieder surrte ein Pfeil. »Vier. Magier erledigt.«

»Denser!«, rief der Unbekannte, blockte einen weiteren mächtigen Überkopfschlag ab, lenkte die Klinge zur Seite und stieß mit dem Dolch zu. Der Feind musste zurückweichen. »Nach links. Darrick, pass auf ihn auf. Rebraal, gib Deckung. Der Rabe, vorwärts.«

Der Rabe stieß vor. Denser machte kehrt und rannte um Dystrans Turm herum, Rebraal folgte ihm. Darrick drängte nach vorn, stellte mit Thraun zusammen zwei weitere Gegner und teilte Schläge aus, die sie weiter und weiter zurücktrieben. Dann starrte der Unbekannte dem riesigen Wächter ins Auge.

»Zeit zu sterben.«

Bevor er sich die Verletzung an der Hüfte zugezogen hatte, war der Unbekannte der schnellste Kämpfer in Balaia mit dem Zweihandschwert gewesen. Er stand nicht mehr sicher genug, um die schwere Klinge zu führen, und benutzte jetzt Langschwert und Dolch, doch dies hatte sein Schlagtempo eher noch erhöht. Er wusste bereits, dass sein Gegner nicht mithalten konnte, und so wartete er ab. Träge versuchte der Wächter, einen Schlag anzubringen, und ließ einen mächtigen Hieb auf die Brust des Unbekannten los. Der Unbekannte duckte sich einfach, kam hoch, machte einen Ausfallschritt, hob links den Dolch, um einen etwa noch folgenden Schlag abzublocken, und stach dem Wächter seine Klinge durch die Kehle.

Der Rabe drängte weiter, und jetzt reagierten die xeteskianischen Magier. Sprüche schlugen in den Schild der Al-Arynaar ein. Der Unbekannte hielt den Atem an, denn die julatsanische Magie war nicht mehr so zuverlässig, wie sie es einmal gewesen war. Feuerkugeln prallten harmlos ab, darauf folgte Todeshagel, der ebenfalls abgewehrt wurde. Von der anderen Seite des Turms aus fand Rebraals Pfeil ein weiteres Opfer, und direkt danach schlug Densers Kraftkegel ein.

Ihres magischen Schildes beraubt, waren die xeteskianischen Wächter dem Kraftkegel hilflos ausgeliefert. Er traf sie von der Seite, warf die Männer gegeneinander und schob sie über den Boden bis zur Außenwand. Denser hielt den Druck aufrecht, bis die Rufe der Wächter schwächer wurden, als sie, gegen den unnachgiebigen Stein gepresst, das Bewusstsein verloren. Einige würden nie wieder aufstehen.

Vor dem Raben war der Weg fast frei, nur einige Xeteskianer standen noch als ungeordneter Haufen herum. Hirad trieb einem Angreifer die Klinge in die Hüfte. Der Unbekannte schlug ebenfalls hüfthoch zu, dann folgte ein tödlicher Stich mit dem Dolch. Rebraal ließ noch einmal seinen Bogen singen, doch dieses Mal prallte der Pfeil von der hinteren Wand ab und fiel harmlos zu Boden.

»Der Rabe, los jetzt!« Auf Hirads Ruf rannten die Rabenkrieger durch die sich auflösende Linie der Feinde zur Tür.

Der Unbekannte wandte sich zu den Magiern um und winkte sie zu sich. »Rebraal, halte die Magier in Bewegung. Sie dürfen nicht trödeln, es wird eng.«

»Vor der Tür nach rechts«, übertönte Denser den Tumult von Schmerzensschreien und Warnrufen der Xeteskianer, zwischen denen der Rabe zur Tür stürmte. »Folgt der Kuppel bis zum Mana-Bad.«

»Der Rabe!«, rief Hirad noch einmal. »Der Rabe zu mir!«

Dystran hörte die Einschläge der Sprüche, die sogar die Mauern seines Turms leicht erbeben ließen. Er beschleunigte seine Schritte, Myx ging vor ihm, um ihn zu führen.

»Was, zur Hölle, ist in meinem verdammten Kolleg los!«

»Die Protektoren verlassen die Wälle, Suarav wurde gerufen, der Kreis der Sieben versammelt sich und steht Euch in Lord Ranyls Turm zur Verfügung«, meldete Myx.

»Verdammt, bei den brennenden Göttern, Myx – wer zerlegt da meine Kuppel? Direkt vor meiner Nase?«

»Das müssen die Elfen sein, Mylord.«

»Ja«, fauchte Dystran. »Ja, beeil dich.«

»Mylord.«

Als sie die unterste Ebene des Turms erreicht hatten, führte Myx ihn zielstrebig durch das Gewirr von Fluren und Gängen unter der Kuppel, durch die man die anderen Türme, die Festsäle und die Katakomben erreichen konnte. Nach dem Vorfall mit Hauptmann Yron hatte Dystran verfügt, dass Alarmsprüche eingerichtet und für den gesamten Kreis der Sieben die Wachen verdoppelt wurden. Allerdings hatte das die Eindringlinge offenbar nicht davon abgehalten, bis zu Ranyl gelangen. Auch der bekannte Zugang zu den Empfangsräumen seines eigenen Turms war versperrt. Zu viele Leute wussten davon, zu viele Möglichkeiten, verraten zu werden.

Die beiden Männer rannten in Ranyls Turm die Treppe hinauf, und Dystran murmelte empört, als er die Toten auf den Absätzen sah.

»Völlig nutzlos, diese Leute. Womit habe ich das nur verdient?«

»Mylord?«

»Schon gut, lass mich durch.«

Myx blieb stehen, und Dystran ging an ihm vorbei. Ranyls Schlafzimmertür stand offen, drinnen hörte er leise Stimmen. Ohne anzuklopfen, trat er ein.

»Lord Ranyl, seid Ihr verletzt?«

»Nur mein Stolz ist verletzt.« Ranyl saß am Feuer in seinem Lieblingsstuhl. Der Hausgeist hatte sich beruhigt, auch wenn immer noch die Adern auf seinem kahlen Schädel pochten. Er hockte auf der Stuhllehne und streichelte den Kopf des alten Mannes.

»Ihr seid nicht verletzt? Was wollten sie?«

»Natürlich die Forschungsergebnisse. Sie wollen ihren Drachen nach Hause schicken, das Übliche.«

Dystran stutzte und runzelte die Stirn. »Die … seit wann interessieren sich die Elfen für Sha-Kaan?«

Ranyl lachte. »Oh, nein, Mylord. Wie ich hörte, haben die Elfen bereits gefunden, was sie haben wollten.«

»Aber wer …«

»Wer denn wohl? Der Rabe.«

Dystran zuckte heftig zusammen. »Was?« Er konnte

nicht glauben, was er hörte, und dann schossen ihm gleichzeitig viele Gedanken durch den Kopf. »Bei den fallenden Göttern, das Schlupfloch.«

»Mylord?«

»Denser weiß, dass es existiert. Denkt doch nach, Ranyl. Er war der Dawnthief-Magier, es ist klar, dass er es wusste.« Er fuhr zu Myx herum. »Haltet sie vom Mana-Bad fern. Nein, warte.« Er wandte sich wieder an Ranyl. »Und sie ist bei ihnen?«

»Natürlich ist sie dabei«, bestätigte Ranyl.

»Wo ist Suarav?«

»Unterwegs, Mylord«, meldete Myx.

»Ich kann nicht auf ihn warten. Hör zu, gib die Nachricht weiter«, sagte Dystran. »Das Mana-Bad muss so dicht abgeriegelt werden, dass keine Maus mehr ihren Arsch hineinquetschen kann. Wenn ihr den Raben findet, ist es sehr, sehr wichtig, dass Erienne nichts geschieht, ist das klar?«

»Ja, Mylord. Und die anderen?«

»Niemand verlässt das Kolleg. Kein Elf und kein Rabe«, sagte Dystran. »Und da Erienne die Einzige ist, die ich unverletzt haben will, darfst du daraus schließen, dass alle anderen Feinde von Xetesk sterben sollen. Hast du das verstanden?«

Myx regte sich ziemlich unbehaglich. »Ich verstehe Euren Wunsch.«

Dystran strich sich mit der Hand übers Gesicht. »Falls du und deine fragwürdige Sippschaft von Protektorenbrüdern das Gefühl habt, ihr könntet nicht gegen euren ehemaligen Bruder Sol kämpfen, dann lasst es bleiben. Ich bin sicher, dass dort draußen noch genug Elfen sind.«

»Ja, Mylord.«

»Noch etwas. Stell Verbindung zu einem Protektor auf Herendeneth her. Ich will mit einem meiner Magier sprechen. Es wird Zeit, den Druck zu erhöhen, damit wir sehen, ob unser bald gefangenes Vögelchen wirklich das ist, was wir glauben.«

Die alten Fenster waren blind, und das schwankende Licht der Laternen und Fackeln verriet Auum nicht, was sich unmittelbar unter ihm abspielte. Er hatte ohnehin keine Zeit, sich Sorgen zu machen. Über jeder Tür der Bibliothek stand ein Elf auf dem breiten Schmuckrahmen. Sie hatten die Waffen weggesteckt und schwere Bücher in der Hand.

»Ihr wisst, was ihr zu tun habt, wenn wir uns aufteilen. Al-Arynaar, passt auf und schirmt uns ab, wenn ihr könnt. Tual wird uns sehen, wo immer wir sind.« Er nickte. »Los jetzt.«

Auum stieß den Buchrücken fest ins Fenster. Das alte Glas und die Bleifassungen fielen in großen Stücken nach draußen. Ein weiterer Schlag, und der Fensterrahmen war leer. Er ließ das Buch fallen, packte die Unterkante des Fensters und hechtete hindurch, streckte die Beine, als sie die Öffnung verlassen hatten, und landete in der Hocke, während er mit einer Hand schon den Jaqrui-Beutel öffnete und mit der anderen das Kurzschwert ergriff.

Einige Xeteskianer kamen entlang einem niedrigen Gebäude zur Bibliothek gerannt. Sie waren im Augenblick noch weit genug entfernt. Er drehte sich auf den Hacken um und musterte die Tai, die inzwischen allesamt gelandet waren und sich in Bewegung setzten. Vor der Bibliothek standen drei Wächter, die bereits ihre Schwerter aus den Scheiden zogen und sich in einer defensiven Formation aufstellten. Er rannte zu ihnen, Duele und Evunn kamen mit.

Die TaiGethen-Zelle griff an. Auum warf einen Jaqrui, der pfeifend durch die Luft sauste. Das gespenstische Geräusch hallte laut zwischen den Mauern, bis der Wurfstern den Schwertarm eines Wächters traf, der grunzte und die freie Hand auf die Wunde presste. Duele und Evunn bevorzugten je zwei Kurzschwerter. Evunn sprang die Treppe hinauf, duckte sich unter einem Schlag hindurch und versetzte aus der Drehung seinem Gegner einen Tritt vor die Brust. Zwei rasche, kurze Schläge folgten links und rechts und trafen Hals und Schulter. Sofort drehte er sich um und schlug mit der Rückhand auf den nächsten Wächter ein, während Duele dem Unglücklichen das Schwert in die Brust trieb. Seine Tai hatten das Werk vollendet, ehe Auum dem ersten Mann den Garaus gemacht hatte.

»Geht jetzt«, sagte Auum.

Die Tai rannten um die Außenwand der Bibliothek herum; die feindlichen Soldaten näherten sich rasch und würden bald Marack angreifen. Auum lief schneller. Der Garten, wo sich Porrack und Allyne versteckten, war nahe.

»Tais, los jetzt!«, rief Auum. »Wir sind entdeckt.«

Die Feinde gingen von vorne und von rechts auf sie los. Etwa zwanzig Schwertkämpfer und Armbrustschützen kamen hinter den langen Räumen hervor, in denen die Magier ihre Sprüche erprobten. Vor sich sah er seine Brüder rasch und gewandt auf die Beine kommen und weglaufen. Wie Geister stiegen sie vom Boden auf, und er hörte das Heulen und Flüstern der Jaqrui und das Summen der Bogensehnen trotz des zunehmenden Lärms, der zwischen den Mauern der Gebäude hallte.

Auums Tai teilten sich auf und schufen so eine breite Front und kleine, bewegliche Ziele. Auum warf zwei weitere Wurfsterne. Links von ihm drückte sich Duele in den Schatten der Bibliothek und näherte sich den Gegnern, die ihn im Zwielicht kaum erkennen konnten. Rechts hatte Evunn sein Kurzschwert in die Scheide gesteckt und einen Jaqrui geworfen. Die Feinde waren nur noch wenige

Schritte entfernt, dann begannen die Armbrustbolzen zu fliegen.

Auum rannte im Zickzack mitten zwischen die Feinde, sprang los und rollte sich ab, kam auf die Füße und stieß seine Klinge einem Mann in den Schritt. Dann jagte er weiter, auch Duele ging inzwischen zum Nahkampf über, versetzte einem Mann einen Tritt ins Gesicht und schnitt ihm die Kehle durch.

Porrack und Allyne griffen die Xeteskianer inzwischen von hinten an und nahmen sich die Armbrustschützen vor. Auum duckte sich unter einem Hieb, hob das Schwert, um einen weiteren Streich zu parieren, stieß dem Angreifer den linken Handballen ins Gesicht und warf ihn von den Beinen. Tänzelnd zog er sich zurück und suchte sich das nächste Ziel. Drei Männer gingen auf ihn los. Er nahm das zweite Kurzschwert in die Hand, wich einen Schritt zurück und ließ sie kommen. Rechts brach einer zusammen und stürzte, nachdem Evunn mit einem Jaqrui seinen Mund getroffen hatte. Blut spritzte aus dem zerstörten Gesicht.

Auum ließ die Klingen vor sich kreisen, täuschte einen Schlag an, ging in die Hocke und trat dem vordersten Gegner die Füße weg. Dann kam er sofort wieder hoch, blockte zwei rasche Hiebe des letzten Wächters ab und stieß ihm eine Klinge in die Brust. Der taumelte mit durchbohrter Lederrüstung zurück, aus der das Blut quoll.

Der gestürzte Mann kam wieder auf die Beine. Auum versetzte ihm einen Tritt vor den Kopf, der ihn bewusstlos zusammenbrechen ließ. Vor ihm war Porrack umzingelt und zog sich einen tiefen Schnitt am Arm zu. Er reagierte und trat einem Angreifer ins Gesicht. Der Kopf des Mannes knickte mit einem entsetzlichen Knacken nach hinten. Auum kam dem Gefährten zu Hilfe und trieb einem weiteren Gegner die Klinge ins Kreuz.

Es war genug. Die Xeteskianer lösten sich aus dem Kampf und rannten zum Süden des Kollegs, wo sie eher in Sicherheit waren als hier.

»Lasst sie laufen«, befahl Auum. »Tai, zu mir.«

Auf der Nordseite der Bibliothek glühten Sprüche dunkelblau und orange. Die TaiGethen und ihre Schutzbefohlenen, die Al-Arynaar, machten kehrt, um Marack und ihrer Zelle zu helfen. Auum führte sie um die Bibliothek herum. Marack war zum Gebäude zurückgewichen und stand an der Tür. Einer ihrer Tai war gestürzt, bewegte sich aber noch. Der Magier wirkte einen Spruch, und ein Dutzend Männer gingen mit Schwertern, Armbrüsten und Magie auf sie los.

Duele und Evunn stimmten den Schrei des Spinnenaffen an. Der kehlige Laut lenkte die Angreifer ab, einige drehten sich sogar um. Vorgesetzte bellten Befehle und riefen Warnungen, und die Kämpfer formierten sich neu. Die TaiGethen warfen ihre Jaqrui. Ein Armbrustbolzen streifte Auums linken Arm. Hinter sich hörte er ein Grunzen, und jemand strauchelte. Die Gefallenen würden Hilfe bekommen, so hielten es die TaiGethen. Er rannte weiter.

Vor ihnen ließ der Magier der Al-Arynaar einen Spruch los. Dunkelgelbe Feuerkugeln flogen zu den feindlichen Linien und trafen das Zentrum. Der Spruchschild hielt, und ein strahlend blaues Licht erhellte die Umgebung. Dahinter waren weitere Kampfgeräusche zu hören.

Der Rabe.

Vielleicht waren die Rabenkrieger dafür verantwortlich, dass Xetesk sie entdeckt hatte, aber sie hielten Wort und deckten den verabredeten Fluchtweg. Auum gestattete sich ein kleines Lächeln und trat vor, um sich abermals in die Schlacht zu stürzen.

Zwanzigstes Kapitel

Nyam sah sich um, während sich seine Lippen lautlos bewegten. Da waren alle Beweise, die er brauchte. Ob er aber etwas unternehmen sollte, war eine ganz andere Frage.

Links lag Cleress in tiefem Schlaf, die jüngsten Ereignisse hatten sie nicht gestört. Vor ihm saß Myriell kerzengerade auf dem Stuhl, ein Kissen hinter dem Kopf und versorgt von einem Elfen der Gilde. Sie hatte die Augen geschlossen, schlief aber nicht. Er konnte sehen, wie sich die Pupillen unter den Lidern bewegten. Gelegentlich machte sie eine kleine Geste, und auch ihre Lippen bewegten sich lautlos. Sie hatte die Stirn in tiefe Falten gelegt, doch dies war ein Ausdruck der Konzentration und nicht der Verwirrung.

Er hatte Diera völlig falsch eingeschätzt. Die Frau war viel stärker, als er angenommen hatte, und dies hatte zu der Pattsituation geführt, in der er sich jetzt befand. In dem Augenblick, als er ihr Leben bedroht hatte, hatte sie ihr Kind an sich gerissen und um Hilfe gerufen. Die Elfen der Gilde waren ins Zimmer gestürmt, und sofort hatten sich Protektoren an den Wachen vorbeigeschoben.

Jetzt umringten Protektoren den Eingang zu den Gemächern und hielten die Gilde-Elfen auf Abstand, während Nyam die Al-Drechar beobachtete. Weitere Protektoren bewachten jedoch Dieras Schlafzimmer und zeigten Nyam, dass ihre Loyalität keinesfalls eindeutig war und dass der Magier sich auf dünnem Eis bewegte. Seine Kollegen, bemerkte er, waren entweder nicht bereit oder nicht fähig, zu ihm zu stoßen. Vielleicht dachten sie über diesen Morgen nach und überlegten, wie sie ihr eigenes armseliges Leben retten konnten, wenn Sha-Kaan kam, um Vergeltung zu üben, wie es unweigerlich geschehen musste.

»Warum habt Ihr das getan?«, fragte Nerane, die Elfenfrau, die Myriells Stirn abtupfte. »Wir haben Euch in jeder Weise geholfen, so gut wir konnten. Wir haben Eure Fragen beantwortet.«

»Nicht alle«, erwiderte Nyam. »Und jetzt habe ich die Antwort, die meine Herren in Xetesk haben wollen. Ihr hättet uns nicht verheimlichen dürfen, dass noch ein anderer Magier des Einen am Leben ist und unter Eurem Schutz steht. Wir wollen den Orden erhalten und dazu beitragen, dass er wieder wächst.«

»Ihr wollt ihn für Euch selbst übernehmen.« Myriells Stimme klang gebrochen und erschöpft. »Das werden wir nicht zulassen.«

Nyam sah die alte Elfenfrau an, die ihre Augen öffnete und ihn mit unverhohlener Abscheu betrachtete.

»Damit unterstellt Ihr, dass Ihr überhaupt eine Wahl habt«, sagte Nyam.

»Wir haben immer die Wahl.«

»Beschützt Ihr sie jetzt?«

»Ich tue, was ich tun muss. Durch Euer Eindringen gefährdet Ihr, was Euch wichtig ist.« Myriell schloss die Augen wieder.

»Ihr müsst uns erlauben, Euch zu helfen.«

»Wir werden niemals erlauben, dass unsere Geheimnisse einem Kolleg in die Hände fallen«, erwiderte sie mit schwacher Stimme. »Hinaus.«

Nyam sah sich zwischen seinem Respekt vor den Al-Drechar und dem Bedürfnis, seine Autorität unter Beweis zu stellen, hin und her gerissen. Drohungen fruchteten hier wohl nichts. Er hörte Schritte hinter sich und drehte sich um. Es war ein Protektor.

»Ihr müsst mich anhören, mein Magier«, sagte er. »Ich stehe in Verbindung mit Myx.«

Myx. Dystrans persönlicher Protektor.

»Sprich.«

Nyam lauschte, und sein Herz begann zu rasen.

Rebraal bezog seine Position in der Deckung der beiden Säulen, die den Eingang zum Kuppelkomplex flankierten. Als der Rabe in der üblichen Kampfformation, dem Fünfstern, mit einem Quartett von Magiern im Schlepptau herausgerannt kam, spannte er wieder den Bogen und verschaffte sich einen Überblick über die Verteidigung des Kollegs.

Vor ihnen öffneten sich die Ziergärten zu einem Hof, dahinter lag das derzeit geschlossene Westtor des Kollegs. Auf beiden Seiten rannten Männer auf der Mauer entlang zum Torhaus. Weitere Kräfte hatten sich im Hof gesammelt. Der Rabe sah sich ungefähr der vierfachen Anzahl an Schwertkämpfern, Magiern und Bogenschützen gegenüber.

Auch rechts, also dort, wohin sie eigentlich laufen wollten, tat sich etwas in den Ställen und Unterkünften. Dort sammelten sich ebenfalls Soldaten. Einige liefen schon in Richtung des Mana-Bades, andere formierten sich, um sich zu den Türmen zu begeben. Also hieß es schnell kämpfen und den Weg für die TaiGethen offen halten, die von links kommen mussten, nachdem sie die Bibliothek durchsucht hatten. Immer vorausgesetzt natürlich, sie stießen auf keine allzu großen Schwierigkeiten.

Sprüche flogen in hohem Bogen und trafen beide Abteilungen, als sie sich näherten. Rebraal suchte unter den Gegnern nach den Magiern, die für die Schilde verantwortlich waren. Funken sprühten, als die Feuerkugeln der Al-Arynaar gegen den xeteskianischen Schild prallten, der unter dem Druck ein wenig nachgab. Denser jagte einen Eiswind hinterher. Eine extrem unterkühlte Luftströmung stieß gegen das Dunkelblau der feindlichen Schilde. Dann antworteten die Xeteskianer, und die Barriere der Al-Arynaar blitzte auf. Auch sie gab nach, ohne zu zerbrechen, und der Rabe war weiterhin geschützt.

Die Kämpfer näherten sich einander, der Rabe stieß mit der gewohnten Kraft vor. Der Unbekannte überwand die Deckung seines Gegners und zerschnitt ihm das Gesicht vom Kinn bis zur Stirn. Ein rascher Hieb seitlich an den Kopf des Gegners warf ihn zur Seite, und der große Krieger hatte wieder genügend Raum zum Kämpfen. Hirad wechselte neben ihm im letzten Moment das Schwert in die andere Hand und verwirrte seinen Gegner, der vergeblich versuchte, nachträglich den Schlag anzupassen. Dabei verlor er das Gleichgewicht und musste hilflos zusehen, wie Hirad nach links auswich und ihm das Schwert in die ungedeckte linke Seite schlug.

Rebraal spannte den Bogen, als die Xeteskianer aus dem Hof stürmten, um die Flanke anzugreifen. Sie hatten Bogenschützen und Schwertkämpfer dabei, es waren fünf, die in enger Formation kamen. Er ließ den Pfeil fliegen, der ein wenig nach rechts abgelenkt wurde und die Schulter eines Schwertkämpfers traf. Der Mann drehte sich um sich selbst und stürzte. Die anderen achteten nicht auf ihren gefallenen Kameraden, sondern rannten weiter. Hirad würde Schwierigkeiten bekommen.

Der Anführer der Al-Arynaar nahm einen weiteren Pfeil aus seinem schwindenden Vorrat und legte ihn ein, während er schon die Treppe hinunterrannte, um den Barbaren zu unterstützen. Er suchte sein nächstes Ziel aus, spannte die Sehne und schoss im Laufen. Er verfehlte den Schwertkämpfer und verpasste einem Bogenschützen einen leichten Streifschuss an der Wange. So hatte er nichts erreicht, außer die Aufmerksamkeit der Feinde auf sich zu ziehen.

Es war Zeit zu kämpfen. Er hockte sich hin, legte den Bogen ab und rannte weiter. Als er die Rabenkrieger erreichte, zog er sein Kurzschwert. Hirad hatte die Gefahr noch nicht bemerkt, weil er mit einem geschickten, wendigen Gegner beschäftigt war.

»Hirad, rechts! Pass auf deine rechte Seite auf!«, rief er.

Pfeile flogen, er duckte sich instinktiv. Er musste möglichst schnell unter Eriennes harten Schild kommen. Darrick und Thraun arbeiteten ausgezeichnet zusammen, die rohe Schlagkraft des Gestaltwandlers war eine gute Ergänzung für Darricks geschickten Umgang mit dem Schwert und seine solide Verteidigung.

»Rechte Flanke!«, rief der Unbekannte, der Rebraals Warnung gehört hatte und mit der Klinge auf den Wächter vor ihm einschlug. Der Mann blockte den Schlag zwar ab, taumelte aber unter dem Aufprall. Ein Schlag mit dem Heft des Dolchs schickte ihn endgültig zu Boden.

Hirad zog seine Klinge niedrig und energisch herum, der Gegner wehrte ab, wich aus, traf mit seinem Schwert den linken Arm des Barbaren und schlitzte Leder und Fleisch auf. Hirad knurrte und antwortete mit einer Riposte, die den Schenkel des Gegners traf. Dann wich er einen Schritt zurück, und diese Bewegung rettete ihm das Leben.

Im letzten Augenblick sah er die beiden Schwertkämpfer, die ihn auf der rechten Seite angriffen. Er zog sein Schwert zurück und konnte die erste Klinge abwehren, doch zum zweiten Mal binnen weniger Sekunden ritzte ein Schwert seinen Arm auf, dieses Mal auf der rechten Seite. Er duckte sich unter einem wilden, ausholenden Schlag des zweiten Angreifers hinweg, hatte aber seinem ersten Gegner nichts mehr entgegenzusetzen. Der gewandte Mann setzte zu einem tödlichen Schlag an, sah seine Klinge aber vom Schwert des Unbekannten blockiert. Der große Mann stach ihm den Dolch in die Schläfe.

Rebraal nahm drei Schritte Anlauf und versetzte dem zweiten Angreifer mit beiden Füßen einen Tritt vor die Brust. Er landete auf dem Mann, hörte dessen Rippen knacken und drehte sich um. Der Barbar nickte ihm dankbar zu, bevor sie sich zum letzten noch stehenden Schwertkämpfer umwandten. Einen Herzschlag später war es um ihn geschehen.

Die Bogenschützen zogen sich eilig zurück und nahmen die schützenden Magier bis zum Hof mit. Wie auf ein Stichwort erschien Auum mit seinen Tai an der Ecke der Bibliothek.

»Der Rabe, los jetzt!«, rief der Unbekannte.

Doch von rechts, von der anderen Seite des Kollegs, kamen weitere Feinde. Gleichzeitig schwang das Westtor des Kollegs auf, und auch von dort strömten Männer herbei, die sich direkt in ihre Richtung wandten.

»Oh, ihr guten Götter«, keuchte Hirad. Seine Arme schmerzten, seine Schenkel brannten vor Anstrengung.

Der Vorstoß des Raben kam zum Erliegen, kaum dass er begonnen hatte. Die TaiGethen sammelten sich rings um ihn. Anscheinend kamen jetzt von überall xeteskianische Truppen zu Fuß und sogar zu Pferd herbei. Pfeile und Bolzen prasselten auf Eriennes harten Schild.

»Das schaffen wir nicht«, sagte Darrick. »Wir sitzen in der Falle.«

»Vorschläge?«, fragte der Unbekannte. »Uns läuft die Zeit davon.«

»Es gibt nur einen Ort, den wir verteidigen können«, sagte Denser. Er bewegte sich bereits in Richtung der Türme. »Folgt mir.«

»Zurück zur Kuppel, zurück zur Kuppel!«, rief Hirad. »Rebraal, bring deine Leute mit.«

Die Gefährten drehten sich um, rannten die Treppe hinauf und brachten sich durch die offenen Türen vorübergehend in Sicherheit. Xeteskianische Sprüche kamen geflogen und schlugen hinter der Gruppe ein. Er hörte Gireeth vor Schmerzen schreien, drehte sich um und sah, wie der Schild des Magiers zerstört wurde. Ein Schwall heißer Luft schlug ihm entgegen, hartes, kobaltblaues Licht blitzte, und eine Feuerkugel ging zwischen den TaiGethen nieder.

Brennende und sterbende Elfen wurden auf den Boden geworfen, ihre Schreie verloren sich im Tosen der Flammen, die an den Stufen leckten und sie in die Fersen bissen.

»Schneller!«

Heftig keuchend legte Hirad noch einmal Tempo zu. Die Tür war nur noch wenige Schritte entfernt. Auum führte seine Tai-Zelle hinein, der Rabe folgte danach, dann kamen die Glücklichen, die den Zusammenbruch des Schildes überlebt hatten.

Thraun und der Unbekannte drückten die gut geölten Türen mit den Schultern zu, während draußen die Pfeile ins Holz schlugen.

»Denser, Schutzspruch«, verlangte der Unbekannte.

»Bin schon dabei.«

Es war ein schneller, wirkungsvoller Spruch. Hellblaues Licht spielte knisternd auf dem Schloss und der Maserung des mit Eisenbeschlägen verstärkten Holzes. Rebraal blieb unsicher am Schauplatz des Kampfes stehen, der vor kurzem hier stattgefunden hatte. Dann drehte er sich um und betrachtete sie alle, Elfen und Rabenkrieger gleichermaßen. Drei TaiGethen und zwei Magier der Al-Arynaar hatten es nicht geschafft. Die anderen lebten zwar noch, hatten aber alle den gleichen Gedanken.

Sie saßen mitten im Dunklen Kolleg in der Falle.

»Ah, meine Herren, ich freue mich, dass Ihr an diesem so außergewöhnlichen Abend kommen konntet.« Dystran hatte sich in Ranyls Esszimmer im zweiten Stockwerk des Turms niedergelassen und begrüßte die Anwesenden mit schmalem Lächeln.

Der sterbende Herr des Turms lag oben und ruhte, die übrigen Mitglieder des Kreises der Sieben saßen am Tisch.

»Ihr habt sicher schon bemerkt, dass keine Erfrischungen gereicht werden«, fuhr Dystran fort. »Ihr bemerkt sicher auch, dass Hauptmann Suarav trotz meiner Bitte bisher nicht in der Lage war, zu uns zu kommen. Könnte mir jemand erklären, warum dies so ist?«

Er sah sich am Tisch um und betrachtete die Männer, die mindestens doppelt so alt waren wie er. Keiner erwiderte seinen Blick. Es gab doch eine Redensart über Elfenbeintürme – er musste dafür sorgen, dass diese Magier einen besseren Eindruck von der Welt bekamen, die direkt vor ihrer Nase existierte.

»Der Grund ist, dass dieses Kolleg von ein paar alternden Söldnern und einigen höchst beeindruckenden Elfen angegriffen wird.« Immer noch keine Reaktion. Er knallte die Faust auf den Tisch. »Sie zerlegen mein Kolleg! Ihr habt doch sicherlich den einen oder anderen Ruf gehört oder bemerkt, dass Sprüche Eure hehren Hallen erbeben lassen.«

»Mylord«, sagte einer, doch Dystran achtete nicht auf ihn.

»Myx, sage mir, wo der Rabe und seine Elfenfreunde im Augenblick sind.«

»Sie sind soeben in die Kuppel gerannt, Mylord«, sagte Myx. »Die Türen wurden mit einem Schutzspruch gesichert.«

Einige Gäste am Tisch regten sich.

»Ja, meine Herren. Sie befinden sich nur wenige Schritte unter uns. Glücklicherweise gibt es einen Lichtblick, über den ich Euch unterrichten kann. Auf Herendeneth war ein eifriger junger Magier … wie hieß er noch gleich?« Er schnippte mit den Fingern.

»Nyam, Mylord«, half Myx aus.

»Nyam konnte mit großer Sicherheit bestätigen, dass die Al-Arynaar einen Magier des Einen abschirmen. Wir Ihr wisst, glauben wir, dass es sich bei diesem Magier um Erienne handelt, die zusammen mit den anderen Rabenkriegern direkt unter uns in der Falle sitzt. Wir werden jetzt Folgendes tun.

Zuerst einmal müssen wir eine Botschaft an einige alte Freunde schicken. Dann will ich den Beweis antreten, dass Erienne tatsächlich die betreffende Magierin ist, und Ihr müsst bereit sein, im Mana-Spektrum zu handeln, sobald der Beweis vorliegt. Wir haben immer gesagt, dass wir fähig sind, einen Magier des Einen vor seinem eigenen Bewusstsein zu beschützen, während die Erweckung vollendet wird, um ihn anschließend in der Kunst zu unterweisen, die in gewissen kostbaren Texten beschrieben wird. Es ist an der Zeit, diese Behauptung wahr zu machen.« Er wandte sich an Myx. »Wann können deine Brüder ihre Positionen vor dem Turmkomplex einnehmen?«

»Bevor die Stunde zu Ende ist, werden sie bereit sein, Mylord.«

»Gut. Dann weise unseren neuen Freund Nyam an, die Al-Drechar, die Erienne derzeit noch abschirmen, zu töten, wenn die Stunde vorbei ist.« Dystran drehte sich wieder zum Tisch um und betrachtete seine Fingerspitzen, ehe er die fassungslosen Gesichter des Kreises der Sieben anstarrte. »Damit sollten wir den Beweis bekommen, nicht wahr?«

»Wir können nicht hierbleiben«, sagte Denser.

»Ach, nein?«, fauchte Hirad. Er fuhr sich mit einer blutigen Hand durch die Haare. »Und ich dachte schon, wir richten uns hier häuslich ein und warten ab, bis der Ärger vorbei ist.« Etwas prallte gegen die Tür, die Balken krachten, doch es war ein halbherziger, frustrierter Vorstoß und kein ernsthafter Versuch, den Eingang aufzubrechen. »Bei den Göttern, das ist wie in Lystern, nur dass wir keine Pferde haben, die gesattelt bereitstehen. Außerdem hat diese Stadt hier Mauern.«

»Still, Hirad«, sagte der Unbekannte. »Denser, wir brauchen einen Überblick, und zwar schnell. Was geht dir durch den Kopf?«

»Wir können uns hier nicht verteidigen, auch wenn es anders aussehen mag. Die Kämpfer draußen warten auf Anweisungen vom Kreis der Sieben, der irgendwo über uns tagt. Es sieht böse aus. Unser Fluchtweg ist versperrt. Ich glaube, im Augenblick gibt es keinen Ausgang. Aber hier oder besser in den Katakomben können wir wenigstens noch etwas tun, und dort können wir uns auch noch eine Weile halten.«

»Woran denkst du?«, fragte Hirad.

»Du willst doch deinen Drachen nach Hause schicken, oder? Ich weiß, wo die Forschungen stattfinden. Vielleicht halten wir lange genug durch, um den Spruch zu wirken. Es kommt darauf an, wie kompliziert er ist.«

»Aber du bist dir nicht ganz sicher?«, fragte der Unbekannte.

Denser schüttelte den Kopf.

»Einen besseren Plan haben wir nicht. Rebraal, hast du das gehört?«

Der Elf nickte. »Ich habe es schon den TaiGethen erklärt. Wir wissen, wie gefährlich es war, hierher zu kommen. Wir bleiben bei euch.«

»Und das Aryn Hiil?«, fragte Denser.

»Es wird nicht wieder in ihre Hände fallen. Vorher würden wir es zerstören.«

»Gut, dann lasst uns gehen«, sagte der Dunkle Magier. »Noch etwas, Unbekannter. Wir glauben zu wissen, wo die Forschung durchgeführt wird und wo sich der leitende Magier aufhält. Es ist in der Nähe des Seelenverbandes. Tut mir leid.«

Der Unbekannte nickte. »Schon gut. Frag mich nur nicht, wie ich mich fühle. Das gilt für euch alle. Ihr wisst es sowieso schon.«

»Dann folgt mir«, sagte Denser. »Ich …«

Ein schrilles Geräusch erfüllte die Kuppel. Es war laut und durchdringend und ließ ihre Schädel beben. Hirad klatschte sich die Hände auf die Ohren und grunzte unwillkürlich. Überall in der Kuppel fielen Schwerter auf den Boden, und die Elfen gingen mit schmerzverzerrten Gesichtern in die Knie.

Abrupt hörte das Geräusch wieder auf, und der Eindruck einer großen Leere entstand. Eine Stimme, durch jede

Oberfläche in der Kuppel verstärkt und absolut deutlich, durchbrach die Stille.

»Jetzt habe ich Eure Aufmerksamkeit. Ich habe einen Vorschlag für Euch. Ihr könnt mich doch hören, werte Rabenkrieger und Elfen?«

Die Stimme verhallte. Hirad hob die Klinge und sah sich um, woher sie käme. Thraun keuchte schwer mit geschlossenen Augen und bleichem Gesicht. Den Elfen ging es nicht besser. Der Unbekannte starrte die Decke an, richtete sich drohend auf und hielt sein Schwert fest. Darrick rieb sich die Ohren und zeigte den gereizten Gesichtsausdruck, der in der letzten Zeit öfter zu sehen gewesen war. Erienne stand dicht neben Denser und sah ihn fragend an, worauf er das Wort ergriff.

»Dystran, dieses Gebrüll wäre nun aber wirklich nicht nötig gewesen.«

»Ich dachte, es beeindruckt Euch. Wirklich, es sollte Euch beeindrucken. Ihr habt Euch an einem Ort versammelt, der für solche Darbietungen geeignet ist wie kein zweiter. Vergesst das nicht. Ich kann noch viel, viel lauter werden.«

»Wir sind von Euren Fähigkeiten gebührend beeindruckt«, sagte Denser, doch seine Stimme klang gelangweilt. »Was wollt Ihr?«

»Ich will das Blutvergießen beenden«, sagte Dystran. »Ihr habt Eure Fähigkeiten im Kampf gegen meine Leute bewiesen, aber das ist jetzt vorbei. Ihr sitzt in der Falle, und das wisst Ihr auch. Aber Ihr müsst nicht sterben. Ich habe ein Angebot für Euch. Ergebt Euch, und keinem von Euch wird etwas geschehen. Die Elfen bekommen sicheres Geleit nach Calaius, sobald die Belagerung aufgehoben wird – vorausgesetzt, sie geben uns zurück, was sie aus unserer Bibliothek entwendet haben. Die Rabenkrieger werden als unsere Gäste hier bleiben, bis dieser unschöne Konflikt vorbei ist. General Darrick, da Ihr von Eurem eigenen Kolleg zum Tode verurteilt worden seid, müsstet Ihr dies sogar als glückliche Wendung empfinden. Denser, Ihr könnt Euch wieder mit dem Ort vertraut machen, der Euch zu dem gemacht habt, der Ihr seid. Sol, Ihr könnt sicher sein, dass Eurer Familie nichts geschieht. Sprecht über Eure Protektorenbrüder mit ihnen, wann immer ihr wollt. Erienne … Erienne, mit uns zusammen könnt Ihr Euer Potenzial entwickeln. Ich weiß, es ist verlockend, aber ich will Euch Zeit geben, darüber zu beraten. Ich lasse Euch also eine kleine Weile in Ruhe, und dann öffnet Ihr die Türen. Die andere Möglichkeit verheißt nur Leid und Schmerz, glaubt mir.«

Dystrans Stimme verklang. Hirad wollte etwas sagen, doch Denser legte einen Finger auf die Lippen und deutete nach oben. Dann breitete er die Arme aus und stellte eine wortlose Frage. Alle schüttelten den Kopf. Denser lächelte, legte wieder den Finger an die Lippen und bedeutete ihnen, ihm zu folgen. Er winkte Rebraal zu sich.

»Die Eingänge zu den Katakomben sind bewacht. Vielleicht könnte Auum uns die Ehre erweisen«, flüsterte er dem Elf ins Ohr.

Rebraal nickte. »Wir kümmern uns darum.« Er ging zu Auum und übermittelte ihm den Auftrag.

Geführt von den TaiGethen, betrat der Rabe die Katakomben von Xetesk.

Pheone ging alleine um den Krater herum, in dem das Herz von Julatsa ruhte. Sie war zwischen Kummer und Hoffnung hin und her gerissen. Ihre Leute hatten den Belagerungsring um Xetesk erreicht und mit den Al-Arynaar Verbindung aufgenommen. Die Kommunion hatte ergeben, was sie zu hören gehofft hatte. Sie würden kommen, hatten aber noch einen

Auftrag zu erledigen, ehe sie die eigenen Reihen verließen und nach Norden zogen. Diese Neuigkeit hatte sie mit einer unerwarteten Zuversicht erfüllt. Ebenso schnell war ihr das Herz wieder schwer geworden.

Anscheinend war der Rabe im Spiel, auch wenn sein Aufenthaltsort wegen der Schwierigkeiten mit Lystern und Dordover geheim war. Die Gründe dafür hatten sie kaum interessiert, denn auf ihre Frage nach Ilkar hatte sie von seinem Tod erfahren und die Kommunion sofort abgebrochen. Die Trauer über den Verlust und dann die Leere hatten sie erfasst wie ein Sturm, der nicht mehr enden wollte.

Sie war von ihren Freunden fortgelaufen, die an der gemeinsamen Kommunion beteiligt gewesen waren, und sie waren rücksichtsvoll gewesen und hatten sie sich selbst und ihren Gedanken überlassen.

Lange hatte sie um Ilkar geweint – sein Lächeln, seine Energie, seine Ausstrahlung. Die Berührungen, die sie nie mehr spüren würde. Die Schmerzen, die mit seinem Tod durch den Elfenfluch verbunden gewesen waren. Sie dachte auch an den Raben. Eine so enge Freundschaft, zerstört durch etwas, gegen das sie nicht einmal kämpfen konnten. Hilflosigkeit. Sie wusste genau, wie sich das anfühlte.

Schließlich schob sie die Gedanken an den Elf, den sie geliebt hatte, beiseite, und stimmte sich auf das Mana-Spektrum ein. Der Schatten war da, bedeckte das Herz, dämpfte die Farben und zehrte an seinen Kräften. Auch das Phänomen, das sie vor allem in den letzten Tagen bemerkt hatten, war wieder zu beobachten. Der Schatten schickte dunkle Ausläufer wie Speere in das Spektrum. Sie fragte sich, was dies zu bedeuten hatte. Bisher war ihnen noch nichts eingefallen.

Wenigstens hatte es keine weiteren Ausfälle der julatsanischen Magie mehr gegeben. Allerdings fiel es ihnen viel schwerer als früher, ihre Sprüche zu wirken, und sie waren danach stärker erschöpft, als es hätte der Fall sein dürfen. Diese Schwierigkeiten waren für alle, die ihre Sprüche außerhalb des Kollegs und der Stadt wirkten, noch viel größer.

Pheone blieb stehen, blickte in die tiefe Schwärze hinab, die auch das Mondlicht nicht durchdringen konnte, und ließ ihren Tränen freien Lauf. Die Dunkelheit und der Schatten da unten vertieften sich jeden Tag ein wenig mehr, und mit jedem Tag schwanden ihre Aussichten, das Herz zu bergen, wenn die Elfen endlich kamen.

Sie betete, es möge nicht zu spät sein, aber vor ihr klaffte ein riesiger, gähnender Abgrund.

Einundzwanzigstes Kapitel

Die Katakomben unter den Türmen von Xetesk waren zweifellos der am meisten gefürchtete Ort auf ganz Balaia. Legenden und Mythen rankten sich um das unterirdische Labyrinth. Düstere Geschichten, damit die Kinder brav im Bett blieben. Viele Gerüchte waren Übertreibungen, die auf Unwissenheit beruhten, doch einige bargen durchaus ein Körnchen Wahrheit.

Hier wurden Forschungen durchgeführt, an denen sich keine Studenten beteiligen durften. Früher hatte man hier mit Menschen experimentiert, die von den Protektoren verschleppt worden waren. Hier war der Kontakt mit der Dimension der Dämonen hergestellt worden, der Xetesks Macht vergrößert hatte. Hier hatte nur der Kreis der Sieben mit seinen Gruppen begabter Magier Zutritt, die neue Sprüche entwickeln und die politische Vorherrschaft festigen sollten. Hier befand sich auch der Seelenverband.

Doch als sie an den Wächtern vorbeikamen, die Auum und Evunn mühelos getötet hatten, und das Labyrinth betraten, das ungebetene Besucher verwirren sollte, bemerkte Hirad, dass er allen Legenden zum Trotz keineswegs durch unebene Gänge mit nackten Felswänden lief, von denen das Wasser tropfte und in denen sich schreckliche Ungeheuer herumtrieben.

»Was denkst du, wir sind doch keine Wilden«, sagte Denser. »Hier geht es nach links, Rebraal. Die Treppe hinab, dann wieder nach links.«

»Nein, das nicht, aber trotzdem. Sieht das nicht ein wenig zu aufgeräumt aus?«

Denser zuckte mit den Achseln. »Keine Ahnung. Ich kenne es nicht anders. Nur weil es nicht so ist, wie du dachtest …«

Sie liefen keineswegs durch feuchte, unebene und schreckliche Höhlen, sondern durch sorgfältig errichtete Gänge, die auch einem vornehmen Haus keine Schande gemacht hätten. Die Flure waren breit genug, damit drei Menschen nebeneinander gehen konnten, nach oben hin gewölbt, verputzt und mit Pastellfarben gestrichen. Hier und dort hing sogar ein Gemälde an den Wänden.

Der Stein strahlte einen sanften blauen Schein aus, und ein leichter Zug hielt die Atemluft frisch.

»Vergesst nicht, wir sind noch nicht sehr tief«, fuhr Denser fort. »Dies ist die oberste Ebene. Rebraal, geradeaus, dann scharf nach rechts. Da kommt wieder eine Treppe, warte am unteren Ende. Dort beginnt der Spaß.«

»Was meinst du damit?«, wollte der Unbekannte wissen.

»Warte nur ab, bis wir die Treppe hinter uns haben.«

»Ich liebe geheimnisvolle Männer«, murmelte Erienne.

»Und wie«, stimmte Hirad zu.

Am Fuß der Treppe veränderte sich die Umgebung. Das Licht blieb, doch hier gab es keine schönen Dekorationen mehr, sondern nur noch grobe Wandbilder und Gesichter, die aus dem glatten Fels gemeiselt waren. Die Gefährten standen nun in einer Kammer mit einem Kuppeldach, die

Decke befand sich etwa acht Fuß über dem Kopf des Unbekannten. In vier Richtungen zweigten Gänge ab, und die Luft war merklich kühler. Es war der erste größere Raum, den sie bisher betreten hatten.

»Wir müssen anhalten«, sagte Denser.

»Warum?«, fragte Hirad.

»Weil ihr so gut wie möglich verstehen müsst, wie das hier funktioniert.«

»Dann sprich«, forderte Rebraal ihn auf.

Er stand an der Spitze einer Gruppe verwirrter, gereizter Elfen. So tief unter der Erde und weit entfernt von allem, was ihnen vertraut war, fühlten sie sich nicht wohl.

»Wir haben uns vermutlich etwas Zeit erkauft. Diese Zeit verbringen wir am besten hier«, sagte Denser. »Rebraal, bitte übersetze so gut wie möglich.«

»Ja, wird gemacht.« Sein Gesicht verriet, wie unruhig er war.

»Also gut«, fuhr Denser fort. »Ihr müsst das Wesen der Katakomben verstehen. Sie wurden im Laufe von fünfzehn Jahrhunderten erbaut. Niemand weiß genau, wie weit sie sich erstrecken, weil niemals ein geordneter Ausbau stattgefunden hat. Generation auf Generation haben die Magier des Kreises der Sieben so gebaut, wie sie es jeweils für richtig hielten. Sie haben die Anlagen ihrer Vorgänger erweitert, eigene Gänge gegraben und versiegelt, was sie nicht mehr brauchten. Ich habe euch jetzt zu dem Punkt geführt, bis zu dem ich mich noch auskenne. Dies ist ein so genannter Verteiler. Es ist der zentrale Punkt in den Katakomben eines bestimmten Magiers aus dem Kreis der Sieben, in diesem Fall ist es Dystrans Verteiler. Es scheint mir, als hätte er in den letzten Jahren nicht viel Zeit für Dekorationen gehabt. In den Katakomben gibt es Dutzende solcher Verteiler, manche Magier besitzen mehrere. Zweifellos trifft das auch auf Dystran zu. Die meisten Gänge, die von einem Verteiler abzweigen, sind mit Alarmsprüchen gesichert, aber wir haben keine Zeit, sie alle aufzuspüren und zu entschärfen. Bei Türen müssen wir uns größere Sorgen machen. Fallen sind hier unten ebenso alltäglich wie das Misstrauen.«

»Gibt es denn keine Karte der Katakomben?«, fragte der Unbekannte.

»Wir gehen zu einem Raum, in dem es Karten gibt, aber sie sind unvollständig, weil kein Magier aus dem Kreis der Sieben alles offen legt, was er entwickelt hat. Es ist, als befänden wir uns hier unten in einem fremden Land. Hier unten forschen Magier, die kaum einmal das Tageslicht sehen. Ich bin sicher, dass auch Kestys hier unten ist, und er ist nicht ohne Schutz. Ob er allerdings magisch oder von Muskeln geschützt wird, weiß ich nicht zu sagen. Ich möchte euch nur verdeutlichen, wie es hier unten aussieht. Wir könnten aus jeder Richtung angegriffen werden. Viel hängt vom Wissen der Magier ab, die ihre Truppen auf uns hetzen.«

»Das kommt mir alles ziemlich lächerlich vor«, sagte Hirad.

Denser zuckte mit den Achseln. »So ist es eben in Xetesk. Man kommt nur nach oben, wenn man Einfluss besitzt, und Einfluss gewinnt man durch magisches Wissen. Das ist die Währung der politischen Macht. Dystran steht ganz oben, weil er bei der Entwicklung der Dimensionsmagie eine entscheidende Rolle gespielt hat, und er wählt seine Helfer vor allem anhand ihrer begrenzten Lebenserwartung aus.«

»Weißt du, ich mag ja nichts lieber als Geschichtsstunden«, sagte Hirad. »Aber im Augenblick müssen wir doch erst einmal den Bereich sichern, den du für den richtigen hältst, und wir müssen ihn sichern, bis du mit dem fertig bist, was du tun willst. Und dann kämpfen wir uns den Weg nach draußen frei.«

»Nichts leichter als das«, sagte Denser. »Hier entlang.«

Er lief zum Durchgang direkt gegenüber der Treppe, der Rabe sammelte sich hinter ihm, und die Elfen schwärmten etwas aus, beobachteten und lauschten. Er hob eine Hand und hockte sich mit geschlossenen Augen auf den Boden, um sich auf das Mana-Spektrum einzustimmen. Hirad spähte unterdessen in den Gang.

Ein halbes Dutzend Seitengänge zweigte in der Nähe ab, und ein paar hundert Fuß vor ihnen schien es einen weiteren Verteiler zu geben. Obwohl alles völlig harmlos aussah, hatte das Tunnelsystem eine gefährliche Ausstrahlung. Er wollte sich umdrehen, um den Gefährten seine Empfindungen zu beschreiben, und sah sich auf einmal Gesichtern gegenüber, die ihm einen kalten Schauer über den Rücken jagten.

Thraun starrte mit geweiteten gelben Augen in den Gang. Der Schweiß stand ihm auf der Stirn, und er schien angespannt, als wollte er gleich losrennen. Der Unbekannte Krieger hatte eine Hand auf die Stirn gelegt, seine Lippen bewegten sich leicht, die Augen hatte er fest geschlossen. Er schwankte. Auch Erienne hatte wie der große Mann die Hände an den Kopf gelegt und die Stirn gerunzelt. Sie starrte den Barbaren mit kleinen, ängstlichen Augen an. Nur Darrick schien unverändert.

»Bei den Göttern unter Wasser«, keuchte Hirad. »Darrick, kümmere dich um den Unbekannten. Thraun, halte dich hier fest.« Er nahm Eriennes Gesicht in beide Hände. »Erienne, was ist los?«

»Es ist Myriell. Sie wissen es, Hirad. Xetesk weiß Bescheid über mich. Es ist keine leere Drohung mehr. Sie haben gesehen, wie die beiden mich abschirmen. Ich bin die

Einzige, die noch infrage kommt. Hirad, in ihren Gemächern sind Protektoren.«

»Oh, nein.«

»Was sollen wir jetzt tun?«

»Es ist noch schlimmer«, sagte der Unbekannte.

Hirad drehte sich zu ihm um. Das Gesicht des Unbekannten war hart und bleich, als hätte er hinter der Stirn starke Schmerzen.

»Was ist los?«

»Ich kann sie hören, Hirad. So nahe am Seelenverband kann ich alles hören. Sie haben den Befehl, Myriell zu töten, sobald die Stunde schlägt. Es kann jetzt jederzeit so weit sein. Ein Magier wird den Befehl geben, er steht schon vor ihr.«

»Dann sage ihnen, dass sie es lassen sollen, Unbekannter. Du musst sie aufhalten«, drängte Hirad.

Denser machte mit den Händen komplizierte Bewegungen, als hätte er Webfäden an den Fingern, die er gegen den Wind miteinander verflocht.

»Das kann ich nicht, Hirad. Ich kann nicht mit ihnen sprechen, ich kann nur lauschen«, sagte er. »Sie wurden auch von der Front zurückgerufen. Sie kommen in die Katakomben. Sie werden nicht gegen uns kämpfen, aber sie werden die Elfen töten.«

»Die TaiGethen werden mit ihnen fertig«, sagte Hirad.

»Es sind mehr als fünfzig, und hier unten sind sie noch schrecklicher als anderswo, auch wenn wir uns alle schlecht fühlen. Glaube mir, das wird nicht gut für uns ausgehen. Wir bedrohen den Seelenverband.«

Hirad holte tief Luft und dachte nach. »Eins nach dem anderen. Thraun! Komm zu dir, Thraun!«

»Da hinten«, sagte Thraun und nickte Richtung Tunnel. »Es ist verfault. Ich kann es riechen. Wie zehn Tage altes Fleisch.«

»Nicht jetzt, Thraun. Kümmere dich um Erienne. Du weißt, wie du ihr helfen kannst. Ich rede mit Sha-Kaan und sehe, was ich tun kann. Unbekannter, Darrick, wir brauchen eine Verteidigung, durch die keine Maus schlüpfen kann. Rebraal, wir haben Schwierigkeiten. Macht euch bereit. Darrick gibt dir die Anweisungen, und Auum soll sie nicht in Zweifel ziehen. Wir wissen, was wir tun. Denser, bist du durch?«

»Fast«, sagte Denser. Hirad konnte die Konzentration des Mannes nur bewundern, wenn man bedachte, was er gerade gehört hatte. »Ich darf das Ding nicht auslösen, das würde uns alle blenden und betäuben. Ich kann es eine Weile ausschalten, gerade lange genug, wenn du weißt, was ich meine. Aber dränge mich nicht.«

»Die Zeit wird knapp.«

»Ich hab's gehört.«

Hirad streichelte Eriennes Wange. Sie hatte schreckliche Angst. »Schon gut. Sha-Kaan wird sie aufhalten, und Cleress ist auch noch da.«

Erienne schüttelte den Kopf, Tränen quollen aus ihren Augen. »Sie schafft das nicht allein, Hirad. Mein Bewusstsein. Sie werden mein Bewusstsein zerstören, wie es bei Lyanna geschehen ist. Bitte lass das nicht zu.«

Thraun stieß Hirad energisch zur Seite. »Rede mit deinem Drachen«, sagte er und zog Erienne an sich. »Ich bin da.«

Hirad setzte sich mit dem Rücken an die Wand. Er schloss die Augen und spürte sofort die Gegenwart des großen Drachen tief in seinem Bewusstsein. Er ruhte und wusste nichts von den Gefahren, die dem Raben drohten.

Großer Kaan, ich muss deine Ruhe stören.

Ich bin müde, Hirad Coldheart. Bitte berichte mir gute Neuigkeiten. Hirad spürte den Zorn des Drachen.

Ich habe keine guten Neuigkeiten, Sha-Kaan. Bitte höre zu. Xetesk bedroht uns hier und auf Herendeneth. Die Magier auf der Insel haben Befehl, die Al-Drechar zu töten. Damit wäre Erienne ohne Abschirmung.

Sha-Kaans Grollen donnerte in Hirads Kopf, sodass der Barbar vor Schmerzen keuchte.

Ich habe sie gewarnt, sagte der Drache. *Ich habe ihnen gesagt, welche Konsequenzen dies hätte. Ich kümmere mich darum. Sage mir, wo du bist. Dein Bewusstsein ist in Unruhe.*

Wir sitzen in den Katakomben in der Falle. Xetesk wird seine Streitkräfte auf uns hetzen, aber wir sind in der Nähe der Forscher, die dich nach Hause schicken könnten. Wir wollen versuchen, lange genug auszuhalten, aber wenn Erienne verletzt wird, stecken wir in Schwierigkeiten.

Dann halte mich nicht länger auf. Sage dem Unbekannten Krieger, ich werde auch seine Familie beschützen.

Damit brach der Kontakt ab. Hirad schüttelte sich und spürte im gleichen Moment, wie eine riesige Hand seine Schulter packte und ihn an der Lederrüstung auf die Beine zog.

»Hirad, es wird Zeit.« In den Augen des Unbekannten brannte eine neue Entschlossenheit, obwohl ihm die Stimmen der gequälten Protektoren in seinem Kopf zu schaffen machten. »Wir haben den Plan geändert.«

»Ach, ja?«

»In der Tat. Los jetzt.«

»Sha-Kaan beschützt deine Angehörigen«, sagte Hirad, als er zum Gang bugsiert wurde, in dem Denser und die TaiGethen bereits verschwunden waren.

Der Unbekannte hielt kurz inne und nickte dankbar. »Auch die Protektoren werden für sie da sein.«

»Und wie sieht nun der geänderte Plan aus?«

»Wir lassen die Protektoren frei.«

Nyam stand an der Schwelle zur wahren Größe. Oder der Narrheit. Er hatte die Worte gehört, die Ark, sein Protektor, ihm zugeflüstert hatte. Er hatte sich aus der Hörweite der Elfenohren begeben, als deutlich wurde, worum es ging. Nicht im Traum hätte er sich jedoch ausmalen können, wie Dystrans nächster Schachzug aussehen würde. Nun stand er mit zitternden Händen und kaltem Schweiß im Gesicht vor den Gemächern der Al-Drechar auf dem Flur.

»Das kann er nicht von mir verlangen«, sagte Nyam. »Die Zerstörungen, die dadurch ausgelöst würden. Wir haben doch wirklich genug Erfahrung damit.«

Ark schwieg einen Augenblick, übermittelte Nyams Antwort und empfing Dystrans Reaktion.

»Er versichert Euch, dass in Xetesk genügend Kraft vorhanden ist, um den Zerstörungen zu begegnen. Er verlangt Euren Gehorsam.«

»Bitte, das ist doch ein unnötiges Risiko, Ark. Mache ihm deutlich, dass er bekommt, was er will, wenn wir die Frau entführen. Er muss nicht so weit gehen.«

Wieder eine Pause. »Er meint, es sei an der Zeit, seine Autorität auf dieser Insel durchzusetzen. Wenn Ihr seine Wünsche nicht erfüllen wollt, wird es einer von uns tun.«

»Bitte ihn, es sich noch einmal zu überlegen. Bitte. Es ist noch genug Zeit.«

Arks leere Maske dreht sich zu ihm um. »Er bittet Euch, daran zu denken, wer der Herr vom Berge ist. Seine Entscheidung steht fest. Er wird den Befehl geben.«

Nyam nickte müde. »Sage ihm, dass sein Befehl ausgeführt wird.«

»Ich teile es ihm mit.«

Nyam wartete, bis Ark ihm wieder zuhörte, und er hasste sich für seine Feigheit. »Ark, du wirst den Befehl ausführen.«

Ark nickte nur. Schließlich hatte er keine andere Wahl.

Ein Brüllen erfüllte die Luft und ließ die Fenster in den Rahmen beben. Nyam zuckte zusammen.

»Bei den brennenden Göttern, er weiß es.«

Der Unbekannte Krieger versuchte erfolglos, die Stimmen in seinem Kopf auszublenden. Sie waren verwirrt und ängstlich und dennoch voller Entschlossenheit. Sie näherten sich dem Raben, sie schützten Diera und Jonas, und einer von ihnen, Ark, stand bereit, um Myriell zu ermorden. Er hatte keine andere Wahl. Seine Brüder stimmten ihm zu, auch wenn die Situation den Seelenverband beunruhigte.

Wieder einmal stürzten alle Erinnerungen auf ihn ein, doch sie waren dieses Mal viel schärfer als sonst. Der Blick durch die Maske, die Hand eines Dämons, die nach seiner Seele greifen wollte, das Wissen um die Schmerzen, die diese Wesen ihm nach Gutdünken zufügen konnten, die Stärke des Seelenverbandes und die Tiefe der Bruderschaft, die er nie wieder erleben und niemals erklären konnte.

Der Unbekannte atmete tief durch und sah sich nach links und rechts um. Zwei der verbliebenen Al-Arynaar-Magier kamen langsam den Gang herauf. Sie waren aufs Mana-Spektrum eingestimmt und sahen sich nach xeteskianischen Schutzeinrichtungen um, während sie sich zur nächsten Kreuzung vortasteten. Hinter ihnen kamen Marack und Harroc, der noch lebende Kämpfer ihrer Zelle. Außer Auums Zelle hatten sie alle Kämpfer verloren, nachdem vor dem Turmkomplex der Schild durchbrochen worden war.

Porrack und Jaruul, Allyne und Lisaan bewachten auf der linken Seite einen Gang, direkt dahinter standen Auum, Thraun und Erienne im Kartenraum der Katakomben. Sie versuchten, das dreidimensionale Mana-Modell der Gänge,

Kammern und Öffnungen zu verstehen, während Erienne sich bemühte, ihre gestörte Konzentration wieder aufzubauen.

Hirad, Darrick, Rebraal und Auums Tai überwachten den Verteiler, den sie gerade verlassen hatten, und warteten auf den Angriff. Sie konnten die Gegner bereits hören.

Alles war bereit. Der Unbekannte stand mit Denser vor der Tür des Forschungsraumes. Denser bemühte sich, die Falle zu entschärfen, die nur wenige Schritte entfernt den Zugang schützte. Der ehemalige Protektor hätte nie geglaubt, diesen Ort noch einmal zu sehen, doch jetzt würde es geschehen. Der Seelenverband.

»Beeil dich, Denser«, sagte er. »Es ist unerträglich. Sie kommen näher. Ich will nicht, dass noch mehr sterben.«

»Es ist kompliziert«, flüsterte Denser. »Ich kann die Lösung noch nicht sehen.«

»Verdammt, wir haben keine Zeit«, knurrte der Unbekannte. Er ging zum Kartenraum hinüber und winkte Auum zu sich. »Rebraal!«, zischte er. Der Al-Arynaar rannte durch den Gang zurück. »Kommen sie näher?«

Rebraal nickte. »Sie können jederzeit hier sein. Unsere Magierin ist bereit.«

»Gut. Wir kommen hier nicht recht weiter. Diese Tür da muss geöffnet werden, wobei die Falle ausgelöst wird. Ist Auum schnell genug? Denser sagt, der Kontakt mit der Haut löst die Falle aus.«

»Ich kümmere mich darum.«

Die Unterhaltung dauerte nicht lange. Auum betrachtete die Tür, gab Rebraal seine Stiefel und rannte ungefähr zwanzig Schritte.

»Denser, weg da. Wir können nicht länger warten.«

Der Unbekannte winkte alle im Gefahrenbereich zur Seite. Denser sah Auum kommen, murmelte ein paar halblaute Worte und wich gewandt aus. Der Anführer der Tai-Gethen näherte sich der Tür mit einem Tempo, das der Unbekannte nie für möglich gehalten hätte; die Bewegungen seiner Beine waren mit bloßem Auge kaum zu erkennen. Vor der Tür drehte er sich, setzte zu einem Überschlag an und stieß im Flug seitlich einen Fuß gegen die massive Tür.

Er war schon vorbei, als der Spruch aktiv wurde. Ein rechteckiger Feuerstoß fuhr aus der Tür bis zur gegenüberliegenden Wand. Die Hitze wallte durch den Gang.

»Bei den brennenden Göttern!« Der Unbekannte schlug sich einen Augenblick die Hände vors Gesicht, dann marschierte er zur Tür. »Ist sie jetzt ungesichert? Gut.«

Er drehte den Ring herum, der als Türgriff diente, und stieß sie mit einem Tritt auf, trat hindurch, ohne innezuhalten und lief um den langen Tisch herum, der den größten Teil der freien Fläche einnahm. Zwei Magier, die an einer Wandtafel gearbeitet hatten, drehten sich mit verblüfften Gesichtern um.

»Wer von euch Schweinehunden ist Kestys?«, fragte der Unbekannte, während er sich ihnen näherte.

Einer deutete auf seinen Kollegen, der mutig genug war, auf sich selbst zu deuten.

»Gut für Euch«, fauchte der Rabenkrieger.

Er packte den anderen und stieß ihm das Schwert durch den Bauch. Knirschend traf die Klinge die Wirbelsäule. Dann ließ er den Toten zu Boden sinken, dessen Blut auf seine Stiefel spritzte. Im nächsten Moment lag die Klinge an Kestys' Kehle.

»Ihr tut genau, was ich sage und sobald ich es sage. Vielleicht könnte Denser mich dann überzeugen, Euch am Leben zu lassen.«

»Wer …«

»Betet, dass Ihr tun könnt, was wir erwarten, sonst kann man auch Euch vom Boden aufwischen.«

»Unbekannter!«, rief Hirad. »Wir bekommen Gesellschaft.«

Der Unbekannte Krieger lächelte Keystys humorlos an, als er die Urinpfütze sah, die sich um seine Schuhe bildete.

»Die Zeit läuft. Ich hoffe, Ihr seid wirklich gut, denn Ihr habt noch weniger Zeit als wir.«

Zweiundzwanzigstes Kapitel

Mit lautem Knallen, regelmäßig und unerbittlich, gingen die Sprüche auf den Kraftkegel nieder, den die Al-Arynaar-Magierin am Ende des Ganges gesetzt hatte.

»Ich brauche hier noch einen Magier«, rief Hirad. »Rebraal, schick einen rüber. Sian schafft das nicht allein.«

Ein Ruf in der Elfensprache, und dann tappten eilige Füße vorbei. Der Unbekannte hob kaum eine Augenbraue. Er war am Ziel. Ein schmuckloser Raum, dessen Wände mit dunkelblauen Vorhängen bedeckt waren. Kein Muster durchbrach die dunklen Flächen, nur ein sanftes blaues Licht erhellte sie. Es war kaum mehr als eine Zelle, an jeder Seite fünfzehn Fuß lang mit einem hüfthohen Podest aus Stein in der Mitte. Auf diesem Podest befand sich ein mit Gravuren verzierter Steinblock, der höchstens zwei Handspannen hoch und doppelt so lang war. Äußerlich unscheinbar, doch die alte xeteskianische Schrift und die kreischenden Gesichter, die in die Oberfläche geritzt waren, verrieten dem Wissenden, was er barg.

Es war der Seelenverband. Der Behälter für die Seelen hatte keinen Deckel, und der Hohlraum im Innern wurde von den Dämonen beherrscht. Ihre Abmachung mit Xetesk verlangte, dass sie jede Seele mit dem Körper des betreffenden Protektors verbanden, und als Gegenleistung für die Kontrolle, die sie im Namen Xetesks ausübten, labten sie sich an der Lebensenergie der Seelen, die ihnen ausgeliefert waren. Der Unbekannte spürte die Macht und die böse Kraft, die von diesem unscheinbaren Objekt ausgingen. Es war ein Gefängnis ohne Fenster und Luft. Ein Gefängnis, in dem viele Xeteskianer ihr Leben von der Jugend bis zum Tod verbrachten. Er war als Einziger entkommen.

Bis heute Abend. Der Unbekannte legte die Hand auf die Oberfläche. Er konnte die Stimmen der Protektoren jetzt sehr laut im Kopf hören. Sie organisierten sich selbst, um die Aufgaben zu erfüllen, die ihre Herren ihnen übertragen hatten, und waren beunruhigt, weil sie wussten, wo die Rabenkrieger waren. Und sie spürten, dass eine Veränderung bevorstand. Der Unbekannte wollte dafür sorgen, dass die Veränderung vollzogen wurde, oder beim Versuch sterben.

Er wandte sich an Kestys. Der Magier, dem nun Denser einen Dolch an die Kehle hielt, war kreidebleich. Er schauderte und sah mit großen, verängstigten Augen den mächtigen Krieger an.

»Ihr wisst, wer ich bin«, sagte der Unbekannte.

Kestys nickte mühsam. »Ihr seid Sol.«

»Dann wisst Ihr auch, was ich will.«

Kestys atmete zitternd ein und schluckte schwer. »Ich kann das nicht tun. Bitte. Verlangt das nicht von mir.«

Denser stieß den hilflosen Magier gegen eine Wand und brachte dadurch das hängende blaue Tuch in Wallung. »Ihr werdet es tun, Kestys. Diese Abscheulichkeit muss aufhören, und zwar sofort.«

»Ich kann nicht …«

»Doch, Ihr könnt!«, fauchte Denser. »Haltet Ihr mich für so beschränkt? Ich habe gesehen, woran Ihr arbeitet. Ich weiß, dass Ihr die Dimensionen ausrichten könnt, und ich weiß, dass Ihr den Spruch auflösen und das Abkommen mit den Dämonen über die Protektoren aufheben könnt. Ich war auf Herendeneth, Kestys, und ich weiß, welches Wissen Ihr erworben habt.«

»Es ist nicht so einfach«, protestierte Kestys.

Der Unbekannte klatschte die Hand auf den Seelenverband. Er schob Denser zur Seite und legte Kestys eine Hand um die Kehle. »Ich habe keine Zeit, darüber zu diskutieren. Denser könnte es sich auch selbst zusammenreimen, aber das will ich nicht riskieren, weil ich nicht weiß, wie lange meine Freunde da draußen Euren widerwärtigen Herrn noch aufhalten können. Eins will ich Euch versichern: Wenn er durchbricht, werdet Ihr noch vor mir sterben.« Er ignorierte die keuchenden Laute des Magiers und packte sogar noch etwas fester zu, um ihn hochzuheben. »Ich höre sie in meinem Kopf. Sie alle. Versteht Ihr das nicht?« Er deutete hinter sich zum Seelenverband. »Ich fühle sie. Ich fühle ihre Schmerzen und kenne ihre Sehnsucht, frei zu sei. Aber ich kann ihnen nicht sagen, dass ich es weiß, weil sie mich nicht hören können. Ihr aber, Kestys, Ihr werdet sie befreien. Ihr werdet die Sklaverei aufheben und ihnen erlauben, die Masken abzunehmen und als Menschen zu leben.

Verpasst nicht diese Gelegenheit, ein einziges Mal in Eurem armseligen Leben etwas Wertvolles zu tun. Denn glaubt mir, wenn Ihr es nicht tut, werdet Ihr keine Gelegenheit mehr bekommen, irgendetwas anderes zu tun. Die Entscheidung liegt bei Euch. Gebt meinen Brüdern ihr Leben zurück, oder ertrinkt in Eurem eigenen Blut.

Wie lautet Eure Entscheidung?«

Auum und Thraun standen hinter dem Kraftkegel für den Fall bereit, dass er versagte, denn dann wäre Erienne im Kartenraum ungeschützt gewesen. Sie versuchte gerade, ihre Gedanken zu sammeln, damit sie im Kampf, falls es dazu kommen sollte, etwas ausrichten konnte. Doch es war so schwer. Sie hatte das Gefühl, eine Axt sei an ihren Hals gesetzt worden. Bei den Göttern, sie konnte schon die harte, scharfe Schneide spüren.

Das Eine nährte sich von ihrer Angst. Auch das konnte sie spüren. Die geistige Macht, die sie mit aller Kraft zu unterdrücken suchte, kämpfte gegen sie und Myriell an. Diese Macht wollte sie überwältigen und sich befreien. Erienne musste sich eingestehen, dass sie auf einer sehr grundlegenden Ebene das Eine überhaupt nicht verstand – denn anscheinend war es bereit, seinen Wirt zu zerstören, wodurch es auch selbst untergehen würde. Sie musste sich immer wieder vor Augen führen, dass es kein bewusstes Wesen war.

Sie schüttelte den Kopf, doch die Kampfgeräusche ließen ihr keine Ruhe. Draußen trieb Hirad die Elfenmagier zu größeren Anstrengungen an, um das Trommelfeuer der xeteskianischen Magier abzuwehren. Im Mana-Spektrum spürte sie die Wucht der Angriffe, die auf sie niedergingen. Eigentlich sollten sie und Denser zu ihnen gehen und helfen, doch im Augenblick hätte sie noch nicht einmal eine Kerzenflamme heraufbeschwören können, selbst wenn ihr Leben davon abgehangen hätte. Außerdem war Denser beim Unbekannten. Sie hörte beide rufen. Bei den ertrinkenden Göttern, alles fiel auseinander.

Sie atmete tief ein und hielt mit geschlossenen Augen die Luft an. Beim Ausatmen konzentrierte sie sich mit aller Kraft auf die in der Luft schwebende Karte. Wie das Licht, das die gesamten Katakomben erfüllte, war auch die Karte eine magische Konstruktion, die von der gebündelten Energie des Mana-Stroms nahe am Herzen von Xetesk erhalten wurde. Sie war beeindruckend. Denser sagte, Dystran habe einen Mana-Strahl durch die Gänge und Kammern geschickt, um die erste vollständige Karte der Katakomben zu erstellen. Dieses Modell war eine außergewöhnliche Konstruktion, die jeden Tag ein wenig wuchs. Und sie war riesig.

Die in blauen und roten Schattierungen gehaltene Karte zeigte, dass die Katakomben je nach Standort zwischen einer und sieben Ebenen tief waren. Sie breiteten sich offenbar unter dem ganzen Kolleg und bis in die Stadt aus, möglicherweise sogar noch weiter. Erienne verstand, warum die Wände des Kartenraums mit Zeichnungen kleiner Abschnitte der Mana-Karte bedeckt waren. Es war schwer, bestimmte Punkte wieder zu finden. Erienne hatte keine Ahnung, in welchen Gängen und Räumen sie sich gerade befanden. Ihre einzige Gewissheit war, dass man sich hier unten hoffnungslos verlaufen konnte.

Lächerlich. Ein Tunnelkomplex, dessen Ausmaße niemand wirklich kannte. Sie war nicht einmal sicher, ob Dystran aus diesem Vogelnest voll winziger Mana-Fasern irgendetwas ablesen konnte. Dann runzelte sie die Stirn. Ein winziger Blitz erregte ihre Aufmerksamkeit. Sie beugte sich vor. Ganz unten auf der Karte, links und weit außerhalb der eigentlichen Katakomben, hatte der Mana-Faden einen neuen Durchgang gefunden. Es waren sogar mehrere, die aus dem Zentrum herausliefen.

Sie sah einen Moment zu und konnte beobachten, wie die Karte um eine Winzigkeit wuchs. Beinahe hätte sie gelächelt, doch ein stechender Kopfschmerz riss sie in die Gegenwart zurück. Sie keuchte erschrocken.

Myriell, bist du da?

Ich bin da, Kind, aber ich habe Angst, das kann ich nicht vor dir verbergen. Die Angst schwächt mich.

Sage mir, was los ist. Ich habe das Gefühl, über mich sei ein Todesurteil verhängt worden.

Ein Hauch Belustigung ging mit den nächsten Gedanken einher. *Da sind wir schon zwei. Ich weiß, was sie planen. Sie haben Cleress bereits mit einem Schlafspruch ausgeschaltet. Wenigstens wird ihr dies erspart bleiben.*

Du musst sie aufhalten, sendete Erienne verzweifelt.

Das kann ich nicht. Meine Kräfte verwende ich darauf, dein Bewusstsein abzuschirmen. Aber wenigstens ist Sha-Kaan erwacht. Das könnte sie aufhalten, aber ich bin nicht sicher … Erienne, höre zu. Falls ich getötet werde, musst du kämpfen, bis Cleress aufwacht und dir helfen kann. Die Xeteskianer wollen dich abschirmen, aber sie verstehen die Natur des Einen nicht. Sie werden es behandeln, als wäre es die Magie eines Kollegs, aber das ist es nicht.

Oh, Myriell, ich verstehe es auch nicht. Bitte hilf mir.

Dann höre, was ich sage, und bete, dass mir noch genug Zeit bleibt.

Ein weiterer Spruch knallte gegen den Kraftkegel. Rinelle und Vinuun hielten stand, aber es war knapp. Neben Hirad ruhte Sian'erei aus, hatte aber bereits einen Spruchschild vorbereitet, um einzuspringen, falls der Kraftkegel versagte. Vor dem Barbaren hielten sich Auum, Duele und Evunn bereit, um die Xeteskianer anzugreifen, die weiter hinten im Verteiler bereitstanden.

Hirad konnte sie nicht alle sehen, wusste aber, dass es mehr als die sieben Magier und über dreißig Soldaten waren, die er zählen konnte. Wahrscheinlich versuchten sie auch, den Raben zu umgehen und ihnen in den Rücken zu fallen, und das beunruhigte ihn. Die sechs TaiGethen und bewachten die beiden möglichen Zugangspunkte. Thraun war bei ihnen, und sein scharfer Geruchssinn sollte als eine Art Frühwarnsystem dienen, aber dadurch konnten sie höchstens einige Augenblicke gewinnen. Er schien auch irgendwie abwesend. Rebraal unterstützte seine Magier mit ermutigenden Worten. Darrick patrouillierte in den Gängen. Immer der General, immer der Taktiker, auch wenn er nur wenig beisteuern konnte. Sie hatten sich aus einer verzweifelten Situation befreit und waren geradewegs in die nächste hineingeraten.

Der magische Angriff hörte auf. Ein Kraftkegel war ein ausgezeichneter Spruch. Eine einfache Form, die leicht zu erschaffen und glücklicherweise auch leicht zu erhalten war, weitgehend unempfindlich gegen magische Angriffe. Der Angriff eines mächtigen Magiers, oder gar mehrerer zugleich, konnte den Kraftkegel zwar brechen, aber das Problem der Xeteskianer war, dass dieser Kraftkegel nur einen kleinen Bereich abdeckte und besonders eng gebündelt war. Der Rabe konnte nicht zurückschlagen, weil die Sperre in beide Richtungen wirkte, doch die Xeteskianer hatten auch nicht das Geschick oder nicht genügend Kraft, um ihn zu zerstören.

Abrupt wichen die Magier und Soldaten nach links und rechts aus. Weitere Männer kamen die Treppe herunter, Magier dieses Mal. Es waren sechs, fünf davon in lockerem Halbkreis um einen Anführer, der vortrat. Zehn Protektoren folgten ihnen und schwärmten ringsum zu einem Dreiviertelkreis aus. Diese Männer strahlten eine Macht und Stärke aus, die Hirads Herz einen Moment stocken ließ.

»Das sieht übel aus«, murmelte er.

»Allerdings.« Darrick war neben ihn getreten. »Das sind Dystran und der Kreis der Sieben, nur Ranyl fehlt. Mächtigere Magier gibt es hier nicht.«

»Wie schön.« Hirad drehte den Kopf herum. »Unbekannter! Hoffentlich erreichst du da drin bald was. Hier draußen gibt es ein kleines Problem.«

Dystran trat nahe an den Kraftkegel heran. Hirad war sehr in Versuchung, den Al-Arynaar zu befehlen, den Kegel nach vorn zu stoßen und den Herrn vom Berge zu zerquetschen, aber Dystran war natürlich, genau wie die anderen angreifenden Magier, gut geschützt.

»Ihr seid ein Meister der Untertreibung«, sagte der Herr vom Berge. »Hirad Coldheart, nicht wahr? Es freut mich, Eure Bekanntschaft zu machen. Ihr genießt einen außerordentlichen Ruf.« Dystrans Blick wanderte langsam über die Gegner. »Bemerkenswert. Der Rabe, oder wenigstens ein Teil davon. Die außergewöhnlichen TaiGethen, wie sich die Elfen meines Wissens selbst nennen. Und Ihr, General Darrick. Wie fühlt man sich als Ausgestoßener? Ich könnte Euch eine gehobene Position in meinem Stab anbieten. Da Lystern Euren Tod wünscht, seid Ihr doch mein Verbündeter, oder nicht?«

»Eure Logik ist fehlerhaft«, sagte Darrick. »Ich bin so wenig Euer Freund, wie ich ein Feind Lysterns bin. Aber Lystern ist wenigstens nur einem Irrtum aufgesessen.«

Dystran kicherte. »In der Tat. Hinrichten werden sie Euch trotzdem. Ich möchte ihnen nicht nacheifern müssen.« Sein Gesichtsausdruck wurde hart. »Es ist vorbei. Ihr seid sehr tapfer, aber Ihr könnt nicht ewig gegen uns standhalten. Eure Magier werden müde, Euer Kraftkegel wird zerfallen, und wir werden Euch festnehmen.

Ich sage es noch einmal: Ihr müsst nicht sterben. Allerdings müsst Ihr Euch ergeben. Ich halte alle Trümpfe in der Hand. Ich werde nicht einmal Sprüche auf Euch verschwenden, ich muss nicht einmal gegen Euch kämpfen. Ich muss einfach nur abwarten.«

»Dann wartet«, sagte Hirad. »Wir haben es nicht eilig.«

»Nur der Rabe könnte unter solchen Umständen noch eine derartige Arroganz an den Tag legen. Ich werde Euch töten, wenn ich muss. Es gibt keinen Ausweg. Stellt meine Geduld nicht auf die Probe. Sie neigt sich dem Ende zu, und jetzt schon besudelt das Blut viel zu vieler Männer und Magier die Steine meines Kollegs. Ich werde das nicht länger hinnehmen.«

»Geduld ist eine Tugend«, sagte Hirad. »Ihr müsst lernen, tugendhafter zu sein. Wir gehen hier nicht weg.«

Dystran nickte, und Hirad sah, wie er vor Wut kochte. »Ja. Ranyl hat mir gesagt, was Ihr hier wollt. Sehr lobenswert. Wir sind aber mit dem Drachen noch nicht fertig, und er bleibt, bis wir fertig sind.«

Hirad zielte mit dem Finger auf Dystran. »Ihr könnt Sha-Kaan nicht kontrollieren. Bei den brennenden Göttern, er ist viel stärker, als Ihr es Euch vorstellen könnt. Und wisst Ihr was, Xeteskianer? Wenn ich mir vorstelle, was gerade Euren kostbaren Männern auf Herendeneth blüht, dann dürftet Ihr bereuen, ihn nicht längst nach Hause geschickt zu haben, glaubt mir.«

»Wirklich, Coldheart? Glaubt Ihr denn, Ihr könnt mir damit drohen? Mit einem einzigen sterbenden Drachen? Dies ist Eure letzte Chance. Lasst den Kraftkegel fallen. Lasst den Spruchschild fallen. Streckt die Waffen. Jetzt sofort.«

»Leck mich«, sagte Hirad.

»Na schön. Dann muss ich zu anderen Mitteln greifen. Ich kann nicht zulassen, dass Ihr meine Forschungen weiter stört.« Er schnippte mit den Fingern, und ein Protektor kam zu ihm. »Es ist an der Zeit, einen von Euch aus dem Spiel zu entfernen. Myx, du kennst den Befehl.«

Der Protektor nickte.

Sol, wir spüren dich. Wir wissen, dass du uns hören kannst.

»Verdammt, aber ihr könnt mich nicht hören«, sagte der Unbekannte. »Oder doch?«

Er stützte sich mit beiden Händen auf den Sockel und hatte die Stirn auf den Seelenverband gelegt. Der Stein war warm, und die Temperatur nahm ständig zu. Neben ihm standen Kestys und Denser, die sich aufs Mana-Spektrum eingestimmt hatten. Kestys schwitzte heftig, seine Konzentration war gefährdet. Denser überwachte die Konstruktion, die Kestys aufbaute, oder besser, die Auflösung der Sprüche, die das Bindeglied zwischen dem Seelenverband und der Dimension der Dämonen schufen.

Die Informationen waren unsicher, und der Unbekannte hatte nicht viel Zeit für Erklärungen gehabt. Er wusste immerhin, dass die Seele jedes Protektors über die Dämonenkette mit seinem Körper verbunden blieb. Diese Verbindung war die Grundlage des Pakts und erlaubte es den Dämonen zugleich, die Lebensenergie der Seelen anzuzapfen. Als Gegenleistung hielten sie die Elitekämpfer unter ihrem Bann und ermöglichten die seelische Kommunikation der Protektoren, die sie zu so wirkungsvollen Kampfmaschinen machte.

Ein Teil des Wissens war in den Jahrhunderten nach der Einrichtung der interdimensionalen Verbindung wieder verloren gegangen. Die Al-Drechar hatten diese Lücken gefüllt.

»Wie lange noch, Denser?«, fragte der Unbekannte.

Der Dunkle Magier hob eine Hand. »Bitte, Unbekannter. Die Dämonen leisten Widerstand. Nicht mehr lange, hoffe ich.«

»Bitte hört mich«, flüsterte der Unbekannte, dessen Lippen jetzt beinahe den Seelenverband küssten. Das Getöse der Stimmen in seinem Kopf wurde lauter, je deutlicher die Seelen den Missklang spürten, der mit der Erwärmung des Gefängnisses einherging. »Fyr, Ahn, Kol, meine Brüder – bitte.« Er umfasste die Seiten des Kastens und mühte sich verzweifelt, zu ihnen durchzudringen, er hoffte wider alle Vernunft, seine körperliche Nähe könnte etwas bewirken.

Es gibt Schwierigkeiten.

Wir sind eins.

Sol ist nahe.

Zwei Quergänge, rechte Katakombe, Position halten.

Ich bin verändert.

Veränderungen.

Alle sind in Unruhe.

Der Befehl ist erteilt. Ark, die Al-Drechar muss sterben.

»Nein!«, zischte der Unbekannte. »Nein. Myx, Ark, bei den Göttern, nein. Ich will euch befreien, tut das nicht.«

Verstanden. Mein Magier wird benachrichtigt.

Wir sind eins.

»Nein, verdammt«, keuchte der Unbekannte. »Nein.«

Er richtete sich auf und rannte in Richtung des Verteilers, wo Hirad und Darrick standen.

»Myx!«, rief er. »Sage ihm, er soll warten! Ark darf es nicht tun, Xetesk versteht es nicht.«

Myx bewegte den Kopf und machte einen unsicheren Schritt. Dystran zog eine Augenbraue hoch.

»Ich … kann nicht. Bitte, Sol.«

»Bei den Göttern, sag es ihm einfach nur, sage es Ark. Niemand wird euch etwas tun. Ihr spürt die Hitze im Tank, oder? Halte ihn auf!« Neben Hirad blieb der Unbekannte stehen. »Ruft Euren Mann zurück, Dystran.«

»Faszinierend«, sagte der Herr vom Berge. »Dass Ihr sie immer noch hören könnt. Wollt Ihr Euch nicht wieder zu ihnen gesellen?«

»Nein, weil es sie in dieser Form nicht mehr geben wird, Bastard. Gebt Ark die Anweisung, ehe es für uns alle zu spät ist.«

»Leck mich«, sagte Dystran und grinste Hirad an.

Pass auf, Erienne. Myriells Stimme kam klar durch, und sie klang sehr verängstigt.

Was ist los?

Sie kommen jetzt.

Nein, Myriell. Lauf weg, LAUF!

Ich kann nicht weglaufen, mein Kind. Bete für mich, wie ich für dich bete.

Myriell, schütze dich. Ein Spruch, benutze einen Spruch. Lass mich allein, rette dich.

Zu spät. Die Stimme der Al-Drechar klang müde und gebrochen. *Sei stark.*

Erienne rannte los. Sie hatte keine Ahnung, was sie tun sollte, sie stürzte einfach aus dem Kartenraum heraus, sah den Unbekannten und Hirad und eilte zu ihnen.

»Hirad!«, kreischte sie. »Hilf mir!« Dann sah sie Dystran. »Hört auf damit. Ihr versteht es nicht. Ihr tötet mich damit. Bitte.«

»Ich glaube, da können wir Euch helfen«, sagte Dystran ruhig.

Erienne wich in Hirads Arme zurück und schüttelte den Kopf. »Das könnt Ihr nicht. Ihr versteht es nicht.« Sie zitterte heftig, und ihr Herz schlug so laut, dass sie kaum noch ihren keuchenden, schmerzvollen Atem hören konnte. »Bitte, tötet sie nicht.«

Ein schwerer Aufschlag erschütterte das Haus. Sha-Kaan brüllte seine ungehemmte Wut heraus und zerfetzte den Schiefer und die Balken mit Krallen und Maul. Es regnete

Putz, ein ohrenbetäubender Lärm entstand. In wenigen Augenblicken wäre er drinnen.

Ark schritt mit erhobener Axt zu den Al-Drechar. Die Befehle hatte er vernommen, aber sein Bewusstsein war voller Nebelschleier. Der Seelenverband war in hellem Aufruhr. Er hörte seine Brüder, doch etwas Fremdes kam zwischen sie. Er fühlte sich fiebrig, als erzeugte sein Körper eine Wärme, die er nicht abstrahlen konnte. Myx hatte ihm die Anweisungen des Herrn vom Berge klar und deutlich übermittelt, und doch bestand kein Zweifel daran, dass er unglücklich war.

Sol hatte ihn angefleht, es nicht zu tun, doch er hatte keine Wahl. Die Dämonenfinger waren kurz davor, seine Seele und die Seelen aller seiner Brüder zu zerquetschen. Wütend waren sie auch. Alles, was er bisher gekannt hatte, geriet aus den Fugen.

Was kann ich tun?

Ark, du hast die gleichen Möglichkeiten, die du immer hattest. Sol will uns befreien, aber die Dämonen sind alarmiert. Wie könnten wir uns weigern?

Ich habe keine Wahl.

Wir sind eins. Wir werden trauern.

Er stand jetzt vor der Al-Drechar. Sie machte keine Anstalten zu fliehen, schaute nur resigniert zu ihm auf und fügte sich in ihr Schicksal. Eigentlich sollten sie doch beschützt werden. Aber wenn der Herr vom Berge sie töten wollte, durfte sich ein Protektor nicht weigern. Er schämte sich, dass ihm überhaupt solche Gedanken kamen, aber seit Sol sie verlassen hatte, waren Zweifel gekeimt.

Helft mir, meine Brüder.

Wir können uns dem Meister nicht widersetzen.

Sol ruft, dass du es nicht tun sollst.

Die Dämonen sind uns allen nahe.

Mögen die Götter mir vergeben.

Ark hob die Axt. »Es tut mir leid.«

Die Al-Drechar nickte nur.

Ark spannte die Muskeln und holte aus, und in diesem Augenblick wäre er beinahe umgefallen. Es war still in seinem Geist, ein Verlustgefühl überkam ihn, und im gleichen Augenblick war er von einer ungeheuren Freude erfüllt, weil seine Seele mit einem Aufschrei zu ihrem angestammten Platz zurückkehrte.

Voller Panik stieß er einen Schrei aus und wollte die Axt von ihrem Ziel ablenken.

Erienne sah die Protektoren schwanken. Einer ging in die Knie, andere taumelten und hielten nur mühsam das Gleichgewicht oder stützten sich an den Wänden ab. Rufe ertönten, erschrockene, verwirrte und ängstliche Rufe.

Sie wandte sich zum Unbekannten Krieger um. Er ballte beide Hände zu Fäusten.

»Ja! Ja, du Bastard, ja!«

»Wir haben es geschafft«, sagte sie erleichtert. »Myriell, wir …«

Myriells Schrei klang in Eriennes Kopf, als sei ein riesiger Glasbehälter explodiert. Eine Kaskade von Schmerzen und ein Aufwallen von Kräften, die sie niemals zurückhalten konnte.

»Nein«, wimmerte sie. »Denser.«

Doch das Letzte, was sie sah, war der entsetzte Blick des Unbekannten, als das Eine durchbrach und ihr Bewusstsein in Stücke riss.

Dreiundzwanzigstes Kapitel

Denser hatte sich bereits vom Seelenverband und vom erschöpften Kestys abgewandt und gerade rechtzeitig die Tür erreicht, um Erienne zu sehen, die seinen Namen rief und zusammenbrach.

Die triumphierenden Worte blieben ihm im Hals stecken, und als er zu ihr wollte, raste ein Mana-Sturm durch die Katakomben.

Eine unkontrollierte Kraft ging von Eriennes Bewusstsein aus, erfasste alles, was ihr in den Weg kam, und verstärkte sich unaufhaltsam dank des scharf gebündelten xeteskianischen Mana. Denser hielt sich am Türrahmen fest. Die anderen hatten weniger Glück.

Erienne lag reglos am Boden. Die Al-Arynaar, die den Kraftkegel gewirkt hatten, waren im Verteiler zusammengebrochen. Auums Tai-Zelle reagierte mit der üblichen Geschwindigkeit, verteilte sich im Gang und arbeitete sich langsam vor. Hirad, Rebraal, Darrick und der Unbekannte waren gestürzt und versuchten, sich aneinander festzuhalten. Sian'erei wurde vom Boden gehoben und gegen Dystran geschleudert.

Den Xeteskianern erging es nicht besser. Der Sturm traf sie mit voller Kraft und wehte den Kreis der Sieben und ihre verwirrten Protektoren auseinander wie Spreu im Wind. Denser hörte Metall auf Stein klappern. Auch die Soldaten und Magier, die er nicht sehen konnte, wurden erfasst.

Mühsam drehte er sich um und konnte Porrack und Jaruul erkennen, die sich ähnlich wie er an Vorsprüngen festhielten. Marack und Harroc wurden gegen die Wand gepresst und konnten sich kaum noch bewegen.

Denser hatte keine Wahl. Er ließ sich auf Hände und Knie sinken, stützte sich an einer Wand ab und kroch zu seiner Frau, ins Zentrum des Sturmes hinein, in dessen Auge sie hilflos am Boden lag. Ihr Bewusstsein wurde mit jedem Herzschlag weiter zerstört. Hinter ihr tobte das Chaos. Die Rabenkrieger waren ins Zentrum des Verteilers geweht worden und lagen dort, hilflos der Gewalt des übersinnlichen Windes ausgeliefert. Kriechend versuchten sie, die Distanz zwischen sich und dem Feind zu vergrößern. Auum und seine Tai schlugen sich tapfer, was ein entscheidender Vorteil sein konnte.

Handbreit um Handbreit kämpfte Denser sich weiter und musste aufpassen, nicht in den Gang zurückgeweht zu werden. Er durfte nicht scheitern. Der Rabe brauchte ihn, und ganz besonders brauchte ihn Erienne. Die letzten paar Schritte kroch er flach auf dem Bauch durch den heulenden Wind. Erienne lag im Zentrum und im Brennpunkt der Energien.

Als er sie erreicht hatte, wurde es still. Er lag dicht neben ihr, hörte ihren stoßweisen Atem und sah das Blut aus Ohren und Nase rinnen, den Speichelfaden vor ihrem Mund und die Augen, die panisch unter den Lidern zuckten. Sie bebte am ganzen Körper, alle Muskeln waren zum Zerreißen gespannt, ihr Nervensystem war in Aufruhr. Ihr war heiß, mit dieser hohen Körpertemperatur konnte sie nicht lange überleben. Gesicht und Hände waren von einem Schweißfilm überzogen.

»Halte durch, Liebste«, sagte er und schob für den Augenblick seine Emotionen zur Seite. »Ich bin da, halte nur durch.«

Er wusste, was er zu tun hatte. Er konnte sie vor dem xeteskianischen Mana abschirmen und dem Einen seinen Brennstoff nehmen. Aus diesem Grund war der Kreis der Sieben gekommen. In ihrer typischen überheblichen Art hatten sie geglaubt, sie könnten Erienne damit schützen, bis sie die Kräfte in ihr verstanden und sie wieder wecken konnten. Es war eine lächerliche Dummheit gewesen, und sie hatten Eriennes Leben aufs Spiel gesetzt.

Natürlich waren sie im Vorteil. Sie waren sechs mächtige Magier, die den Spruch unendlich lange aufrechterhalten konnten. Er war nur einer, und er war jetzt schon erschöpft. Er schaute auf und sah Auum. »Macht euch bereit«, hauchte er, aber er war nicht einmal sicher, ob der Elf es verstanden hatte. Dann machte er sich ans Werk.

Er teilte seine Aufmerksamkeit und stimmte sich einerseits aufs Mana-Spektrum ein, um eine ovale Form zu erschaffen, die voller pulsierender Mana-Energie war. Das war ein Teil. Dann musste er die Konstruktion in eine Drehbewegung versetzen und dafür sorgen, dass sie das Mana aus der Umgebung an sich zog. Gleichzeitig suchte er das Zentrum des Sturms. Was er sah, erschreckte ihn so sehr, dass er beinahe die Konzentration verloren hätte. In diese dunkle Grube, die Eriennes Bewusstsein jetzt war, wurde das Mana gezogen wie das Wasser in einen Abgrund.

Aus dem Zentrum dieses Lochs wurde zugleich die Kraft wieder ausgestoßen. Dunkelbraun verfärbt, sprudelte die xeteskianische Energie wieder aus ihr heraus und breitete sich überallhin aus. Sie hätte aber nicht mehr die xeteskianische Farbe haben sollen. In seiner Ausbildung hatte er gelernt, dass das Mana, das in ein dordovanisches Bewusstsein eindrang, zwangsläufig als lebhaftes Orange wieder zum Vorschein kam, weil Erienne nach ihrer Ausbildung gar nichts anderes hervorbringen konnte.

Er holte tief Luft und schob die ovale Konstruktion nach vorn, gegen den Druck der ausbrechenden Energie, mitten durch den Tumult hindurch. Er musste alle seine Erfahrungen aufbieten, die er durch Dawnthief gewonnen hatte, und arbeitete sich langsam weiter vor. Eriennes Bewusstsein konnte er nicht mehr sehen, doch er wusste, wo es sich befand. Er bremste die Rotation des Spruchs, öffnete ihn an einer Seite, stieß ihn in den Abgrund und versiegelte den Abgrund.

Die Wirkung war ringsherum sofort zu spüren. Er hatte nicht mehr genug Kraft, um sich sofort wieder zu erheben, konnte aber wenigstens die Augen öffnen und sich umsehen. Auum, Duele und Evunn hatten als Erste reagiert und kamen in den Verteiler gerannt. Mit gezogenen Schwertern griffen sie die Soldaten auf der linken Seite an, die gerade erst wieder zu sich kamen und sich orientierten. Die Hälfte war tot oder lag im Sterben, bevor sie auch nur an Verteidigung denken konnten.

Blutlachen breiteten sich auf dem Boden aus.

Auum zerfetzte einem Mann die Kehle, schlug einem zweiten die Klinge in die Brust und versetzte einem dritten einen Faustschlag auf die Luftröhre. Duele war nicht zu sehen, aber dort, wo er sein musste, bemerkte Denser einen stürzenden Xeteskianer. Evunn setzte elegant über ihn hinweg, bevor er seinem ersten Gegner einen Fußtritt in den Bauch verpasste.

Mitten im Raum löste sich Sian'erei von Dystran und knallte ihm die Faust auf die Nase, dann eilte sie auf Hirads Befehl wieder in den Gang zurück und begann, einen Spruch zu wirken. Der Unbekannte zog blitzschnell seine Klinge und tippte mit der Spitze auf den Boden.

Die Magier aus dem Kreis der Sieben, immer schnell, wenn es um ihre persönliche Sicherheit ging, waren wieder auf den Beinen und gingen hinter den Protektoren in Deckung. Diese standen stumm wie Statuen da oder flohen Hals über Kopf in andere Gänge und die Treppe hinauf. Denser konnte beobachten, wie Dystran sich mit erschüttertem Gesicht umdrehte und floh. Ein weiterer Magier aus dem Kreis der Sieben folgte seinem Beispiel, dann waren sie alle aus der unmittelbaren Umgebung verschwunden.

Hirad knurrte und schlug nach einem Magier, der sich jetzt erst aufrappelte. Die Klinge spaltete ihm den Schädel, und ein blutiger Brei ergoss sich auf die Steinplatten. Darrick rang einen Moment mit einem Soldaten, dann zog er dem Gegner die Klinge quer über den Bauch und wich rasch zurück, als die Eingeweide durch die zerstörte Rüstung quollen.

Es war ein entsetzliches Blutbad, das die maskierten Männer, die früheren Elitekämpfer von Xetesk, teilnahmslos beobachteten. Nach einigen Augenblicken war alles vorbei.

»Zurück, zurück«, sagte der Unbekannte. »Auum, lasst die Protektoren in Ruhe. Sian, halte den Schild aufrecht. Rebraal, sorge dafür, dass sie es verstehen.«

Hinter Denser stieß jemand einen aufgeregten Ruf aus. Rebraal antwortete, und die TaiGethen wichen in den Gang zurück. Die Protektoren sahen ihnen hinterher, die Waffen locker in den gesenkten Fäusten.

»Wie geht es ihr, Denser?«, unterbrach der Unbekannte die plötzliche unbehagliche Stille.

»Was sollen wir jetzt tun, Unbekannter?« Denser hatte das Gefühl, die ganze Welt sei rings um ihn zusammengebrochen. »Was sollen wir nur tun, verdammt?«

Brüllend riss Sha-Kaan ein Loch ins Dach, das groß genug für seinen Kopf war. Er tauchte hinein, schnappte einen Protektor, brach ihm alle Knochen und spuckte ihn wieder aus. Irgendwo kreischte eine Frau. Er sah sich um. Ein Magier wich zurück. Nyam.

Er drehte den Kopf hin und her und sah sich um. Eine Al-Drechar war tot. Die andere lag in tiefem Schlaf und hatte anscheinend nichts mitbekommen.

Weitere Protektoren standen im Raum, doch keiner bewegte sich. Irgendetwas an ihnen hatte sich verändert. Keiner unternahm auch nur den Versuch, den Magier zu decken. Alle drei standen vor Diera, die herbeigeeilt war, weil sie im letzten Moment gespürt hatte, dass etwas im Gange war. Sie war zu spät gekommen, war aber wenigstens selbst in Sicherheit. Sie war es auch, die geschrien hatte. Das Kind auf ihren Armen war zu verstört, um zu weinen.

Er wandte sich wieder an Nyam und senkte den Kopf, bis der sich wenige Handbreit vor dem Gesicht des Magiers befand.

»Sprich«, befahl er und warf mit seinem Atem den Mann gegen die Wand. »Erkläre dich. Dein Leben hängt am seidenen Faden.«

»Wir können nicht hier bleiben«, sagte der Unbekannte. »Denser, kannst du aufstehen?«

Denser nickte und rappelte sich auf. »Seid vorsichtig mit

ihr. Ich schirme sie ab, aber das schaffe ich nicht mehr lange, und es schützt nicht sie selbst, sondern nur uns.«

»In Ordnung, Denser, in Ordnung. Also lasst uns verschwinden«, sagte der Unbekannte. Er half dem Magier hoch. »Verlier nur nicht die Konzentration. Thraun, du trägst Erienne. Sei vorsichtig.«

Thraun nickte, lief hinüber und strich Erienne die Haare aus dem Gesicht, ehe er sie aufnahm. Ihr Kopf ruhte in seiner Armbeuge, die Knie über dem anderen Arm.

»Sie wird schwächer«, sagte er.

»Pass gut auf sie auf«, wiederholte der Unbekannte. »Vorschläge? Darrick?«

»Die Götter wissen, wie viel Zeit wir noch haben«, sagte der ehemalige General. »Jedenfalls nicht sehr lange. Die Magier vom Kreis der Sieben sind geflohen und dürften bald wieder bei Kräften sein. Ich denke, wir sollten möglichst schnell hier verschwinden. Die TaiGethen sind an den Zugangspunkten, aber was wir auch tun, wir müssen schnell sein. Was ist mit denen da, Unbekannter?« Er deutete auf die Protektoren.

Fünfzehn standen im Zentrum des Verteilers inmitten des Blutes und der Leichen, die den Boden bedeckten. Sie hatten die Waffen weggesteckt und warteten in lockerem Kreis, ohne ein Wort zu sagen.

»Ich glaube, sie brauchen dich, Unbekannter.« Denser löste sich von ihm. »Ich komme schon klar. Geh zu ihnen.«

»Gut«, sagte der Unbekannte. »Rebraal, Hirad, ihr geht mit Denser in den Forschungsraum. Nehmt mit, was er braucht. Alles andere wird zerstört, ist das klar? Oh, und sorgt dafür, dass Kestys nicht überlebt. Er weiß viel zu viel über all dies.«

Der Unbekannte betrat den Verteiler. Das Herz war ihm schwer, obwohl es eigentlich singen sollte. Er hatte sie befreit, sie alle. So einfach war es am Ende gewesen, und das machte ihn wütend. Dystran hätte es niemals getan, wie leicht es auch gewesen wäre, und er hätte vielleicht sogar ihre Zahl vergrößert. Erienne lag wegen der Entscheidungen dieses Mannes womöglich im Sterben, und vor ihm standen Männer, von denen er nicht einmal wusste, ob sie ihm dankbar waren, dass ihre Seelen zu ihnen zurückgekehrt waren, auch wenn sie genau davon im Seelenverband geträumt hatten. Vieles änderte sich, wenn man die Bruderschaft verlor.

Der Kreis öffnete sich, als er sich näherte, und ließ ihn ins Zentrum treten. Dann schloss er sich wieder. Er drehte sich langsam um sich selbst und betrachtete sie alle. Keiner hatte die Maske abgenommen, und auch das verstand er.

»Ich weiß, was ich euch genommen habe«, begann er. »Ich weiß, welches Verlustgefühl euch erfüllt. Ich kenne die Stille in euren Köpfen. Es fühlt sich an, als wären die nächsten Angehörigen ermordet worden. Aber ich kenne auch die Gebete des Seelenverbandes. Die Sehnsucht aller Protektoren. Die Legende von den freien Männern. Ich war diese Legende, ich habe überlebt. Ich habe die Liebe einer Frau und die Freude über die Geburt meines Sohnes kennen gelernt.

Ein neues Leben wartet auf euch. Es ist anders als alles, was ihr aus euren Erinnerungen kennt, doch ihr habt euch danach gesehnt, und ihr werdet immer eine Verbundenheit spüren, die so eng ist wie die meine mit dem Raben.« Der Unbekannte hielt einen Moment inne. »Sagt mir, dass ich für euch das Richtige getan habe. Sagt mir, dass ihr mir den Verlust verzeiht, weil ihr so viel gewonnen habt.«

Sie schwiegen. Einen kleinen Augenblick lang sahen ihn alle Protektoren schweigend an.

Dann hoben sie die Hände und lösten die Schnallen. Langsam und mit unsicheren Fingern nahmen sie ihre Masken ab und warfen sie vor dem Unbekannten auf den Boden.

Wieder drehte er sich einmal um sich selbst und betrachtete die jungen Gesichter, die Kraft der erwachsenen Männer und die faltigen, klugen Gesichter der Älteren. Die Gesichter, bleich und mit roten Striemen und Schwellungen bedeckt, wo die Masken die Haut wund gerieben hatten, blickten ihn an und erlebten mit ihm die ersten Augenblicke ihres neuen Lebens. Ihre Augen waren ängstlich, doch auch Hoffnung schimmerte in ihnen. Es war genug.

»Gut«, sagte der Unbekannte. »Wenn ihr jetzt meinen Rat annehmen wollt, dann legt die Masken ein letztes Mal an und geht unbehelligt zu den Toren des Kollegs. Sucht eure Brüder. Verlasst die Stadt. Bitte. Ihr seid niemandem etwas schuldig.«

»Nein«, sagte einer, den der Unbekannte an der Stimme als Myx erkannte. »Wir werden dich nicht hier allein lassen.«

»Ihr müsst. Wenn ihr euch mit uns verbündet, werdet ihr getötet. Verschwendet nicht diese Gelegenheit. Bitte, ich flehe euch an.« Niemand bewegte sich. »Wenn ihr mich achtet, dann geht. Wir werden uns durchschlagen, wir sind der Rabe. Bitte, nehmt eure Masken und geht.«

»Tut es«, sagte Myx, doch als seine Brüder sich bückten, um die ihre Masken aufzuheben, versetzte er seiner eigenen einen Tritt. Sie zog einen Streifen durch das Blut auf dem Boden. »Ich komme mit dir.«

»Warum?«, fragte der Unbekannte.

»Weil wir alle bei dir sind, wenn einer bei dir ist. Wir sind Brüder. Wir sind eins.«

Der Unbekannte sah ihm in die Augen und erkannte seine Entschlossenheit. Ein Gesicht, das hinter der Maske so viel gesehen hatte. Die ersten Falten des Alters bildeten sich bereits, und an den Schläfen war das erste Grau zu sehen.

»Ich verstehe.«

»Außerdem«, sagte Myx, und ein Schimmer kam in seine Augen, »gibt es noch einen anderen Weg.«

Dunkelblaues Licht flackerte im linken Gang.

»Weg da!«, rief Auum und sprang nach rechts.

Die Protektoren und der Unbekannte stoben auseinander. Duele und Evunn wandten sich zur Gefahr um und sprangen gleichzeitig wie Tänzer zur Seite. Die Feuerkugel fegte in den Verteiler, ließ das Blut verdampfen und verbrannte das Fleisch, bis sie die gegenüberliegende Wand traf und die Wandbehänge in Brand steckte.

»Der Rabe!«, rief der Unbekannte. »Wir verschwinden!«

»Brüder, haltet sie auf«, sagte Myx, der vor ihm war und den Gang zum Seelenverband hinunterlief. Die TaiGethen folgten ihm.

»Los, los!«, rief der Unbekannte. »Folgt Myx. Komm schon, Hirad. Lass alles stehen und liegen und komm mit.«

»Wir haben noch nicht …«

»Keine Zeit. Komm schon.«

Der Rabe, die Al-Arynaar und die TaiGethen rannten tiefer in die Katakomben hinein.

Dystran tupfte immer noch seine blutende Nase ab, als er hinter einem Quartett von Kollegwächtern, darunter Hauptmann Suarav, den Verteiler betrat. Mehr als ein Dutzend Protektoren starrten ihm mit leeren Masken entgegen. Kaum hatte er den Raum betreten, da glitt er auf dem Blut aus, musste sich an Suarav festhalten und auf einen Toten treten, um sich wieder zu fangen. Er seufzte.

»Seht Euch das an. Seht Euch an, was sie getan haben.« Er schüttelte den Kopf. All die Jahre als Herr vom Berge, all die Jahre, in denen fast immer Krieg geherrscht hatte, und er hatte noch nie so viele Tote auf einem Haufen gesehen.

Es stank. Eingeweide und deren Inhalt waren auf dem Boden verteilt. Die Toten lagen verdreht, wie sie gefallen waren. Blicklose, vorwurfsvolle Augen starrten ihn an. Die Bahn der Feuerkugel war am geschwärzten, rauchenden Blut zu erkennen. Es war jedoch nicht das Blut, das ihn so erschreckte. Wie viele Leute lagen hier? Vielleicht zwanzig oder mehr. Aber wie konnte so viel Blut aus ihnen herauslaufen? Es klebte an den Wänden und der Decke, und auf dem Boden hatte sich eine große Lache gebildet.

»Wir haben keinen Einzigen von ihnen getötet, und sie sind entkommen. Vorerst jedenfalls.« Er wandte sich an den nächsten Protektor. »Und was habt ihr hier getan, hm? Nichts. Ihr habt herumgestanden wie die Ölgötzen, während unsere Männer von Banditen abgeschlachtet wurden. Ich weiß nicht, was sie mit euch gemacht haben, aber ich werde es herausfinden. Hast du etwas zu sagen?«

Schweigen.

»Nein? Das dachte ich mir schon. Suarav, wo seid Ihr?«

»Hier, Mylord.«

»Weitet die Suche aus. Teilt Euch in sechs Gruppen auf, es geht wohl nicht anders. Ein Magier aus dem Kreis der Sieben leitet jede Gruppe. Wer weiß schon, was sie jetzt vorhaben? Außerdem müssen alle Ausgänge gesperrt werden. Ich …« Er klatschte in die Hände. »Die Luftschächte.«

Er ging in Richtung des Seelenverbandes. »Natürlich, wie konnte ich nur so dumm sein. Suarav, ich will Euch im Kartenraum etwas zeigen.« Protektoren standen vor der Mündung des Ganges. »Platz da.«

Die drei Masken drehten sich zu ihm herum. »Es hat sich etwas geändert«, sagte einer von ihnen.

»Verdammt, das weiß ich doch. Aber ich habe immer noch die magische Kraft, euch auszulöschen. Macht Platz. Nein, verschwindet am besten gleich ganz aus den Katakomben.«

Einer von ihnen rührte sich. »Wir wollen über Respekt reden.«

Dystran schloss die Augen. Er musste jetzt sehr vorsichtig sein.

»Wir sind noch in Reichweite, und sie werden uns finden«, sagte Myx.

Er ging schnell und versuchte, einen ordentlichen Vorsprung vor den Verfolgen zu bekommen, doch das konnte ihnen kaum mehr als eine kurze Atempause verschaffen. Der Unbekannte und Hirad waren bei ihm, dahinter folgten Thraun und Denser mit der bewusstlosen Erienne, hinter diesen wiederum Darrick und die Elfen. Denser hatte sie bereits einmal anhalten lassen, um noch mehr Energie in den Spruch zu geben, der Eriennes Bewusstsein abschirmte. Er war müde.

»Wie groß sind die Katakomben?«, fragte Hirad.

»Größer, als du es dir vorstellen kannst. Es sieht fast überall so aus wie hier.« Myx deutete auf die Wände. »Die Verteiler sind durch Tunnel verbunden. Wir waren in Dystrans Verteiler. Im nächsten werden wir langsamer gehen. Er hat … eine gewisse Geschichte.«

Der Unbekannte reagierte nicht auf die Bemerkung.

»Und du weißt dies alles, weil …« Hirad ließ den Satz unvollendet.

»Ich bin … der Herr vom Berge war mein Gebieter. Es gehörte zu meinen Aufgaben, dies alles zu wissen.«

»Ein Glück für uns.«

»Das hoffe ich.«

Der Unbekannte war nur kurze Zeit Protektor gewesen, begriff aber trotzdem, dass der scheinbare Wahnsinn der willkürlich angelegten Katakomben Methode hatte. Er verstand es so gut, als hätte er sein Leben lang nichts anderes gesehen. Der Kreis der Sieben sah sich ständig bedroht, und nicht selten wurde dem Leben seiner Mitglieder tatsächlich ein vorzeitiges, gewaltsames Ende gesetzt. So hatten sie rings um jeden Verteiler einen chaotischen Irrgarten von vollendeten oder unvollendeten Gängen geschaffen.

Es war eine verdrehte Art von Moral, die hier unten ihren Ausdruck fand. Mord durch Gift oder Klinge war in Xetesk seit jeher eine durchaus anerkannte Methode, um eine Beförderung zu erreichen, doch der Einsatz tödlicher Sperren in den Katakomben galt als unmoralisch. Natürlich war es etwas ganz anderes, uneingeladen einen Raum zu betreten, doch in den unzähligen Gängen, die man mehr oder weniger für neutrales Territorium hielt, kamen solche Fallen nicht infrage.

Der Unbekannte bezweifelte nicht, dass sie viele Alarmsignale und Warnmeldungen ausgelöst hatten, durch die jeder aufgeschreckt wurde, der hier unten arbeitete, doch das war ein Risiko, das sie eingehen mussten. Es wäre geradezu selbstmörderisch gewesen, wenn sie versucht hätten, alle Warnvorrichtungen zu umgehen, denn dann hätten die Verfolger sie im Nu eingeholt.

Auum bewegte sich am Ende der Gruppe in gemächlichem Trab. Seine Glieder waren noch lange nicht müde, doch er war unglücklich. Zum ersten Mal im Leben hatte er das Gefühl, die Situation nicht unter Kontrolle zu haben. Tief in der Erde unter einer balaianischen Stadt durch stinkende Gänge zu laufen, das konnte er mit seinen bisherigen

Erfahrungen nicht in Einklang bringen. Allerdings vermochte er die Struktur der Hohlräume im Fels zu fühlen. Das war immerhin ein Strohhalm, an den er sich klammern konnte.

Die jüngsten Ereignisse hatten nicht nur ihn, sondern alle Elfen verwirrt, und Rebraals Erklärung hatte kaum geholfen. Er verstand, dass die Frau, die Erienne hieß, alte magische Kräfte der Elfen in sich trug, und dass die Feinde eine Al-Drechar ermordet hatten, um Erienne in ihre Gewalt zu bekommen. Das war die typische menschliche Dummheit. Die TaiGethen würden sich ein andermal darum kümmern.

Er hob die Hand, und seine Tai blieben stehen. Die Schritte der anderen entfernten sich langsam. Marack drehte sich um, doch er winkte ihr, sie solle weitergehen. Es wäre nicht schwer, sie wieder zu finden, dafür sorgte schon der Lärm, den der Rabe machte.

»Wir werden beten und lauschen«, sagte er. Die Tai sanken auf die Knie. »Yniss, erhöre uns. Tual, erhöre uns. Leite unsere Sinne an diesem Ort. Die Luft ist schlecht, hier fliegt kein Vogel, und hier pirscht kein Tier. Kein Baum kann hier überleben, kein Flusswesen kann hier schwimmen. Yniss, wir bitten dich, schau auf uns herab, während wir dein Werk vollbringen und zurückholen, was gestohlen wurde. Wir sind und bleiben deine Diener.«

Sie verharrten kniend und lauschten angestrengt, ob sie etwas wahrnehmen konnten. Auum hörte immer noch die anderen, die sich entfernten. Er prägte sich die Richtung ein, die sich nicht verändert hatte, auch wenn ihre Schritte langsamer geworden waren. Er drehte sich um. Hinter ihnen und links von ihnen näherten sich die Feinde. Anscheinend bewegten sie sich in einem parallelen Gang, auch wenn man es schwer erkennen konnte.

»Hört ihr sie?«, fragte er.

Duele und Evunn nickten.

»Macht eure Bogen bereit. Meiner ist zerbrochen, als wir gegen den Wind ankämpfen mussten.« Er stand auf und winkte seinen Tai, ihm zu folgen. »Ich bin es müde zu rennen. Wir werden jetzt jagen. Tai, es geht los.«

Lesen Sie weiter in:
JAMES BARCLAY: Zauberkrieg